ETERNAL LOVE SHINING
LIKE A STAR

坠入星野

逐光

青花燃 著

长江出版社 CHANGJIANGPRESS 漫娱图书

【从前】

闻泽："望你不要过度解读，

谨记自己的身份 ——

契约情人，仅此而已。"

【后来】

闻泽："云悠悠，你该不会把我

当成了某个人的替身吧。"

∪∪："？？？"

し∪："殿下，我们签的...不就是，

替身合同吗？"

闻泽："！"

青花燃、

FALLING INTO STARS

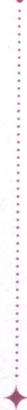

坠入星野

/逐光/

青花燃 ◎著

FALLING INTO STARS

长江出版社 CHANGJIANG PRESS 漫喵图书

"等到绿林光复那一日，
我们将在胜利的旌旗下大婚。"

Falling into stars

目录 Catalogue

第一章
CHAPTER 1

穿着制服，好吗？

Falling into stars

✦ 01 ✦

首都星。

今日受邀来参加舞会的，都是有资格与皇室联姻的大贵族。沐浴在柔和璀璨的人造星光下，三位公主和两位皇子都已进入舞池，与同龄青年们共舞。奢靡华贵的衣饰、英俊美丽的容颜、浪漫甜蜜的爱情……它们就像一层华丽的包装，掩盖住底下无声暗涌的利益交换与彼此算计。

贵族小姐们一丝不苟地遵循着社交场合的礼仪，时不时借着整理鬓发的机会，偷偷将目光投向那两扇高逾十米的白金大门。每一位适龄姑娘都在期盼着太子殿下的出现，那位，才是这场"相亲舞会"真正的主角。

皇太子强得可怕。他不仅以雷霆手段强势掌控帝国军，压得几位兄弟姐妹丝毫不敢冒头，还亲自率军收复了两片沦陷在虫族手里的星域，让帝国公民第一次看见了全面胜利的曙光，最重要的是他还生了一张足以让女人疯狂的脸。这一位，必将开创历史，成为千古一帝。

太子殿下有可能出席舞会的消息一经传出，整个帝国名媛圈足足沸腾了三天三夜。谁都想做太子妃，实在不行，能做太子殿下的情妇也不错。

此刻，在场的姑娘们默契地没有去跳双人舞，而是像一朵朵独立枝头

的鲜花，旋转绽放，等待那个人前来采摘。然而太子公务繁忙，谁也不知道他什么时候才会出现。贵族少女们硬撑着不敢去盥洗室补妆，生怕错过机会，被别人抢了先。沦为陪衬工具的男青年们并不嫉妒，毕竟当双方差距太大时，嫉妒变得毫无意义。大家维持着完美的假面，好像这只是一场令人愉快的普通舞会。

旧舞曲缓缓落下尾音，新的前奏迟迟没有开始，气氛发生了微妙而隐秘的变化。心有所感的贵族青年们屏住呼吸，假装整理衣着，视线悄无声息地在会场中游移。璀璨星灯不再变幻，两束若有似无的淡光渐渐汇成一束，落向二楼凸出的半圆台。只见那里不知何时出现了一道挺拔的身影，默然静立，注视着下方。

"太子殿下！"

雀跃的贵族少女们纷纷拎起蓬松的巨大裙摆，向着那道身影行半蹲礼；男士们则将右手置于左边胸前，俯身行礼："殿下。"

帝国皇太子的声音带着笑意，从二楼传下来："抱歉，我迟到了。"

他的语气非常温和，令人心头不自觉地泛起阵阵暖意，感觉被郑重对待。这样的个人魅力和特质，就是最好的理由，让旁人心甘情愿地追随他。

众人抬起头，一道道热烈的视线投向半台。只见太子殿下身材高挑，穿着帝国军的黑色制服，看上去冷淡而肃穆，与满室衣香鬓影格格不入。黑发、黑眸，嘴唇薄而红，带着一抹精致而标准的笑容。

"刚从波顿港回来，没换衣服，就不打扰诸位了。祝今宵愉快。"他微微颔首，便要转身离开，显然只是来露个面。

"殿下！穿制服并不会影响跳舞呀！"一位衣饰繁复的贵族少女实在舍不得错过机会，提起勇气大声喊道。她噘起唇，鼓着红润的小脸，大眼睛忽闪忽闪，看上去娇嗔可爱，让人不忍心斥责或拒绝。帝国军的制服是战斗服，足以支持高强度的作战行动，的确不会影响跳舞。

太子眼睫微动，侍卫长疾步上前，双手捧上一块雪白的湿丝帕："殿下。"

大厅里的贵族青年们顺着侍卫长的目光望去，只见太子左手掌外侧沾了一抹乌黑凝固的痕迹，似乎是血。他接过丝帕，斯文地擦了擦，雪白的帕巾上晕开一片红渍，淡淡的血腥味迅速弥漫。几位特别金贵娇气的青年男女下意识捂住了嘴，发出压抑的干呕声。

"抱歉。"太子的笑容比刚才更加和煦，转身走向帷幕后。

这一次，没有人再敢出声。

高大挺拔的背影消失之后，贵族青年们陆续收到了最新消息——

"太子率军秘密突袭波顿港，剿灭星盗'血鲨组'！"

"太子亲手处决匪首白西玛，未来几日或有残匪疯狂反扑报复！"

"绝密！白西玛供出保护伞名单，帝国高层恐有大动荡！"

舞池里回荡着星河协奏曲，轻盈欢悦的乐声之下，无边无际的静默悄然扩散着……

✦ 02 ✦

离开宴会厅后，皇太子闻泽乘坐星空车，由五架顶级机甲护送，回到被称为"星河花园"的私人领域。

在太子抵达别墅之前，亲卫队已经把这幢小楼内每一粒灰尘都扫描过一遍，确保不存在任何能危及太子殿下人身安全的隐患。别墅内的服务人员例行接受了略显冒犯的严格审查，脸色都微微泛着白，恭敬地侍立在正门左右。闻泽扫过一眼，不见云悠悠。

"殿下，云小姐还在接受审查。"身穿黑色燕尾服的管家上前禀报。

闻泽神色不动，微微颔首之后，径直走向二楼。踏进书房之前，他看了眼腕表。持续一个小时以上的审查？脚步微顿，他温声告诉管家："如果她有问题，让侍官自行处理，不必告知我。"

"是。"银发老管家抚胸行礼，目送太子殿下挺拔的身影消失在书房后，仍保持着完美的仪态。他的视线转而投向别墅外的审讯处，那位温柔和气的云小姐，跟了殿下三年，仍然是一个可有可无的存在啊，要是她今夜消失，殿下恐怕连审查报告都不会看一眼。

老管家无声地叹了口气，正要收回视线时，云悠悠纤细的身影恰好穿过两扇厚重的合金大门，走到水晶吊灯的光芒下。她穿着一条简单的白色家居裙，脚下是沐浴用的防滑拖鞋，头发半干，瘦削的肩膀微微耷拉着，看起来十分疲倦。老管家知道，她今天持续进行了十来个小时高强度的虚拟机甲训练，刚洗完澡就被审查官带走，到现在还没有用餐，一定身心俱疲。

可惜太子殿下不会怜香惜玉。

老管家垂手立在壁图下，看着云悠悠走上二楼，敲开了书房的门。在她抬头望向太子的刹那，眼睛里忽然绽放出璀璨的光芒，就像两粒燃烧的星。

唉，老人再次无声叹息，飞蛾扑火的傻女孩。

云悠悠已经半个月没见到闻泽了，没想到他会穿着制服过来——这是她最渴望看见的模样。她微颤着手关上书房的隔音门，平复了一下快得惊人的心跳，慢慢绕过宽大的黑色合金书桌，倚进他的怀抱。制服冰冷，他的身体也坚硬无比。

闻泽随手关闭了光屏，光线暗了一点点，在这身黑色制服的衬托下，男人精致的轮廓显得更加深邃。他是太子，也是作战指挥官，笔挺的黑色制服和普通军士的制式相同，区别只在肩章。

云悠悠盯着他，激动之下，因为训练而过度透支的身体难以抑制地颤抖起来。在闻泽解领扣的时候，她艰难地抬起手，覆在他的手背上想要阻止，声音有一点发抖："穿着制服，好吗？"

闻泽微微挑了下眉，有点意外，但没有拒绝她。

冷冰冰的金属线条、双剑交叉在星空下的帝国圣徽立雕、大大小小的合金勋章……这一切与纯黑的制服浑然相融，共同构成了一个铁血的、庞大的、不容撼动的世界，轻易就能把面前柔弱的女孩彻底碾碎。

云悠悠的眼眶红了，星星点点的泪光令她眼睛里的爱意更加璀璨。闻泽似乎不愿和她对视。他偏开头，垂到脸颊处的黑发掩去一半侧颜。她望向他，看见汗珠悬在他乌黑的发尖，摇摇欲坠。他的侧脸白而冷峻，挺直的鼻梁、微抿的唇线、完美的下颌以及制服立领下时隐时现的喉结……是她做梦都想看到的样子。她的心尖疯狂颤抖，手指无意识地掐着桌沿的金属框条，指甲被弄得生疼，好像在用自己的生命去抓握一些不存在于世界上的东西。

就在这时，闻泽的通信器亮起了提示光，是内线，仅有皇室成员和他麾下几名亲信拥有呼叫权限。男人动作一顿，起身，漫不经心地整理好衣装。通信连接时，他的身上已经看不出一丝异样，就像刚刚处理完一份文件，然后抽空抬头。

十几道淡蓝的光芒旋转交汇，投出半米见方的光屏，光屏上出现一位长相平平无奇的中年军官。看见闻泽的瞬间，中年军官精神一振，用不太自然的新闻腔向他汇报："林瑶小姐申请返回首都星，进入生物科学院任职，殿下有无指示？"

闻泽下意识看向一旁的云悠悠，她似乎还没有缓过神，一双蕴满波光的眼睛茫然地注视着他，嘴唇微微张开。因为脱力，整个人看起来虚弱可怜。

闻泽收回视线，语气平淡："军方不干涉学术界调动。"

"是！"光屏消失。

沉默片刻后，闻泽伸手把云悠悠扶起，发皱的家居裙轻飘飘垂到膝盖上。他礼貌地轻托她的手肘，示意她离开书房，他已经没有兴致继续了。云悠悠赤脚踩在厚重的羊毛地毯上，腿很软。在离开前，她忽然想起了中年军官口中那位即将返回首都星的林瑶小姐是谁——闻泽从前的恋人。

云悠悠没有像往常一样安安静静地离开，她在回想刚才听到的消息——林瑶要回首都星。作为林瑶的替身，正主回来，她也就没用了。也许明天一大早，她就会被悄无声息地送到另一个星球，再也摸不到机甲和虚拟舱。

这样不行。

她望向闻泽，他已经坐回了书桌后面，正在专注地批阅文件。淡淡的蓝光映在他脸上，让他看起来更白了，也更淡漠冷峻、不近人情，似乎已经完全忘记了三分钟之前发生的一切。

云悠悠很累，过度训练和高压审讯让她的体力和精神双重透支，小腿肚在打战，体温也在不断下降。她吸了口气，右手轻轻扶着书桌边缘，抿出一个温柔无害的笑容："殿下，我可以问您一个问题吗？"

闻泽抬起头，有一点意外："可以。"

云悠悠注意到他的嗓音已经彻底恢复了清冷，不像她，还有些哑，带着情爱的烙印。她悄悄咳了下，让自己的表情更加严肃："如果有一个非常勤奋并且成绩优秀的学生，在毕业前夕因为环境变故而无法继续学业的话，帝国将如何处理？"

"视情况给予援助。"闻泽的视线在她身上停留了一瞬，女孩穿着发皱的白裙站在书桌旁，身体微微颤抖，由内到外透着脆弱，像个一碰就碎的玻璃娃娃，她似乎有求于他。

她的亲属遇到了财务方面的问题？闻泽简单回忆了一下，却发现自己对她的人际关系没有任何印象。无论如何，对于这种情况，他认为应该由当事人自行向学院提出救助申请，而不是让一个身份尴尬的女孩向储君开口求援。

"帝国的意志，也是殿下的意志，对吗？"云悠悠追问。

闻泽平静地注视着她，语气淡了些："是的。"

她的眼睛亮了起来，虚弱苍白的面庞上绽开了由衷的笑容："殿下，这三年我一直在学习机甲驾驶，只要再给我一点点时间，就可以通过机甲考核——您会给予援助，帮助我完成学业对吗？"

原来她说的那个"即将毕业的优秀学生"就是她自己。闻泽这才反应过来，云悠悠听到了林瑶要回来的消息，她害怕被赶走。他稍微认真地看了她一眼，云悠悠长得很漂亮，是那种清纯柔弱的漂亮，人很温顺，安安静静，从不打扰他。她的眼睛里总是装满爱意，嘴上却从来不说，行为上也丝毫不会僭越。她跟了他三年，一向很省心。这么一个温柔到没脾气的人，难得开口为她自己争取一次，一点小心思，倒也不至于引人反感。

闻泽笑了下，清润的嗓音有些懒散，半开玩笑地说："结婚之前我都是自由身。"

云悠悠微怔，视线落向他精致的唇，还想说些什么，可他已经抿住唇角，低下头去继续处理公事。像闻泽这样的皇室中人，都习惯有话不直说，而是让别人自行领会他的意思。这也是无奈之举，因为总有太多视线盯着他，只要抓到一丝漏洞，就会像狼一样扑过来，不撕下一块肉不罢休。他不会多加解释，她得自己思考他的真意。

结婚之前他都是自由身？结婚……当初闻泽跟林瑶分手，是因为她的出身——林瑶是平民，太子不可能娶她为妻，她也不愿做他的情人，于是谈崩了。这是一个没有办法解决的矛盾，就算林瑶回来，这一点仍然无法改变，他不会娶她。所以闻泽这句话的意思是，哪怕林瑶改变了主意，愿意做他的情人，他也会继续和云悠悠保持现在的关系？

云悠悠听出了闻泽另外一层意思——在他走入婚姻殿堂之后，就会断掉这些婚前的关系，对太子妃忠诚。无论林瑶还是云悠悠，都不可能一直留在他身边。太子大婚可不是一件小事，从决定太子妃人选到准备婚礼仪式，至少也要耗时半年以上。

于是云悠悠得出了结论——自己暂时不用离开。这样就好，她点了点头，诚挚地对他说："明白。祝您好梦。"行过礼，她离开书房，为他轻声关上门。

云悠悠很感激闻泽，如果不是他，可能她这辈子都不会有驾驶机甲的机会。他的脸还能治她的"病"，和他在一起的这三年，她就像一个正常人。

月光透过落地廊窗洒到她的脚下，她望向天空，一眼就看到了笼罩在阴影中的巨大暗星。

那是她出生的地方，曾经叫作绿林矿星，现在已经被虫族占据，只拥有一个冰冷的代号，荒芜星 N79。那里有她失之交臂的家。

云悠悠失眠了，翻了一会儿睡不着，干脆起身换上训练服，摸进虚拟机甲训练舱，点亮能源键。等待系统加载的时候，她把目光放空，望向光屏左上角全帝国的虚拟战斗数据排行榜。天梯顶端，冠军一骑绝尘，把第二名甩到星系之外。

"Z"，一个传说级别的驾驶员，在五年前创下 3S 完美记录：机甲毫无损伤、击杀 10 万虫族抵达终点。一举成为所有驾驶员心目中当之无愧的至高神。

"我也会做到。"系统加载完毕，云悠悠置身星海，迎向铺天盖地的虫族。她是一个做事很有条理的人，主要体现在当目标太大难以实现的时候，她会把它们分割成很多小目标来完成。比如，把"无伤击杀 10 万虫族抵达终点"，拆成"无伤抵达终点"和"击杀 10 万虫族"，一下就简单多了。她可真是一个无师自通的小天才！

云悠悠抿紧嘴唇，聚精会神地盯住虫潮间的缝隙，收好武器，突进！

❖ 03 ❖

次日，玛琳皇后在紫莺宫第三殿厅召见皇太子闻泽。

闻泽身穿白色礼服，踏着镶金丝的厚重紫毯登上半层楼高的台阶。进入教堂式的深黑巨门之前，他脚步微顿，偏头看了一眼左下方的花园。花园正中立着巨大的合金雕塑，长剑与荆棘抽象地交织在一起，顶部托起一只美丽的紫色夜莺，那就是紫莺宫名称的由来。

十二年前，高等虫族突袭帝国首都，形势十分危急，是无数优秀的战士用生命阻止了虫族的进犯。一切结束之后，人们在战斗痕迹最惨烈的废墟中发现了一只完好的金属夜莺雕像，鲜血和战火在它身上刻下了奇异的深紫色烙印，看起来就像神祇赐下的奇迹。后来，重建的皇宫就被命名为紫莺宫，宫中每座雕像都会配有一只紫色的夜莺。

闻泽的目光在那一抹深紫上只停留了两秒，脚步不停，挺拔的背影消失在两扇巨门之间，被阴影吞噬。

玛琳皇后在殿厅等待闻泽的到来。这些年，皇后的审美越来越老派：她的会客场所光线昏暗，地面铺着厚重且花纹繁复的深色巨毯，拱形落地大窗上悬挂着油画一样的深冷色调重绒窗帘，照明用的是古铜色枝形吊灯，上面嵌着一圈圈黄蜡烛。从明亮的殿外走进来，就像踏入了阴暗古堡。

"母后。"闻泽行过见面礼,走到玛琳皇后对面坐下,没有碰宫中侍女呈上来的热茶。

玛琳皇后年近五十,顶级的美容仪和护肤品维持了她的容貌,让她的皮肤状态看起来只有三十出头。遗憾的是,情绪问题无药可医——她时常皱眉,眉心不可避免地竖起了两道深刻的皱纹,唇角常年下撇,导致法令纹异常明显,不是好相处的面相。

"你父皇破例授予了林瑶荣誉勋爵,"玛琳皇后开门见山,"因为几篇科研论文。"

闻泽礼貌地看着自己的母亲,等她继续。

皇后刻薄地笑了笑:"我不相信她能独立做出那些东西,当然,我也没有夸奖它们的意思,我并不觉得那些空洞的理论能有半点应用价值。你说呢?"

"在这方面,您是专家。"闻泽平铺直叙地回答。

皇后冷笑起来,语气更加嘲讽:"我叫你来,不是为了说这个,而是——林瑶凭本事脱离了平民阶层,已得到你父皇与我的青睐。从现在开始,这个消息会持续发酵,没有人能够阻挡。你猜到那些热搜的标题了吗?"

闻泽目光不动:"可以想象。"从他昨天收到林瑶申请调回首都星的消息到现在,满打满算不到 15 个小时,紫莺宫已经完成了授勋仪式和舆论引导,一看就是他母亲的手笔。

玛琳皇后的笑容充满恶意:"灰姑娘镀金变身、有情人终于打破阶级壁垒、深蓝帝国或迎来首位平民太子妃……儿子,我是不是应该向你说声恭喜呢?林瑶已经勉强有资格成为太子妃,你父皇也很乐意下旨成全有情人,现在整个帝国都在期待你点头。"

闻泽微微垂下头,笑了笑:"然后呢?让世家去和我的两位弟弟联姻,重燃他们的野心吗?母后,我不介意多几个敌人,但是在外面漂泊时,后方还是安静一点比较好。"

他的语气平淡,轻飘飘地把打仗说成漂泊。

玛琳皇后眯起了眼睛："难道你不想娶林瑶？毕竟当初闹得那么大，我和你父皇都以为，你会毫不犹豫地为了爱情舍弃某一个家族的支持。毕竟，你的实力允许你稍微任性。"

皇帝并没有到日薄西山的年纪，对于一个还不打算退休的帝王来说，太子日渐势大绝对不是一件值得高兴的事情。闻泽拥有的力量早已超过了危险界限，一旦和世家联姻，利益和欲望的滚滚洪流将推动着他，不得不前进。这也是太子迟迟没有娶妻的原因。

闻泽微笑："我心中，唯帝国为重。"

玛琳把手肘撑在椅臂上，抬起手指，抚平自己眉心的皱纹，神色莫名："可是现在木已成舟，所有平民都在期待麻雀飞上枝头变凤凰的故事。你是要缔造一段佳话，还是要留下一地鸡毛呢，亲爱的太子？"

对于帝国公民来说，林瑶的经历非常励志，很容易引起底层民众的共情——坚强的灰姑娘经过不懈努力，终于来到王子的身边。这时候王子却不要她？这是什么人间疾苦！都不需要有心人怎么引导，这件事情必将严重动摇太子在民众中的威望和根基——人们会认为，等到太子继位后，出身不好的人再怎么努力也不会有出头之日。

闻泽必须尽快给出回应。要么和林瑶结婚，赠给帝国一个皆大欢喜的童话，同时放任白银、雄狮两大贵族世家扶持自己的兄弟；要么拒绝和灰姑娘成婚，舍弃未来几年在平民中的声望，承受所有的失望和迁怒，给予政敌无穷无尽的攻讦机会。无论怎么选，都只是两害相权取其轻而已。

看见闻泽略微沉下唇角，玛琳皇后脸上的笑容真实了一些，她像一个慈母一样安慰自己的儿子："先去见一见林瑶吧，她在廊道那边等你。三年不见，想必你们有很多话要说。我的建议是，带她回星河花园，好好聊一聊再作决定。对了，她现在是荣誉贵族，待她可要更加绅士一些。"

闻泽起身，走出几步，他停下来，回身微笑："您与父皇同心同德，儿子十分敬佩，会一直将您视作榜样。"

玛琳皇后脸上的纹路陡然深刻。十一年前，林德家族谋逆案爆发，身为林德公爵长女的玛琳皇后选择站在丈夫这一边。最终，玛琳的父母、兄长、子侄等人都被处决，整个娘家只剩下她一个。往好了说是大义灭亲，说得难听点也就是为了权势六亲不认。视她为榜样？这怎么想也不是一句好话。

不等玛琳皇后发怒，闻泽大步离开了幽暗的殿厅，他带起的风，好一会儿才彻底平息。

✦ 04 ✦

绕过花园便是玛琳皇后说的那条廊道。闻泽远远就看见了林瑶，三年不见，林瑶的姿态一如既往——倔强自矜，赏花的时候也要微微扬着下颌。在闻泽面前，她总会刻意维持着所谓科研人员的清高和傲慢。

闻泽脚步微顿："杨诚。"

"殿下。"落后半步的侍卫长上前垂首，他从闻泽上军校起就跟在身边，是忠心的下属，也是知己好友。

"你如何评价这两个人。"闻泽的声音漫不经心。

杨诚顺着他的视线一看，看到了百米之外的林瑶。在太子面前，侍卫长必须有话直言。

"林小姐有独特的风骨。"杨诚收回视线，"云小姐性格温和安静，对您痴心一片却收敛得很好，可见聪慧通透。另外，云小姐很有毅力，每天花费大量时间进行虚拟机甲训练，应当是为了报效殿下，属下认为精神可嘉。"

闻泽意外地看了他一眼，不紧不慢地说："云悠悠准备参加机甲考核。"

杨诚"啊"了一声："需要为云小姐请一位长期教练吗？"机甲考核，那可是帝国所有正规考试里面通过率最低的。

"不必。"闻泽温和笑道，"如果她成绩尚可，我不介意亲自辅导。"

侍卫长的眼睛里露出喜色，他压住差点翘起来的唇角，语气严肃地说："那样一来，殿下可能没有时间进行其他应酬了。"杨诚替云悠悠高兴——接触过云悠悠的人，很难不喜欢她。和那个漂亮、安静、乖巧的姑娘相比，眼前这位林瑶小姐让人忍不住想摇头。

闻泽思忖片刻，让杨诚调取云悠悠昨天的训练记录。

云悠悠

第一次记录：击杀目标数 5，不参与评级

第二次记录：击杀目标数 2，不参与评级

第三次记录：击杀目标数 3，不参与评级

……

闻泽、杨诚：……

虚拟机甲操作评级从 3S、2S、S、A、B……一直到 G，共有 10 个等级。其中最低的 G 级需要在机甲被打爆之前击杀 500 个目标虫族。击杀目标个位数？这是什么神奇的战绩。想要通过正规机甲考核，评分必须在 B 级以上，而 B 级需要的击杀数目是 16000。

杨诚眼角微微抽搐，尽力克制自己的面部肌肉，想要表现得完全不尴尬。向来冷静镇定的太子殿下也有那么一会儿没缓过神来。她非常勤奋并且成绩优秀？很好，这么不走心的敷衍，让他长见识了。

星河花园。

云悠悠并不知道自己的训练成绩让两位大人物深受刺激，她在铺天盖地的虫群之间穿梭，一寸一寸不断向着终点推进。

每次进入虚拟舱，她总会忘记时间。太空没有白天和黑夜，当她顶着一张苍白的小脸挪出机房时，已经过了中午。别墅里的气氛有些紧张。亲卫们手持仪器，正在四处排查安全隐患，有过外出或通信记录的人员都被带到审讯室接受审查。这意味着太子殿下很快又要驾临这处私邸。

云悠悠倒是逃过了审查——昨天见过太子之后，她就一直待在虚拟舱里，没有询问的必要。只是她饿得慌，但这个时候，肯定是吃不上东西了。她飘到一楼大厅，悄无声息站到了老管家的身边，目光落在距离脚尖三尺外的地毯上，和侍者们一道垂着手，恭候太子殿下。

"咳。"老管家扫她一眼，递过一支软包装的、最小剂量的营养液，加热过，还有余温。

云悠悠弯起眼睛，用口型表达了感谢，然后飞快地咬开边角，滋溜一下吸光营养液，把包装袋揉成一团藏在掌心。胃里暖暖的，疲惫感也减轻了很多。她用余光瞥了瞥微驼着背的老管家。这位银发老人像一位大家长，平时很威严，却总能在别人狼狈的时候给予不动声色的关怀。

垫完肚子，云悠悠开始悄悄打呵欠。她已经超过 24 小时没有休息了，等到闻泽回来，她就能安心去睡觉——太子殿下凡事都很克制，通常一到两个礼拜才会碰她一次，从来不会连续召幸，也就是说，今天没她的事。待会儿迎完太子，她要温一袋最大号的营养液，叼着上床，等到喝完差不多就能睡着。

正在云悠悠神游天外时，大门外的航道上传来了引擎关闭的声音，呼啸的风声中，隐约能够听见机甲行动时特有的金属嗡鸣，那是一种让人头皮发麻、灵魂战栗的声音——闻泽回来了。

两列亲卫跟随在他的身后，进入做成雕花格栅样式的合金大门，穿过喷泉花园中心的大道，将闻泽护送到别墅门前。这里绝对安全，护送不过是形式而已。

闻泽今天穿着一身白色礼服，纹满银线的袍尾看起来非常沉重。他的身边还有一个人，穿着深红的贵族礼服和黑色鹿皮小靴子，看腿型，应该是一位身材不错的女士。

星河花园的侍者训练有素，除了老管家之外，谁也不会抬头去看客人的脸。云悠悠倒是不受约束，不过她的表现从来也不出格，身上的家居服和侍者服一样简洁，礼仪也和大家做得一模一样，完全不彰显自己和闻泽的特殊关系。这会儿她困得厉害，更是懒得动一动眼皮，只盼着闻泽赶紧将客人带进去，好让她们这些人原地解散。

可惜今天注定是要出点意外。路过云悠悠身边的时候，那位穿着鹿皮小靴子的女客人忽然停了下来，站定在她面前。

云悠悠有些纳闷，见对方一直不走，只好抬起头，在看清对方的样子的瞬间，她不禁微微睁大了眼睛。这位女客和她长得很像，白净的巴掌脸，漂亮得柔柔弱弱，像开在风中的小花。不过客观来说，云悠悠觉得自己的五官要精致很多，毕竟她这人没别的优点，也就一张脸拿得出手了。

两秒钟之后，云悠悠的脑海里后知后觉闪过一个名字，林瑶。闻泽把林瑶带回来了。云悠悠并没有接受过正规的替身情人培训，她不知道替身当面撞上正主时应该怎么做。

林瑶盯着她，目光算不上友好，气氛一时僵住了。

几秒之后，闻泽出声打破寂静："林小姐，这边请。"

林瑶嘲讽地弯了弯嘴角，越过云悠悠时，半开玩笑半认真地说了句："这个女佣很像我，真有缘分。不如让她过来给我沏茶吧？"

云悠悠难以置信地睁大了眼睛，她听过这个声音！

气氛彻底凝滞，侍者们下意识地望向云悠悠，虽然这个女孩脾气好得过分，和每一个人都相处得非常融洽，但是谁也不会真的把她当用人。有两位女侍者忍不住想要说些什么，被老管家用严厉的目光一扫，憋闷地咽了回去。

此刻，有资格说话的只有太子殿下，可是他似乎并没有要开口替云悠悠解围的意思。

老管家不禁有一点担忧。他是从小看着太子长大的人，对这位多多少少有一点了解。今天，殿下对云悠悠疏离冷淡得很明显，从进门开始，他一眼都没看她，这不太正常。平时，殿下总会习惯性地看看她。难道今天早晨星网上的那些热议要成真了，殿下打算娶林瑶？老管家的余光不动声色地掠过林瑶身上的贵族服饰，心中默默叹了一口气。如果云悠悠沏了这杯茶，那么这个可怜的女孩从此就真的只是"女佣"了。老管家垂下双手，维持着完美的仪态，很自然地望向闻泽。

闻泽终于将视线投到云悠悠身上，只见女孩的脸上血色尽褪，惨白得吓人，额头上渗出了细小的汗珠，身体在簌簌发抖，像一朵暴风雨中摇摇欲坠的小花。她的嘴唇轻轻颤动，她看着他，那双漂亮的眼睛里盛满破碎的泪光，看起来就像一个需要温暖的重病患者，让人心生怜意。

勤奋努力是假的，那身体虚弱呢？闻泽移开了视线，声音温和而冷淡："带她去医疗舱体检，没问题就回来做事。"

他并没有为她正名。

侍者们都把同情的目光投到了云悠悠身上。可怜的女孩，她一定很心碎。

事实上，云悠悠并不像别人以为的那样伤心难过，她只是发病了——视野中多了一团团黑雾，它们就像从地狱伸出来的手，要把她拖进永不见天日的黑暗中去。身体也一点一点僵麻，直至被彻底冻结，她用尽全部力气才能站稳在原地。她发病了，不敢让任何人知道。一个患有严重心理疾病的人，是不可能留在太子身边的。她会被赶走，很可能还要被问罪。只能盯住闻泽，从他身上汲取她需要的力量来缓解病症。

是林瑶的声音诱发了她的病。她曾听过这个声音，两次，这个声音总是带给她糟糕的情绪，第一次是在三年前，哥哥带她出门，去认识他的同窗好友。那天，哥哥很开心，多喝了些酒，回去的路上，他收到了一条语音消息，是一个女声。

"师兄，他们说你找了个很像我的女朋友。忽然就想起我离开绿林那天，你曾开口留我，当时真不知道你的心意，否则我可能就留下来了。师兄，你知道我并不是以貌取人的人，怎么就不肯直说呢……算了，现在说什么都晚了。不说了，师兄可以帮我做一下生物旋基 A1 弱磁力预测图吗？下周之前做完就行，我们交流学术，你的小女友不会无理取闹、乱发脾气吧？"

云悠悠当场就把通信器扔到了路边的水沟里。哥哥抬手把她的头发揉得乱蓬蓬，一直看着她笑，笑得眼睛里全是星星，最后他只说了一句："不是那样的，相信我。"

他说了，她就信了。哥哥是一位真正的君子，有最好的教养和风度，以及人品。他不会在背后说那个"小师妹"不好，他只是用星空一样纯净的眼神看着云悠悠，那片星空里只有她一个人。

　　第二次听见那个女声时，云悠悠有些神志不清，她听到那个女声大喊："师兄！你是最珍贵的科学家，拥有无限的未来！你为什么要把船票让给别人？那个女人到底有什么好！生物研究不能没有你，我不能没有你啊！"

　　哥哥把通信器扔到了远处，低头看着她，他说："阿悠，有朝一日绿林光复，记得回家看看。我在家里等你。"

　　云悠悠不知道到底发生了什么，她只知道自己清醒过来时，已经躺在了运输舰上。透过舷窗，她看见绿林防线全面崩溃，星球沦陷在虫潮中。她找遍了运输舰，问遍了所有人，船上真的没有他。

　　云悠悠没想到自己会再次听到这个女人的声音，更没想到，她是林瑶。长得相像、进修生物科技……原来几年前给哥哥发语音的人，是林瑶。这一切未免也太巧了，巧得就像一个巨大而虚假的梦境。

　　不过现在不是纠结这些的时候，她得让病症再缓解一些，否则去了医疗舱会露馅。眼看闻泽就要前往会客厅，云悠悠用尽全部力气，抬手攥住了他的衣袖，她知道自己马上就会被人拉开，匆忙间，只来得及唤了他一声："……哥哥。"

　　闻泽的瞳仁不禁微微缩了下，她只有在极度意乱情迷的状态下，才会这样叫他。这算什么，苦肉计之后，又来美人计？侍者上前牵住了云悠悠的胳膊，把她带往医疗舱，走出几步，她回过头，看向闻泽。他看起来有些无奈，淡淡开口："去吧。"

　　一样英俊的脸，一样好听的声音，任何情况下都会维持着君子风度。他是她的药，代替哥哥给她治病的药。阴冷麻痹的感觉开始消退，云悠悠轻轻呼出一口气，弯起眼睛冲他笑了笑，然后收回视线。

　　那一瞬间，闻泽忽然知道什么叫作回眸一笑百媚生，六宫粉黛无颜色。只不过，这气氛下一秒就被破坏得彻底——云悠悠刚刚攥过的地方，粘着一只空的营养液包装袋，里面残留的一点点黏液，全糊在了他的礼服上。云悠悠情急抓他袖子的时候，用的是藏着包装袋的那只手。这只软软的袋子正在一点一点脱离太子殿下的袖口，那些繁复的银线纹饰拉扯着它，发出可疑的声响。

闻泽：……

"殿下，"老管家上前收拾残局，顺便为云悠悠解释了一句，"云小姐忙于训练，已经 36 个小时没有进食，这才有了失礼的举动。"

闻泽视线微凝，抬眸，望向那道正被带往医疗舱的柔弱身影。

两名女侍者一左一右扶着云悠悠，走向医疗舱。云悠悠心底是有点慌的，虽然身上的病症已经在消退，但她不确定会不会检查出什么问题。帝国的医疗技术已经发展到分子级，无论是器官方面还是生物素方面的疾病，都可以被检测到并成功治愈。她这虽然是心理疾病，但也有身体层面的表现。

"阿悠别担心，我们把情况告诉秦医师，她一定会帮忙证明你今天必须卧床休息。"左边的女侍者调皮地眨了下左眼，牵动了脸颊上的雀斑，看上去生气勃勃，"扑克脸想要你沏茶，美得她！"这位女侍者有个很普通的名字，叫安妮，特长是给人取外号。

右边那位满脸悲观，两道眉毛撇向下方，忧郁地说："我觉得没希望了，安妮你早上不是也看到了吗？整个星网都说殿下要和灰姑娘结婚。人家灰姑娘会写论文，是帝国需要的栋梁之材，和我们这些没用的人不一样。"

安妮狠狠瞪了她一眼，用活灵活现的眼神冲着同伴大叫——闭嘴，苦瓜小姐！你怎么能当着阿悠的面说这个？就算是真的，也要瞒她到最后才行啊，你不知道她有多爱太子殿下吗？

然而云悠悠的注意力完全被"论文"两个字吸引了，她隐约记得，哥哥把通信器扔开以后，那个女声就是在喊："论文！快把论文传给我！"林瑶用的难道是哥哥的论文？哥哥醉心于科研，是大家公认的天才，可他从来没有用自己的名字发表过任何成果……那么多年的心血都去哪了？

云悠悠猛地攥住了自己发抖的手指，禁止自己继续深想。

医疗舱，已近在眼前。

✦ 06 ✦

常驻星河花园的医师姓秦，是一位四十出头的中年女士，她有一头柔软的金发，一双让人心生信任的温柔蓝眼睛。她是著名的大医师，出入不受限制，全家都处于帝国的严密保护之下。云悠悠三人来到医疗舱时，秦医师正戴着巨大的眼镜在浏览星网，看见有人进来，她飞快地缩小了一个窗口，让浮悬大窗上排满了密密麻麻的药物分析和实验数据。云悠悠视力好，一眼就看见了下方小窗上的标题——

亿万少女梦碎，皇太子或迎娶天才科学家……

安妮上前说明了来意，秦医师点击屏幕下方小小的叉，彻底关闭了悬浮窗口，然后示意云悠悠躺进治疗舱，开始进行全身扫描。简洁狭窄的白色舱体泛起浅蓝，蓝光像海浪一样漫过她的身体，让她感到紧张，只能不停地活动四肢、眨巴眼睛，想让检测结果看起来正常一些。这五分钟，比一个世纪都难挨。扫描结束，伴随着轻微的磁力嗡鸣声，半悬浮的金属板把云悠悠送出治疗舱。

秦医师快速查看诊断报告，手指带着残影，飞快地拨走一面面光屏。半晌，中年医师微笑着抬起头："哦，没有什么大问题。只是姑娘，你到底多久没睡觉了？我记得我反复叮嘱过，年轻人不要熬夜。"

云悠悠那颗悬悬在半空的心脏"扑通"一下着了地。

"快两天没睡了，"她故意把时间说得更久，"训练起来忘了时间。"

"呵呵。"秦医师干笑，"再这么多来几次，我保证你一定会英年早秃。"

安妮扑哧笑出了声，"苦瓜小姐"那习惯性下垂的唇角也不自觉提成了一条直线，云悠悠挠了挠自己柔顺且茂密的头发。

"不过，"秦医师推了推大眼镜，玻璃冷光下，温柔的蓝眼睛显出几分凌厉，"肌体有一些不太正常的反射，看起来像是情绪波动所致——心理问题影响生理状态可不是小事啊姑娘。严重的话，有可能失控伤害自己或他人，这样的病患一般是要进入精神理疗中心集中治疗的。姑娘，你怎么回事？"

云悠悠心跳漏了一拍，她的后背再一次渗出冷汗，心中反复默念不要紧张，手指却难以抑制地开始颤抖，她觉得自己应该狡辩一下，又怕说多错多。还没来得及张口，身边刮过两道微风，安妮和苦瓜小姐很默契地上前两步，挡在了云悠悠面前。

"不可以把阿悠关进精神病院！"安妮激动地分辩，"她只是心情糟糕而已！她被人欺负了，秦医师！谁都有心情不好的时候！"

苦瓜小姐板着脸说："殿下要和别人结婚，肯定会把阿悠送到最远的边远星，一辈子都不会再见面，阿悠以后只能在星网上看他们夫妻秀恩爱，她能不难过吗？"

"你给我闭嘴！"安妮恨不得把眼珠子发射到苦瓜小姐的脸上。

秦医师无力地扶了扶额，用一根细长的金属讲师棒把两位女侍者拨开。她推了下大眼镜，语气柔和了许多，似乎是在照顾女孩的情绪："所以，是因为殿下而伤心吗？那倒是能够理解，记得我上中学的时候，曾为一个小混混要死要活，还想把他的名字刻在手腕上。爱情的确会带给我们一些不那么常规的生理现象，当然，它的存续期通常也不会太久。时间可以治愈一切，姑娘。"

云悠悠知道，只要让"爱情"背下这口黑锅，今天应该就可以蒙混过关。她抿住唇，犹豫该怎么说。

在云悠悠短暂沉默的时候，一墙之隔的医疗舱外，俊美得过分的男人轻轻竖起手掌，制止老管家上前为他开门。

刚才，太子殿下到二楼更衣，换掉了那件沾着营养液的礼服。现在穿着一套纯黑的半正装，显得身材更加颀长挺拔，面孔冷白而精致。下楼的时候，他选择了西侧的扶梯，无意间路过医疗舱，听到了里面的对话。

走廊和舱内都很安静。

过了好一会儿，云悠悠的声音轻轻地响起："我……身上忽然就提不起一点儿力气，几乎无法站稳，而且眩晕、很冷，只有靠近殿下，感觉才会稍微好一点。我也不想这样。"

她不喜欢说谎，于是说了一些并不全面的真话，其他的就让别人自己

脑补。

"果然是该死的爱情啊。"秦医师翻了翻检查报告，"太子殿下是一位真正的绅士，有病理分析支持的话，他应该愿意在合理范围之内多照顾你一些，毕竟你们认识那么久了，我可以从医师角度给殿下建议。"

中年女士友好地看着面前的女孩，任何一位深陷情网的姑娘，都不可能拒绝这个"假公济私"的机会。

云悠悠犹豫了一下，轻声问："没有别的办法吗？"

"有。使用处方药剂，进行情感阻断。"秦医师沉默了一会儿，严肃开口，"我并不推荐你使用情感阻断剂，它的效果只能持续 12 小时，并且有很强的副作用。它会影响脑部细胞再生功能，简单说，就是缩短你的寿命，并且无可挽回。"

她站起来，在药物储存舱的光屏上点了几下，合金舱门旋开一道圆口，递出一支裹着白色霜雾的紫黑色药剂。秦医师把药剂放在云悠悠面前，十指交叉，认真地说："看起来是不是很像一支恶魔角？虽然没有明确的数据支撑，但大概能够推测出，首次服用它会减少十年以上的寿命，再次服用的话，副作用加倍生效。自它问世以来，哪一年的销量都没有超过两位数。"

中年医师调皮地眨了下左眼："相信我，殿下绝不愿意让你使用它。"

云悠悠轻轻摇头："我不需要那么多时间，也不想再给他添麻烦，哪怕让他有一丝丝为难……"

她及时咽下后半句——都不符合职业规范。她今天好像已经得罪了闻泽，接下来的日子不能再刷存在感了，必须争分夺秒地训练，尽快通过机甲考核，然后离开这里。

她的身体还没有恢复，声音虚弱沙哑，听起来就像是在故作平静。门外的老管家叹息一声，看了看太子殿下。这一位脸上倒是看不出什么动容的神色，黑眸依旧清冷，不过他没有继续站在原地，而是向前一步，推开了医疗舱的门，正好看见云悠悠一口干掉了药剂。

她的动作很干脆，喝完之后，微笑着问医师："我可以带几支药剂回去备用吗？"

　　闻泽深吸了一口气，大步上前，左手一探，抓住她的腕部，把人拽了个趔趄。云悠悠错愕抬头，发现闻泽的眼神看起来有点凶，左手抓着她，右手握在身侧，手背上有明显的青筋，看起来就像……像要打她的肚子似的，这一定是错觉。

　　"吐掉。"他冷冷地下令。

　　云悠悠感觉到阻断剂在生效，她的身体在回暖，力气也回来了。她十分惊喜，但是因为药物作用，这份喜悦似乎被隔离了起来。她赶紧摇摇头，下意识地朝雇主露出一个职业微笑："殿下，我身体已经没有问题了！沏茶，我可以的。"

　　使用了阻断剂后的笑容显得非常假，非常脆弱和勉强。

　　闻泽的瞳仁微微收缩，脸上隐有怒容，转过身，径直把她拖上了二楼，甩进自己的卧房，然后反手摔上房门。

　　"砰！"

　　云悠悠茫然地看着他，高大的男人步步逼近，看起来有一点吓人。她被他挤在了纯白的合金墙壁上，他的温度和气息包围了她。闻泽的身上总是有股奇异的动物香，贴得很近的时候就能闻见。

　　她看着他："殿下？"

　　他盯着她失去了星星的眼睛，盯了好一会儿，神色莫名地笑了下，眸光却冰冷，语气和平时一样温和："爱情真脆弱，连一支药剂也敌不过。"

　　云悠悠觉得他说得不太对，忍不住反驳了一下："不是的，药效只能持续 12 小时。如果持续使用的话，副作用会翻倍，也就是说……想要忘记一个人三天，生命力差不多就会耗尽，大概。"她是用自己的生命来暂时隔离对哥哥的感情，这份爱并不脆弱。

　　闻泽的黑眸中映着她毫无波澜的眼睛。

　　"所以对我没有感觉？"他淡淡地问。

　　云悠悠把头点得斩钉截铁。

"谁要你自作主张。"闻泽觉得这样的场景有些荒诞,"我说不要你了吗?你是我的人,谁有资格使唤你?"

云悠悠眨了眨眼睛,艰难地跟上了他的思路:"……林瑶是您的客人,也是一个贵族。"

闻泽意味不明地盯着她:"有勇气寻死,为什么不肯努力。连林瑶都可以,你就不能争点气?"

她摇摇头,对他说:"殿下请放心,我很清楚自己的身份,对您并没有……"

"没有感觉是吗?"他打断了她的话,掐起她的下巴。

她怔怔地眨眼,闻泽无声地笑了起来,忽然垂头咬住她的嘴唇:"……这样呢?"

云悠悠的惊愕被阻断在胸腔,她微睁着眼睛,表情茫然到了极点。在此之前,闻泽从来没有亲吻过她,一次也没有,他的吻落向耳后,低沉好听的嗓音贴住她的耳郭:"叫哥哥。"

云悠悠的瞳孔不自觉地放大,慢慢偏头看他。他似乎只是随口一说,话音没落,又一次吻了下来,云悠悠忍不住轻轻推了闻泽一下:"殿下,家里还有客人。"

太子殿下的黑眸里面好像憋着火气,他冷漠地看了看她,又吻了下来。

不得不说,太子殿下的吻技,也约等于无。

片刻之后,他好像后知后觉地回味到了什么,忽然撑起身体,意味不明地看着她,唇角勾起一点点笑意。

"家?"他抚了抚她的头发,"这里不是我的家。"

云悠悠很有眼力见地点头:"是的,皇宫才是殿下的家。"

他看起来又有点不高兴:"那更不是。"

云悠悠:"嗯嗯。"随便吧,您高兴就好。

"明天我把星河花园转到你名下。"他的语气很平淡,就像在说晚饭多吃一碗似的,"这里是你的家。"

云悠悠礼貌地微笑，并不当真。这位殿下对她是什么态度，她比谁都清楚。今天可能不只是她吃了药，他八成也吃错了什么东西。

"只要我人在首都星，可以每天这样，别给我乱吃药。"说完，他又吻她。这回有了那么一点点进步，吻稍微深了些。他似乎终于品出了滋味，抱着她，爱不释手的样子。

云悠悠想不通太子殿下到底吃错了什么药，也就不想了，她实在困得厉害，很快就眼皮沉沉，睡了过去。这一觉极黑、极沉，还很温暖。

❖ 07 ❖

云悠悠醒来的时候，惊奇地发现自己竟然还躺在闻泽的大床上，时间已是下午。这会儿她浑身都很酸痛，也许是情感阻断剂带来的副作用。她爬下床，从地上捡回自己的裙子和两只鞋子，心虚地跑到隔间洗漱、整理头发，然后装出若无其事的样子，慢吞吞拉开门，左右看看，趁着四下无人溜出了闻泽的卧室。

平时她履行情人义务是有固定房间的——健身室。闻泽通常会做四至五个健身项目，其中就包括了她。事实上，他对她的态度与健身器材并没有什么区别，花在每个项目上的时间基本都保持一致，很是雨露均沾。在外人看来，云悠悠不过是在陪着太子正经健身，结束之后，碰到谁也不会感觉尴尬。而昨天发生的事情实在有些过界，更别说她还在太子的卧室睡到日上三竿，这……

云悠悠耳尖发红，踮着脚想要快速溜回自己的房间，没想到刚走出两步就被老管家叫住。

"云小姐，"银发管家站在雕着星尾花的旋转楼梯口，一本正经地向她行了个礼，"午餐已为你准备好了。另外，殿下五点四十左右回来，他让你在书房等待。"

云悠悠非常不自在地揪了揪小白裙，她对自己的定位一直很清晰，就是别墅里的打工人，而老管家，正是她的顶头上司。上司向自己提供服务，实在是有点惊悚。

老管家四平八稳地转身，端着手走在她前面。下完旋梯，老人微微侧过脸，认真地说道："那件沾了营养液的礼服已经报废，它价值八十万星币，你需要全额赔偿。"

云悠悠："？！"

她据理力争："我只是碰到了袖子。而且那袋营养液被我喝得很干净，污渍面积不会超过 1 平方厘米。"

老管家转头微笑："它是整体工艺制作，牵一丝，动全身。你可以申请公共借贷，利息只有两个百分点，以星河花园的平均薪资来计算，二十年就可以还清。哦对了，秦医师给了我账单，昨天你使用的情感阻断剂是尖端产品，价值五万星币，所以还贷时长可能还要增加一年零八个月。"

他的表情温和，云悠悠却分明看出了一丝怜悯——努力打工吧，债奴小姐！

她生无可恋道："您知道的，我签协议的时候拒绝了金钱补偿，只要求包吃住，以及虚拟机甲训练舱的使用权。"

老管家点头："你的眼光很长远。如果通过机甲考核进入帝国军团的话，你的年薪应该能达到十万，这样九年就可以还清欠款。这真是一个好消息。"

此刻，云悠悠彻底忘记了从太子卧室走出来的尴尬，只觉得脑袋上方笼罩着一大片愁云，里面晃荡着一枚枚沉甸甸的星币。

礼仪周全的银发管家把云悠悠带到了太子专用的餐厅，高科技感的简洁风格，冷淡、大气。云悠悠小心地在悬桌侧面的磁力座椅上落下了半个屁股，餐厅侍者端来午餐。看着面前巨大的、盥洗盆一样的圆盘，以及里面满满当当黑糊糊一般的可疑物质，她不禁额头一顿乱跳。

眼前这一坨闻起来就像烧焦的塑胶。

老管家微笑着向她介绍："这是宫廷秘膳，有增寿养生的功效。殿下交代过，云小姐必须吃完。"

云悠悠：……

老管家贴心地补充："别担心，食物在协议范围之内，即便再珍贵也不会额外收取费用。"

云悠悠丝毫没有觉得被安慰到，她用银勺挑起一小抹黑胶，尝了尝。嗯，也不是完全没有优点，大概是考虑到它非常难吃，所以制作者贴心地加了些润滑剂，方便大口吞咽。

云悠悠也不知道自己是怎么吃完这一盆"黑塑胶糨糊"的，她推开座椅起身的时候，觉得自己就像一根冒着黑烟的焦炭。

"我可以在书房上网消食吗？"伴着控制不住的嗝声，她提出了最后的请求。

老管家微笑："当然。"

云悠悠坐在书桌对面的墙壁下，她在星网上搜索林瑶，想要找到哥哥的痕迹。比如林瑶的论文中，说不定就会提到某个实验数据、某种分析思路，甚至某样研究结论来自绿林的某位学者。她的心脏"怦怦"直跳，手指有一点发颤地点进林瑶的主页。

一排金灿灿的徽章晃花了云悠悠的眼睛，一行行头衔后面，紧跟着一些云悠悠看不懂但曾经在哥哥的屏幕上见过的专业名词。这不能证明什么，可能同领域的学者研究的都是这些东西。云悠悠定了定神，继续往下看，飘在林瑶主页最顶上的，是一条心情动态。

【谢谢各位关心。不用担心我，科研人员腾不出时间难过。】

这条动态底下，无数 ID 在安慰林瑶这位"最美丽的科研小姐姐""最励志的鸡汤文女主"，以及……谩骂一个名叫云悠悠的女人。

"云悠悠"三个字出现频率太高，云悠悠只看了一会儿，就有点不认识这三个字了。她发现页面右下方有白星星在闪烁，一点开，铺天盖地的消息涌进来，差点儿把她的低配光脑整死机。都是一些骂人的话，让她去死，骂她不配，威胁她不要露面，最好一辈子藏着不要出来，否则就把她……

云悠悠不知道这样的恶意能不能伤害到别人，但对她是无效的，因为她不是正常人。她歪着脑袋思考了一会儿，认认真真给出现频率最高的 ID 回复了一句话。

【不然你试试爬能源管道来打我？】

她贴心地走到落地窗旁边，把光脑探出书房，隔空拍摄了一张自己窗户下面那条浅白的金属管道，发给对方。传完图片，心如止水的云悠悠关闭了消息管理器，去金属书架旁边取了一张废稿纸和碳笔，回到墙根下，她要做一件很重要的事情。

闭上眼睛，思绪慢慢飘回了哥哥从前居住的公寓。哥哥有一台屏幕巨大的光子计算机，屏保图案是他自己绘制的分子磁能交互图。她记得那段时间哥哥经常通宵，花了一个多月才做好。图形完成的那天，他快乐得像个小少年，把她的头发揉乱了好几回。他说它是宇宙最美的杰作，也是他最新的研究成果。他说科学的尽头是美学，所有不好看的公式最后一定会被证伪。

云悠悠无法理解科学狂人的想法，不过不妨碍她爱屋及乌，没事时常盯着他的屏保看，想要和他多一点共同语言。那个图案，她直到现在都记得。云悠悠抿住唇，下笔如飞，很快，一个六边形的结构图出现在稿纸正中。

完成之后，她把稿纸平铺在椅子上，用光脑扫描、录入，然后把这幅记忆中的图像放到星网上，查找近似图像。很快，搜索引擎把云悠悠带到了一个还未关闭的页面上——林瑶最近发表的三篇论文之一。除此之外，整个星网上再也没有类似的成果。

云悠悠逐渐剧烈的心跳牵引着指尖，颤抖幅度越来越大。她深吸几口气，控制着手指，缓缓敲下哥哥的名字，在林瑶的论文中全文查找，看她有没有标注。

【没有搜索到匹配的字段。】

云悠悠死死盯着林瑶的论文，繁杂的公式和论证，还有通篇的专业术语……看来看去，她什么也看不懂。她只知道林瑶把哥哥连续通宵一个月绘制的分子磁能交互图当成了她自己的东西，并且在旁边批注了个头秃卖萌的表情。

那别的呢？一页一页沉甸甸的成果，还有多少是哥哥的心血？云悠悠的呼吸变得急促，视线迅速模糊。

卑鄙的小偷！

她的心口很疼，像有一把电锯在里面反复切割，捂住了嘴巴，眼泪漫过手指，噼里啪啦地落到膝间的稿纸上："哥哥……我替你杀了她，好不好？不行，哥哥会生气。呜……"

穿着白裙的柔弱女孩缩成了小小一团，贴在墙壁下面哭得喘不过气。

❖ 08 ❖

几乎同一时间，行走在冰冷黑狱中的闻泽接到了信息安全部门发来的消息。他随意扫过一眼，看到"林瑶、云悠悠"等字样之后，随手把消息转给了侍卫长杨诚，让这位心腹代为处理。

闻泽继续走向黑狱深处，一步一步，挺拔的身影逐渐散发出威严气势，镇住了周围阴暗森冷的空气。抵达最后一间囚室时，他慢条斯理地取出手套戴上，推门进去。很快，凄厉至极的惨叫声撞门而出，在合金廊道中不断回旋。其中掺杂了闻泽温和有礼的问话声："请告诉我，林德事件参与者还有谁……不说是吗？"

更加尖利的哀号传出，夹着一阵阵肺部痉挛般的倒气锐鸣，让人闻之毛骨悚然，久久不断。

几十米之外的合金旋门旁，侍卫长杨诚拖来一把沾着可疑黑渍的铁椅子，往上面一坐，扬起一根小指头，一页一页拨动着刚才收到的情报。这只是一些女孩子之间的争斗。不过，在太子渐渐成为大龄剩男，而太子妃人选却迟迟未定的情况下，与他相关的每一个女孩都有可能弄出真正的大新闻。

今日这件事情的经过是：早晨9点48分，一个自称星河花园内部人士

的神秘 ID 在星网上爆料称，昨日林瑶到星河花园做客时，与太子的情人发生了冲突，太子维护新欢，林瑶失落离开。神秘人士顺便提了几句——新欢长得漂亮，弱不禁风，没有任何专长，靠着笼络太子的心来换取优渥的生活。星网炸开了锅，网友们都想知道爆料的真假，也都在关注着林瑶的状况。

11 点 03 分，林瑶发布了一条动态：**谢谢各位关心。不用担心我，科研人员腾不出时间难过。**

这条伤心又坚强的动态引起了全星网的同情与怜惜。与此同时，"新欢云悠悠"的星网 ID 被曝光，网友自发对她实施了网暴。

云悠悠在下午 2 点 11 分，终于现身星网，并回复了一个网友。她很嚣张地秀出星河花园的照片，并用言语大肆嘲讽这位网友，说让他试试爬能源管道来打她？收到挑衅回复和照片之后，这名网友准备把云悠悠的回复上传至星网，让所有人都看看她有多么猖狂。

不过因为照片涉及太子私邸并向公众发布，所以这条信息被安全部门及时截留了下来，等东宫回应之后，再决定是放行还是封锁 IP。这件事必须尽快处理，操作不当的话，很快就会有"星网发言被实时监控和干扰"的阴谋论发酵出来——虽然事实上的确如此。

杨诚头痛无比，双手薅住自己的头发，从铁椅子上起身，在原地跺脚打转。云悠悠小姐，你温柔无争的人设呢？崩啦，崩没啦！殿下不就是送了你一套房子吗？这就飘上天了？不宣告全世界很难受？恨铁不成钢的侍卫长抬手看了看腕表，那条因为"信号故障"而暂时被截留的消息已经在原地转了九分钟圈圈，现在必须立刻给信息安全部门一个明确的答复。

封，还是放？

杨诚侧耳听着黑狱深处的惨叫，觉得此刻不宜打扰殿下。他咬咬牙，敲击光屏，输入批示——"封锁"。同时脑子里开始部署接下来的行动：上门收取能源管理费，将"欠费"的屋主请回监察处，然后签署保密协议。正要点击发送，杨诚的瞳仁忽然收缩！他定定盯住那个不再旋转的圆圈，发现这条消息已经被发布到了星网上，并且后缀了一条真实地址——来自首都星 A 区 17 处延迟中转。

A 区，是帝国中枢办公区域；而 17 处，正是信息安全部门。

杨诚只觉浑身血液都涌到了脑门，"嗡"一下差点摔倒："这群饭桶！"事情没办好也就算了，还把自己的地址给带上，是生怕别人不知道他们在干什么吗！这条被延迟的消息事关太子，有心人岂不是可以把监控星网定义成太子的个人行为？

冲到脑门的热血化成冷汗，瞬间打湿了侍卫长的制服。他一脚踢开绊腿的铁椅子，向着黑狱深处跑去——这件事的紧急程度已经超过了其他，必须立刻禀告殿下。途中，杨诚用余光又瞄了一眼星网，发现信息安全部门非常果断地屏蔽了信息传输，星网陷入瘫痪状态。

这不是欲盖弥彰吗？！

满头冷汗的杨诚扑到囚室门口时，闻泽正好出来，他垂着一双冷沉幽黑的眼睛，缓缓摘下手套，扔向身后，那双浸满了血色的手套"啪"地落在地上，发出黏腻沉重的声音。

杨诚急忙迎上前："殿下，截留星河花园相关消息的过程中，信息安全部门泄露了真实地址！"

闻泽面无表情地听完了汇报，语气毫无波澜："一点小事。孟兰洲如果处理不好，那就换人。急什么？"

杨诚动了动嘴唇，想说这件事肯定是内部动的手，负责信息安全部门的孟兰洲八成已经彻底投向了陛……但是转念一想，殿下能不知道这些吗？

他抿住唇，可怜兮兮地望着闻泽，闻泽越过侍卫长身边，挺拔的身形拉出长长的影子，一步一步踏过冰冷长廊："走了。"

侍卫长很气，是那种无能狂怒式的生气。就在昨天，他还在殿下面前想方设法替云悠悠说了一大堆好话，什么温柔安静乖巧，什么聪慧通透与世无争，没想到今天她就搞个大新闻，还让有心人抓到了机会。

"殿下，"杨诚愤愤地说，"一幢房子而已，为什么就能让一个人把尾巴翘上天呢？也不过是区区几亿星币。"

闻泽侧眸，幽幽地看了一眼这位依然保有几分天真的杨氏财团第一顺位继承人，礼貌而神秘地笑了下："呵。"

鉴于危机当头，太子殿下说不定分分钟就翻船，杨家大少的胆子不由得肥了很多，嘀嘀咕咕地说道："殿下这房子送得太亏了，早上才把星河花园转到云小姐名下，不过半天工夫，就从温柔小意变得面目可憎。"

闻泽并不意外："虚荣浮躁不是很正常吗，你对人性抱着什么样的期待？"

杨诚张了张口，说不出话。

登上星空车的时候，信息安全部门的负责人孟兰洲发来了事件报告。闻泽把孟兰洲闪烁的头像拨到一边，态度漫不经心，就像对待一封垃圾邮件。杨诚深切体会到了什么叫作皇帝不急太监急，急得想抓耳朵。挡板落下，太子进入了绝密的私人空间。

被隔离在外的杨诚:怎么办，怎么办，现在开始花钱和别的皇子搞关系，会不会有点太迟了？脑海里晃过一个又一个血淋淋的新闻标题。

——监控门事件爆发，闻泽·撒伦被褫夺储君封号。

——涉案人员全部落网，二号重犯（杨诚）试图花钱买命。

——惊！昔日皇太子，今日阶下囚。

——废太子死于狱中，究竟是意外还是谋杀？

……

第二章

CHAPTER 2

史上最嚣张跋扈的小情人

Falling into stars

◆◇ 01 ◇◆

星河花园。

云悠悠缩成小小一团，抱着膝盖，哭得头脑昏沉，闻泽推门进来，她都没有听见。直到一只温热的大手沉沉落在肩膀上，她才茫然偏头去看，那是一只冷白的、修竹一样的男人的手，再往上，是精致的袖扣，还有名贵厚重的布料。云悠悠想起被巨额债务支配的恐惧，赶紧抹掉眼泪，一滴也不敢溅到他的衣服上。

这副狼狈的模样映在了闻泽幽黑的眼眸中，他抬手，从她膝间取走了那张画着六边形图案的稿纸，很随意地问她："怎么哭了，这是什么？"

话音没落，他看见了她身前的光屏，上面显示着林瑶的论文，屏幕正中的图案和稿纸上一模一样。临摹？眉梢微微一抬，他瞥向她，语气微哂："云悠悠，这就是你的努力方式？你知道这是什么吗？"

她的心情还没有平复，嘴角一扁，眼睫一颤，又滚下了大颗的泪珠。她知道，自己没有任何证据能够指控林瑶是窃贼，这是她记忆中的图案，可是谁会相信呢？毕竟林瑶发表在前，自己的行为就像是临摹了人家的东

西然后出来跳脚——多么拙劣的碰瓷啊！

　　这么想着，她委屈得皱起了脸蛋，呜咽着，一双泪汪汪的大眼睛直直盯住他："我不知道这是什么，我也想知道，比谁都想。"

　　闻泽被她这样盯着，莫名有些不自在，正要下意识偏头避开时，一只小手忽然攥住了他的前襟。她凑到他面前，漂亮的脸蛋纯粹真挚得令人心惊，泪光微闪，灼人魂魄："我会好好学，一定比她学得更好。你从头教我，好不好？哥哥。"

　　闻泽瞳仁微颤，一个"好"字险些脱口而出。幸好，他及时反应过来，自己也不懂。

　　云悠悠脸小，眼睛显得特别大，含着泪的时候，非常楚楚动人，她盯着闻泽，像一只渴望被投喂的小鸟。她看见闻泽的目光闪了闪，划过一丝她看不懂的情绪，然后沉下了脸，语气清冷，带着点教训的意味："不要好高骛远，机甲学会了吗？"

　　云悠悠立刻惭愧地低下了头，手指无意识地揪皱了自己的小白裙。是啊，机甲还没学好呢，又想学别的，她真是个笨蛋，练习了三年，连第一个小目标都没有攻克。

　　"我会更努力的。"她的脸几乎埋到了胸前，非常心虚而细软的声音轻轻飘出来。柔顺的黑发反射出规整好看的光泽，让人忍不住想要伸手把它揉乱。

　　闻泽手指微动，终究觉得做这样的事情不太符合自己的形象，于是把抬到一半的手握成了拳，抵在唇下轻轻一咳，微沉着嗓子开口："我有空时会教你。"

　　然后又及时补充一句："机甲。"

　　她仍埋着脑袋，像小鸡啄米一样快速点了点头："嗯嗯！我一定好好学！"

　　闻泽的视线扫过她的身体，骨骼纤细柔软，皮肤一碰就青，不动都会气喘。就这么个娇气的东西，打出个位数的成绩好像也不是无法理解，也许她真的努力了，只不过水平差得无药可医。太子殿下忽然感到啼笑皆非，忍不住抬手掐了掐眉心。

"现在开始吗？"她抬起头，黑白分明的眼睛里装满了小星星。

闻泽偏偏头："换件衣服，先带你出去用晚餐。"

"嗯。"女孩乖顺地点点头，什么也不问，踢着拖鞋就回去换衣服。

看着她的背影消失在书房门口，闻泽的黑眸不禁微微眯了下。第一次带她出门，进入公众视野，她就一点也不觉得意外？还是说她以为已经吃定他了？

身影一晃，他闪出书房，追上走廊中的云悠悠，大手捉住她的肩膀，把她转了回来。云悠悠茫然地眨了眨眼睛，仰头看他时，不自觉微微歪了脑袋。

"殿下？"乌黑明亮的眼睛里并没有心思得逞的窃喜。

闻泽：……

为了掩饰自己略显突兀的举动，他偏头俯身，吻住她的唇。经过昨晚的训练，闻泽的吻技已经有了飞跃式的突破，他轻轻挑开她的牙关时，她的心跳也跟着漏了一拍。

忽然，闻泽停下了动作，松开她，把她稍微推远了些，目光狐疑中带着点嫌弃："你又乱吃了什么？"好浓郁的焦煳塑胶味。

云悠悠微笑："……问您自己。"

✦ 02 ✦

20 分钟之后，云悠悠第一次坐上了闻泽的星空车。银白的流线型车体，启动时丝毫也听不到磁力的嗡鸣声，几乎感觉不到任何震动，车身就已经浮到了半空。

云悠悠把自己的脸完全贴在了透明舷窗上，盯住升到星空车旁边随行护卫的机甲。它们造型帅气，并且拥有恐怖的能量核心和武器装置，行动时带起低沉闷啸，就像行星运动时发出的高频声音。她的心脏跳得巨快，这还是她第一次这么近距离看到被称为"人间兵器"的作战机甲！将来，她也会驾驶着它们，收复绿林，回家。

　　云层下方，首都星这座金属城市恢宏壮阔，充满了科技感。车流在光标投射出的立体航道上往来穿梭，严格遵守着航飞规则。首都繁荣拥挤，几十层航道都在堵车。闻泽的星空车位于一切航道之上，这里没有任何指示光标，整个广阔的天空任他驰骋。

　　云悠悠回头，看着闻泽，微微睁大了眼睛："可以不遵守航飞规则吗？"

　　权力顶端，原来是这样为所欲为。

　　闻泽很自然地把手臂搭在她身后的椅背上，身体倾斜过来一些，稍微压低了嗓音，语气神秘："扣的是司机的分。"

　　云悠悠愣了好一会儿，然后缩着肩膀笑得两眼弯弯。闻泽也笑了起来，搭在她身后的手臂落下来，环住她的肩。同处这样一个狭窄的空间里，云悠悠更加清晰地意识到两个人的体形差距非常大。闻泽的身材高挑完美，看上去瘦瘦长长，其实衣服下面藏着一层精瘦结实的肌肉，坐在星空车里，特别占地方，把她对比成了小小一只。

　　她看了看自己这点可怜的空间，忽然想起，昨天林瑶也坐过他的星空车。所以，他和那个偷了哥哥心血的窃贼也有过这么亲密的动作吗？这里这么挤，怎么也会碰到吧。云悠悠觉得像林瑶这种偷别人成果给自己贴金的脏东西，就连 100% 除菌洁净喷雾也不可能清理干净。

　　她看了看闻泽揽在自己肩膀上的手。他的手很漂亮，悠闲地揽着她，有股矜贵优雅的懒散味道——座舱窄，两个人这么半拥着最合适。

　　"您昨天和林瑶也这样吗？"她问他。

　　闻泽的黑眸冷了些，沉默了半晌才开口，语气倒是依旧温和："不这样。"

　　"可是她那件深红礼服里面有夹板和撑杆，"云悠悠很认真地说，"她会比我更占地方，不可能不碰到您。"

　　闻泽盯着她看了一会儿，她抬头和他对视，毫不退让。毕竟这个问题关系到她是不是要购置大量清洁液回来泡澡，那都是星币。

　　他把手臂收了回去，声音冷淡："这里是我的个人舱，客舱在后面。"

云悠悠看了看身下的椅子，它虽然大，但确实是个单人座："哦……明白了。"云悠悠能感觉到闻泽很不高兴，她也知道自己的举动有点无理取闹，但是她现在没有证据指控林瑶脏，只能默默垂下脑袋。想了想，她悄悄探出手，覆住他放置在膝盖上的大手，轻轻摇一下。

闻泽指节微动，经络突起，却并没有把手抽开，但是转头望向窗外。云悠悠偷偷打量他的侧脸，她知道他还是不高兴。

星空车在沉默中前行，大约 10 分钟之后，落在了帝国最高建筑物的专属停车坪上。闻泽抬手整了整衣领，唇角勾起温和的笑容，推门下车，然后绕到云悠悠这一侧，为她开门。他用最绅士的姿态护着她下车，带她顺着停车坪外的大道走向悬浮圆梯，一边走，一边介绍面前的金顶餐厅，风度、礼节和仪态都无懈可击。

但云悠悠仍然能够察觉到两人之间的隔阂，这是一种难以描述的感觉，非常微妙，就像原本融洽的气场里面被洒了一把细砂。作为一个合格的乙方，云悠悠知道自己得主动哄好甲方，但她对闻泽的了解少得可怜，干脆就顺着他的话题拍马屁。

"这么豪华又历史悠久的餐厅，"她好不容易接住了一个话头，"一定集齐了所有口味的营养液吧？"

在任何社交场合都能游刃有余的太子殿下忽然失语，他侧过头，看着她瘦白的脸颊："你就只知道营养液？"

星河花园有专业的厨师团队，他记得自己给过她任意点餐的权限，她该不会一次也没用过吧？三年，跟了他三年的情人，顿顿营养液？受玛琳皇后影响，闻泽脑海里幽幽飘过去好几个热搜标题。

——史上最吝啬的包养。

——惊，太子成为营养液最佳代言人。

——你可以得到他的人，却永远得不到他的食物。

……

闻泽黑着脸："金顶餐厅提供宫廷秘宴。"

云悠悠浑身一震，脑袋里顿时塞满了今天中午的"黑煳焦"。

她小脸惨白，神情惊恐："不！殿下，除了营养液，我什么都不吃，您不要逼我！"

闻泽：……

❖ 03 ❖

乘坐悬浮圆梯，在轻微的嗡鸣声中，闻泽和云悠悠顺利抵达大厦顶层的金顶餐厅。踏入餐厅时，云悠悠被面前的场景震住了。

淡金色的透明弧顶垂落到地面，自然光洒落进来，给室内的一切镀上了一层明亮的薄金。视野所及是一片梦幻的金光，就像是宝石折射的黄昏光线凝固了下来。每一个人都仿佛在发光，这里就像传说中的天国。

看着太子殿下进来，众人起身，整整齐齐地行礼："太子殿下！"

闻泽平抬手掌，随意地压下："诸位自便。"

他带着云悠悠，来到窗边的沙发卡座落座。云悠悠低头看了看自己的这身小套裙，发现沐浴在金光下的它，看起来也价值不菲。

女侍者上前服务，闻泽随意地点了一份单人餐，然后礼貌地请餐厅为云悠悠提供全口味营养液。训练有素的女侍者没有表现出丝毫异色，行过礼，踩着高跟皮鞋恭敬退下。

很快，一份色香味俱全的单人餐送达。浸满酱汁的晶莹香米、散发出浓郁牛油香的和风方块烤肉、粒粒金黄的炸鱼子、洒满雪花的水晶膏、脆香的各色小甜果……云悠悠直勾勾地盯着闻泽面前的单人餐，眨了眨眼睛，又咽了咽口水。

与此同时，侍者微笑着为她呈上了大餐——赤橙黄绿青蓝紫，全部口味的营养液，齐活。

"慢用。"

云悠悠发现，正在优雅用餐的太子殿下，心情明显愉悦了很多。她悲愤地拿起一袋营养液，咬开边角，把头转向巨大的金色落地窗。

❖ 041 ❖

我不想吃肉，根本不想！滋溜，小袋子见底，根本不屑于用余光去看闻泽面前的单人大餐；传说中的鱼子酱吗，我一点儿都不想吃！滋溜，又是一袋，硬生生把营养液喝出了壮士断腕的气势。

闻泽的眼睛里不知不觉浮满了笑意。当他察觉到自己的嘴角也翘了起来时，不禁心下一沉，收敛了神情，缓缓放下手中的金色餐具。三年来，这个女人一直表现得温柔无争，不料一朝得意，立刻暴露出虚荣骄躁的真面目，并且妄想干涉他的私生活。

如此僭越！按理说他应该感到憎恶才对，可是看着她吃了一点小瘪的样子，他竟然觉得非常可爱。她的面容看起来仍有些稚嫩，金色的自然光为她镶上了一层淡淡的光晕，侧颜纯真得就像画中的天使。如果忽略她手中的营养液，那么这幅画面堪称完美。

"太子殿下！"一声堪比惊雷的大嗓门响彻整个卡座。

云悠悠手里的营养液包装袋差点儿被吓掉，但她及时想起了那块价值80万星币的污渍，心尖一抖，双手猛地一握，将细细软软的营养液包装袋牢牢攥在掌心——这些金色的桌布、地毯、座椅，哪一样她都污染不起。

闻泽轻笑一声，探出手，安抚地拍了拍她的手背："没人跟你抢。"

闻泽抬头，望向来客，云悠悠也跟着抬起了眼睛："……嗯？"

出现在餐桌旁边的男人看起来非常特别。他的五官精致得就像漂亮女人，面孔很年轻，不超过三十，然而谁也不会觉得他是一位美男子——他的皮肤白得像鬼，眼眶周围环着两圈巨大的乌青，嘴唇翘满了干皮，腮部全是乱胡茬儿。除此之外，他还英年早秃，头顶地中海。只有两侧残存着稀疏的头发，枯黄分叉，横飘在耳朵旁边，看起来时常被抓挠。帝国军笔挺的黑制服被他穿出了睡衣的效果，又松又皱，扣子还扣歪了，左边衣领杵到了脸颊，右边衣领却垮到锁骨下面。

"殿下，您必须对我负责！"这位不修边幅的军方人士冲着闻泽大声嚷嚷，吸引了整个餐厅的视线。

云悠悠神色惊恐，她是不是听到了什么了不得的东西。

闻泽慢条斯理地擦了擦手："孟兰洲，冷静一点。"

名叫孟兰洲的邋遢青年激动地握起两个拳头，呼呼在身旁摇晃，他梗着脖子大叫："我无法冷静！那些该死的残匪居然炸毁了通信卫星！他们明明是为了报复殿下你，可最终倒霉的却是我！整整三个小时了，那颗卫星负责的所有数据流还在通过我的主机中转，它就要热炸啦！我手下的那些精英们，眼下什么事也做不了，都在抱着冰枪喷雾为主机制冷！殿下你想象一下那个画面，它合适吗？合适吗？"

闻泽点头："维护星网通畅运行，是你们信息安全部门的职责。做得很好，请继续保持。"

"等到信号修复完毕，我的主机肯定报废了！"孟兰洲瞪着一双乌鸡眼，"殿下，我需要补偿！"

这就是"信息部截留星河花园图片意外暴露自身地址事故"发生后，孟兰洲采取的紧急补救措施——在泄密发生的瞬间，他果断爆破了一颗通信卫星，将它负责的所有数据传输都通过信息安全部门的主机中转，通通打上信息安全部门的标注。这样一来，那条被截留过的信息就淹没在了无尽汪洋里面，谁也无法再用它做文章。

不久之前被太子殿下端了大本营的星盗"血鲨组"，正好为这起事件背黑锅。信息安全部门已经发表了事件声明，只不过"星盗袭击通信卫星导致信息流延迟，经官方中转后发出"这样的标题不够抓人眼球，完全没有激起浪花。于是孟兰洲亲自跑到金顶餐厅找闻泽闹一场，扩大影响，方便公众理解这件事情。当然，也顺便找闻泽讨点赏金，毕竟事发时，孟兰洲的反应可以说是非常及时且聪明，而且他炸了一颗卫星啊，那么大一颗卫星，好多星币！

"可以。"闻泽一副好说话的样子，"捉拿到肇事者之后，会冻结他们的资产，你可以申请优先赔偿。"

孟兰洲：……

得，这意思就是说，钱没有，不追责都算太子仁慈了。

　　说起来，事情已经发生了三个小时，孟兰洲依旧没有查出任何线索。那个"操作失误"的工作人员背景简单，和太子的政敌们并没有交集，近期也不存在任何工作之外的私人联络。表面上看，这单纯是一起因为通宵加班精神不济而导致的手滑事故。

　　真的只是手滑吗？也有可能。因为在紧急补救的过程中，没有出现任何干扰力量——如果是上面动的手脚，怎么会轻易放过这么好的机会呢？

　　云悠悠没有关注这两个人的谈话，她在专注地扒拉面前的小光屏，听说通信卫星被炸，她第一时间低下头，上星网看新闻。她翻了一会儿，并没有找到实景拍摄的视频，官方发布的公告热度也不高，搜索频率较高的关键词都是"卫星实拍""爆炸场面""爆炸图片"这些，点进去都在求图。

　　公众的好奇心和云悠悠保持一致，她发现，很多网络发言都带上了"自首都星A区17处延迟中转"这样的后缀。她并没有在意——谁也不会在意这个，因为整个首页都飘着卫星被炸、信息由官方服务器中转的新闻，看不见是瞎，反正只要不影响上网就行。

　　翻了几下，她看到一个和自己有关的热搜，这条帖子后面同样带有中转标记。发帖人贴出了自己和云悠悠的聊天记录，正是云悠悠拍摄的星河花园以及那句"爬管道"的回复。她的表现又一次在星网上激起了巨浪，帖子底下全是骂声，封号从"普通小情人"成功晋阶为"史上最嚣张跋扈的小情人"。

　　没有人觉得这条信息被首都星A区17处延迟中转有什么不对，因为大家都知道卫星炸了。

　　云悠悠眨巴着眼睛，一下一下拨动光屏，看网友们变着花样骂自己。发帖的那一位义愤填膺、慷慨激昂，写了好多篇千字小论文来抨击云悠悠不劳而获的行为，控诉她为了吃香喝辣而不顾道德廉耻，插足科研小姐姐和太子的神仙爱情。

　　云悠悠的目光在"吃香喝辣"四个字上面停留了很久很久，这个她就

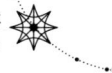

有点不服气了。她瞥了瞥闻泽面前的单人餐，他只顾着和那个孟邋遢说话，肥美的方块烤肉上已经凝固了一层白花花的油脂，看起来……也还是很好吃。再看看自己面前的营养液，还剩下青草味、柠檬味、麦香味……看上一眼，她的眼睛和肠胃都要开始冒绿光。

她抿住嘴唇，拍下这一排整整齐齐的营养液，本着实事求是的态度，把照片传到了帖子后面，为自己正名。吃香喝辣什么的，不存在，根本不存在。她做过的事情随便别人怎么说，但是她没吃过的，休想往她头上扣！

很快，底下刷出一排排回复。

"啊啊啊！在金顶餐厅喝营养液？顶级炫耀技能 GET！"

"呵，是想说山珍海味都吃腻了吗？秀得没眼看了！"

"没看见屏幕边上那只男人的手吗？腕表是星海 NX 系列典藏版，全帝国只有三枚，皇室特供！她在炫富啊傻子们！"

"不！她是在秀恩爱！"

云悠悠看到这些回复，默默关闭了星网。这届网友的脑回路，她是真的看不懂。

闻泽打发完孟兰洲，转头一看，只见云悠悠表情恍惚，好像在怀疑人生。

"走了。"

◆ 04 ◆

回到星河花园后太子一直没有让她退下，云悠悠只好跟着他，一路走进了卧室。

"去洗。"他用下巴指指浴房，然后垂下头，点开光屏处理文件。云悠悠看见孟兰洲的头像在闪烁，她眨了眨眼睛，这两个人感情真好，在餐厅还没聊够。

她进入浴房，看着巨大的磁能悬浮按摩浴缸发了一会儿呆，躺在里面泡澡一定非常非常舒服，可它是闻泽的浴缸，她用它，不合适。抿了抿唇，云悠悠脱掉衣服，走进淋浴用的半透明琥珀罩。太子的淋浴室，也非同寻常，云悠悠看着智能面板发了一会儿呆，这实在是太复杂了，功能齐全得让人眼花缭乱。

她的目光在"智能调节"和"习惯模式"上徘徊了三秒钟，然后果断选择了"习惯模式"——不乱动雇主的电子设备，这是最基本的职业操守。

"呜——嗡——"琥珀罩中温度直线上升，无数圆溜溜的水珠从罩壁上渗出来，悬浮在半空，汇成一股股暖流，打着转向她飘来。

"哗啦啦——"云悠悠还没来得及惊叹，就发现事情不对，她被水流淹过了头顶……闻泽高了她一头！

眼睛睁不开，她被水流包裹着，呛得摸不到琥珀罩的开启按钮。

"咳咳咳！救——咕——命！"

浴室凶杀案发生的时候，闻泽正闲闲倚着窗框，漫不经心地拨动面前的光屏。孟兰洲发过来的短视频摇晃模糊，故意做成了偷拍的效果，拍的是金顶餐厅那一幕。

孟兰洲在画面中的表现真实且浮夸，很有冲击力，鲜活地向公众展现了信息安全部门那些加班人的苦逼生活。太子殿下优雅镇定，一如既往。画面一角，身穿白裙的温柔女孩两次入镜，窗外的金光模糊了她的面容，恬淡美丽。

闻泽看完短视频，平淡地回复："可以。"

孟兰洲飞快发来一大段话："视频发出去热度肯定够，泄密事件基本就解决干净了。但是你相信这件事只是意外吗？我不太相信，可实在找不到证据了，能用的测谎手段我都用过，能查的地方也都查遍了，没疑点。难道那小子真的只是手滑点错，才把截留状态的信息给发了出去？他昨天通宵加班，因为疲倦而导致操作失误，也勉强能说得通。"

闻泽的思绪在"因为疲倦而导致操作失误"上面停留了片刻，星河花园也刚出过一起操作失误的事故。

情感阻断剂是管控药物，有一套固定的使用流程。昨天，医师秦丽珍未经任何程序就把它交给了云悠悠。事后秦丽珍非常后悔,她说当时上网太久,精神有些疲倦,提到阻断剂的时候,顺手就把它取了出来——平时给患者拿药太习惯了,大脑迟钝的状态下,下意识做出了习惯性动作。秦丽珍也没想到云悠悠会毫不犹豫地喝下,毕竟她的状况并不是非用药不可。

　　一连两天,两起意外,都和闻泽有关。信息安全部门的那个人怎么样暂且不说,秦丽珍是星河花园的医师,身上每一个细胞都被翻查得明明白白,绝不可能受人指使。所以仅是巧合吗?

　　几十秒后,孟兰洲又发来长长一段:"虽然我以迅雷不及掩耳之势爆了个卫星,但事发的时候漏洞是很多的,随便一抓都能抓住,对方却没有任何动静和后手,这就很不科学了。无论是你家老头还是老二老三,都不可能放过这么好的机会,所以有可能真是意外吧。闻泽啊,西蒙没了之后,我就只有你这么一个掏心窝子的兄弟了,你信不过别人,闲云野鹤的我不得不亲自出山给你做情报头子,当牛做马,劳心劳力,赔人又赔钱。兄弟我,是真的苦啊!"

　　这个事件看似轻描淡写就解决了,实际上凶险得很。孟兰洲还算是应对得当,否则现在弹劾闻泽的文书已经堆满皇帝的书桌,街头也会出现大量"太子违宪,侵犯公众通信隐私"的横幅投影,比不娶灰姑娘严重多了。储君之路不好走,左右是深渊,脚下是刀尖。

　　闻泽捏着眉心回复:"多少星币,直说。"

　　孟兰洲的声音扭捏捏像个小媳妇:"20亿就够了呢。"

　　闻泽隐约听到浴房有一点动静,他的嗓子微微发干,回复孟兰洲的时候,态度变得漫不经心:"去提交申请报告。"

　　"遵命!"孟兰洲的语气欢腾得就像一匹野马,"哦对了亲爱的殿下,今天早上把你的白裙小姐爆料到星网上的那个ID,属于林瑶的闺蜜。另外,你的白裙小姐也不简单啊,刚才你注意到没有,她笑眯眯看星网上那些人骂她,笑眯眯!啧,这股宠辱不惊的变态劲儿,让人很难不想起西蒙……"

　　顿了顿之后,孟兰洲的语气低落了一些:"你还在查林德家族谋逆案?

算了吧，西蒙活着时都不在意名声，哪还计较什么身后名。他只会希望你好好的，顺利登上……"

闻泽淡声打断："不说这个。"

"好吧！"孟兰洲一秒钟转了话题，"话说，白裙小姐这么给力，林瑶那边我看是激不起什么水花了。你差不多也能定下太子妃人选了吧，打算选我妹，还是雄狮家那头小母狮？给兄弟透露透露呗。"

孟兰洲没有等到闻泽的回复。

浴房响起了体征失常的警报声，闻泽关闭光屏，大步走过去，曲起手指敲了敲门："我进来了。"

云悠悠被水呛得浑身无力，蜷着身体缩在琥珀罩下方。空气里水分含量严重超标，她艰难地喘着气，眼前一阵阵发黑。曾经她也拥有过健康的体魄，可是现在，小小的水流就几乎能夺走她的生命，她连站起来关掉淋浴器的能力都没有。窒息的感觉，让她仿佛回到了那个恐怖的血色夜晚。

"哥……哥……"

最绝望的时候，是哥哥救了她。她的鼻腔和嗓子眼又辣又痛，几次摸索着想要站起来，都无力地摔回去。耳朵里响起了尖锐的嗡鸣，她分不清是耳鸣还是某种警报声，胸腔抽搐，她一边干呕，一边喷吐出小水花。

"啪！"水流停止，一条劲瘦有力的胳膊环住她，把她从地上拎起来。闻泽让她靠在自己结实的胸膛上，打横抱住她，大步走出浴房。云悠悠努力睁开眼睛，泛黑的视野中，男人的侧脸英俊得发光，就像下凡的天神，带她脱离厄难。

闻泽扯过一张大毛毯，裹住云悠悠，他的身上滴着水，表情难得的有点蒙。他机械地帮她擦着身上的水珠，准备带她去医疗舱——仔细检查一下脑子。在浴缸里淹死他可以理解，淋浴淹死算怎么一回事？

扔开毛毯，他准备给她套上一件自己的睡袍，然后拎到医疗舱去。云悠悠忽然就扑进了他的怀里，手臂缠住他的腰，抬起一双软绵绵、蕴满了

波光的眼睛，盯住他，娇嫩柔软的红唇微微开合："哥哥？"

闻泽眸色骤然暗沉，喉结动了下，低沉的声音里压抑着情绪："去医疗舱。不要撒娇。"

她盯着他的脸，眼睛一眨也不眨。当初，哥哥抱着她走出那条阴暗潮湿的巷道时，天知道她有多想抬起手来，摸一摸他的脸。她的生命中从来没有过任何奇迹，但是那一天，从天而降拯救她离开地狱的男人，就是一个奇迹。她能感觉到他不愿意被她注视，那时候她的大脑一片空白，她下意识想要碰触他、亲吻他的脸颊，以虔诚的、朝圣的心态。

当初她做不到，但是现在可以。她抬起手，指尖触到了闻泽的脸："嗯？"

直觉告诉她，触感不对。她眨了眨眼睛，认认真真地端详这张脸。没错，就是这样的，记忆中稍稍稚嫩一点，现在很成熟，散发出危险的魅力。她想亲他，于是踮起脚尖，将微微颤抖的嘴唇凑过去。

闻泽皱起眉头，抓着她的肩膀，把她推开。他再一次意识到这个女孩是多么娇弱。纤细的胳膊、小巧的肩头、单薄的背、不盈一握的腰，无论哪里，都能被轻易折断。意识到这一点之后，他的呼吸不禁又沉重了一些。

"我不去医疗舱，您就是我的药！"她仰起脸，微噘着嘴巴，花瓣一样的嘴唇吐出甜蜜的清香，"没有黑烟焦味了，您尝尝。"

✦ 05 ✦

云悠悠的乖巧让闻泽心情大好，他贴在她耳朵旁边，嗓音低沉，带着一点笑意："我和联姻对象签署无性婚姻协议，让你一直跟着我，怎么样。"

云悠悠吓了好大一跳，迅速冷静下来，眼睛微微睁大："不怎么样！"

闻泽本来只是顺口一说，说完觉得有些冲动，但也没有后悔，却没想到她拒绝得这么干脆。

"嗯？"他不由得皱了皱眉。

云悠悠挣扎着推他："殿下，我不可能一直跟着您，我要回绿林，回家！"

他看着她，目光带着审视。她的表情非常认真，态度坚决，没有半点转圜的余地，甚至还带着那么一点玉石俱焚的狠劲。

闻泽眸光微动，回绿林？回家？

绿林矿星沦陷成什么样了，回绿林寻死吗？回家……他结婚了，这里就不是她的家？这么想着，闻泽心头涌起些古怪的滋味。

云悠悠拖着还没有完全恢复的身躯，爬到一边，从枕头下面摸出自己的光脑，调出当年签的那份情人协议给闻泽看。这是原则性问题，绝对没得商量。

"签的是五年，"她的声音细细软软，却无比坚定，"您随时可以单方面终止协议，如果您没有提出终止的话，那就持续到 1341 年结束，也就是说还剩两年。还有这里，看到了吗？如果甲方娶妻，乙方必须在三个工作日内离开，禁止以任何借口滞留纠缠！"

闻泽：……

当初是律官拟定的协议条款，他并不知道细节。

云悠悠睁着一双明亮的黑眼睛，认真地看着闻泽，她很快就可以通过机甲考核了，并没有续约的打算。

半响，闻泽反应过来，这个天真的女孩是想用合同约束他，两年之内不让他娶妻。这么想着，胸腔涌动的感觉更加奇怪，热热的，竟然有些酸甜。

"知道了。三十岁以后再正式成亲，我会考虑。"闻泽的嗓音暗沉了很多，低低的好听极了，让云悠悠感觉脊背微微发麻，他的脸压了过来，随手把她的光脑扔开。

她睁大眼睛："别摔……"

剩下的话被他堵了回去，他睁着眼，眼神幽暗，攻击性强得让人惊胆战。属于闻泽的气息铺天盖地地淹没了云悠悠，凌厉的男人香，像火一样烈。

重新踏进琥珀罩后，闻泽敲了下浴壁上的"智能调节"按钮，帮云悠悠洗了一遍，顺便冲了冲自己，然后擦干水珠，抱起她走回卧室。她悄悄用目光四下一瞄，在地毯上找准自己的衣服、拖鞋和光脑的位置，只等闻泽挥挥手,她就会像一支离弦的箭,"嗖"一下卷起自己的东西离开他的视线。

——以往这个时候她就该退下了。

没想到，闻泽又把她抱回了大床上，手臂一揽，把她圈在怀里，就像一团柔软的云倚着一座巍峨的山。这种感觉很奇怪，云悠悠有些不自在，她感觉到闻泽的身体也有一点僵。沉默了一会儿，他探出半个身躯，把她的光脑捡了回来。

"不用理会网上那些声音。"他说。

"嗯嗯！"云悠悠飞快点头。

他瞥着她的表情，忽然想起了孟兰洲那句——宠辱不惊的变态劲儿，像西蒙。她哪里就像西蒙了？闻泽半眯着眼睛，手指敲了敲光脑："让我看看。"

"哦，好的。"云悠悠十分配合，从星空薄被里面探出手，点击了几下，打开自己的星网主页。

闻泽漫不经心地浏览，他的睫毛很长，一下一下，沉稳地上下扫动，很快，他的眉头皱了起来。

"你就这么任由他们骂？"他侧眸瞥着她，一脸不满，"你没脾气吗？"

她眨了眨眼睛："还好啊，对我并没有造成任何实质性的伤害，我觉得他们自己会比较生气。"

"呵。"闻泽冷冰冰地说，"我来解决。明天开始不会再有这些。"

云悠悠："？"虽然她来自绿林矿星那样的不毛之地，但是基本的帝国法律法规她还是知道的。宪法规定，帝国公民有言论自由。如果闻泽公然擅用职权大规模封禁星网言论的话，那将会是一次里程碑式的违宪事件。

"殿……"刚说一个字，她就看见闻泽点开了她的消息栏，开始一条一条回复那些骂人的消息，他的回复不带半个脏字，但是侮辱性极强，言辞犀利，绝不重样。

只见太子殿下落指如飞，回复一个，拉黑一个，速度快得离奇，就像在万人广场上给崇拜者们签名。云悠悠的大脑和她的老旧二手光脑一样，快要被闻泽这一系列行云流水的操作给搞死机了。回骂了近三百条消息之后，闻泽潇洒无比地替她设置了拒收个人消息。

所以，这就是他所谓的解决？就这？就这？

云悠悠微微张着两瓣无辜的唇，直勾勾地盯着闻泽，目光一言难尽。

"明天你就知道了。"他随手关闭了光脑，把它扔到一边。

云悠悠一颗心跟着光脑划出的弧线悬了起来，见它落在枕头旁边，没跌下床，这才松了口气，把心脏放回胸腔里。

闻泽拦腰把她抱回来，摁到枕头上，然后俯身靠近，独特的温度和气息瞬间笼罩住她。

"闭眼睡觉。"他命令她，然后率先闭上了眼睛。面孔精致冷淡，恢复了太子本色，一点也不像刚才那个在星网上和人对骂的家伙。

"殿下，"云悠悠忍不住嘀咕了一句，"什么时候指点我机甲训练？"

闻泽喉结微动，语气漫不经心："常识都掌握了吧。击杀单体和群体目标，分别使用哪一系列武器？"

云悠悠：……

"不知道？"他问。

她心虚地摇了摇头，发烫的脸蛋蹭在他结实的胸膛上。

闻泽的声音听起来有点无奈："AGNE 单体量点对点高热量输出，OBWEP 针对前方扇形面积……"

垂眸看了看她懵懂的眼睛："算了，红色按键 135 单体，246 群攻。"

闻泽把机甲导师对付初学者的万能公式传授给了云悠悠。

云悠悠眼睛一亮："明白！"

第三章
CHAPTER 3

请问，你通过机甲考核了吗？

Falling into stars

❖ 01 ❖

云悠悠临睡之前给自己发布了一条命令——明天要早起，抓紧时间练习机甲。她在早晨六点准时醒来，发现大床上只躺着自己一个人，闻泽的位置已经没有温度了。她没有和他一起过夜的经验，所以直到今天才知道，原来太子天不亮就要上班。

溜出卧室的时候，云悠悠惊恐地看见廊道里杵着一排人——管家老爷爷身穿正装，率领四名侍者，正守在卧室门口等她起床。

"八点十分，第一机甲军校将有一场表演赛，殿下莅临指导，邀云小姐观礼。一小时零五分钟之后有专车来接，在此之前请做好准备。"老管家的表现非常职业。

云悠悠微微躬身："明白。"

"早餐用什么？"老管家温和地询问。

云悠悠考虑了两秒钟："橙子味营养液！"

"明白。"

十分钟之后，云悠悠叼着营养液，打开了老管家递来的表演赛资料，只看了一眼，她的心脏就欢快地蹦了起来。

第一机甲军校有二十几个院系，以学员的籍贯来划分。闻泽为她安排的，恰好是首都学院对战绿林学院的表演赛！

绿林！

"殿下真好！"云悠悠叼着营养液，感动地抽了抽鼻子，一定是因为昨夜她提到绿林，所以他特意照顾了她的思乡之情。

她一页一页翻动着手中的资料，脸色渐渐变得难看起来。

绿林学院，很惨。早在百年前，绿林矿星就因为过度开采导致环境恶化，降为次级宜居星。最有能力的那批人纷纷迁徙，官员、贵族、资本和人才陆续撤走之后，社会环境更是一落千丈，逐渐沦为了法外之地。

二十年前（1319 年），绿林矿星的地磁急遽消失，所有人都在逃亡，为了一张船票，人们什么事都做得出来。从那个地方走出来的难民，在其他星球居民眼中就是野蛮和落后的代名词，被歧视得很厉害。能够考入第一机甲军校的绿林籍学员已经是本土的佼佼者，但是和其他院系相比，绿林学院的整体文化水平、机甲操作水平还是落后了太多太多。

每一届机甲表演赛，绿林学院都是垫底，被所有人嘲笑。今年更惨，一上来就匹配到了最强大的首都学院，真是……跨越星系级的对战。

云悠悠抬起一双怀疑人生的眼睛，幽幽看了看窗外的天空。她现在有点不太确定，殿下到底是在照顾她，还是在打击她。

云悠悠叹了口气，将资料翻到下一页，这一页是绿林学院带队导师和参赛学员的个人信息。

是他！云悠悠的心脏猛地一跳，差点儿失手掀翻了太子殿下的磁悬浮餐桌。

绿林学院的带队导师，她见过！宽额头，绿色大眼睛，特别尖的尖下巴，一撮小小的山羊胡须。当年，哥哥曾经弯着笑眼向她介绍过这个人——张三扬，外号山羊，哥哥最好的朋友，一位机甲驾驶领域的天才。

三年之后，哥哥的这位好朋友竟然成了第一机甲军校的学院导师！云

悠悠的心头涌上了澎湃的情感，激动、期待、与有荣焉。

越是细想，她的心脏跳得越快——张三扬那里，会有哥哥的消息吗？

在专车到来前，云悠悠换上了自己的虚拟机甲训练服。她并不打算在贵宾席观礼，而是准备混到学员里去，找机会接近哥哥的好朋友张三扬！

今天到场的学员们，都会使用可清洁彩墨在自己脸上画上战队标志——就像上战场的士兵一样。

云悠悠果断给自己画了个绿林学院的大绿脸，整个过程中，她的手指一直在颤抖，怎么摁都摁不住。兴奋、激动、忐忑、紧张……总之，心绪乱成了一团大毛线。

前来接她的是闻泽的侍卫长，杨诚。看见云悠悠的装扮，侍卫长沉默了一下，然后客套地问候了一句："之前听殿下说起过，云小姐准备参加机甲考核？"

"啊，"心不在焉的云悠悠努力聚了聚精神，认真地回答，"是的，第一个目标已经基本达成，欠缺的只是击杀部分了。"

杨诚：……

他想了想她个位数的击杀成绩……所以她达成的第一个目标是成功坐进驾驶舱吗？

云悠悠发现侍卫长大人彻底沉默了，正好，她现在也没有聊天的兴致。

星空车启动，静默地驶向帝国第一机甲军校。今天军校附近都戒严了，稍微靠近学校区域，就能感觉到一道又一道无形的杀机在身上扫来扫去。方圆十几公里内，严密布置了重兵和机甲，三步一岗，以防别有用心的人趁机行刺太子殿下。星空车走的是不开放的军方专用通道。很快，银白色的流线车体悄然驶进军校，停到一个封闭通道的出口处。

"出去直走 200 米，然后右转就是首都学院和绿林学院的赛场。"侍卫长认真地交代，"殿下抵达和离开的时间都是绝密，演讲地点随机，如果担心错过殿下的演讲，可以多关注公屏和星网消息。机甲表演赛 12 点结束，

11 点 30 分我会在这里等你，请不要迟到。"

"明白！"云悠悠按捺住激动的心情，快步离开了星空车。

✦ 02 ✦

通道外面看不见人影，排山倒海的欢呼声从远处传来。赛场热闹极了，环形阶梯上挤满了人，画着绿脸的绿林学院学生们和脸上黄红条纹交织的首都学院学生们分成了两个清晰的阵营，一张张年轻的面孔散发着热汗与活力。

云悠悠走进绿林阵营，热烈的气氛一下包裹了她，让她感觉到一丝微妙的惭愧——这些来自绿林的年轻人像向日葵，她……像苔藓。

"嘿！别沮丧啊姐妹！"有人猛地拍了下她的肩膀，差点儿把云悠悠掀个倒仰。她好不容易才站稳，惊魂未定地转过头，看见一张巨大的绿脸，还有一对厚厚的烈焰红唇。

烈焰红唇咧向两边："咱绿林今天是要逆袭首都学院的！逆袭明白吗？逆袭！别给我垂头丧气的，支棱起来！"

"哦……好的，"云悠悠很乖地点点头，顺嘴问了一句，"请问在哪里可以找到张三扬导师？"

烈焰红唇指了指赛场后方的准备舱："张师忙着指导备战呢！"

云悠悠踮起脚来，眯着眼睛确定了位置："谢谢！"

等到十台机甲出战完毕，哥哥的这位好朋友应该会有一点点空闲时间。

云悠悠攥住了手指，心脏怦怦直跳，她在拥挤的人群中穿行。

绿林学院这边气氛非常热烈，欢呼声、议论声、口哨声搅成一团。而首都学院那一边就安静得有些微妙，整个人群的气质弥漫出一股说不出的骄矜劲儿，让云悠悠感觉似曾相识。

她灵巧地从一胖一瘦两位绿林女学员中间穿过，正好听见她们在聊首都学院。

胖的说："装呗！不就是他们女神来了吗，听说刚才在首都学院那边给他们演讲呢，这不，一个个有样学样，都装成清高大孔雀了！"

瘦的诧异："林瑶？她都毕业多少年了，怎么还有她的事？"

胖的冷笑："呵，没想到吧？她还把护花使者带来了，覃飞沿！飞神！听我哥说，飞神今天要一个人下场血虐我们，秀给林瑶看呢！"

瘦的瞪眼："哎，不是，飞神虽然还没毕业，可是他去年就被特战队特招进去接受特种训练了啊，他下场那不是作弊吗！"

胖的撇嘴："哼，覃飞沿当年敢为他的心肝林瑶姐姐冲太子营，今天打个比赛逗她开心又算什么事儿！我早就看透林瑶那个假清高了，不想让人嘲笑她出身绿林，就可劲儿糟践我们，和我们撇清关系呗！"

云悠悠停下了脚步，默默掐了掐掌心，转过一张绿脸，轻轻柔柔地问："覃飞沿，他很厉害吗？"

听到云悠悠搭话，自来熟的胖女孩毫不见外地揽住她的肩膀，沧桑叹了一口气："那可不，飞神，人机通连指数 72% 的神人！72% 啊！咱们这十个师兄师姐就算一起上，都是给他送菜的。别说学生了，现在在职的导师，怕也没哪个干得过他！"

"什么叫人机通连指数？"云悠悠迷茫地问。

瘦女孩无语了："赞助生，你家给军校捐了几栋楼？"

胖女孩："来都来了，也是姐妹。人机通连指数嘛，简单说，就是你的脑神经和机甲系统的匹配融合程度，契合度越高，越能掌控机甲，发挥出真正的威力。咱们绿林今天上场的师兄师姐们，指数最高的只有 54%，遇到 72% 的覃飞沿，基本没戏。"

云悠悠沉默了一会儿，问："虚拟舱也需要人机通连吗？"

"当然！"胖女孩耐心又热心地给她科普，"虚拟舱在神经元与系统的匹配模式上，是 100% 复制真实机甲系统的！如果通连指数低于 25% 的话，连虚拟机甲也发动不起来。"

云悠悠松了口气。唔，还好，她每次都可以成功发动。她犹豫了一下，声音更加害羞："请问这个指数在哪里看？"

"你还没上过机吧？"胖女孩爽朗地笑起来，拍了拍她瘦削的肩，"进入操作位，启动机甲的时候，屏幕正中的大读条就是咯！通连指数 25% 以下读条是红色，25%~40% 是黄色，过了 40% 就是绿色，读条变成绿色就意味着你在这个领域超过了八成的人！指数如果在 65% 以上，你将被称为天才飞行家！覃飞沿的老爸，第三军团的覃上将，曾经在最危急的时候冲击到了 85%——那是传说中的神之领域！"

云悠悠："？"

就是她每次训练都会看见的那个变色大条条？问题是……机甲启动的时候，这个条条不是都会从 0% 加载到 100% 吗？每次都是 100% 啊！那不是系统加载进程吗？

云悠悠眨了眨眼睛，心中有了自己的判断——要么，面前这两位和自己一样是菜鸟，连人机通连指数在哪里都不知道；要么，闻泽的虚拟舱坏掉了。

学到新知识的云悠悠决定安静地消化一会儿。她礼貌地和胖瘦两位女孩告别，继续向人群前方挤过去。

表演赛开始了！低沉震撼的军号声响彻整个赛场，左右两边高达三十米的巨型金属舱门缓缓开启，磁力悬浮传输带嗡嗡转动，将两台泛着凛冽寒光的合金机甲送进了赛场。

"来了，来了！"人群沸腾起来，就连假清高的首都学院学生们也扬起了横幅，欢呼声雷动。周围每一个人都在谈论这场比赛，云悠悠大概听懂了规则。

这些参加表演赛的机甲都卸掉了弹药，换上了一种独特的染色剂，它的染色力度和机体遭受攻击时损毁的力度大致相等。也就是说，只要在对方机甲的要害部位成功染上己方的颜色，就算胜出。

云悠悠将手搭在眉上，眯着眼睛眺望赛场上那两台相互行礼的机甲。胸前嵌着绿色徽章的机甲属于绿林学院，嵌着黄红交织的条纹徽章的机甲属于首都学院。云悠悠盯住首都学院的机甲。覃飞沿和机甲的通连指数很高，他操纵的机甲在一定程度上会忠实地还原他本人的气质和体态。带着先入为主的偏见，云悠悠看那台机甲非常不顺眼，觉得它和林瑶一样，是嚣张的卑鄙小人。

比赛开始之后，云悠悠发现林瑶的这个护花使者果然不讲武德，他故意不用武器系统喷射染色剂，而是用了很多真实作战才会使用的近身格斗技巧，把绿林学院的机甲打得连连后退，只能手忙脚乱地挡住攻击，要多狼狈有多狼狈。覃飞沿一路追杀，看起来非常炫酷，拳脚相加，把对手打得是落花流水。金属轰鸣声回荡在整个赛场上，一下一下重击在合金外壳上轰出了震荡波纹。

绿林学院这边炸开了锅。

"操作舱被这么打，里面的人会受伤的！"

"首都学院干什么！这不是表演赛吗？"

"快让导师阻止他！输赢无所谓，怎么能伤人！"

绿色机甲很快就丧失了防御能力，它像一个摔倒的巨人，摇摇晃晃跌在地上，左臂无意识地抱向胸腹。

一身戾气的胜利者飞掠过去，脚踩在失败者的胸口上，抬起武器抵住对方的头部。动作轻佻而随意，就像准备踩死一只蚂蚁。

"呜——嗡——"绿色机甲不堪受辱，拼命挣扎，扬起的武器被覃飞沿一脚踹开。

"他怎么能这样！"一个身材瘦长的女学员高声尖叫，"怎么能这样！白师兄，白师兄！白师兄受伤了，快认输啊！不要再打了！"

绿色机甲动作越来越迟缓，但它并没有半点要举手投降的意思，只是挣扎渐渐微弱，驾驶员显然已经无力支撑。

"噢，好吧好吧！虽然认输的姿态不够标准，不过，"覃飞沿的机甲中传出放大百倍的森冷金属音，语气轻狂而不屑，"姐姐她心地善良，看在她的面子上给你个痛快。要不然，呵……"

他抬起武器，对准失败者胸前的徽章喷出红黄交织的染色剂，反反复复，来来回回，用屈辱的烙印盖掉绿林徽章。

"下一个，"覃飞沿了扬武器，"或者一起上吧，绿林废物们。姐姐她早就入了首都籍，和你们才不一样！以后少碰瓷，别往自己脸上贴金了！"

人群爆发出愤怒的嘘声，云悠悠也捏紧了自己的拳头，身体微微颤抖。

这一刻，她和绿林荣辱与共！

✦ 03 ✦

严重受损的绿林机甲慢慢爬起来，退到赛场旁边。谁都能看出来驾驶员现在很痛苦，但他尽量维持住稳定的步伐，走下赛场之前，没忘记转过身，向对手行了个机甲礼。巨大的合金身躯微微有些踉跄，踩进休息区的那一瞬间，这台机甲缓缓倒下，左膝跪地，上半身和脑袋勾垂下去。

"轰……"

医护人员迅速围上去，从驾驶舱里运出受伤的绿林学员，用担架抬走。绿林阵营气氛凝重，很多女学员都流下了愤怒的眼泪，一些男学员也悄悄翻起眼睛望着天空，眸底发红。

赛场上方的巨型投影屏实时转播着各大赛区的表演赛，其他赛区正打得如火如荼。别的赛区没有覃飞沿这样的"作弊者"，学员们驾驶着机甲打得有来有往，势均力敌，观众们看得非常过瘾。和别处相比，绿林就像一个不好笑的笑话。

覃飞沿操纵着胜利的机甲，在赛场上傲慢地踱来踱去，合金机械足落地，发出令人心惊的碰撞声，他说："快点吧！我的时间非常宝贵，不比你们这些庸碌度日的家伙！"

机甲左边的合金机械手上拎着一把能源枪，覃飞沿把它晃来晃去，时不时对着绿林方向的观众席佯装发射，嘴里还发出讨嫌的"biubiu"声，云悠悠第一次这么厌恶一台机甲。

"揍它！揍翻它！"愤怒的绿林学员掀起了沸腾的声浪，个个恨不得亲身上阵，跟它拼了！

七分钟之后，绿林学院的准备舱终于有了动静。舱门缓缓升高，一台又一台机甲被陆续传送到了赛场上。

一二三四五六七八，今日参加表演赛的绿林机甲，几乎倾巢而出——八对一。

八台机甲一一站定，拿起武器和覃飞沿对峙。从体态就能看得出来，这八位驾驶员现在的心情和观众席上的绿林学员们一样激愤。

跟他拼了！

准备舱里还留着最后一台机甲，不知道是在等外援，还是由导师亲自上阵。导师……张三扬？云悠悠抿紧了嘴唇，如果张三扬亲自参加比赛的话，她就没有机会接触他了。她得在他上场之前到准备舱找他，和他交换一下联系方式，顺便给他打个气。

"绿林，一定要加油啊！"她握了握拳头，快速穿过人群，绕向赛场后方。

比赛开始了。

和覃飞沿这样的天才特种机甲兵相比，绿林学院的学员就像是刚刚学会走路的小孩，本来也不是什么公平的比试。八台机甲没跟他客气，摆出阵形，一起攻了上去，广阔的合金赛场上一时间充斥着染色剂。

表演赛基本上还原了真实战斗。大范围扫射威力不足，很难击破对面的基础防御；单体点射在高速运动状态下则很难瞄准，覃飞沿是拥有实战经验的特种机甲兵，轻轻松松就可以闪避。只见他在绿雾里面穿梭自如，"片叶"不沾身，并没有对绿林的机甲发射染色剂，而是和它们周旋，找机会重击某一台露出破绽的机甲。他的攻击针对操作舱，主要是为了让对方驾驶员受伤、迅速失去反抗能力。

击中绿林机甲的时候，覃飞沿总要发出不屑的嘲讽声——

"就这水平还学机甲？"

"我可求求你们了，别再说姐姐是你们绿林人，垃圾地方不配，OK？"

"还留一台机甲在里面孵蛋呢？"

云悠悠已经绕到了赛场后面，耳朵旁边还是嗡嗡回荡着覃飞沿的声音，像苍蝇。她深呼吸几次，告诉自己不要生气，不好的情绪会诱发她的病，这个时候发病可就完蛋了。当务之急，是找到张三扬，和他交换联系方式。

忽然，赛场上方的九宫格投影巨幕变得一片空白，实时直播中断。很快，巨幕上生成了新的画面，整幅巨幕，只有一个焦点——

皇太子闻泽。他穿着帝国军的黑色制服，肤色白净，身材高挑挺拔，清清冷冷站在那里，身后拱卫着五台最顶尖的新型机甲。看一眼，就让人情不自禁地屏住呼吸。

"很高兴看到诸位精彩的表演……"屏幕上的闻泽，好像站在几光年之外，温和、疏离、遥不可及。他的声音非常平静，一句句发言就像清凉的流水，很官方，挑不出一点错处。

看着巨幕上这个熟悉又陌生的人，云悠悠忍不住有一点走神，她想，哥哥身手那么好，开机甲一定也很厉害吧？如果哥哥还在，今天一定可以替绿林教训覃飞沿那个讨厌的家伙！

那闻泽呢？他在战场上时常亲身上阵，驾驶技术应该也不错吧？他会不会愿意帮忙……

"想什么呢，他是太子殿下！"云悠悠抿住唇摇了摇头，加快了走向准备舱的步伐。

闻泽的演讲非常简短，不到三分钟就说完了结束语，抬手扣上黑色军帽的时候，他忽然扬起沉黑的眸，平淡地补充了一句："今日在此，我代表帝国正式向占据绿林矿星的异族宣战，帝国铁骑行将远征，收复失地，夺回属于人类的荣光。望诸位摈弃成见，勤勉不懈，早日成为帝国的锋刃。"

云悠悠闻言心头轻轻一震，不由得停下了脚步，胸腔中像是揣了一头狂暴的兔子，撞得肋骨生疼。

要开战了？！

她下意识地回头望向赛场那边，只见绿林学院的师生们都僵成了雕塑，一动不动地望着巨幕，一张张绿脸被泪水冲出了白沟。

绿林。回家。

如果可以尽快通过机甲考核，她就申请加入光复军，到绿林前线作战！

回家，近在眼前了。

嗯，先找张三扬，问问有没有哥哥更多的消息！

云悠悠深吸一口气，小跑起来，匆匆穿过虚掩的外门，溜进准备舱，跑过长长的通道，长条的照明灯排在脚下指引方向。她的心跳逐渐剧烈起来，呼吸里带上了火辣辣的腥甜，穿过几道没有封闭的环门之后，云悠悠成功抵达准备间。最后一台未出战的机甲停在合金舱室正中，机甲下面蹲着个女孩，她用双手抱住膝盖，眼睛通红，肩膀一抖一抖地抽泣。

"嗯？"云悠悠抬头看了看前方的显示屏，光屏上面正是赛场上的战斗，覃飞沿每轰出一记重击，机甲下的女孩都会不自觉地颤抖一下。

"请问，张三扬导师在这里吗？"云悠悠轻轻拍了拍女孩的肩膀。

女孩一个激灵蹦起来："学学学姐！"

云悠悠："你不上场吗？"

女孩的脸色"唰"一下白了，她慌张地竖起手掌，摆出一个对天发誓的姿势："我没有畏战，真的没有！我，我只是控制不住身体发抖，我不怕痛，我真的想打覃飞沿，给大家报仇，可是我控制不住一直发抖……"

云悠悠看了看抖成高频模式的女孩，理解地点点头，她明白，很多时候人是无法控制自己的生理反应的。

"那就勇敢地上吧！"云悠悠拍拍女孩的肩，"冲上去，狠狠他来一拳，说不定会爆发超能力哦！英雄不都是这样的吗？"

她笨拙地安抚女孩。一本正经，说得自己都快信了。

女孩拉住云悠悠，嗓音里充满了绝望："可是不行啊，我现在的状态不行，通连指数一直过不了25%，我启动不了机甲！我，我没有能力上去！"

"啊……"云悠悠皱起了眉头，"那就糟糕了啊。"

"学姐帮帮我！"女孩急切地说，"如果无法上场，我会因为心理素质不过关而被开除的！呜呜，我只是太着急了，越急越不行！我以后一定会更加努力的，我不想被开除……学姐替我上场吧，替我打，好不好？反正谁也打不过飞神，上去就认输都行！"

云悠悠无情摇头："我不是你们学院的人，只是来找张三扬导师说话。"

女孩大喊："你是不是我们学院的人都不要紧，只要启动机甲，走到赛场就行了，求你帮帮我！"

云悠悠不为所动，冷酷地往外走，她的确和绿林学院同仇敌忾，但不会贸然去做这样冲动的事情。她有合同在身，没办法让闻泽派人用担架来接她。就在这时，实况直播光屏里传来冷冰冰的金属音——

"怎么，最后一个机甲兵连出来的勇气都没有？嗤！既然如此，余下的染色剂就由你们共同承担喽！"

云悠悠回头一看，只见覃飞沿已经击败了八台机甲，他踩着其中一台机甲的脑袋，扬起武器，把染色剂向绿林学院的观众台喷射。

场上一片哗然。

染色剂虽然不会致伤致命，但气味浓烈，颗粒密集，想要破口大骂的绿林学员们被呛得连声咳嗽。而且那些红黄交织的化学制剂很难清洗，可以想见，未来几天内绿林学院的学员们身上都会带着无法抹除的屈辱印记。

"噢，姐姐，请你千万不要生气，你刚才不是说'给他们点颜色看看'吗，我这就给他们颜色喽。我知道你不是这个意思，但我就是拿着鸡毛当令箭了，嘻嘻！"覃飞沿公然对着不知道在哪里观赛的林瑶调情。

云悠悠怒了。机甲对机甲，哪怕做得很过分，也还算是在规则之内，但眼下……她深吸了一口气，转身，捏住拳头，踏上通往驾驶舱的金属桥。走进驾驶舱前，云悠悠半侧着脸，对机甲下方的女孩说："我不是帮你，而是为了绿林。赛后，你自己去找导师说出真相，怎么处罚由导师决定。绿林可以失败，但是绝不认输！"

✦ 04 ✦

云悠悠话音未落，机甲下方的传送带"嗡"一下动了起来，正在大放厥词的云悠悠一头栽进了驾驶舱。当她摇摇晃晃爬起来的时候，机甲已经被传送带运往赛场。

云悠悠快速站进操作位。蓝光扫描了她的参数之后，金属传感服迅速调整形状，一块一块落向她，严丝合缝地罩住她的身躯。这套机甲服拥有智能动力装置，可以提供动能，帮助操作者持续做出激烈的战斗动作，几乎不消耗体力。

眼前出现了熟悉的读条：0%……10%……25%……云悠悠十分紧张，一是因为她知道了"人机通连指数"这个东西；二是因为，她已经被传送带运到了覃飞沿面前。

"啊……终于来了，让我等了这么久，一定要好好'招待'你。"覃飞沿发出的冰冷金属音透过机甲传到云悠悠耳朵里。

她紧紧盯住前方：30%……50%……80%……云悠悠顾不上读条数了，在机甲提供的真实视野中，她看见覃飞沿的机甲正在加速奔跑，向自己发起了冲锋！一只机械臂挥动起来，带着呼啸的风声，重重砸向她的面门！

90%……100%！机甲铁拳即将砸脸的瞬间，云悠悠终于能动了，她非常本能地将身体后仰，庞大的合金机器100%同步了她的动作。

铁拳呼啸而过，没碰到她。覃飞沿反应速度非常快，一击不中之后，他只愣了0.3秒，马上再度发起了进攻。

云悠悠心下是有点慌的，毕竟，她完全没有实战经验，并且刚刚观看了覃飞沿血虐别人的场面。她紧张地躲避着他的攻击……很快，她发现好像哪里不太对。和虚拟战场上铺天盖地冲向她的虫族相比，面前这台机甲就像是一只孤零零的虫子，对着她不断挥舞两只钳钳。

看上去……弱小可怜又无助？

习惯了同时面对一万只虫族的云悠悠，有点适应不来。她犹豫了一会儿，在覃飞沿又一次操纵着机甲扑空的时候，她小心翼翼地、试探性地从背后轰了他一拳。

"砰！"覃飞沿的机甲飞出几十米，他紧急驱动了能源装置，也只是堪堪没摔倒。发现新上场的对手有几分实力后，覃飞沿没再托大，而是扬起臂炮向云悠悠发射了单体染色剂！

云悠悠懵懂地闪开，举手投足之间带着深深的迷茫——这未免也太好躲开了吧。

一来一回，两台机甲很快就"激战"了十几招。云悠悠终于意识到……覃飞沿好像比自己更弱。如果他这样的实力就可以通过机甲考核的话，那么自己是不是也有很大的希望？这么想着，她不禁激动又忐忑。

两台机甲再一次交错而过，她回身，一脚踹中对方机甲下肢的连接关节，轰的一声覃飞沿的机甲单膝跪地。云悠悠实在按捺不住自己求知的心，把赛场上的恩怨暂时放了放，扬起机械臂摁住这台半跪的机甲，俯身，认真、严肃又不失客气地问了覃飞沿一个问题——

"请问，你通过机甲考核了吗？"

冷冰冰的机甲金属音回荡在整个赛场，它就像一个禁言力场，所经之处，鸦雀无声。

"哇喔……"终于，第一个绿林学院学生感慨地惊叹出声，"酷！"

气氛瞬间高涨，人群中闪烁着一大片激动的泪光。

云悠悠正在聚精会神地等待覃飞沿的答案，没想到他忽然像一只大螃蟹一样，在她的机械手掌下面疯狂地挣扎起来。她见招拆招，击打那些比较脆弱的活动关节，把他挥向她的机械臂打落回去，先一步阻止他翻身跳起的动作。覃飞沿跪在地上的膝盖"呜嗡"了半天，没能离开地面半米。

云悠悠疑惑极了："回答我啊？"

覃飞沿："闭嘴……你给我去死啊啊啊！"

"哦天！"观众台上，胖胖的自来熟女学员装模作样捂住自己的眼睛，喊了好大一嗓子，"我快要用脚趾为'飞神大大'抠出一间地下避难所了啦！"

云悠悠始终没能等到覃飞沿的答案，她实在不明白，自己只是问了他一个很普通的、每一个机甲驾驶员都必须面对的问题而已，这个家伙为什

么突然就炸了。难道……他屡试不中，被自己戳了心窝子？云悠悠的心脏微微一沉——果然，机甲考核没那么简单。虽然她很讨厌覃飞沿的所作所为，但是面对毫无人性的变态考试时，考生们天然站在一条沟里，不分阵营。

于是云悠悠好心地安慰了这位同学一句："失败不是理所当然吗？尽力就行。"

覃飞沿更疯了："哇啊啊啊啊！"

看台上，绿林学院的学员们交头接耳，嗡嗡的声浪汇成了一股荡漾的波动。

"这外援请的谁啊？好猖狂，好会装，我好喜欢！"

"大佬，我对您的机甲一见钟情了！"

"大佬您说得没错！您这么强，首都学院的失败不是理所当然吗？今天请务必一打十！他们尽力就行，重在参与嘛！"

"覃飞沿，你妈妈叫你回去考驾照了！"

大家礼貌地憋住了笑容。对于第一机甲军校的学员来说，机甲考核是一门必修课，他们通常会在入校后的第一年或者第二年通过考核，拿到机甲驾驶执照。第三年之后才通过考核的学员们，总会自嘲一句"中老年司机"。而像覃飞沿这样的天才，早在进入机甲学院之前就拥有驾照。

❖ 05 ❖

半分钟之后，进入暴走状态的覃飞沿终于从云悠悠的魔爪下面爬了出来，他冲到赛场另一边，喘着粗气，微微躬起背，拳头捏得越来越紧。他绝对无法原谅这个当着这么多人的面再三羞辱他的家伙！一想到林瑶姐姐也在观赛，覃飞沿浑身的血液都涌上了脑门，恨不得立刻上手撕了对面那台可恶的机甲。

人机通连指数开始上涨：72%……73%……75%！覃飞沿继承了父亲覃上将的优良天赋，受了刺激之后，指数不降反增。机甲领域里，天赋几乎决定一切，有的人一出生就站在了别人努力一生也无法抵达的终点。指数飙升 3% 之后，覃飞沿激情澎湃，一边高速移动奔向云悠悠，一边发动机甲上的所有武器攻击她。

"给我去死！"

他看起来就像一尊浴着怒火的狂暴杀神，他将利用铺天盖地的染色剂作掩护，像利刃一样插到对手面前，蓄足全力轰击它的操作舱！

"哐哐哐哐——"

面对覃飞沿的狂轰滥炸，云悠悠……并没有感觉到任何压力，她很轻松地闪避了所有来自覃飞沿的攻击。机甲为她提供了 360 度无死角的真实视野，她总是能够提前预判覃飞沿的动作。场上的对战看上去有一丝滑稽，往往等她已经侧身闪开之后，覃飞沿的攻击才慢一步落到她刚才的位置……有点儿像摆拍。

云悠悠现在唯一的问题是，她没有使用过机甲装载的武器系统，不知道该怎么发射染色剂打败覃飞沿——以前用虚拟机闯关的时候，她从不动用武器，零星几个"击杀目标"都是虫族在追她的过程中自己撞死的。

赛场上陷入了诡异的僵持状态，一个打不中对手，另一个就不射击。云悠悠记得闻泽昨天说过，红色按键 135 单体，246 群攻。可是，她把它们都按了一遍，却无法发射染色剂，武器倒是从合金防御层下面架了出来，可是它不发射炮弹。

折腾了半天，云悠悠有点烦躁了，巨幕右下角，时钟已经走到了 10：45，她和侍卫长杨诚约定的时间是 11：30。解决覃飞沿之后，还有九架首都学院的机甲等着她，这样下去，她哪里还有时间去找张三扬啊？

得赶紧！于是覃飞沿再一次扑上来的时候，云悠悠侧身闪开，机械臂一合，钳住了他的机甲脑袋，把他掼到了地上。

"咔咔咔咔！"云悠悠一通乱按之后，一大堆泛着合金寒光的炮口对上了覃飞沿的脸。虽然知道里面只有染色剂，但是本能的恐惧还是攫住了覃飞沿，他有那么几秒钟一动也不敢动。

完了！覃飞沿心头一片沮丧。

今天本来是要在姐姐面前好好表现，一举从皇太子闻泽那里夺回姐姐的芳心，可是现在……一切都完了！该死！这个人到底是谁！

十秒钟之后……

这个该死的、嚣张的、狂妄至极的对手仍然在戳覃飞沿的脑袋。血液再一次涌上了他的面门，他挣扎着，庞大的合金机甲拱起了背部，试图反抗。

云悠悠正烦躁地摆弄武器，见状一脚给他踩回了地上，摁住他的机甲脑袋继续研究。135、246，再按一遍红色按键之后，那些炮口一个接一个收了回去。

云悠悠："？"

按一次，它们从合金防御板下方架出来；再按一次，收回去，挡板合拢。

云悠悠：……

所以闻泽他到底会不会？他教她的都是什么啊？现在想想，135 单体，246 群攻，这一听就非常不靠谱，真是一个敢教，一个敢听。

就在云悠悠郁闷无措的时候，覃飞沿的心理防线一层层崩塌得干干净净。被人踩在脚下，看着对方漫不经心地把武器拿出来、收回去、拿出来、收回去……伤害性没有，侮辱性爆表。

覃飞沿终于彻底崩溃了，他拖着哭腔，连机械金属音都变了调子："你凭什么这样羞辱我！"

云悠悠不喜欢被人冤枉，再一次把覃飞沿的机甲脑袋摁在地上摩擦的时候，她一本正经地告诉他："不是的。如果你想结束，不妨教我一下怎么使用染色剂吧。"

覃飞沿气到神志不清，简直要气哭了，这般奇耻大辱，平生从未受过！这个该死的家伙，还要让他自己挑选死法吗？是可忍孰不可忍！士可杀不可辱！

绿林学院的观众席充满了快乐的空气，大家的面部表情管理非常到位，谁也没有笑。首都学院那边也无话可说，毕竟覃飞沿刚才对人家做的事情确实很过分，现在对方没有对他造成人身伤害，只是羞辱他，已经是手下留情了。

云悠悠抬头看了看时钟，10:59，她是真的着急了："快点，我赶时间！"

覃飞沿非常确定这个人就是在报复他，他的脸涨成了猪肝色，憋屈了半天，终于颤抖着手臂，抬起一根手指，指向自己的脑袋："这里，来吧。"

云悠悠沉默了一下："我是问你，怎么发射。"

覃飞沿深深地吸了一口气："对着我的头，按、发、射、键！"

有些人活着，他已经死了。

有了清晰明确的目标之后，云悠悠终于找到了黑色的方块按键，原来要先用红色按键调出武器，然后再按黑色发射键来发射啊，明白了。

五秒钟之后，覃飞沿的机甲拥有了一颗碧绿碧绿的发光脑袋，他爬起来，拖着完全没有受伤的身躯，踉踉跄跄摔下赛场，滚进了休息区。这一刻，他无比希望对方攻击过自己的操作舱——被担架抬走的话，就不需要面对接下来的一切了……

云悠悠看了看时间，11：03。时间紧迫，她还要打九个！

她的脑海中，忽然浮起一幅画面——漆黑的巷道里面，一群持械凶徒躬着背围了上来。哥哥踩着其中一具尸体，很随性地扬起左手前三根手指，斜着画了半道弧。

"一起上。"他说。

云悠悠的心脏怦怦直跳，她抬起机械臂，冲着首都学院的准备舱方向划了道一模一样的弧。

"一起上。"她说。

◈ 06 ◈

半分钟之后，闻泽收到了一条来自孟兰洲的消息："大佬你怎么回事？亲身上阵欺负覃飞沿小朋友？打就打了吧还隐藏身份，隐藏就隐藏吧，你演谁不好偏要演西蒙，你让人西蒙从十年老坟里爬回来给你背锅呐？！"

闻泽静静注视着直播光屏，沉默片刻，他淡定回复："不是我。"

通信器里，孟兰洲的声音拔高了几度："不是你？那是谁！这股子欠揍

嘴毒的劲儿，总不能是西蒙本人？"

"人死不能复生。"闻泽的声音依旧平淡。

孟兰洲哀号："你怎么还能无动于衷啊，我都好奇死了！你说这人是不是也认识西蒙？话说，有时候我总感觉西蒙还活……"

"孟兰洲。"闻泽冷冷打断，"你在试探我？"

对面像是噎住了，沉默了几秒，讪讪回答："殿下多心了，我就是，忽然怀念从前。"

"想知道是谁，派人盯着休息区。"闻泽认真建议。

"嗐，我就是好奇好奇，哪能往您眼皮底下伸手呢，不得被您把爪子给剁了。回头您老发发善心，透露几句，满足一下我这颗好奇心，我就感恩戴德啦！"孟兰洲嬉皮笑脸混了过去。

闻泽垂眸，脸上没有任何表情。

十一年前，调查首都虫袭案的专案组找到了证据，证明高等虫族袭击皇宫事件背后有人为操纵的痕迹，所有的线索纷纷指向当时皇室之下的第一大贵族——林德家族。

林德家是老牌贵族、科研世家，掌控着生物科学领域的顶尖技术。玛琳皇后是老林德公爵的女儿，她的兄长继承了林德家族，兄妹二人都是生物科学领域的专家。玛琳的兄长有一位独子，西蒙·林德。他是林德家族未来的继承者，是皇子和公主们的表兄，也是闻泽的亲密好友。

林德谋逆案爆发之后，帝国军政各方所有巨头达成了惊人一致的意见，他们出动全部力量，在短短三周之内将林德家族这只庞然巨兽从帝国版图上连根拔起。事发时闻泽只有十七岁，身上还有少年人的天真和热血。他不相信外祖父家谋逆，找皇帝大闹一场，差点被废了太子之位。很快，在玛琳皇后的帮助下，林德家族的秘密据点一个接一个被端，家族主要成员纷纷落网。

除了一个西蒙。

虽然闻泽不承认，但所有人都认定是太子帮助自己的好朋友逃走。只可惜，西蒙并没有一直躲藏下去，在林德家族被执行死刑的那天，他驾驶顶级机甲来到了军方刑场。那台机甲一个人面对着整个军团，随性地扬起左手前三根手指，斜着画了半道弧。

"一起上。"他说。

一打一万，死得非常惨烈，破碎的机体上面只余下汽化后残留的少量基因组织，鉴定结果显示，它们属于西蒙·林德。在那之后，帝国停止了搜捕行动。

通信器发出刺耳的声音，将闻泽从过往唤回了当下，是玛琳皇后。

通信连接之后，玛琳皇后冲着自己的儿子咆哮："你怎么可以擅自宣战？你怎么可以代表帝国？！"

闻泽双眸幽冷，唇角勾起笑容，语气和往常一样和煦平淡："我怎么不可以。"

对面传来了通信器粉碎的声音，他笑了下，抬眸，望向屏幕上一对九的战斗。

首都学院的机甲们已经完全丧失了斗志。他们的实力的确要比绿林学院那边强很多，但再强也强不过覃飞沿，要是对上覃飞沿，他们的下场不会比那九位绿林学员好多少。而覃飞沿，被面前这位大佬摁在地上反复摩擦。

九位首都学院的学员只希望这位大佬待会儿不要压着自己，问一些过于羞耻的问题。像什么"你希望我的枪打你哪里"这种，实在是……咳咳咳！他们纠纠结结地包抄上去，一个比一个弱小可怜又无助。

云悠悠：……

这些人机通连指数在 50% 左右的学员们，在她看来就像是一群行动非常不灵活的木头人，动作卡顿得厉害，堪比她的老旧二手光脑，好像随时会死机。她并不打算欺负他们，覃飞沿做的那种事情非常没品，云悠悠看不上。她很正经地和这九台机甲对战，闪避它们的攻击，然后寻找机会接近它们，往它们的脑袋上面喷射染色剂。很简单，就像在给栅栏刷绿漆似的。

很快，首都学院九台机甲的脑袋绿得整整齐齐。它们如蒙大赦，快乐地向云悠悠行了机甲礼，然后列着队，昂首挺胸走向休息区，就差来一首凯旋之歌。

"绿林学院，获胜！"

"万岁——"

悬着半颗心的绿林学员们爆发出热烈的欢呼。

"输赢无所谓，友谊第一，比赛第二嘛！"一张张绿脸笑得无比憨厚，"赢了也没什么值得骄傲的。首都学院的校友，承让承让啦！"

云悠悠一听到比赛结束的消息，立刻转头奔向准备舱，时间紧迫！

"哎，哎？那个谁！休息区在这一边！请在休息区等待颁奖……"主持人揪着胸前的微型扩音器往台上追，"等一下！等一下啊！"

巨大的合金怪物充耳不闻，两只机械腿前后一荡，灵巧地跳进通往准备舱的通道，一个急速漂移，消失在通道后方。

❖ 07 ❖

云悠悠顺着金属搭桥离开机甲，沿来路穿过一道道合金环门，跑到外面，没时间了，得赶紧找张三扬。驾驶机甲的时候有合金传感战斗服为身体提供动力源，作战再久也不会感到疲倦，出来没跑几步，倒是耗尽了她的体力，让她气喘吁吁，扶着腿站不直身体。她蹲到路边，倚着人造假树缓口气。

"这是从哪里找来的外援，太酷了！"

"肯定是特战队那边的，不知道能不能和大佬说上几句话，好期待啊！"

"快快快，到前边儿迎接大佬！"

道路上出现了许多奔跑的绿林学院学员，他们从赛场方向来，奔向准备舱，一路谈论着刚才的比赛，谁也没有注意到路边大喘气的柔弱女孩。

云悠悠有气无力地伸出手，抓住一个从她身边经过的女学员："请问，你有没有看见张三扬导师？"

女学员眼睛盯着准备舱的方向，手指了指东边，随口回答："张师早些时候去首都学院那边吵架了，现在应该正在赶回来的路上。"

"好的，谢谢！"云悠悠松开了女学员的衣袖。女学员没回头，挥挥手，小跑追上前面的人，就怕错过了瞻仰外援大佬的机会。

云悠悠平复了一下呼吸，感觉胸腔发闷的情况稍微有所好转，就立刻向首都学院赶去。

"滴！滴滴！"侍卫长杨诚发来了信息。

云悠悠看了一眼时间，11：35。她一边小跑，一边回话："很抱歉，可不可以再给我十几分钟时间？我很快就回来。"

"不可以，云小姐。"杨诚的声音像电子音一样冰冷无情，"有人去接你了，请迅速按原路返回。"

云悠悠抿了抿唇，果断关闭通信和光脑以防被定位，然后急忙奔向首都学院的方向，一定要在被逮住之前找到张三扬啊。

闻泽的亲卫迅速有素，云悠悠很快就在人群中发现了几道猎豹般的身影，他们的目光像鹰一般，在学员们中间逡巡。她心里一惊，赶紧低下头穿过人群，闪进一条显示通往首都学院准备舱的绿荫小道，提起一口气开始狂奔。

转过两道弯，云悠悠远远看见一个身穿立领正装的男人大步走来，走得很急，呼呼带风。这人宽额头，碧绿的眼睛，下巴蓄着一小撮山羊胡须，正是外号"山羊"的张三扬！

云悠悠激动得微微颤抖，她迎上去堵住了他："你好，你好啊……"

张三扬匆匆瞥过一眼，一边回应一边绕过她继续向前："同学，有事吗？"

"我……"云悠悠感觉自己的心堵在了嗓子眼，她缓了缓，追在张三扬身边，赶紧自我介绍，"我是林思明的女朋友，四年前，我们见过一面。"

张三扬停下脚步，宽阔的额头下，那双绿色大眼睛微微迷茫，露出回忆的神色，他缓声重复："林思明……哦……想起来了，绿林大学，生物科技那个？"

"对对对！"云悠悠的胸腔里涌起了热流，一时又悲又喜，眼睛紧紧盯着面前的张三扬，想从这位故友身上感受和哥哥有关的一切。

"哦……"张三扬下巴上的山羊胡须动了动，朝她点了点头，"在这里碰到你，很巧啊，我还有点事，先走了啊。"

云悠悠愣住了，这和她想象中不太一样。

"你……您，知道哥哥的事情吗？"她攥住了自己的衣摆。

张三扬看了她一眼："我听说了，三年前他为绿林捐躯。抱歉，我感到十分遗憾。你……遇到困难了吗？我老婆最近怀孕，可能无法提供资金帮助……"

云悠悠错愕，赶紧打断了他："不不不，我不是找您借钱。您是哥哥最好的朋友，我只是想知道，他有没有告诉过您什么事情？在他最后那段日子里。"

面对哥哥的故友，她不知不觉用上了敬称。

张三扬的表情比她更错愕，抿了抿唇，斟酌着开口："没有。其实我和林思明一点都不熟啊，你是不是误会了什么？"

云悠悠迷茫地看着面前的张三扬。他说他和哥哥不熟？

"可是，哥哥把你当作他最好的朋友。"她认真地告诉他。

她清清楚楚地记得，哥哥说起他最好的朋友时，眼睛里总会燃起两束明亮的光，那种发自内心的欣赏和愉悦能够感染云悠悠，让她也跟着激动起来。哥哥说，那是一位机甲领域的天才，为人正直，拥有强大的意志和能力，未来成就不可限量；哥哥说，无论自己身在何方，都会永远为那位朋友骄傲。云悠悠当时非常好奇，摇着哥哥的衣袖，让他在照片上把人指出来给她看。哥哥的笑容有一点无奈，调出大学同窗们的集体合影，手指点了点外貌特征突出的山羊胡须同学。

"这个就是。他叫，"顿了下，他说，"张三扬，外号山羊。"

云悠悠爱屋及乌，每次看到照片上的张三扬都会冲着他笑一笑，有时候还会说一句："加油啊，天才驾驶员！别辜负我和哥哥的期待哦。"

她也为哥哥的朋友骄傲！

可是现在，张三扬却说他和哥哥不熟。云悠悠盯着对方，眼睛里渐渐浮起了一层水雾。

张三扬有点尴尬，讪讪地挠了下头："他说我是他最好的朋友吗？那可能是，矮子里拔大个吧。林思明那个人吧……孤僻、自卑，平时都是独来独往，跟谁都不怎么说话啊，我和他也就是点头之交。"

这句话让云悠悠非常不舒服，她快速分辩："哥哥只是热爱研究，不是孤僻！而且哥哥并不自卑，他是世界上最好看、最厉害、最有风度的人！"

张三扬的表情微微变化，干笑着说："呵呵，看来是情人眼里出西施啊。"

云悠悠很不高兴，她压着自己的小脾气，认真地说："不是情人眼里出西施。太子殿下长得那么像哥哥，都说殿下是帝国第一美男子，难道哥哥就不是吗？"

张三扬的额头上出现了四条抬头纹："哈？！算了，你说是就是吧！"

云悠悠不满意他的态度，但还是继续往下说："你知道林瑶总是找哥哥蹭他的实验数据吗？林瑶现在那些论文里面，使用了很多哥哥的研究成果！"

张三扬赶紧摇手："哎呀，话可不能乱说啊，这是诽谤知道吗？林思明就是平平无奇一个研究员，哪能跟人家林瑶那样的大才女比啊。"

"你被林瑶收买了对吗？"云悠悠沉下脸，冷静地质问。

"你这么说我就要生气了啊。"张三扬的表情也不好看起来，山羊胡须一抖一抖，"林瑶师妹人美心善，是我们公认的女神。你要说林思明暗恋她，那我信，但那是他单方面的问题，和人家小师妹没关系。小师妹将来是要做太子妃的，你可别在外面胡说八道。"

"哥哥才没有喜欢她，哥哥不会喜欢那种人！"她想了想，赌气地说，"太子殿下也绝对不会娶她，我会找到证据，向殿下揭穿她的真面目！"

张三扬沉下脸，他忽然想起一件事，小师妹几年前曾经组建过一个群聊，告诉大家，林思明的女朋友不知道误会了什么，用林思明的通信器骂她，还持续骚扰了她一段时间。小师妹不想和这个不懂事的小姑娘计较，只希望大家以后都不要在林思明面前提她的事情，以免再次引发误会。

当时大家都挺生气，但是林瑶不让追究，也不许别人替她出头，大家只能算了。在那之后，更是没有人和那个孤僻的林思明搭话。张三扬没想到，这么多年过去了，林思明的小女朋友居然还在心心念念地针对林瑶，甚至刻意抹黑她。

"世界不会围着你转。男人们喜欢谁，你说了不算。"张三扬心里有火，说话失去分寸，"有空眼红别人，不如多想想自己欠缺什么！林瑶师妹才华横溢，是我们学术界的女神，你和人家怎么比？林思明不过就是看上你年轻美貌，满足低级欲望而已！"

张三扬转身就走。

云悠悠像被雷劈了一样呆呆地看着他的背影，忘了追上去。她很委屈，为哥哥委屈，哥哥是一位光风霁月的正人君子，张三扬怎么可以这样说他！

"你说得对！"她蓄足了力气，冲着张三扬的背影喊道，"你根本不是哥哥的好朋友，他才没有你这样的朋友！我们都没有你这样的朋友！"

风中，仿佛传来了轻轻的嗤声："谁稀罕。"

✦ 08 ✦

看着张三扬急匆匆消失在拐角后面，云悠悠抬手捂住心口，重重喘了几口气。遇到和哥哥有关的事情，她总是很容易激动，就像一个不成熟的半大孩子。她很难过，很伤心，也很愤怒，张三扬对哥哥轻慢不屑的态度刺伤了她，让她比自己受到伤害更加痛苦。

怎么会这样。她到现在都记得，哥哥提到他最好的朋友时，眼睛里是发着光的，她能感觉到哥哥的情绪，欣赏、佩服、惺惺相惜，甚至还有那么一点过命交情的味道。

可是张三扬竟然这样，他根本不配！

云悠悠抱住膝盖，缓缓靠坐在墙角，泪水哗哗往下流。她还记得那天，哥哥问她愿不愿意出去见一见他的朋友，他说他们人都很好，会喜欢她。她很高兴，也有一点害怕。那时候她已经整整两年没有出过门，每天只和哥哥一个人接触。他说她的病已经好了，该出去透透气，见见人。他让她放宽心，他会看着她，护好她。

那天她一直牵着他的袖子，她觉得自己就像躲在哥哥的羽翼下，很安心。到了聚餐的地方，哥哥风度翩翩，带着她去见每一个人，她很努力地冲着大家笑，把照片上的形象和真人一一对应。哪怕张三扬本人的气质并不像她想象中那么出色，她也没有在心里嘀咕他，而是灿烂地冲着他笑。

她本以为往后会有很多机会和他们见面，没想到那天之后，绿林矿星的地磁消退速度忽然暴增，环境进一步恶化，人们拼命往外逃，她再也没见过哥哥的朋友们。

直到今天。

云悠悠在墙角蹲了一会儿，感觉越来越难受。她身体发冷，四肢僵麻，眼前一阵一阵发黑，身上力气被一点点抽空，这是发病前兆。

张三扬带给她的情绪太糟糕，诱发了她的病。她的病非常可怕，如果不能在彻底发作前及时遏制的话，会让她丧失理智，爆发出身体里的全部潜能，无差别地伤害周围的人，像一只疯狂的、失控的野兽。

当初是哥哥帮她战胜病魔，带着她一步一步走出黑暗的阴影。失去哥哥之后，她很幸运地遇上了闻泽这个替代品。她和闻泽做了很多从前没有和哥哥做过的事情，他就像一剂猛药，能够治她的病。

撑住……她不能在这里发病。否则等她清醒过来时，可能已经铸成大错，身处精神理疗中心或者处决刑场了。她扶着墙壁，一点一点往前挪，得找个地方把自己关起来，或者找到闻泽，他现在也在军校。她两眼发黑，一边往前走，一边拼命回忆哥哥的样子，借此抵消骨缝里面弥漫出来的阴冷，脑海中浮出来的，却是闻泽。这个人，既能点她的火，又能做她的药。

"你在哪里……"她的眼角沁出泪水，扶着墙，一步一步向前走去。

一名军官小跑到闻泽面前，双腿一并，行了个刚硬有声的军礼："禀殿下，准备舱那边没有找到人，绿林学院方面也未能提供任何有效信息。目前为止，只有那台机甲的原驾驶员见过代驾者——年轻女性，身高大约160厘米，体型偏瘦，长发，相貌被油墨遮盖。"

闻泽微微挑眉，眸光渐深。这个人横空出世，当众模仿西蒙的手势，然后消失得无影无踪。是新的一次试探？或者，是有人刻意为之，想让大众怀疑太子和林德家的事情还有什么牵连？

既然如此……闻泽微笑："我对她很有兴趣。找到她，带到我面前。不必秘密行事。"

"是！"军官啪地行了个礼，转身，像一块钢板一样，小跑离开。

闻泽抬手看了眼腕表。他待会儿还要去一趟紫莺宫，讲一通冠冕堂皇的废话。通信器闪烁，侍卫长杨诚发来了一条报备消息——云悠悠没有按时返回约定地点，她关闭了光脑，无法定位，侍卫们正在分头寻找。

"知道了。"闻泽抬手压低帽檐，一步一步走向门口。身穿帝国军的黑色制服时，他的身材更显挺拔修长，大门在他面前左右分开，光线照进来，为他投下一道长长的影子。他踏出这幢地处幽僻、防御森严的建筑。走到阳光下，能够被人看见的地方。

第四章
CHAPTER 4
契约情人，仅此而已

Falling into stars

◆ 01 ◆

皇太子殿下对神秘代驾很有兴趣的消息很快就传遍了整个第一机甲军校，本就滚沸的热议声浪再一次掀上了半空。有实力的人得到殿下垂青，这就是一步登天啊！

外面的一切和失败者覃飞沿完全无关。躲进休息区之后，他才意识到在赛场上被人击败并不是最可怕的事情。真正的"伸头一刀"是在他离开机甲，走进公众视野的时候到来的。他操纵机甲往地上一蹲，然后关闭能源，一动不动。

他一直没有离开机甲，身体缩在金属传感作战服里，任凭那没有接通能源的、冷冰冰的合金贴片攫取他身上的热量。把装死贯彻到底，就当自己真的死了！覃飞沿自欺欺人地封闭了自己的感官，不管外面发生什么，他都假装看不见，听不见，什么也不知道！

就在这时，一道纤细窈窕的身影来到了合金机甲下方，她扬着清秀美丽的脸，抬起手中的纸质书本，轻轻叩击他的机体。声音和震动微弱得几乎不存在，但是对于现在的覃飞沿来说，每一丝涟漪都像是滔天巨浪。

"姐姐……"覃飞沿眸光闪烁，抿紧了唇，拳头捏得生疼，"我不想见你，

不见想任何人，快点走开啊！"

"小飞，快出来！你不出来我就一直在这里等你。"对方继续敲他的机甲，柔和的女声通过传感设备传进了覃飞沿的耳朵。一声一声，像藤蔓一样缠住他，把他往外拖。

终于，他咬紧牙根，打开了驾驶舱，垂着头走下金属桥："你也要来笑话我吗？"

覃飞沿冷冷地把眼睛转到另一边，不看身前的人，他能够清晰地感觉到休息区旁边的观众席上投来的视线。此时此刻，任何一道落向他的目光，都像高温高能的量子激光一样，在他脆弱如纸的自尊心上烙下一个个永远无法复原的伤痕。

"小飞，我是来帮你摆脱困境的。"林瑶的声音和平时一样知性柔和，"我有一个办法，不仅可以挽回你的形象，还能增进两个学院之间的友谊。"

覃飞沿怔怔抬头："真、真的吗？这不可能。"

"我什么时候骗过你？振作一点，打起精神，过来听我说……"她踮起脚尖，把身体倾向他。

覃飞沿垂着眼，微微躬下身，把自己的耳朵凑了过去，他感受到拂向耳畔的馨香气息，耳尖和心尖都开始发烫。他知道林瑶非常厉害，是帝国很多年轻人心目中的偶像，说不定，她真的可以创造奇迹。他的心脏鲜活地跳动了几下，胸腔一热，充满了期待。他不自觉地把耳朵调整成最敏感的接收状态，不敢错过这救命的天籁之音。

林瑶的声音温柔依旧，震荡着他的耳膜："你就说，和你对战的那个人是我，这是我们约定的表演，只是节目效果而已。主题就和太子的演讲一样，抛开成见，不以籍贯论英雄。"

覃飞沿愣住，一时没反应过来。林瑶把踮起的脚收了回去，身体后仰，冲着他笑："这样一来，绝对不会有人再嘲笑你了。"

覃飞沿有点回不过神，愣愣地偏头看了林瑶一会儿，脸上慢慢浮起不可思议的表情，脸颊肌肉一下一下抽搐，眼睛睁大："可是……"

林瑶抬起一根手指，虚虚点向他的嘴唇："嘘……小声，这是唯一能够帮你的办法了。你想想，刚才发生的事情多丢脸啊，你愿意面对所有人的嘲笑吗？"

"不愿意。"覃飞沿牙根咬得生疼，"可是，万一那个人真的出现……"

林瑶微笑："她既然跑了，肯定是忌惮你的家世，估计还在犹豫要不要出来。只要你赶快告诉太子殿下'真相'，殿下就不会再继续找人。你不是带着侍卫吗，让他们盯着，找到疑似的人，马上拦下来。现在场面这么乱，不会有人注意到的。"

覃飞沿盯着她，盯了好一会儿，他的眼神非常复杂，有陌生，有挣扎，还有无奈。林瑶被他盯得心虚，忍不住露出微嗔的神色，伸手推了推他："干吗这样看我？我都是为了帮你，不领情就算了，让别人笑你一辈子吧！"

覃飞沿沉默了一会儿，表情看起来就像一尾挣扎到力竭之后，彻底躺平在砧板上的鱼，叹息道："行，行吧。就照你说的来，我去安排。"

"那还不快去。"她愉快地笑开。

覃飞沿迈开两条灌铅一样的腿，行尸走肉一般离开休息区，他茫然环顾了一会儿，向距离自己最近的那名太子亲卫走过去。

"不用找了，刚才和我对战的人，是……林、瑶。"他听到自己的声音，木然，僵硬，毫无生气。

说完，覃飞沿不等对方作出反应，就急匆匆掉头逃离人群。那些更细节的东西，就让她自己去编吧！真正获利的人就要多做事，不是吗？

原来在她心里，他就是个彻头彻尾的蠢蛋。她以为他就看不出她真正的意图吗？都是为了他？呵。

覃飞沿眼眶发红，埋头往没人的地方冲。眼前，是一条非常安静的绿荫通道。

❖ 02 ❖

云悠悠蹲在墙角，小心翼翼地借助闻泽曾经带给她的那些激烈感受，一点一点慢慢调整自己的状态。他的温度、触感和气息很神奇地残留在她的脑海里，帮助她暂时遏止了病情恶化。只不过，她仍然提不起力气来，只能虚弱地喘着气，眼角时不时滚落小小的泪珠。

过了一会儿，通道另一边传来了军用皮靴半走半跑的声音，脚步很沉重。云悠悠低着头，肩膀微微颤动着，尽力调整自己的表情，想让自己看起来正常一些。十几秒之后，一双质地精良的皮靴越过她身边，顿了一下，又折回来，停在她的面前。笔直的作战服收束在黑色的靴子里面，小腿修长。这个人似乎很暴躁的样子，脚步每动一下，都会把地上薄薄的尘土踢飞。

"你谁啊！干吗躲在这里哭？"他的声音也非常不客气，像惊雷一样炸响在云悠悠头顶。

云悠悠怔怔抬头，发现来者并不是闻泽的侍官，而是一个陌生的黑发青年。他浓眉大眼，长得挺英俊，不过脸色很臭，眼眶发红，看起来像是受了天大的委屈。

视线相对。

"问你呢！"英俊青年不耐烦地挑起眉毛。

云悠悠直觉认为，如果自己不回答的话，这个坏脾气的家伙可能会把地上的灰尘踢到她身上。她眨了眨眼睛，决定不吃眼前亏，小声回答："我身体不好，而且遇到了很糟糕的事情。"

因为发病的缘故，她的声音比平时更柔软微弱，像只哼哼唧唧的小奶猫。对方大概没想到她这么弱小可怜，愣了下，眼睛睁大了些，表情有一点心虚。他轻咳两声，扯了扯嘴角，痞里痞气地把身体一扭，蹲在了她的旁边，脑袋后仰，磕在了墙上。

"呵，再惨还能有我惨？你敢说你现在没在心里笑话我？"他歪着嘴扯出一个并不怎么自然的笑，斜着眼睛睨她，一副破罐子破摔的样子。

云悠悠茫然地摇摇头："我为什么要笑话你？"

青年盯了她一会儿，难以置信地挑起左边眉毛："难道你不认识我？"

云悠悠无语："不认识。我现在很难过，没空管别人。"

青年像是被噎住了又像是松了一口气，看上去还有点高兴，想了想，似乎又有点不服气，咬牙切齿地和她比惨："我，今天当着好多人的面，被一个卑鄙无耻、嚣张跋扈的变态压在地上肆意羞辱！踩着头羞辱！明白吗？你被人踩过头吗？知道那是什么滋味吗？现在所有的人都在笑话我！你敢说你有我惨？"

不知道为什么，覃飞沿发现说出来之后，心里好像一下子轻松了不少——也没什么大不了嘛！他长出一口气，惊奇地挑挑眉。

"啊……"云悠悠同情地看着他，"是哦，你也好惨。"

她听说过校园霸凌，机甲院校里面有很多高官后辈和贵族子弟，其中有些人就喜欢抱团欺凌平民学生。云悠悠觉得，像覃飞沿那样的家伙，就能干得出这种事情。想起那几位被担架抬走的绿林学员，云悠悠的眼睛里不禁流露出同仇敌忾的光芒。

青年和她对了下视线，女孩的眼睛非常大，眸光软软，眼眶红红，人又是小小一只，看起来温柔无害，还有点傻乎乎的凛然正气。

他忍不住继续卖惨："这也就算了，打输了只能怪我拳头不够大……还有更憋屈的！"

"啊？还有啊？"云悠悠眼睛里不自觉地流露出一点期待和同情。

这样的目光让黑发青年倾诉欲爆棚，他愤愤地捶了下地面，对着天空吐出一口长气："那个踩我头的变态，跑了！听说那变态是个女的之后，我姐姐她，竟然要我用这件事情来帮她造假！"

他憋了一腔无处可说的愤懑，终于忍不住向一个没有任何干系的陌生女孩和盘托出——反正她不认识自己也听不懂。

云悠悠慢吞吞地偏了偏脑袋，不知道为什么，听到"姐姐"和"造假"这两个词，她立刻想到了一个人——林瑶。指向性极强，直觉极其强烈。

她眨了眨眼睛，怔怔地想：不会吧？这个人不会是覃飞沿吧？他说的这些，好像对得上号啊。当着所有人的面，被压在地上踩了脑袋什么的……原来不是校园霸凌啊。呃，他是覃飞沿的话，那个卑鄙无耻嚣张跋扈的变

态又是谁？

云悠悠默默低下头看了看无辜的自己——不，她只是打了一场非常正规的比赛而已，并没有羞辱他！她不卑鄙、不无耻、不嚣张、不跋扈。他这是在蓄意抹黑！

云悠悠抿抿唇，开启自己老旧的二手光脑，打算录制证据。开机有点慢，她想了想，抬手轻轻拍了下对方的肩章，试图稳住他："不要急，你先休息一下，缓口气再说。"

黑发青年身体一抖，就像惊弓之鸟："你……"

他竖起眼睛瞪过来，只见女孩已经收回了手，迅速低下头去拨弄光脑，一副害羞掩饰的样子。看着她乌黑的毛茸茸的脑袋，覃飞沿慢慢吸了口气，决定"大人有大量"地原谅她小小的冒犯行为。

光脑成功开启，云悠悠悄悄点击录制影音，然后把光脑挪到一边。她提了提气，一本正经地用采访一样的口吻问他："怎么回事，说给我听听啊？"

青年看了看她的眼睛，只见女孩的表情单纯真诚，他扁了扁嘴："其实也没什么好说的。就，我不是被人踩在头上欺辱吗？那个欺辱我的家伙打完就跑了。我姐姐听说太……她喜欢的男人很欣赏那个变态，正在全力找人，就决定冒名顶替去见那个男人！她要我帮她作伪证！还声称是为我好！真当我是傻子吗！"

"她就不怕被揭穿吗？"云悠悠被震撼了，好一会儿才接上话。林瑶她是针吗？见缝就钻！这件事发生才多久啊，当事人现在都还蒙着呢，她就想着要冒名顶替了，真有她的。

青年把嘴唇抿得发白，过了一会儿才愤愤说："姐姐说，那个变态既然跑了，一定是因为忌惮我爸，怕被报复，不会再出来。而且，我的人现在正在四处寻找那个变态，等找到就会封口。"

云悠悠惊恐地提醒他："杀人是犯法的！你快下令停止！"

"找那个变态签保密协议而已！"青年翻了个白眼。

"哦，那万一别人先找到那个……变态呢？或者我……咳，对方不愿意签协议呢？"云悠悠谨慎地问。

青年惨然一笑："实在不行，那就由我来背锅喽。就算真被拆穿，姐姐也只是为了维护我的面子，所以替我撒谎。我是男子汉，当然要帮她扛起一切。反正她总是清清白白，一心为别人好就对了。"

云悠悠觉得自己的人生观受到了猛烈冲击，于是发出了灵魂拷问："你既然心里都清楚，为什么还要帮她啊？"

青年笑了笑，眼神里有三分凄凉，三分悲怆，四分大爱无疆："她那样看着我，我没办法拒绝的。我现在能做的，就是躲得远远的，不妨碍她去见那个男人。"

正在云悠悠无限怀疑人生的时候，通道里响起了整齐的脚步声——是太子殿下的人。刚才她开启了光脑，被侍卫长成功定位。

"有人找我，我先走啦。"她扶着墙壁，虚弱地站起来。

"哦，你去吧，"蹲成蘑菇状的青年无力地挥了挥手，"我一个人在这里静一静。"

"嗯。那个，和你聊天很愉快。"云悠悠有点不好意思地揪着自己的衣角，"告别之前，可以问你一个问题吗？"

青年抬头望向她，只见女孩睁着一双形状好看的大眼睛，黑漆漆的瞳仁清纯得让人心脏微跳，虽然脸上的绿色油墨被眼泪煳成了一团，却还是能看出五官有多精致。她站起来的时候，更显得又小又软，似乎被风一吹就要倒了。

他忽然就有些不自在，脚尖蹭了蹭地面，喉结上下一滚，端出这辈子最沉稳镇定的姿态，开口："行，你问吧！"

哎呀，被女孩子索要联系方式这种事，又不是没有发生过。刚才和她聊得这么愉快，加个星网好友做普通朋友，也没什么大不了。反正像他这样的身份，最后都是要联姻的，他自有分寸！

云悠悠并不知道眼前这位不怎么聪明的大男孩脑补了什么奇奇怪怪的

东西，她轻轻呼了口气，认真地问出那个最重要的问题："你觉得，那个变态，她有机会通过机甲考核吗？"

覃飞沿："？"

✦ 03 ✦

黑发青年呆呆地看着云悠悠。她被几个五大三粗的军官请走时，仍然不停地回头看他，漂亮的大眼睛里装着两个清晰的问号。她仍在锲而不舍地用眼神问他——你没有通过机甲考核对吗？它很难吗？那么那个变态呢？你觉得以她的实力，有机会通过机甲考核吗？

她看起来只是很单纯地想要知道答案。覃飞沿的脑袋里闪烁着无数错乱的念头，怔怔地看着她，只见她的眼神一点一点变得失落，小巧的唇角也慢慢垮了下去。

"不是，你看不起谁呢！"他忍不住蹦了起来，冲着她远去的身影大喊，"我早就通过机甲考核啦！早就通过啦！"

隔着那么远的距离，他看见她的眼睛里一下子亮起了两朵微弱的小火光，唇角绽开虚弱而愉悦的笑容。

"真的吗？"她用口型喃喃问。

覃飞沿第一次觉得，通过机甲考核，原来是一件那么令人自豪的事情。

"我过了！过了！十四岁就过了！"他挥着胳膊大喊，"超级简单！"

他看见她的嘴唇动了动，好像在说"太好了"。她脸上的笑容，像是从心里面抽枝发芽绽放出来的，带着奇异的真挚和甜蜜，能够感染周围的一切，让昏暗的绿荫通道都变得明亮了几分。他抑郁了很久的心情忽然就敞亮了起来，在这一瞬间，他觉得什么被人踩着头羞辱，什么把喜欢的女人送往别的男人身边，根本都……不是事儿。

他把双手合成个喇叭，像个疯子一样，对着通道远处的身影尽情宣泄心中的情绪："过了！我过了——真的——过了！我机甲考核过了！"

直到她的身影彻底消失，他才缓缓垂下头去，开始深层次地怀疑人生。

我是谁？我在哪？我在乐呵个什么劲儿？

她是谁？她提及机甲考核，难道不是在嘲讽我吗？

云悠悠很快就走不动路了，她停下来，弯腰用手撑住自己的膝盖，深一下浅一下地喘气。

侍卫长杨诚从前方迎过来，目光严厉地盯了她一会儿，并没有责备她，只是冷漠地开口通知她，他会将事情原原本本上报殿下。

"包括和覃飞沿聊天的事情吗？"她问。

"包括。"

"哦……哦！"她重重点头，实锤了。刚才和她在一起的黑发青年，真的是覃飞沿。

云悠悠低下头，迅速把光脑录下的影音文件复制了三份，放在三个不同的光枢里面。她的指尖有一点颤抖，头发沾着汗水，贴在脸颊旁边，认真地说："请带我去见殿下。"

侍卫长的语气公事公办："殿下行踪绝密，请回星河花园耐心等待。"

她告诉侍卫长："不是我想见殿下，而是他正在找我——我就是打败覃飞沿的那个变态……那个人。"

被覃飞沿带歪了，一时嘴快。

杨诚、几个五大三粗的侍官："扑哧。"

谁也不相信，连怀疑的念头都没有。

其实说句心里话，就连云悠悠自己，此刻也有些云里雾里。她想了想，告诉杨诚："覃飞沿刚才对我说，林瑶想要冒名顶替欺骗殿下。我有证据！"

杨诚的眼神忧郁沧桑，不带感情地重复："请随我返回星河花园，这是命令。有什么事，待你见到殿下再自行禀告。"

他是真的一点也不想掺和这些争风吃醋的破事。

云悠悠有点着急，她的病只是堪堪稳住，她需要她的药："我必须……"

前面忽然传来了很大的动静，人群在移动，气氛非常热烈。

"太子殿下！是太子殿下！殿下亲自走过来了！"有女声在尖叫。

"啊啊啊！殿下的神颜是我不花星币就可以欣赏的吗？！"

"殿下快看过来！看一眼啊！这边有外星人——"

因为颜值过高，皇太子闻泽在某些时候具备明星效应。

人群伴着一阵巨大的热浪涌了过来，云悠悠毫不犹豫地钻了进去。杨诚根本没想到她说跑就跑，他本来可以逮住她，但是伸手的一瞬间，下意识地迟疑了：这是殿下的女人，细胳膊看上去一捩就断……就这么一闪念间，她的身影已经像游鱼一样钻进了人海。

赛场周围挤满了人，云悠悠远远就看到，一群学员簇拥着林瑶，众星捧月一样将她送上赛场。也许是受她的感染，这群学员也散发出孔雀一样的气质，在人群中显得特别突出。表演赛的主持人胸前卡着微型扩音装置，挂着谄媚的笑容跟在林瑶旁边。

林瑶骄矜的声音通过扩音器传开："我其实没有那么厉害，只是表演而已，初衷只是想促进两个学院的友好关系……对，其中一部分是节目效果，请相信覃飞沿同学并无恶意。太子殿下要见我？其实没有必要，那是排练过的，有一部分并不是真实水平。我主修生物科学，机甲驾驶只是业余……对，爱好而已，不考虑往那方面发展……怎么说，科研和从军，都是为帝国作贡献，没有优劣之分。"

"业余爱好也这么厉害啊！真是全能女神！"人群中传出嗡嗡的议论声。

赛场前方的人群堵成了铁板一块，云悠悠钻得非常艰难，只能眼睁睁看着林瑶这个虚伪无比的家伙一边谦虚婉拒太子殿下的接见，一边被人推向皇家亲卫清场的方向，非常有仪式感。

当闻泽高大的身影出现时，无数学员高高举起了自己的光脑，把镜头拉近，开始疯狂谋杀光脑的内存。闻泽的身影渐近，亲卫们疾步上前清场，跟在林瑶身边的首都学院学员们退到了赛场下方，亲卫与人群之间很自然地留出了一道空白地带。云悠悠知道，此刻有无数远程狙击手正在严阵以待，机甲们也在全功率运行，以便随时解决可能出现的各种意外，保证殿下绝对的人身安全。

赛场中央，闻泽与林瑶同框。

"中午好，林小姐。听说方才是你驾驶那台 MX27？"闻泽的姿态无懈可击，令人如沐春风。

林瑶微微扬着下巴，傲慢清高的气质之中带着明显的违和，肩膀微缩，有一点含胸。气场完全被闻泽压制——虽然闻泽并没有释放任何气势。她把手中的书本抱到了胸前，看起来总算是自然了一些："是我，不过可能要让殿下失望了，那只是一场表演赛。驾驶机甲只是我的业余爱好，我并没有打算在上面投入太多时间和精力。"

云悠悠觉得，这个世界上，也许每一个人都是某一个领域的天才，比如林瑶，她在撒谎方面的造诣简直无人能及。为什么这个人不惜撒谎、偷窃，也要拼命往自己脸上贴金呢？云悠悠是真的无法理解。

人群专注地盯着看台，稍微松动了一些。云悠悠奋力往前挤，终于"砰"的一声被人群推了出来，站在了荷枪实弹的皇家亲卫面前，那令人毛骨悚然的森冷杀机瞬间锁定了她。直觉告诉她，除了面前的护卫队之外，还有更多足以一击致命的兵器已经瞄准了她。

"殿下……是我！"她努力踮起脚，伸长脖子，却还是看不见闻泽，视线被护卫队彻底封死。面前这一条有形和无形的森严钢铁防线，如同天堑，无法跨越。

这一刻，云悠悠忽然更清晰地意识到，普通人和闻泽根本不在一个世界。她和这里所有的学生一样，只是因为有幸身处帝国第一机甲军校，才能够得到这样一个近距离见到太子真人的机会。她的喊声被身后震天的喧嚣淹没，像一滴最小最小的水珠，根本不可能上达天听。

身后，两名便装的军官迅速挤出人群，向她靠拢过来，她知道他们是覃飞沿的人。如果她只是一个没有任何秘密的普通外援，那么一定会被成功带走并封口，林瑶的计谋也一定会得逞。不过现在情况有一点复杂，面带愠色的杨诚等人也挤出了人群，飞快地向她接近。

总之，她根本没有机会在这种场合和闻泽说上话。

"让她过来。"

正在云悠悠怔怔地落下脚跟，感到茫然时，一道熟悉的声音从高处传来。她的身躯微微一震，蓦地抬起眼睛。身前的亲卫队左右让开，她抬起头，逐渐发黑的视野中，闻泽挺拔的身躯仿佛在发光。他凝视着她，唇角含笑。

她深吸了一口气，用尽全部力气跑上台阶，来到闻泽面前。他穿着笔挺的帝国军黑制服，头上还戴着黑色军帽，帽檐略微压低了一些，阴影遮着他的眼睛，深邃如海。云悠悠的心脏轻轻地跳了一下，她身后不知道落下了多少道目光，但和他温和的注视相比，它们毫无存在感。他给了她温度，她的身体终于开始回暖，是时候与林瑶一战了！

"我……有话要说……"心中铿锵有力，吐气如同病猫，一着急，更是咳嗽了起来。她下意识伸手攥住了闻泽的衣袖，生怕他不耐烦，把她撵下去。她只要再恢复几秒钟就行，五秒……不，三秒就够了。

闻泽低头看着那只手，抓在笔挺的黑色制服上，这只手显得更白更小，骨头细细的，两根手指就能掐断。她的手在颤抖，身体也是，脸上的绿色油墨糊成了一团，有明显的泪痕。

他眸光微动，抬手，覆上她的手背，安抚地拍了拍，然后握在掌心："想说什么？不要急，我会等你。十分钟够吗？"

云悠悠震惊抬头，对上闻泽那双温暖含笑的眼睛。这可是万人广场，全帝国观众都在看直播！难道他也和她同步发病了吗？

她有点晕，为了赶紧恢复力气，她硬着头皮上前一步，靠他更近："够了……"闻泽很自然地抬起手，轻抚她的背，帮助她顺气。

看台下方，彻底炸开了锅。

✦ 04 ✦

云悠悠几乎被闻泽半搂在怀里，他的掌心干燥温热，待她自然亲昵。帽檐阴影下，一双黑眸温和干净，像一位最有风度的君子。在闻泽的帮助下，那些来自骨缝深处的阴冷一点点消退，她的身体很快就恢复了正常。

云悠悠感到非常不好意思，低低说了句抱歉之后，从闻泽怀里挣出来，跑到看台边上，向主持人借来了微型扩音装置，端端正正别在胸口。她清了清自己的小嗓门，抬头望向满脸骄矜的林瑶，一本正经地发问："林瑶小姐，听说你刚才在表演赛中击败了覃飞沿？就是那个人机通连指数72%的天才，人称'飞神'的覃飞沿？"

林瑶怔了一下，从刚才云悠悠跑上台开始，她就一直冷眼看着，看这个曾在星河花园装病勾走闻泽的女人又要当众玩什么花样——这么多眼睛注视着，这么多光脑在拍摄，让她装病，让她闹腾，让她丑态毕露，到时候看网友们会不会把她骂到自闭。

没想到这个云悠悠竟然不按套路出牌，没关系，见招拆招呗。

林瑶谨慎地开口："是我。但是这场比赛有表演的成分，这场表演的主题是，希望各个学院的同学们能够抛弃成见，停止用地域来相互攻击。作为帝国军校的学生，大家应该团结一致，消灭虫族，守护帝国公民的安全。"

看台下方响起了掌声。林瑶把下巴微微扬高了少许，故意一眼也不看闻泽。她会让他知道，她，林瑶，虽然出身不好，但是她比那些所谓的贵族名媛强了一万倍。她会不断惊艳他的眼球，让他清醒地认识到，她才是有资格和他并肩而立的女强人！她的理念和大局观，与他不谋而合！

"说得很好。"云悠悠拍了拍巴掌，赞了一句，然后话锋一转，"所以，其实你并不具备那样的机甲实力对吗？你不可以重现赛场上的风采对吗？"

林瑶微微把下巴抬高了些："科研人员的工作非常忙碌，对于我来说，开机甲只是业余爱好而已，随心情偶尔为之。刚才的表演已经传达了我想要表达的思想，不会再做一遍——科研人员，不是戏子。"

厉害了。这话说出来，谁敢再提让她开机甲的事，那就是不尊重科学家。

云悠悠适时地露出一点无奈的表情，然后认真提问："那么，整个表演的过程，都是你和覃飞沿沟通过的？"

林瑶不动声色地眯了下眼睛，警惕地回答："大致上是的。"虽然她也觉得覃飞沿做得有点过分，容易引人诟病，但她还是不敢公然把坏事全甩锅给覃飞沿来撇清自己，毕竟还得稳着他，不能早早让他寒了心。

"嗯。"云悠悠点头，"那覃飞沿大骂对手是一个卑鄙无耻、嚣张跋扈的变态，也是你们商量好的吗？"

林瑶觉得云悠悠这是在无能狂怒，借机辱骂自己，却还是矜持地微笑："那是节目效果而已，私底下模仿的话，可能会触犯一些涉及人格尊严的法律，还望慎言。"

"比赛时发生的一切都是节目效果？"云悠悠追问。

"是的。"林瑶不想纠缠这个问题，"我很忙，如果太子殿下没别的事，可不可以让我返回生物实验室了？"

云悠悠抬起一根手指："最后一个问题——所以，赛场上发生的一切，都是你们两个事先商定的咯？"

"是的。"林瑶的目光撇下云悠悠，径直看向闻泽，"殿下？"

云悠悠也转向闻泽："殿下，我要实名向您举报，这里发起了一起极其恶劣的蓄意伤害事件！主观上，凶手亲口承认私下预谋；客观上，已经造成了实质的伤害后果！"女孩的声音虽然细细软软，却带着一股不容忽视的铿锵有力的气势。

说完她蓦地抬起手指，指向林瑶："覃飞沿与林瑶私下合谋，伤害绿林学院九名学员，性质恶劣，主观恶意极强。殿下和在场的同学们，以及星网上观看直播的所有观众，都是人证；机甲损伤、比赛录像和诊断报告，都是物证。人证物证俱在，望殿下监督司法部门，秉公处置，从重量刑！"

纵然是闻泽这样城府深沉的人，也不禁抬起手，推了下帽檐。

"不是，"林瑶有点急，"机甲对战造成损伤是正常的事情，你这是诽谤！"

她交际广泛，偶尔也会应邀观看一些精彩的机甲对抗赛事，知道比赛中造成的伤害是不需要承担法律后果的。也正因为如此，她根本没有把那几个学员的伤势放在心里。

云悠悠微笑："那是比赛中的误伤。而你们这是，有预谋的蓄意伤害！九名受害者都是第一机甲军校即将毕业的优秀学员，属于帝国军团的预备役。所以，林瑶小姐，你和覃飞沿先生，大概得上军事法庭。"

林瑶的脸色彻底白了，声音也无意识地提高了一些："这是一个误会！"

云悠悠接得很快："不会吧？发现事情不对劲，你不会是要改口说，伤人的事情是覃飞沿自作主张，跟你没关系吧？现在翻供来不及了哦，刚才你明明亲口承认过你们是共谋。就算你把主要责任推给覃飞沿，那也是从犯，几年牢狱之灾逃不掉的。"

林瑶一口气噎在了喉咙里，她下意识地望向闻泽。闻泽正看着云悠悠，眼神里隐有几分微不可察的宠溺，丝毫没有要插手的意思。林瑶的心凉了半截，再这样下去，就算能把自己摘出来，恐怕也会毁了覃飞沿的前途——把覃上将最宝贝的天才小儿子送进监狱？林瑶自问承担不起这样的后果。

"殿下！"林瑶不再理会云悠悠，而是摆出委屈倔强的样子，盯住闻泽，"这件事情真的是误会。其中内情很复杂，我可以私下告诉你吗？"

云悠悠惊恐地对着微型扩音装置低吼："你想进行权色交易？住口！殿下不是那样的人！"

闻泽感觉自己好像今天才认识对面这个戏精。

云悠悠其实也觉得自己有点超常发挥了，大约是因为林瑶在各种意义上亵渎了她最在意的哥哥，点燃了她的复仇之魂。

"林瑶小姐，你是想害殿下背上什么'不明是非''因私废公'之类的恶名吗？"云悠悠痛打落水狗，"如果不是，请你当着大家的面，说出那个所谓的'内情'来！"

她看了看环形看台上的观众们，无论是绿脸的学员，还是黄红脸的学员，都在默默沉吟点头。覃飞沿做的事情对绿林学院伤害极大，有人教训覃飞沿，那是非常畅快的事情。大伙正爽着呢，突然得知根本没有什么"正义外援大佬"，整件事只是林瑶和覃飞沿一场作秀，心里难免感到膈应。但是林瑶"科研女神"的光环太强大，大道理又一套一套的，大家只能把气闷憋回了胸腔里。

而对于首都学院来说，今天本来只是一场例行的碾压式比赛，简简单单拿到胜利就完成任务。谁知道覃飞沿弄出这么个幺蛾子，丢人现眼不说，还弄得黏黏糊糊，好像首都学院非得靠着什么莫名其妙的幕后交易才能取胜一样。

云悠悠把事情捋清楚之前，大家的关注点都是科研女神竟是神秘机甲大佬，脑子里只剩感慨赞叹，顾不上别的。现在一想，才发现整件事有多离谱——所有人都是受害者，除了林瑶之外。

台下开始爆发出嘘声，声浪一浪高过一浪。千夫所指，就像是万钧巨啸，兜头盖脸地轰砸下来。林瑶的身体微微颤抖，再也稳不住清高傲慢的表情。

"事情不是这样的，"她的声音带着颤，有一点点破音，"我只是帮覃飞沿说了个谎。开机甲的不是我，我只是看覃飞沿被欺负得那么惨，就替他说了个谎，帮他挽回一点颜面而已……学院之间的比赛，为什么会有专业的外援掺和进来，这不公平。对覃飞沿不公平，也对首都学院不公平！"

她很会转移重点，不过云悠悠才不会被她带偏思路。她再次清了清自己的小嗓门："所以你承认和覃飞沿对战的人不是你，你只是事后乘虚而入，给自己捞名声。对吗？"

林瑶咬牙："我承认我说了一些谎话，但我不是为了什么名声。我刚才就说过的，我并没有那样的机甲实力，在这一点上，我从来就没有骗人，我说的是实话！"

"好吧。"云悠悠点头，"不管动机是什么，事实就是你说了谎，欺骗帝国的储君。人证……好多。"

林瑶张口想要辩解却说不出话来。半晌，她终于向闻泽低下了倔强的头颅："是我护友心切，一时情急犯错。任凭殿下处罚。"

闻泽眸光不动，唇角意味不明地收紧。

"殿下，"云悠悠有点心虚，"我没超过十分钟吧？"

欺君之罪可大可小，全看闻泽的意思。身为一名懂进退的小小乙方，云悠悠知道自己只能走到这一步了。闻泽如果舍不得惩罚林瑶，那也没有关系。今天她已经让林瑶成功破防，这个女人不再是公众眼中纯白无瑕的完美女神，等到她找到证据……学术造假，才是林瑶真正的致命七寸！

云悠悠扬起笑脸，准备和闻泽告别。

"老实回去吧，送花园都关不住你。"他嗓音懒懒，半开玩笑地叹息，"在家等我，相信我。"

他的眸色掩在帽檐的阴影中，像夜幕里渗出的点点繁星。

✦ 05 ✦

"相信我。"

闻泽的声音性感得要命，让云悠悠恍惚了一下。四年前，哥哥曾站在月光下对她说过这句话；今天，和哥哥一样耀眼的闻泽，又对她说了这句话。她的眼眶微微湿润，胸口涌动着奇异又酸涩的情绪。云悠悠抿住唇，乖巧地点点头，转身跑下台阶，向等在那里的侍卫长说了声抱歉。

侍卫长表情有些古怪，嘴角动了动，终究什么也没说，只是默默护送云悠悠登上星空车，离开第一机甲军校。

太子殿下的星空车行驶时，几乎没有任何震荡和噪音，流线型的飞车速度极快，在阳光下泛着冷冽的金属寒光。它划过长空，掠向星河花园。透明舷窗外，那座豪宅的轮廓越来越清晰。星河花园的外观以蓝白两色为主色调，极富时尚感和高科技感，内部有漂亮的自然花园、雕塑、喷泉、泳池，以及主建筑大别墅。

距离星河花园越近，云悠悠的心情越是复杂：闻泽说送她花园，不会是星河花园吧？

云悠悠低下头，飞快地打开光脑，搜索"星河花园"的相关信息。很

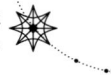

快，这套奢华花园别墅的简要介绍呈现在她的面前，估值……九位数的星币。下面赫然写着产权人的名字：云**。

云悠悠震惊地倒抽了口冷气，好一会儿才缓过神，他居然真的把星河花园转到她的名下了。现在回头想想，这些日子闻泽的表现一直很奇怪，他亲吻她，搂着她一起过夜，帮她骂人，送她房子，甚至公开关系。他说过，他想要她一直留在他的身边。为此，他可以和未来的联姻对象签署无性婚姻协议，给她足够的保障。要知道，闻泽这样的人，说出口的话就必定会做到，所以，他会对她负责，养着她，供她一辈子营养液。

云悠悠轻轻咬住嘴唇。舷窗上，映出一张为难的小脸。覃飞沿给了她很大的信心，让她相信自己一定可以通过机甲考核。帝国即将出兵收复绿林矿星，她要参军，回家去，哥哥在那里等她，那里才是她的家。

她知道像自己这么优秀的员工很难找，闻泽不希望她离职很正常。可是她不可能一直做他的情人，更不能收他的"买断金"。这是一个非常严肃的问题，等他回来，她得和他好好谈一谈。

回到星河花园，云悠悠用自己房间的简易淋浴喷头洗了澡，把自己白皙的脸蛋从糊成一团的绿色油墨里面拯救出来。她擦干头发，换上居家小白裙，盘着膝坐到小小的单人床铺上。

发了一会儿呆之后，她抓过光脑，打开自己的主页，没有新的私人信息。她想起昨天晚上闻泽拥着她，一条一条回骂过去然后迅捷如风地拉黑对方的样子。这么想着，昨天和他依偎的半边身体忽然有所感应，她记起了他的温度，记起他的肌肉非常坚硬，安全感十足，也记起自己无奈地偏头瞥他时，那完美冷峻的侧脸轮廓。

云悠悠的心脏悬了一下，就像被抛到高空，正要往下坠落。她急忙摇摇头，定了定神，草草浏览一遍星网。

整个首页飘的都是"帝国再一次向虫族宣战""太子殿下即将发兵绿林""帝国战争史上的胜利""回顾人族辉煌与荣耀"等一系列热血战斗话

题。热度略次一些的帖子大多是关于今晨第一机甲军校的表演赛，讨论的重点都集中在各大系列机甲的性能优劣和实战效应上。首都学院与绿林学院那场闹剧几乎没有任何热度。"神秘代驾究竟是谁""太子殿下的亲密女友"这两条原本非常有噱头的劲爆消息也沉在了不起眼的角落，就像平素乏人问津的官方公告一样。她能够很直观地感受到星网上扑面而来的铁血肃杀感，在这样的氛围下，谈论什么桃色纠纷、钩心斗角和小打小闹，都会显得低级且不合时宜。

这一切，仿佛有舆论操纵的痕迹，又仿佛只是自发的热血。至于那些骂她的帖子，如闻泽昨夜所说，已经再也看不见了。战争在即，闻泽亲自盖章了她的情人身份，这个时候辱骂作战指挥官的女朋友是非常不正确的行为，没人会附和，自然掀不起半点风浪。

她想起闻泽当时笃定并且云淡风轻的神态。果然，像他那样的人，已经可以左右人心和民意了。

云悠悠放下光脑，怔怔出了一会儿神，然后踢着她的大拖鞋走到银白的窗户边，用加热器温了一袋最大号的麦香味营养液，叼回床上。

手指悬在光屏上方，犹豫了几秒钟，她还是点开了林瑶的主页。林瑶的道歉声明和云悠悠预想的几乎一模一样，她为自己说谎的事情向公众道歉并感激太子殿下的宽容，表示自己认识到了错误，以后再也不会因为助人心切而冲动行事，要多学人情世故，不再两耳不闻窗外事。评论区里几个替她说话的回复被顶到最上面，偶尔有骂林瑶假清高、虚伪的留言一闪而过，被秒删；有人贴出剪辑过的现场短视频，被秒删；有人指责林瑶控评，也被秒删……

这条声明下方，点赞人数像坐了量子火箭一样往上飙升。云悠悠盯着那个跳动的数字出了一会儿神。星网是绑定个人身份的，可以披马甲，但每个人只有一个真实 ID，只能点赞一次，理论上不可能造假。但是林瑶的关注度未免也太高了，她发出的任何一条动态，点赞数都能超过 2 亿，而

1 个小时之前发出的这条道歉声明，点赞数已经飙到了两千多万。要知道，帝国娱乐圈人气最高的天王巨星，主页动态的点赞数也只会在几十万至几百万不等。"科研女神"，真有这么大的魅力？

直觉告诉云悠悠，这其中必有猫腻。她眯着眼睛，恍恍惚惚地想着，不知不觉间，非常顺手地给林瑶点了个赞。

手滑！

还没来得及取消，已经有人在庞大的数据流里面揪到她这个小小的赞。很快，一堆铁血热帖的下方，多了一个半热不热的新标题——"太子新欢点赞旧爱动态，是嘲讽还是宣战"。

云悠悠木着脸，默默取消了那个赞。

❖ 06 ❖

天色擦黑的时候，审查官来到别墅，将全体服务人员带往审查室接受审查。云悠悠和往常一样跟过去，却在门口被拦了下来："殿下交代，云小姐免于审查。"

她站在大门旁边，扶着门框，看老管家和侍者们排成一队走进审查室，表情怔怔的，她并不想变得和别人不一样。

闻泽回到星河花园时，一眼就看出云悠悠有心事，她神思不属，唇角牵起的笑容十分勉强。

"二十分钟之后到书房见我。"他语气平静，眸光微沉。

云悠悠应了一声，很老实地等了二十分钟，然后敲开了书房的门。

闻泽沐浴过后换上了丝制的常服，正坐在书桌后面处理公务，军帽就放在手边，他抬起头，看了她一眼，眼神沉静、威严，带着上位者的压迫，然后淡淡开口："有事要对我说？"

云悠悠不禁有一点紧张。此刻闻泽的表情，让她不得不怀疑他是不是真的像传闻中说的那样，可以看透人心。难道他已经知道自己要拒绝他长期合作的要求了吗？闻泽的气场让她感觉到压力，但她知道，这种事越拖越糟。心一横,她认真地挺直了自己的脊背,一本正经地告诉他:"请殿下把星河花园收回,我无意成为您的长期情人。"

闻泽面无表情地看着她,眸光越来越冷,冷中带怒。过了一会儿,他轻轻地笑了下,冷淡地微哂:"对我的处理不满?"

如果他愿意的话,完全可以隐藏所有的情绪,让她看到一个带着完美面具的太子殿下,但是此刻他丝毫不想掩饰自己对她的失望——他对她好,不是为了滋养她的野心。他知道她点赞林瑶动态的事情上了热搜,并且做出了"不处理"的批示。他能够容忍她闹点小脾气,却没想到她开口就用分手威胁。

他站了起来,大步逼近。云悠悠愣神的瞬间,男人高大挺拔的身躯已经来到面前,他气势冷然,居高临下地注视着她,嗓音寒凉:"我说过,让你相信我。你希望我如何处置林瑶?以那个可笑的'欺君之罪'?云悠悠,你不是也对杨诚说过同样的谎话吗,你希望我如何处置你呢?"

云悠悠知道闻泽误会她了。她向他解释:"殿下,打败覃飞沿的人真的是我。我知道您和侍卫长他们一样不会相信,但请给我一点时间,我可以用机甲考核的成绩来证明——我很快就可以参加考试了。"

闻泽意味不明地笑了笑。他真不懂,为什么人总是有胆量撒一些非常容易被拆穿的谎?

云悠悠继续解释:"我对您如何处置林瑶,并没有抱任何期待。您的处理是正确的。"

回来的路上她就已经想得很清楚了。林瑶现在是帝国炙手可热的新生代科研人才,业界对她的那些论文评价极高。这么重要的人才,哪怕真的犯了罪也会拥有一定的豁免权,更遑论撒谎这种小事情。帝国虽然是帝制,但并非历史长河中出现过的那种独裁专制,在这个已发展至高等文明的国度,皇室也是要严格遵守宪法的。无论从政治层面来看,还是考虑到他们的旧情,闻泽都会宽恕林瑶。

她只是陈述一个事实,却没想到在此刻的闻泽看来,她这句话就像是

在赌气和嘲讽。他从紫莺宫回来，一个小时之前还在和自己的亲生父母血淋淋地交锋。在返回的路上，曾有那么几个瞬间，他嫌星空车太慢，想要快一点回到星河花园，看见她全身心依恋的笑容。却没想到她令他如此失望。

是他的错，宠过头，给了她不该有的期待。闻泽收敛了表情，面容精致冷淡："这些日子，我的行事也许给你造成了一定的误会。于我而言，赠送一栋别墅并没有什么特殊意义，也不存在财务方面的影响。对你的照顾只是出于人道主义关怀，带你进入公众视野则有政治目的。希望你不要过度解读，谨记自己的身份——契约情人，仅此而已。"

云悠悠听得一愣一愣，只确认了一下最关键的问题："所以两年之后，您不会再和我续签了对吗？您上次说打算与联姻对象签署协议，让我一直留在这里……"

闻泽心中冷笑，表情却无懈可击："那只是一个提议，你拒绝了不是吗？"

"嗯，对。"她点点头，心中悬着的那块石头落了地。说实话，闻泽这些天的举动，都快要让她自作多情了。幸好他及时打消了她的疑虑，和她说得明明白白，很厚道，很君子。这样她就可以安心继续工作了。云悠悠松了一大口气，脸上露出笑容。

闻泽心中暗暗一哂。这就怕了？又开始装温柔讨好他。他睨着她："我记得你曾说过，希望我给予援助，直到你通过机甲考核。"

"嗯嗯！"她乖巧点头。

"你若永远无法通过呢？"他微勾起唇角。

"啊？"云悠悠不明白闻泽怎么忽然就诅咒自己，她眨了眨眼睛，委屈地看着他。

"给你个时限。"他残忍地盯着她的眼睛，抬起两根手指。

"两个月？够了！"云悠悠立刻拍胸脯打包票，绿林战争很快就要开始，就算闻泽不催，她也会竭尽全力的！

闻泽有些愕然，他本来想说两年。

"殿下，"云悠悠有一点心虚地揪了揪裙子，"通过机甲考核之后，我们可以提前终止契约吗？"

闻泽眯了下眼："……可以。"

"嗯嗯！"她低下头去，在光脑上鼓捣了一通，调出契约，把时限以及提前终止契约的条款加了上去，然后递给他，"拜托殿下签个名，到时候我直接找律官处理合同就行了，不用再麻烦您。"

"嗯。"他看了她两眼，微微挑眉，淡笑着签下了自己的名字。她这是在威胁谁呢？

云悠悠发现，闻泽的字迹漂亮极了，当然，现在她看他，哪里都顺眼。小心地收好更改过的新合同，她害羞地看着他："殿下，需要我留在这里吗？"此刻，她非常愿意履行一下情人的义务。

看着她的秋水瞳眸，闻泽心口不禁蹿起了一把火。倘若在他进门的时候，她是这样的情态……想必他很愿意再对她好一点。现在嘛，呵。

"出去吧。"他冷冷地说。

✦ 07 ✦

夜色透过走廊边的落地窗，洒了满地，月光澄明，风也温柔，宜训练。

云悠悠飘过走廊，摸进了虚拟机甲训练舱，想要试试今天刚学会的射击技能。她走到训练室正中的银色圆形合金舱旁边，换上机甲训练服，把头发挽成一个小团。她踏入舱室，轻车熟路地上机，启动。

0%……100%。

每次驾驶机甲，她都有与机甲融为一体的感觉，不知不觉间忘记自己只是一名司机。机甲就像她的身体，与她的本能反应完全同步。金属感应服为她提供动能，她就像海中一尾自由的鱼，可以随心所欲地徜徉于星辰大海。她可以跳跃、奔跑、翻腾，用自己的速度把周围的风声变得凛冽。这种感觉，是她病弱的身躯无法给予的。她训练起来总是废寝忘食，既是因为努力，也是因为着迷。

加载完毕，她穿越时空，置身星海。

从今天开始，她要在前行的同时练习击杀虫族了！笨拙生涩地祭出了武器，她向着前方涌过来的虫子冲杀过去。

很快，云悠悠发现使用武器对她来说是一个沉重的负担，她总是习惯性地忘记发射，又或是在瞄准的时候忘记进行别的动作。这一路，磕磕绊绊，跌跌撞撞，磨磨蹭蹭，好不容易扑腾到终点，她已经汗流浃背，感觉比第一次学习机甲驾驶更加吃力。

好……好难啊！为什么虫族比覃飞沿他们难打这么多？这些足有半台机甲那么大的巨虫，外壳硬得像合金，力量大得像战舰，动作又快又灵活，根本不像在打木桩。从前她只是闪避，后来倒也慢慢练习惯了，今天尝试攻击才发现它们的外壳极难打穿。

在她呼哧呼哧喘气的时候，眼前的界面并没有像往常一样恢复到初始状态，而是响起了振奋人心的音乐，光屏正中，跳出了一行以前从没出现过的字样——

【恭喜您，创下前所未有的新纪录，获得评级资格，请问是否确认？】

【是／否】

云悠悠仔细把这行发光的文字看了两遍，呆了几秒钟之后，激动得蹦了起来。难怪这么难打，原来是在打通关！这是什么？这是厚积薄发，这是滴水穿石！她飞快地点击"是"，生怕迟一秒它就会从光屏上消失，不再给她确认的机会。

科技感十足的三维陨石从四周涌来，在她的用户名"UU"后方，组成了巨大的评分等级——G！

云悠悠眨了眨眼睛，又揉了揉眼睛。虽然她没有多少机甲常识，但是评分制度她是认真了解过的。想要通过机甲考核，评分必须在 B 级以上。这是差了十万八千里。她怎么会天真地以为，获得评分资格就等同于有机会通过机甲考核呢？

"原来根本没有奇迹，我就是很弱。"她抿住唇，悲愤地盯住那个巨大的"G"。旋即，她想起了自己刚才和闻泽的约定。时限只有两个月？！

晴！天！霹！雳！

心如死灰也不过如此了。

夜色渐深，闻泽发现，今天传来的每一份公文，都在为他心头的戾气添柴加火，书房中自动调节的照明光线也变得非常碍眼。他已经很久没有这么激烈的情绪波动。上一次是三年前，那一次，他彻彻底底对自己的血亲心冷。所以当时他是怎么恢复心绪，回到书桌后面冷静地处理完后续事宜的？他微眯了下眼睛，三年前的记忆涌入。

三年前那一天，闻泽去了虚拟舱，本来打算靠撕碎那些恼人的虫子来平复暴戾的心绪，谁知虚拟舱里忽然钻出来一个人。她全身是汗，就像刚淋了一场大雨。训练服紧贴着她的身躯，纤细柔弱，美丽至极。她看见他的那一刹，眼睛里清清楚楚地亮起了光。这是他让律官找来的"替身情人"，在她入住星河花园之后，他把她当作一个寻常的侍者看待，只有点头之交。他本来要客客气气请她离开，但那双眼睛，却让他鬼使神差地多看了一眼。清澈如泉，像是能治他的药。

他向来自律克制，不会表现出明确喜好，也不愿意让她发现她对他来说有多特别，于是后续三年，他总是和当初一样冷冷淡淡。事实证明，他最开始的决定是正确的，就应该一直对她冷淡下去。人心不足，得到太多并不会感激，只会得寸进尺。

这么想着，闻泽脸色更冷，起身离开书房，踏上了三年前的老路。走进虚拟训练室的时候，他也不知道自己是希望遇到她，还是不希望遇到她。

这一次，云悠悠没有正好在他到来时钻出虚拟舱。闻泽在球体外面默立了很久，终于，他动用权限，切断虚拟舱供能。他的脸上没有一丝表情，目光平静，注视着舱门。十秒钟之后，舱门开启，纤细的女孩挪着她的细胳膊细腿，簌簌地解开金属感应服。和这些合金装置在一起，她显得更加柔弱，好像一碰就会碎。

闻泽无意间瞥到她身后处于悬停保护状态的光屏。

管理者——超 3S 模式？

这是打出 3S 完美通关之后的自定义模式，这个模式下，系统将大幅度提高虚拟虫群的防御值、攻击值、敏捷值，为驾驶者提供更高强度的特殊训练。他每通关一次，就会向上调一次数值。在他真正上过战场之后，就没有碰过这台虚拟舱。从前他打过多少次通关？100？80？他也不记得了。

所以……云悠悠这个第一次摸机甲的菜鸟，这三年都是怎么过来的？唔，击杀数 5、3、4？稍微可以理解一点了。在他不自觉地微微挑眉时，满身汗水的女孩钻出虚拟舱，站在了他的面前。

"殿下？"看见闻泽，云悠悠有些吃惊。

"你在做什么，"他语气平静，"书房照明一直闪断。"

"啊……"云悠悠眨了眨眼睛，"是的，我这里供能也出了问题。"

"那就不要再碰电器了。"

"嗯嗯！"

✦ 08 ✦

高强度训练后，云悠悠身体疲倦，脑子却闲不下来，有个问题困扰着她。

"殿下，"她软软地问，"星网上每一个 ID 的行为，都是出自本人的意愿对吗？"

闻泽垂了垂眸："是的。"

"每个人都只能用自己的 ID 给别人点赞对吗？"

听到她连续两个"对吗"，闻泽不禁想起了早上的事情，下意识抬起手，动了下此刻并不存在的帽檐："想说什么？"

云悠悠抿了抿唇："我觉得林瑶的点赞数目不对劲。但是想来想去，想不出问题在哪里。"

每个 ID 对应着一个帝国公民，只有本人才有在星网上操作的权限。在网络技术层面上，星网的防御系统早已经无懈可击，不存在任何盗窃用户账号或者绕过服务器修改数据的行为。

片刻静默后，闻泽缓缓开口，目光有些复杂："你就这么看不惯林瑶？"

有一部分男人非常享受女人为自己争风吃醋的感觉，但这其中并不包括闻泽。在闻泽看来，只有弱者和自卑者，才会需要这种最低级的外在刺激。他不需要别人为他吃醋。

云悠悠在闻泽的注视下，身上懒懒的，心脏被奇异的充实感填满，对他也就没什么防备。很老实地回答："是啊。她明明是个坏人，却没有受到应得的惩罚，并且还被人喜欢。"

闻泽低头看她，女孩的眸光温软，黑色的大眼睛纯净澄澈，没有刻薄，没有嫉妒，只有委屈和感慨。对着这样一双眼睛，没有人说得出狠话。

"不必如此在意。有个人托我照看她，仅此而已。"他轻轻抚了下她的脸颊，终究还是退了一步，说了绝不该说的话。

有人托闻泽照看林瑶？

云悠悠愣了一下，非常顺嘴地接了一句："那个人真没眼光。"

闻泽眯了下黑眸，神色颇有些无奈："不要妄议逝者。"

"哦……"云悠悠点点头，眼睛里流露出几分同情。她在影视节目中看到过很多临终托孤的桥段，逝者已逝，永远无法向他揭穿林瑶的真面目，哪怕这个被托的"孤"不是个好东西，闻泽也还是得捏着鼻子完成死者的遗愿。

她的雇主好可怜哦，云悠悠眨了眨眼睛，一动不动地看着闻泽。

"你这是什么眼神？"闻泽抬手，遮住她的眼睛。

云悠悠意外发现，闻泽的手比看起来还要更大一些，她的脸蛋真的只有他巴掌大。他的手很烫，带着他身上独特的那股极富侵略性的暗香。

她问："你也不喜欢林瑶是吗？"

闻泽沉默了片刻，很平淡地开口："实力配不上野心的人，每一个都是那个样子，谈不上喜欢或者不喜欢，我只看实绩。"

"哦……"所以他见过太多像林瑶这样的人，已经见怪不怪。喜欢不过来，也讨厌不过来。

云悠悠明白了。即便林瑶搞科研只是为了自己的名利、欲望，但事实上，她做的事情的确对帝国有很大的贡献，能够为上位者带来切实的利益。对于公众来说也一样，每一个人都是科技进步的直接受益者，科学家受到尊敬和爱戴是理所当然的事情。

人都是利己的，就拿云悠悠来说。闻泽给了她学习机甲的机会，还能为她治病，她是实实在在的受益者，所以她喜欢他，拍他马屁，称他为"最棒的甲方"。这有什么问题吗？没有。如果有政敌骂闻泽虚伪、装模作样，云悠悠还要和对方急眼。同理，没有必要因为别人维护林瑶而愤怒，这样的愤怒毫无意义，自己需要做的事情，就是找证据。

想通这一层之后，张三扬留在她心中的愤懑彻底烟消云散，她很感激闻泽无意中带给她的释然，认真地告诉他："林瑶是小偷，她偷了别人的成果。我现在没有证据，但我一定会找到的。"

闻泽移开了手掌，居高临下地看着她，目光里暗藏着警告，不是为了维护林瑶，而是让她适可而止，不要再破坏自己在他心目中的形象。毕竟，人类在嫉妒的时候，总是丑态毕露。

她看着他，加重了语气："真的。"

她并没有变得难看，小脸严肃而美丽，漆黑的眼睛里闪烁着坚定的光。

"哦？"闻泽淡淡接了一句，"失主是谁？"

"是我哥……"第二个"哥"字被她默默咽了回去。她没忘记，自己总是在最情动的时候抱着闻泽叫"哥哥"。实在是太……太羞耻了……云悠悠觉得自己身上的血液哗哗往脑门涌，脸颊和耳朵迅速发烫，她垂下眼睛，避开了他的视线。

闻泽不置一词，目光平静地盯着她越来越红的脸蛋："早点休息。"

他没回头，大步离开训练室。训练舱的能源供应已经稳定，系统恢复了待机状态。云悠悠看了看自己的"G"，感觉还能再练五百年。

第五章

CHAPTER 5

您看我还有机会吗？

Falling into stars

❖ 01 ❖

闻泽回到书房，调出云悠悠的履历。刚开始，他只是漫不经心地扫视，渐渐，目光变得深沉，许久之后，他关闭光屏，极缓慢地叩了叩桌面。

她的履历和他想象中全然不同。他第一次见到这个女孩时，她就是一副白皙柔弱的样子，看起来像是出自很普通的家庭。闻泽当时并没有在意，潜意识里把她当作那种为了帮助家人治病、上学或者买房而出卖自己的姑娘——这种故事在那些贵族子弟们身发生得上并不少，偶尔还会出现一两个"真爱"，在热恋上头的那段日子里闹得鸡飞狗跳。

当然，最终全部不了了之。

闻泽以为云悠悠的情况也是这样的，没想到……她在四岁的时候就被父母卖给了拾荒队。绿林矿星的主矿脉早已经被开采光了，整个地底千疮百孔，密布着纵横交错的废弃矿道。拾荒队掌握着地下矿车和不同的矿道区域，雇佣那些填不饱肚子的难民深入废弃矿区开展危险的采集工作。这些矿工的生命安全得不到任何保障，处境与奴隶无异。

调查记录只有冰冷的文字说明，闻泽不知道那个四岁的小女孩究竟是怎么活下来的，他只能看见她终于拥有了自己的个人账户，账上逐渐出现零零碎碎的收入，就这么一年一年往下翻，一个个小数字就像荒原上的小草，摇摇摆摆，顽强生长。

在她八岁那年，还帮助另一个四岁的男孩申请了个人账户。附录上，那个男孩的进账记录和她从前一样零碎，不过和她相比，男孩少走了很多弯路——很显然，是她教了他生存技能。但这个男孩只活到十一岁，他被一伙因侮辱虐杀青少年而出名的悍匪杀死在偏僻巷道里。这条记录之所以被加进报告，是因为当时这伙悍匪也被人杀死在现场，云悠悠曾接受过调查。

她没有任何嫌疑。她的体形、力量，都和那个徒手击杀一群悍匪的神秘杀手相去甚远，并且那天晚上她去了绿林大学外面的广场上听公开课，一名和她没有任何交集的大学生愿意为她作证。

那年她十五岁。小男孩遇害以后，她的个人账户显示她一直独自生活。

三年后，绿林沦陷，她登上最后一艘运输船，来到首都星……

闻泽沉沉吐出一口气。她没有兄长，只有一个没有血缘关系的小弟。她的生命轨迹和林瑶没有任何交集，她的身上没有任何值得林瑶窃取的价值。所以，是幼时恶劣的生存环境让她习惯性地说谎来保护自己？

"想要安全感。"他轻轻笑了下，"任何人都可能背叛，谁又能真正安全。"

他起身离开书房，来到训练室外，抬手，触到门，收回。沉默片刻，他越过这扇银白的合金门，返回卧室。

接下来几天里，忙于备战的闻泽没有再回星河花园。

他的侍卫长也忙得脚不沾地，睡眠全靠星空车两地往返间的那点时间。几天下来，杨诚的个人形象已经有点向孟兰洲靠拢的趋势，而太子殿下却依旧风度翩翩，衣服上一丝褶皱都没有。这让侍卫长一度怀疑殿下的个人舱里是不是藏着什么空间虫洞，每次他阖上挡板，其实都是跑到异次元空间睡觉和整理仪容去了。

杨诚忍不住问了出来："殿下，您的车上是不是有黑科技？"

闻泽："什么乱七八糟的。"

杨诚傻笑着挠了挠头："刚在星网上看见的热词，生物科学院那边的新成果，林瑶负责的课题。情绪磁场弧光什么的，从生物电磁入手调节人体状态情绪，据说很有应用前景。现在星网上都说这是黑科技，童话里面的快乐制造机。"

闻泽目光微微一顿。在身边伺候惯了的侍卫长非常懂得察言观色，他点开光脑界面，手指一拉，从光屏上把那条动态扒拉出来。

是林瑶的主页，大概意思和杨诚说的差不多。人的生理、心理状态会造就不同频率的生物磁场，呈现出不同颜色的光波，这些光波可以准确地反应一个人最真实的情况。林瑶近期的研究方向，就是制造人工磁场，用来中和、调整那些不好的波段，从生物电磁方向为人类提供保健型医疗，目前最直观的作用就是给心理状态不好，情绪低落的患者带来快乐。

热搜标题很多，什么灵魂诊疗师、童话黑科技、快乐制造机、生物里程碑……从热度来看已经爆了。闻泽并没有放在心上，从理论到应用，要走的路还长得很，很多重大缺陷和无法解决的困难在理论阶段并不会表现出来。就算进入了应用阶段，试错、调节副作用也是漫长的过程。一般来说，研究组并不会着急公布这样的半成品。还没成功就先庆功，是林瑶的风格。

闻泽漫不经心地虚了虚视线，正要转头，目光忽然一凝，落在这条动态下方的点赞数目上，两个小时之前的动态，点赞数已经超过 9000 万。闻泽想起云悠悠不久之前提到过的关于林瑶点赞数的疑问，不禁挑了下眉。而眼前杨诚的屏幕上，点赞不是空星而是实星——他也点赞了，再往下一拉，发现杨诚给林瑶每条动态都点过赞。

闻泽瞥向身边的下属："我记得你对林瑶的评价并不算高。"

"啊？"杨诚因为困倦而发红的眼睛里浮起了迷茫。他打了个无声无形的呵欠，给自己提了提精神，并拢双足，认真地看向闻泽，等他继续发话。

"为什么每一条都给她点赞？"闻泽的语气温和平淡。

杨诚茫然，缓缓眨眼："就，随手啊。随手一点。"

闻泽神色不动，点点头，转身上车："回城。"

"殿……殿下！"杨诚一个激灵，"我对她没那种意思！真没！我就是手滑，压根没过脑子，真的！哪怕是您的过气旧爱，属下也绝对不会染指！"

闻泽阖上挡板，闭起眼睛，不想理会这个脑子不清楚的侍卫长。他想起了两个风马牛不相及的人。第一个，因为通宵而过于疲惫，误把那条被信息安全部门扣留的消息发送出去的工作人员；第二个，因为上网太久导致精神不济，习惯性把情感阻断剂违规交给云悠悠的星河花园医师。再有就是，眼前多得异常的点赞数。

毫不相干的三件事情，都有一个共同点——当事人声称手滑。

闻泽觉得自己有必要和云悠悠"随便"聊一聊。

❖ 02 ❖

回到星河花园，闻泽听到了一个令他哭笑不得的消息。他的小情人在虚拟舱训练过度，把自己累瘫了，已经一整天没有下床。秦医师给出的建议是，多喝热的营养液，再躺一天。

敲开云悠悠的房门，闻泽看见她侧躺在小床铺上，嘴里叼着一袋原味营养液，正在有一搭没一搭地吸溜。两只小手放在枕头旁边，细细的手指一动一动，不知道在比画什么。

"殿下。"见他进来，她的身体在星空被下面拱了拱，胸部和膝盖相互靠拢，摆出一个向他鞠躬的造型。

"免礼。"闻泽环视一圈。房间里有股淡淡的温暖的花果清香，是她身上的味道。入住星河花园的时候，她挑了一个最小的房间，带着不到两平方米的淋浴室。半透明的悬挂衣橱里整整齐齐挂着几条最普通的小白裙，下面叠着女孩子的私密衣物。

他移开视线，走过去，坐到她的床边："怎么回事？"闻泽留意到她那几根细细的手指不自觉地动了动。

云悠悠感觉难以启齿，闻泽走了七天，这七天她拼上了性命在训练，最好的成绩也就是F——比G好一点，但也就是一点。她特意到星网上查询过，所有通过了考试的前辈都说，每一个评分等级之间的难度差不多正好翻倍。她从 G 晋级到 F 用了整整七天，这就意味着，从 F 到 E 大约需要训练半个月，从 E 到 D 需要一个月，从 D 到 C 两个月，C 到 B 四个月。再加上像今天这样累瘫在床上动弹不了的意外时长……

也就是说，她可能需要一年时间才有希望通过机甲考核。其实这与她原本的计划差距并不太大，她的合同还剩两年，时间上是绰绰有余。可现在，不是出了意外吗？去了一趟机甲军校之后，覃飞沿给了她一种自己是大佬的错觉。她飘了，夸下海口和闻泽修改了协议。

当事人现在的感受就是后悔，非常后悔，想穿越回去打死覃飞沿，顺便打死七天之前的自己。

"殿下，我……"云悠悠的手指一动一动，眼珠一转一转，艰难地思考说辞。太丢人了，说不出口。闷了一会儿，她发现闻泽身上的体温和味道已经渐渐占据她的小床铺。他刚沐浴过，穿着黑色的丝质睡袍，腰间系着一根宽束带，宽肩细腰大长腿，肤色冷白，性感极了。他的手放在她的床铺边上，距离她很近，漂亮的指节看上去很有力量感。

她想了想，决定先用温柔攻势软化他的意志，然后用马屁大法拍得他云里雾里，最后再提出延长时限的请求。这样子，他应该就不好意思拒绝了吧。绵软无力的小手虚弱地覆上他的手背，闻泽微一挑眉，垂下眼睛，注视着女孩。只见她苍白的小脸上浮着惹人怜爱的羞涩红晕，精致小巧的嘴唇微微开阖，像是有千言万语说不出口。

他的心脏仿佛被轻轻撞了一下，忽然觉得自己没打招呼就离开七天，似乎有些过分。这种奇怪的被牵绊的感觉，他还是第一次体验到。略一思忖，他反握住她的手，用她最在意的事情安抚她："我看了林瑶的点赞数目……"

"殿下，"云悠悠一听，惊得一个激灵抽回手，打断了闻泽的话，"那个，我就是随便一说，您大人有大量，千万不要计较我的信口雌黄！"

她一本正经地睁大了她乌黑的眼睛："我向您保证，接下来的日子里，绝不再瞎说没有证据的混话，也绝对不会再惹您烦心。我可以发誓！"

闻泽沉默半晌，气得呵笑一声："都是瞎说的混话？"

"嗯嗯！"这个鬼东西乖觉得不得了，快速点头，举手发誓的姿势特别标准。

闻泽吐了口气，不咸不淡地开口："问题是，我也觉得不对劲。"

云悠悠斩钉截铁："是的殿下，没错殿下，您说得都对殿……啊？"

她看着他，嘴巴张大，摆出一副呆滞懵懂的表情："您是说……"

"我会查。"他说。

云悠悠倒吸一口气，双眼睁得更大，她觉得此刻的闻泽全身都在发光。

"所以你还有什么别的想法吗？"他问。

"没有了。"她又一次感觉到云里雾里，"殿下，其实我真的不是公报私仇的人。"

"呵。"他唇角勾起的弧度好看极了，笑声虽然虚伪，但也好听极了。

"歇着吧。"闻泽起身，"我还有事，走了。"

"殿下……"云悠悠欲言又止。修改协议的那一天，闻泽成功给她留下了一个"阴晴不定"的印象，她不确定下次见面他还会不会这么和蔼可亲，于是决定趁热打铁，在他心情不错的时候给他打个预防针。

"那个……"她不好意思地揪了揪星空被，"我觉得，机甲的武器系统不太适合我，嗯，对，它们影响了我的发挥，让我无法打出好成绩。主要就是兵器不趁手，导致我现在的战绩……有一点点不好看。"她用指甲尖掐出一个"一点点"的姿势，不想承认是自己太菜，所以选择先迂回一下。

闻泽站定，好笑地看着她。他暂时没打算告诉她那是变态炼狱模式，他得给她一个继续留在他身边的借口。

"是吗？"他佯装为难，眯起眼睛沉思了一会儿，"可是虚拟系统现在装载的已经是帝国最先进的武器。从前的武器系统落后得多，最初还有使用激光剑的近战模式，类似于冷兵器作战。"

近身肉搏更是无限凶险，零距离接触断肢、脏器、虫血，还有近在耳畔的刺耳摩擦……这些都是初代驾驶员挥之不去的噩梦。现在只有寥寥几位帝国顶级的机甲师有资格、有能力驾驭那种冷兵器时代的战斗方式，闻泽也就随口一说。

云悠悠看着他，愣了片刻之后，眼睛里一点一点亮起了灼人的光，浑身的血液也莫名沸腾起来——剑！近战！在她闪避和攻击的过程中，曾不止一次地觉得手上缺了点什么。机甲本身虽然坚硬，但它毕竟不是一件攻击武器，用来砸虫族，就像……拿光脑当板砖用。她难以适应那种按键、瞄准、再按键发射的模式，感觉它非常不人性化，无法调动身体的本能，以致成为拖累。反之，如果手中有剑，她甚至可以在错身而过的时候给对手来上一下……那得有多么顺手和畅快啊！

她激动地爬起来，想跳下床追闻泽，却忘记自己身体有恙，软得像棉花的双腿一下踩了个空，脸朝着地面摔下去。闻泽踏前一步，伸手一捞，把她抄起来。

"殿下，殿下！"她还没站稳就扬起了兴奋的小脸，"激光剑按哪里可以调出来？"

闻泽：……

"嗯？嗯？"她期待无比地催促他，"哪里？"

闻泽无奈地扶稳她："……加载过期武器库。"

"嗯嗯！谢谢您！"她忽然很想吻他。她踮起了脚，双手抓着闻泽的小臂，把脸蛋凑向他。亲吻对方的脸颊，仿佛是一种很原始、很本能的表达谢意的方式，没人教过她，但她天生就想要这么做。

她永远无法忘记，哥哥把她抱出那条阴暗巷道的时候，她有多想亲吻他的侧脸，就像亲吻神祇那样。当时做不到，现在可以了。温暖柔软的唇瓣落在了闻泽腮边，她幸福地微眯着眼睛，两只手紧紧抓着他滑凉的丝质衣袖。闻泽体温高，脸上的皮肤却有点凉，冷白、光滑、坚硬，像那种质地良好的玉。她本来只想亲一下，感受到他的温度和气味后，忍不住又亲了一下，还用鼻尖亲昵地蹭了蹭他。

闻泽的影子落在她身上，就像有实质的重量和温度，让她的皮肤微微刺麻，呼吸不自觉地放轻了一些。他躬身，手臂绕过她的背和膝弯，把她打横抱了起来。云悠悠偷偷抬眼瞥去，看见这个伪君子已经收敛好表情，清冷的黑眸平视前方，精致薄唇微有一点下垂的弧度，显得平静而坚毅。他抱着她大步走出房间，她发现自己的房门非常神奇地在他背后关上，就好像那里有一个无形的仆役在为太子殿下服务。

✦ 03 ✦

今晚月色非常美，走廊外侧是透明的落地长窗，淡蓝色的月光洒到身上，令人身体放松，心情轻快。下方花园里，那些珍贵的自然植物也舒展着枝叶，托起美丽的花苞，尽情沐浴蓝月的光辉。花丛上方氤氲着一层薄而朦胧的雾气，用眼睛看着，都能感受到自然花卉的芬芳。

气氛好得让人忍不住想接吻。闻泽停住脚步，挺拔的身躯俯向她，云悠悠下意识闭上眼睛，微微启唇……就在呼吸交织的那一瞬间，楼下忽然传来了关门的声响，然后是一声尖叫，来自侍者们住所的方向。闻泽动作一顿，保持着俯身的姿态，耳朵微侧。

苦瓜小姐的吼声传来："安妮！我说过多少次，关门之前看看后面有没有人！"

"噢！抱歉！"安妮压着嗓音，"但是请你先冷静，不要这么大声——今天殿下回来了，你忘记了吗？"

苦瓜小姐的声音立刻低了三个八度，抱怨道："可是我的手指都要被你夹断了！"

闻泽低低笑了下，立直身躯，抱着她大步返回卧室，没有继续欣赏月色下的美景。

卧室门自动为他打开。

闻泽将云悠悠放进巨大的磁力悬浮按摩浴缸，抬起腕表看了看，用读说明书一样的语气向她交代："浴缸有全自动智能监控调节系统，你可以在里面睡一觉，不用担心溺水，四十五分钟以后我会来接你。"

他没有再回头，背着身，在蓝色光屏上设置了泡澡时间，然后大步离开。

温热的水流涌向云悠悠，没有水花，只有规律涌动的暗流。水面即将淹没她时，几股打着卷的柔韧水流托住了她的后脑勺，把她的脸蛋送出水面。她惊奇地半浮在水里，太舒服了！热水泡得她浑身绵软，一股股力道恰到好处的水流按摩她的身躯，让她时刻处于悬浮状态，帮助她彻底放松。

她舍不得睡，但是没撑过半分钟，就被这个过分懂得伺候人的浴缸送进了梦乡。梦里，她变成了一个大气泡，徜徉在宇宙里，自由而快乐。

云悠悠醒过来的时候，已经身处闻泽的大床上。

他一只手半搂着她，另一只手使用光脑处理公务。蓝光映在他脸上，让他的皮肤显得更白，看起来淡漠冷峻、不近人情。察觉到她醒来，闻泽没有转头，只是用那只松松揽着她的手盖住了她的眼睛。

"窥探军情什么罪知道吗？"嗓音清冷，带着笑。

云悠悠被浴缸倒饬成了一团棉花，软软地扬起笑脸，声音也比平时柔糯了很多："还没来得及看见您的军情。"

闻泽很轻地笑了两声，没再说话，继续处理事情。云悠悠想了想，很老实地收好自己的手和脚，与闻泽保持一厘米以上的距离，安静躺尸。大约十分钟之后，闻泽关闭光屏，解除了她的"禁视令"："可以睁眼了。"

她笑眯眯地抬头看他，见他状态良好，情绪稳定，于是开始卖惨："殿下您看，我已经拼尽全力训练，都把自己给累趴了对吧？万一，嗯，我说万一，1个月零23天之后，我还差一点才能通过机甲考核的话……您看我还有机会吗？"

云悠悠眨巴着眼睛，表情要多无辜有多无辜。闻泽神色一动不动，黑眸里懒洋洋掠过笑意，开口却很无情："新增的补充协议同样具备法律效力。"

"哦……明白。"她的小脸垮了下去，现在只能寄希望于那个古老的光剑战斗模式真的对她有帮助了。

闻泽侧眸打量她，面部表情非常生动，整张小脸都写满了忧郁，眉毛往下耷拉，像个瓜子脸的"囧"字。他好笑地勾了勾唇，打开光屏，递到她的面前："看看这个，告诉我你的想法。"

云悠悠疑惑地抬眼去看，一眼就看见了"林瑶"两个字，立刻来了精神。这是一份刚发来的调查报告，报告显示，林瑶中途退出了她从前的恩师正在进行的"基因链次级亚分子生物酶的交互作用"这个科研课题，自己开辟了全新的"生物磁场疗愈计划"，并取得了阶段性成果。那位老学者的课题进度被严重耽搁，气得躺了好几次医疗舱。而林瑶，从突兀开启一个新研究课题到公布成果，仅仅用了不到一周的时间。

看到这里，云悠悠忍不住抬起眼睛，对上闻泽的视线，认真地说："就像从哪里捡了个成果似的。"

"嗯，"闻泽嗓音淡淡，"生物磁场方面的研究曾经有科研组做过，后来因为不可抗力进行不下去，中途停止了。"

云悠悠眼睛发亮，她听说过一句话——当你发现一只蟑螂的时候，屋子里已经全是蟑螂了。同理，林瑶的论文里面有哥哥的成果，意味着她很可能还偷了别人的成果。闻泽的话，让她确定了这一点！

"能联系到那个科研组吗？"她激动地问。

闻泽目光不动，表情和平时一模一样："相关负责人已去世多年，研究资料全部损毁。"

"啊……"云悠悠怔怔地动了动嘴唇，不知道该说什么。原来林瑶不是小偷，而是盗墓贼吗？

云悠悠定定神，继续看下半部分调查报告。很快，她的眼睛不自觉地半眯起来。报告显示，在林瑶突兀撇下她恩师那天的早晨，她曾去过首都计算机大学，见了一位名叫韩詹尼的计算机网络专业的博士生导师。生物科学和计算机网络是两个完全不相干的专业，然而见过韩詹尼之后，林瑶果断退出了那个看起来只是给生物科学大厦添砖加瓦的"基因链次级亚分子生物酶的交互作用"课题，开启了她自己主导的"神奇灵魂诊疗工程"。

云悠悠往下翻，看到了韩詹尼博导的资料。这位计算机领域的专家被称为"小普尔斯基"——普尔斯基，是超级量子云计算机的主要发明者，也是当代星网技术的奠基人。从韩詹尼的外号就可以看出，他在业内拥有非常高的评价和声望。

"韩詹尼在为林瑶提供盗墓技术？"云悠悠这么想着，顺嘴就说了出来。等闻泽反应过来，一时竟不知道该夸她描述生动还是思维跳脱。

"可以审这个韩詹尼吗？"她问。

闻泽的语气仍然没有任何波动，手指点了点下方一行字："他是'雄狮'家的人。"

在这个时代，贵族世家拥有最优良的基因、最雄厚的资本、最尖端的技术、最优质的精英教育模式。他们和平民的差别不仅仅是身份地位财富，还有一代代堆砌在血脉之中的强大个人能力。

十一年前林德家族倒台之后，帝国金字塔最顶上的老牌贵族世家还剩三个，皇室撒伦家，雄狮韩家，白银孟兰家。虽然"小普尔斯基"韩詹尼只是韩家的一名私生子，但他身上依然牵系着千丝万缕的关系，要动他，那就是大动静。

"没关系！"云悠悠攥起小拳头，眼睛里非但没有沮丧，反倒熠熠发光，"有线索就是最幸运的事情！"

闻泽淡淡应了一声，调暗了卧室光线："我会处理。睡觉。"

他把她捉到怀里，拿她当一只温暖软绵的抱枕。云悠悠有一点点不自在，但是想起那天闻泽对她说的那句话，立刻就坦然了。

"望你不要过度解读，谨记自己的身份——契约情人，仅此而已。"

嗯嗯！她在心里对闻泽行了个礼：遵命，我的殿下。

❖ 04 ❖

次日云悠悠醒来时，闻泽早已离开了星河花园。她谨遵医嘱，决定多躺半天，在闻泽不太舒适的大床上翻了个身之后，她摸过光脑，打算在星网上查一查关于那个韩詹尼的资料。

主页下方，进来了一条新的个人好友申请——

"飞哥永远是你飞哥"申请成为您的星网好友。

真人头像，覃飞沿的脸。星网是禁止使用别人照片做头像的，那样会严重触犯隐私权和肖像权两方面的法律条款，所以这是覃飞沿本人。

正好，云悠悠也想找这个害她签下"两个月不平等条约"的人算账。她点开自己的胖星星头像，通过了覃飞沿的好友申请。

另一边，覃飞沿看见对方通过了自己的好友申请，立刻一个翻身坐起来，盘腿坐在双层硬板合金床铺上，低着头，飞快地向着对面那个傻乎乎的胖星星发过去一大堆信息。

飞哥永远是你飞哥：那天打败我的人就是你，对不对！你还特意跑到那条路上等着我，是不是！你别想抵赖，我的直觉告诉了我真相！

飞哥永远是你飞哥：哼，别以为暂时比我厉害就有什么了不起的，你给我等着，我早晚碾压你！

飞哥永远是你飞哥：我警告你！你要是再敢在我面前提一次那鬼考核，你就死定了！

——对方拒绝接收个人信件。

——对方拒绝接收个人信件。

——对方拒绝接收个人信件。

星河花园里，云悠悠盯着覃飞沿那个做过量子美颜的头像，静静等了好一会儿。加她，又不说话，这个人搞什么——她一时没想起来闻泽帮她设置过拒绝私信的事情。她上网并不算太熟练，做一件不熟练的事情时，人总是很容易顾此失彼、丢三落四。

云悠悠又等了一会儿，还是没收到覃飞沿的消息。她不耐烦了，抿住唇，扬起两根食指啪啪给他发消息……

覃飞沿看见屏幕一闪，光脑发出悦耳的"叮"声。正在揪着头发嘀咕"这女人干吗关闭私信"的覃小少爷立马一个激灵蹦了起来："嗯……看在她主动向我打招呼的分上，之前的事情，我大人有大量，可以不跟她计较。哼哼！"

他微笑着，点开私信。

UU：就你这水平也能通过机甲考核？

十秒钟之后，第三军团特战队第七分队十五宿的机甲师们，看见覃小少爷拎着违禁兵械，像龙卷风一样冲出寝室，在走廊上狂奔，震得合金地面轰轰发抖，身上还穿着一条花裤衩。

"我要灭了她！"

云悠悠等了一会儿没能等到覃飞沿的回复，生气地关掉了对话框。原来这个家伙不仅技术上不行，精神上也是个小矮子。太弱了！

"叮——"

检测到她已经苏醒，床边的合金保温箱缓缓开启，递出一袋热乎乎的营养液。云悠悠愣愣地把它取过来，握在手里，胸口慢慢涌起一股暖流，不用说，这一定是闻泽离开前的安排。

殿下真好！难怪那么多人死心塌地效忠于他。

云悠悠捧着营养液幸福地滋溜了半天，忽然想起自己还没刷牙。算了，喝都喝了。她干脆懒得起床，靠在床头，拿过光脑继续搜索计算机博导韩詹尼的事情。老旧光脑的运行速度很慢，韩詹尼的照片一格一格往外蹦，足足五秒钟才蹦了个囫囵。

云悠悠叼着营养液，漫不经心扫过一眼……营养液差点儿掉到了闻泽的床上。这个韩詹尼，长得还挺……斯文败类的。

在云悠悠心目中，研究计算机和网络技术的那些专家，个个都是孟兰洲那种英年早秃的形象。没想到这个韩詹尼却不一样，他白皙俊秀，桃花眼、微笑唇，戴着一副精致的金丝边眼镜，衬衣扣子扣到最上面一颗。最重要的是，他拥有一头茂密且有光泽的深灰色头发，遮到眼镜侧面的金丝垂线下方。

她看了看他的公开履历。面向公众的资料自然不会提及他韩氏私生子的身份，能够看见的，只有这位天之骄子从小成绩优异，一路保送进入首

都计算机大学，硕博连读，毕业之后留校做了博士生导师，继续在计算机网络领域深入钻研的傲人履历。他还参与过无数重大项目，年纪轻轻就拥有了白胡子泰斗的地位。

韩詹尼今年 34 岁，已婚，妻子是一名全职太太。雄狮韩氏子弟这样的身份必定是政治联姻，韩太太大概也是某个大贵族的私生女。不过鉴于韩詹尼本人能力出众，说不定还能娶到一位嫡系的贵族小姐。

云悠悠托着腮发了一会儿呆，她想：那位太太一定非常讨厌林瑶。她能想象到林瑶是怎么拜托韩詹尼帮她做事的，肯定就像当初拜托哥哥那样。

云悠悠继续扒拉星网上的信息，却没再找到更多的消息，想想也是，星网上能发现的情报，闻泽有可能调查不到吗？

犹豫了一会儿，她想起了覃飞沿这位"护花使者"，林瑶和韩詹尼的事情，说不定他能知道点什么内情。云悠悠默默点头，抬起食指，戳戳戳，又给覃飞沿发过去一条消息。这一下有求于覃飞沿，她觉得自己应该客气礼貌一些，于是绞尽自己那少少的文化礼仪知识，文绉绉地写下这样一条信息——

UU：我诚心诚意向您讨教，本周末，机甲军校，可否一晤？

她和闻泽的情人协议上并没有限制她人身自由的条款，出门只要接受审查官们的例行审查就可以。她等了一会儿，没等到覃飞沿的回复，却见他在主页上发了一条个人动态。

飞哥永远是你飞飞：好啊！老地方！15 点！不见不散！生死约！

云悠悠：……

倒也不必搞这么郑重吧，还赌上誓了，弄得她怪不好意思的。

那一边，被没收了违禁兵械、身穿大花裤衩的覃飞沿蹲在宿监所的铁栏里狞笑着疯狂捶地："很好，羞辱加挑衅是吗，周末你死定了！小爷把老头子最新的大杀器开过去，弄不死你！"

"嘭！"铁栏被军靴狠狠端了一脚，凶神恶煞的纠察官冲着覃小少爷咆哮："光脑上交！抱头蹲下！禁闭时间延长一倍！"

云悠悠到秦医师的医疗舱报备。

"没问题了，"检查之后，秦医师推了推她的大眼镜，"今天心情怎么样，姑娘？"

这是殿下交代的任务，他希望秦医师尽量帮助病人恢复身心愉快，并且顺便问问她偏好的口味。秦医师当时好不容易才憋住了笑，太子殿下表现得再怎么正经冷淡，也无法掩盖他的真实目的——讨好女孩子。这是开窍了，还是老房子着火了？

云悠悠很老实地回答了医师的问题："心情非常好，迫不及待想要投入训练。"

"嗯，"秦医师唰唰记录下来，"姑娘你出身绿林矿星？"

"是的。"

秦医师推了下眼镜："唔，我记得绿林好像有一样出名的美食，蓝樱桃蒸糕？我还没尝试过，不知口味如何？"

云悠悠眨了眨眼睛，慢慢垂下头，细声细气地"嗯"了一下："很美味。我弟弟曾花了半个月的积蓄给我买过一块。后来我再也没有吃过。"

"啊……"秦医师神色有点惊愕。太子殿下这么小气吗？三年都没给她买过一次蒸糕。

"你和弟弟感情一定很好。"秦医师掩饰地干笑了一声。

"是的。"云悠悠缓缓点头，"曾经非常好。"

离开医疗舱后，她靠在廊壁上，深深吸了好几口气。

❖ 05 ❖

闻泽今天约了孟兰洲。谈完绿林战争中白银家的前期投入和预期回报之后，孟兰洲冲着闻泽狡黠地眨了眨右眼："殿下，别怪我出卖您。那什么，血浓于水，肥水不流外人田……"

闻泽还没来得及皱眉，就感觉到一阵香风扑面而来，一位女子迈着优雅的步伐走了过来。"二哥，今天怎么有空约我……"声音一顿，贵族女子适时地表现出惊喜和意外，"太子殿下您也在这里。殿下，晚上好。"她拎着裙摆躬腰行礼，礼仪举止无可挑剔。

闻泽起身，颔首回礼："三小姐，晚上好。"

孟兰洲的妹妹，孟兰晴，孟兰家这一代最出色的贵女。她拥有一个非常东方的名字，外貌却一点也不东方，金色长发就像阳光下的麦浪，浅蓝色的眼睛，冰雪凿出的高鼻梁，玫瑰色的唇，气质高贵而亲和。孟兰晴正在首都计算机大学攻读博士学位，是韩詹尼从前那位泰斗导师的关门弟子。除了技术课程之外，她自幼接受家族内部顶尖的包括政治、军事、人文历史、财经各方面在内的综合教育。这几年，她已在民间积累经营了足够的声望，即将角逐议员之位。

闻泽如果娶了她，除了能够得到一位强有力的左膀右臂之外，还能得到白银世家倾尽全力的支持。和雄狮韩家那位野心写在眼睛里的韩黛西相比，不显山露水的孟兰晴显然是更优质的联姻对象。

餐桌上有典雅精致的银质花台，距离闻泽左手很近。依照深蓝帝国的习俗，他只要摘一朵假花推向孟兰晴的方向，就意味着两方势力可以将议亲提上日程了。闻泽的手指微动，忽然想起了那个女孩摇头的样子。后来他用手捂住她的眼睛，避开了她那令人怜惜的眼神。可是被遮住眼睛的女孩继续虚弱摇头的模样，却让他的心脏在此刻一下下发紧。

指节微微泛白，他斯文地握起餐具。

三位大贵族维持着完美的用餐礼仪，偶尔简单交流一两句。用过晚餐，三人礼貌道别，不生疏，也不热络。

看着闻泽乘坐星空车离开，孟兰洲和孟兰晴并排坐进了自家的车舱，驶入暗夜。

"太子殿下对此事并不热衷。"孟兰晴淡声说。

孟兰洲仰在靠垫上，懒散地眯着眼睛："他呀，哪天不是假正经的死样子？反正他总得娶一个，不是你就是韩黛西，要不然……呵，储君登不上皇位，只有死路一条。"

"凭殿下的实力，似乎并不是非要依靠我们或者雄狮。"孟兰晴表情更淡。

孟兰洲轻轻摇了下头，浅色的眼珠里泛起一点微不可察的凛冽寒光："他啊……好像还在追查林德案。"

孟兰晴皱眉："那个能够让三大世家和四大军方巨头同时出手的秘密？殿下是聪明人，为什么要做引火烧身的事情？而且，这么大的事你为什么不告诉父亲，还想和他捆绑？"

"也许是为了西蒙？"孟兰洲吊儿郎当地耸了耸肩，"而我呢，万一哪天我含冤而死，这位朋友肯定也愿意替我申冤。"

孟兰晴："……说人话。"

孟兰洲沉默片刻，给家中最聪明的妹妹交了底："他很强。做最后一个背叛他的人，总比直接与他为敌安全。玛琳皇后就是一个很好的榜样。"

十一年前林德家族谋逆案爆发之后，出身林德家族的皇后选择站在丈夫这一边，亲手剿灭了林德家所有的秘密据点。事后她没有因为出身被问责，反而更进了一步——在那之后，皇后接手了林德家的资源，壮大了自己的政治势力。同样，如果那个秘密终有一天将闻泽置于绝境，他的妻子也可以背叛他，转投别人，给他致命一击然后从中获利。

孟兰晴抿住唇，半晌，低声问："如果确定联姻的人是我，你觉得我有没有可能提前从父亲那里探到关于那个秘密的口风，以便有所防备？"

"不可能，别想了。"孟兰洲沉下脸，"那样的秘密，连大哥都不敢开口问，你确定你承受得起？"

"是我失言。"想到林德家的结局，孟兰晴脊背微寒，不由自主地坐得更端正。

✦ 06 ✦

星空车驶向星河花园。

闻泽调出医师秦丽珍早晨发来的报告，扫了几眼，沉吟片刻，绕路去了一家绿林特产专卖店，带回一份蓝樱桃蒸糕。做完毒性检测，他随手拈起一小块，放进嘴里。淡淡的奶油味混合蓝樱桃的酸味，口感一般，味道也普通。

"这就最喜欢了？"他轻嗤一声，余光不经意瞥见舷窗里，自己唇角有不自知的浅笑。他收敛了神情，心中想着，最好在出征之前安抚好家里的女孩，然后敲定联姻事宜。

回到别墅，闻泽一眼就看见云悠悠站在老管家身边，冲着他微笑，乌黑明亮的大眼睛里面装满了期待。他心里一时说不出是什么滋味，淡淡看了她一眼，示意对方跟自己上楼。他步子大，云悠悠得时不时小跑几步才能跟上他，平时她跟在他后面时，两个人之间的距离总是不断拉大、缩小，拉大、缩小。

今天却不一样。她很急切，好几次差点踩到他的皮靴或是冲到他的前面，进入书房的时候，她甚至十分僭越地伸出手，轻轻推了他一把。闻泽回身，关门，低头望向她。

云悠悠激动地仰起头："殿下！"依赖又期待的样子，让他的心尖仿佛被烫了一下，说不清是酸还是甜。

"您先坐，休息一会儿，喝口热茶。"她很狗腿地请他坐到书桌后方的大靠椅里面，为他沏了一杯热茶，捧到他的面前。向人求教的时候，就得端正态度，她有很重要很重要的问题要问他。

今天，她试过激光剑了！一上手，她就知道这才是最适合自己的兵器，不需要艰难地瞄准，也不需要手忙脚乱地按下一串串攻击键。她只要凭本能往虫族脑袋和身体连接的脆弱处一剑削过去，就能从庞大坚硬的虫躯上斩下它们的小脑袋瓜。一步杀十虫，千里不留行。

她像砍瓜切菜一样往前冲，击杀数目噌噌往上蹿，没几下就冲破了 E 级的 2000 大关，剑指 D 级！然而……在这个关键时刻，机甲竟然能源耗尽了。茫然无比的虚拟机甲傻乎乎停在深空，被涌上来的虫群撕成了一朵合金大烟花。

云悠悠训练了三年，第一次知道虚拟机甲还会空能。她迷茫地重试了好几次，结果一模一样，机甲总是在击杀大约 3000 只虫族后，陷入空能熄火的状态。她爬出虚拟舱，蹲在门口打开光脑，上星网查询。扒拉了半天，发现整个星网上根本没有"虚拟机甲能源耗尽"之类的词条和提问。也就是说，别人从来不会遇到这个问题。她很不甘心地又搜索了一遍"实战中机甲能源耗尽"，发现其他人问的都是"弹药耗尽"相关问题。机甲拥有强大的能源核心，足以支撑自身把弹药打空几百遍。战争中，机甲驾驶员需要时不时返回主舰补足弹药，再继续投入战斗。

"野路子不入流外行驾驶员"云悠悠彻底蒙了——她到底遭遇了什么？

盼了半个白天，云悠悠终于把闻泽盼了回来。

献上热茶之后，她老老实实收着手站在书桌旁边，站得规规矩矩，就像一名到办公室见老师的犯错学生。闻泽微微挑眉，把装着蓝樱桃蒸糕的纸袋子放到一边，双手交叉，摆在书桌上："有求于我？"

云悠悠脸上的笑容一僵，她表现得这么明显吗？她扬起真诚的笑脸，避而不答："殿下，我今天试过激光剑了，它非常好用，就是打着打着，机甲就空能不动了。这是为什么啊？"

闻泽沉默半晌，他的训练舱是反复强化过的炼狱模式，虫体硬度堪比合金战舰。激光剑烧的是机甲能量核心的能源，用它砍战舰，当然很快就会空能。他轻咳一声，想起她那跳起来也碰不着入门门槛的水平……算了，闲下来再从基础开始从头教起吧。

"虚拟机甲系统只有最古旧的激光剑技术，已经远远落后于时代，耗能自然厉害。"这是实话。使用武器近战的要求太高，别说是训练生，就连在生死战场上拼杀过十几年的老兵也未必驾驭得了，虚拟舱自然不会更新这个无用的模块。

"啊……"她怔怔地随口问道，"可以让工程师把新的激光剑数据添加到虚拟系统里面去吗？"说完，她自己都觉得异想天开。

闻泽笑了笑："那工程量可就大了——为你一个人吗？"

他探手把她拉过来，坐在他身上。云悠悠看向他的眼睛，见他一副懒洋洋的、很放松的样子，似笑非笑的，也不知道是在认真责备她，还是戏谑地和她说笑。她顽强地狡辩了一句："当然不只是为了我，说不定有很多像我一样天生只能用剑的人呢？"

闻泽轻笑出声："别人与我无关。我可以帮你，但是我能从中得到什么好处？"

"殿下！"她惊讶地睁大眼睛，"您不是唯利是图的人。"

"我是。"闻泽笑得好看极了，眼睛显得特别漆黑深邃。

"那您说吧！我能给您什么？"云悠悠摆出一副准备英勇就义的表情。

他环着她的细腰，放在桌面的那只手轻轻叩了两下，思忖着，从纸袋子里面摸出一小块蓝樱桃蒸糕，喂进她的嘴里，嗓音压得极温存："议亲时，我会处理好你的事情。我可以与联姻对象约定无性婚姻，只用人工技术诞下继承人……你觉得如何？"

除了名分之外，他几乎可以给她一切。

云悠悠僵在了他的怀里。不是因为他说的话，而是因为他给她的东西。闻泽喂她东西，她全无防备地一口咬了下去，永生难忘的味道在她的唇齿间迅速扩散，将她的思绪和身体拉进泥沼。

怎么……会是……蓝……樱桃……蒸糕……她的耳朵里响起刺耳的嗡鸣，身体难以抑制地颤抖起来，嘴唇瞬间失去了血色，眼泪无知无觉地涌出来。她想吐，却只能僵硬地把嘴里香甜的蒸糕吞咽下去。

蓝樱桃蒸糕，这辈子她只吃过一次。

她曾经捡过一个和自己同病相怜的小孩，她救了他一命，手把手教他生存技能，一大一小两个孩子相依为命，共同生活了七年。有一天，他花费积攒半个月的星币，给她买了一块蓝樱桃蒸糕。她还记得他带着满头大汗跑过来的样子，他让她赶紧趁热吃，吃完穿过巷道，一起去听绿林大学的公开课。

她怎么可能怀疑自己一手带大的小孩呢？她没有跟他客气，毕竟她并不是那种一心奉献自己，把好东西都让给对方的好姐姐。于是她吃了，吃完之后，便倒在那条幽暗的巷子里。他把她卖给了一伙专门虐杀孩童取乐的悍匪，只为了得到一张离开绿林的船票。他在蒸糕里面下药，骗她吃下去——那块蓝樱桃蒸糕里面，搀了名为"幽暗深海"的强力麻痹药剂。

她躺在地上，阴暗、寒冷、恐惧、绝望……恨。

她的病，源自那份摧毁她肌体的"幽暗深海"麻痹剂，源自那些渗到她身边的污血和组织液，源自人性最丑陋的那一面，源自嘴里残留的蓝樱桃蒸糕的香味……

闻泽喂她的美食，正好击中了她的病根，这一次的病，发得又凶又急。她的视野不断发黑，仅存的少许理智让她张开颤抖的双手，搂住闻泽劲瘦的腰，拼命盯着他的脸，试图从他身上汲取离开地狱的力量。

她张了张口，只发出模糊的呜咽。

此刻，闻泽的话音刚刚落下："……你觉得如何？"回应他的，是眼前人的满脸泪水。

看到她这样的表现，闻泽心里有一瞬间是愤怒的。他承认自己现下对她有几分贪恋，也愿意负起一个男人应尽的责任，但是仅此而已。他已经为她一退再退，却没有得到半点体谅和动容。他沉下脸，想把她推远一些，却发现她的胳膊缠得死紧，用力拉开的话，恐怕会把它扯断。他抬手捏住她的下巴，目光沉沉，带着上位者冰冷沉沉的威压，望进她的眼底。

"不要贪心不……"他呼吸微顿，截下了未完的话。

这是怎样一双眼睛，美丽、痛苦、绝望，眼泪顺着惨白的脸颊往下流淌，一滴一滴晶莹饱满，真像是断线的珠子。精致小巧的嘴唇淡得没有颜色，像莹润的透明花瓣。

闻泽的心终究还是软了一下。他把这个抖得像落叶、冷得像冰雪的女

孩重重搂在了怀里，咬牙切齿，一字一顿："云悠悠，你究竟要我怎样。"

她的理智在一点点恢复，力气也像是涓涓细流，一丝丝回到她的身体里。那个不见天日的地狱之夜给她的身体留下了可怕的后遗症，但是她的灵魂并没有留在那里，因为哥哥带她离开了地狱，重回人间。她没有沉浸于往事，而是及时回过了神。她想起来，自己发病之前正在和闻泽说激光剑系统的事情。

但是现在……闻泽看起来好像在生气。她很努力地冲着他笑，想要补救一下："抱歉……殿下……我没事的……"满脸泪痕仍在，梨花带雨，苍白哀凄。

闻泽的心脏像是被一只无形的小手狠狠揪了一把，他叹息着，用那只掐她下巴的手捧住了她的脸，垂头亲吻她的额，耐下最大的性子低低地哄她："别哭，你别哭了。听见没有。暂时不提那件事了，行吗？"

他能怎么办，第一次哄人的太子殿下也很无奈。

❖ 07 ❖

闻泽把云悠悠整个拥在怀里，把自己身上少得可怜的温柔全都挤了出来，用来哄她、安抚她，不断轻吻她的额头和脸颊，单手捧着她的脸，用大拇指抚触她的唇，禁止她再哭，也没再提联姻的事情。

这个女孩说哭就哭，那么惨烈的样子，好像能把自己哭死。虽然闻泽没有和别的女人建立过如此亲密的关系，但他能确定，世界上再也不会有第二个像她这么娇气的东西。他的理智告诉他，这个女孩是在弱肉强食的绿林矿星独自长大的，她不应该这么柔弱。但她的眼神和生理反应都在告诉他，她的状态非常非常糟糕——病理报告也支持这一点。

太子殿下唇角微抿，抱起自己金贵的小情人，带回卧室，安放在床铺上，然后用热丝巾给她擦了脸、脖子和双手，感觉就像在照顾一只小病猫。他简单沐浴过后，换上睡衣，抬起长腿压上床，把她拢到自己身上。云悠悠被闻泽抱了个满怀，窝在他的怀里，整个人都懒懒的，不想动。她发病的时候身体非常冷，尤其是手和脚，闻泽体温高，就像一只大暖炉，将热量源源不断地传给她，非常舒服。身体转暖之后，刚才的记忆一点一滴浮出水面……

云悠悠的眼珠渐渐僵住，她想，殿下肯定误会了，以为她是为他联姻的事情而哭闹。职业情人风评被害，她才不是那种不专业的替身，才不会爱上雇主！半晌，云悠悠委屈地撇撇嘴，默默背下这口黑锅——真实的情况更不能让人知道。无论是她的病，还是那个杀戮之夜的真相。

再等一等吧，等她通过了机甲考核就离开星河花园。事实会证明她真的是一位合格的乙方，今后也绝对不会再出来蹦跶，影响他和未来太子妃的感情。

闻泽有一搭没一搭地抚着她的头发，随口换了个新话题："刚才的蒸糕怎么样？"

云悠悠的呼吸停顿了半秒钟，随即，略显迟缓地慢慢抬起头来，看着他的眼睛，细声细气地回答："很美味。"

闻泽心底掠过一丝怪异，似乎觉得哪里不太对，盯着她的眼睛看了一会儿，也看不出什么异状。只是她好像在等他继续发问，然后老实回答他的问题。

"以前吃过？"他没有泄露任何情绪。

"嗯。"她点点头，咬字清晰地轻声回答他，"我弟弟曾花了半个月的积蓄给我买过一块。"

她记得早上刚和秦医师聊过这个问题。事实上，这个问题她从前已经回答过很多遍了。因为十一岁男孩在出事之前曾为姐姐买过一块蓝樱桃蒸糕，所以当时负责这起案件的绿林审查官详细询问过她好几次关于蒸糕的事情。在哥哥的帮助下，她可以毫无破绽地告诉每一位询问者，她吃完蒸糕就离开了那条巷道，不知道那里后来发生了什么。

她很乖地看着闻泽，连心跳速度都没有变快："殿下？"

"嗯,没事。"闻泽抬手,把她的脑袋按回胸前。他表情不动,眸光隐隐闪了一下,打算在闲暇时翻一翻旧卷宗。

"呼……殿下真是一位好雇主。"云悠悠默默想着,手指无意识地在他身上画了两条小波浪线。手指一紧,被人攥住了,头顶落下温热的气流。

闻泽嗓音发哑,带着点无奈:"……别乱摸。"

"遵命。"云悠悠老实地点点头,脸颊和脑袋在他结实的胸膛上又蹭了蹭。

"对了殿下,"云悠悠想起一件事,"周日下午,我申请出门一趟。"

"嗯。"闻泽很好说话的样子,"我给你安排侍卫随行——腿不要乱动。"

云悠悠把自己的身体稍微挪开了一点:"不用麻烦长官们,我会戴上帽子和墨镜。"

她还是有几分自知之明的,就冲着网友们要把她杀之而后快的那个劲头,她也不敢裸脸上街。虽然首都大街上不可能发生任何暴力案件,但免不了要被围观、拍照。

"注意安全。"闻泽顿了下,没问她要去哪里——过分关注她的私事,不符合他在这段关系中的定位和形象。

"嗯嗯!"

"我将离开首都星一趟,不出意外的话,下周二回来。"闻泽淡声说,"那天不要出门,我带你参加晚宴。"

最有资格竞争太子妃之位的两位重磅选手都会出席那场晚宴,他打算带她进入所谓的上流社会,感受一下政治联姻的真面目。这样她就会知道他的婚姻和她想象中完全不一样。

"好的。"云悠悠什么也没问,无条件满足甲方任何要求,除了续约之外。她倚着闻泽,感觉到他捏在自己肩膀上的那只大手稍微紧了一紧。他的手很大,罩住她整个肩头,修长有力的手指箍在她的细胳膊上,给了她十足的安全感、呵护感。他真是一个很好的人。

"殿下,"她发出极轻极轻的声音,"我希望您幸福。"

他模糊听到她细弱的呢喃,像在撒娇。想到未来几天要素着,他抬起手，挑起她的下巴看了看。眼泪擦干净了，唇色淡粉，看起来仍有一点虚弱，一对乌黑的眼睛温暖明亮，仿佛在邀请他对她做任何他想做的事情。闻泽沉着眸盯了她半天，终于艰难地别开了头，哑声说："睡觉。"

云悠悠第二天醒来，发现闻泽在枕头上给她留了一张字条。

【想吃什么自己点。】

似乎是用他平时签署正式纸质文书的那支金墨钢笔写下的，字迹漂亮大气，非常洒脱。纸张质量好到诡异，云悠悠狐疑地翻过来一看，发现它竟然是从一份皇室加冕文书上撕下来的，上面用金线刻着一只只皇冠，还有几句行文古旧的赞词。

"这不会是殿下受封皇太子的文书一角吧……"云悠悠残留的瞌睡虫嗡一下这全吓飞了。几秒钟之后，她拍着胸脯给自己顺了顺气——想什么呢，那样的文书，能用来做营养液菜单吗？

她托着腮思索了一会儿，决定给自己点个草莓味的营养液，美好的一天，从粉红泡泡开始。

第六章
CHAPTER 6
那……第五军团呢？

Falling into stars

✦✧ 01 ✧✦

接下来的几天，云悠悠的行踪轨迹非常规律，从虚拟舱至自己的房间，两点一线。她开始试着控制着能源消耗，每次都能在空能之前及时收起激光剑，用常规兵器对付目标虫族，几天训练下来，收放武器的姿势变得流畅多了。

一晃眼，就到了和覃飞沿约定的日子。

云悠悠穿上一套白色的连体衣裤，拉起衣领遮住下半张脸，戴上一顶印着胖星星的鸭舌帽，再找老管家借了一副深茶色墨镜。全套打扮下来怕是连闻泽都认不出她了。

离开星河花园，她搭乘轻轨悬浮列车，前往第一机甲军校。

到达目的地后，首先看到的就是高耸入云的黄铜雕花大门，像古老贵族居住的庄园。事实上，很多学府都是旧贵族的府邸改建而成。云悠悠来到做成假山峰模样的全景地图前，仔细研究了一下路线。表演赛使用的场地都很偏，云悠悠找了一会儿，终于找到了绿林和首都学院的比赛场地。她背下路标，然后登上在校园内部按照固定线路自动行驶的轻型能源车，前往校园东部。

她给自己预留了足够的时间，守时是刻在她骨子里的生存本能。跟着拾荒队下矿道做事的时候，如果不在约定时间内返回，就会被扔在那些错综复杂、永远走不到尽头的地下矿道里。那段漫长的经历多多少少给她留下了一些烙印。

能源车发出轻微的嗡鸣声，一路平缓向前。中途其他人陆陆续续下了车，只剩下云悠悠继续前往绿荫深处。当她抵达那条绿荫通道时，距离和覃飞沿约定的时间还有一个多钟头。她往墙角一蹲，打开星网准备再查一遍韩詹尼的资料，顺便想想怎么问覃飞沿——对方表现得太过热情，她觉得可以和他深入探讨一下林瑶这个人，说不定还能发现什么新线索。

大约过了十来分钟，半空忽然传来了低沉的金属闷啸声，她抬头一看，只见一艘银白的运输舰降落到通道外的空旷场地上。旋即，那个方向传来军用皮靴整齐划一的小跑声、机甲运行时极具科技感的高频震动声，以及舰船起降时带起的呼啸风声。

不会吧，今天这里有军事演习？很识时务的云悠悠决定及时自首，以免被扣上一个"窥探军情"的罪名。她收起光脑，顺着绿荫通道向外走去。这条隐蔽的小道直接通往机甲准备舱，云悠悠绕过弯，看见传送带正在隆隆滚动，把两台高大的机甲运进准备间。

前方不远处，覃飞沿歪歪戴着军帽，嘴里叼着根细长的烟，右脚扬得老高，踩着花坛，正在手舞足蹈地比画："行了，你们通通给我到外面路上守着，不准任何人接近这里！小爷今天就要好好教训那个不知天高地厚的女人！"

云悠悠怔了怔，如果她没有理解错的话，覃飞沿这是……还想找虐？

侍官们小跑着离开之后，云悠悠看见覃小少爷潇洒地扔掉了手中香烟，装模作样地扬了扬衣袖，手肘落在膝盖上，身体歪过去，握拳抵着脑门，用深沉的语气自言自语："女人，你一定想不到，我请来了多么厉害的外援替我收拾你！"

云悠悠默默收回迈出通道的脚，这种秘密，是她不花星币就可以听到的吗？她木着脸，往后退一步，再退一步。她觉得，如果自己是覃飞沿的话，这和情况八成会选择杀！人！灭！口！

云悠悠看了看时间，14：15，覃飞沿一定想不到她来得这么早。于是她顺着绿荫通道另外一头悄悄离开，打算在附近晃悠一下，等到15点再出现，装作刚刚抵达的样子。

覃飞沿请来了厉害的外援吗？那……这位外援一定已经通过机甲考核了吧？云悠悠的眼睛微微发亮，非常期待即将到来的这一战。她想知道自己和通过了机甲考核的高手之间的差距到底有多大，这样她回去之后可以针对薄弱环节进行加强训练。

晃悠了一会儿，她发现光脑上跳出一条新的好友动态。

飞哥永远是你飞哥：【图片】【图片】*自己上机，干就完事，废话少说，别不敢来。*

第一张，一号机甲舱中的机甲摆出挑衅的手势。

第二张，二号机甲舱中的空机甲恭候某人到来。

云悠悠啧了一声，覃飞沿火速又发一条动态。

飞哥永远是你飞哥：*全程直播，公平公正。*

云悠悠很难不觉得这个覃飞沿的性格实在是太张扬了一点。算了，她这个人很随和的，就让覃飞沿高兴高兴，报完仇之后，两个人再心平气和地聊一聊林瑶和韩詹尼的事情吧。

她顺着一条比较宽阔的行车道随意溜达，很快就遇到了覃飞沿派出来封路的侍官："您好，我和覃飞沿同学约好三点钟见面。"

侍官看了看这个无比纤细的蒙面女侠："请进去吧。"

云悠悠点头道谢，直接来到二号准备舱。她今天出门没穿机甲训练服，像覃小少爷这种人，当然也不会贴心到为她准备这个。云悠悠犹豫了一下，身上的连体衣裤肯定不行，会影响机甲感应装置。她抿抿唇，把它脱下来，叠成一小摞放在机甲旁边的合金支架上，只穿着贴身的小衣物爬进操作舱。

0%······50%······100%

传送带把这台庞大的合金机器送上了赛场，另一台机甲已经恭候多时。

✦ 02 ✦

看着对面这位不知底细的神秘高手外援，云悠悠心里不禁有一点紧张。她轻轻清了下嗓子，行了个机甲礼，提前给对手打预防针："我只是一名没有通过机甲考核的新手，还请多多担待。"

对面机甲：······

覃飞沿说得很对，这个女人确实麻烦，他启动激光剑，冷冰冰地回应她："我只用剑，你可以使用任何武器。"

这里不是战场，激光剑当然也不是真的激光，而是用高分子技术喷洒成浮空状态的染色剂。为了一雪前耻，一号机甲使用的染色剂和表演赛当天一样，喷洒出来的会是黄红相间的条纹。

云悠悠一听就来劲了。剑？这个机甲可以用剑！

"正好，我只会用剑！"她开心地告诉对手。只是声音变成冷冰冰的金属电子声之后，听到别人耳朵里，就成了跋扈傲慢的语气。对面机甲居然一时不知道该拿这个嚣张上天的女人怎么办才好。

"干翻它！干翻它！"躲在一号准备舱中的覃飞沿握紧拳头，像表演赛当天的绿林学员们一样，发出愤怒的嘶吼。

赛场正中，战斗开始了。

云悠悠紧张地盯着对手。他的速度非常快！超过她平时面对的那些虫子了！果然是一位通过了机甲考核的高手。她的心脏跳得飞快，调出激光剑的手微微颤抖。在虚拟舱里看激光剑凝聚是一种非常炫酷的感觉，换成绿色染色剂之后，就有点一言难尽。嗤嗤冒小水花的剑尖，让云悠悠有种准备给病人打针的错觉。

在她愣神的刹那，敌人来到了面前！

对方扬剑的动作一看就是练家子，和她这种菜鸟完全不同。云悠悠生怕自己被秒杀得太快，赶紧抓住机会，向对方发出一个邀约："失败之后，能不能请您告诉我一下，您是如何通过机甲考核的？"

冷冰冰的金属音传开时，她很本能地迈出滑步，身体后仰，堪堪让对方的黄红染色剂擦着机身的前胸平掠过去。

在站定、回身的时候，这位神秘外援忍不住通过内线对覃飞沿说："有这么一张嘴，她到底是怎么活到现在的？"

覃飞沿都快把大腿拍烂了："你看！是吧！可恶吧！她羞辱你啊，还没打赢就开始羞辱你了啊！覃特队，这能忍吗？能忍吗？！"

覃姓特战队长："……没关系，小弟。她说出来的话，你大哥我会一字一句塞回她肚子里面去。"

云悠悠发现对方的攻击变得更加猛烈了，能够通过机甲考核的，果然不是一般人。原来这就是通过了机甲考核的水平吗？比覃飞沿强太多了！当然，她知道自己也不弱——如果不是被能耗问题拖了后腿的话，她距离B级应该也不是太远。

云悠悠在赛场上腾挪闪避，躲开一道道迅猛挥来的染色剂，很快就发现，对方根本没有认真和她对战，那些攻击她都能比较轻松地闪避。她有点不高兴，菜鸟也有菜鸟的尊严。

"请你拿出机甲考核时的实力来，好吗？"

对方连续几招没能击中她，心头正微微一凛，忽然就遭遇了嘲讽攻击。嘿，他这个暴脾气，冷笑道："耗子一样躲躲闪闪的东西谈什么实力，有本事你进攻啊！"

"哦……"两台机甲正好错身而过，云悠悠非常顺手地曲肘、平压剑刃、旋臂划过对方头颈连接处。浓稠的绿色染色剂给对方机甲戴了顶绿帽子，正顺着机甲颈侧的合金护翼缓缓往下流淌。

两台机甲都愣在了原地。绿帽哥蒙了，刚才他的确很大意，很没有防范，但是她的动作未免也太快了吧？云悠悠比对方更茫然。她给他染色了？这位高手，未免也太不小心了吧……时空仿佛凝固。

一号准备舱中的覃飞沿一屁股跌坐在地上，唇角扯了扯，心里第一时间涌起的居然不是沮丧，而是死也有人垫背的隐秘快感。看吧，他就说这个女人变态吧，还不信？现在怎么样，连大哥都栽在她手上了！

沉默了一会儿，云悠悠轻轻咳了一声，很不好意思地给对手找借口打圆场："我知道您不习惯用剑，不然您用别的武器吧，让我感受一下机甲考核的难度。"

"闭嘴！"特战队长彻底压不住自己的暴脾气了，"再敢提一次那个鬼考核，我把你的肠……"

忽然想起来，对面是个女孩，覃队长憋屈地咽回半口气，噎了一会儿，调整情绪之后继续冷冷说道："我覃飞沿，记住你了。你最好不要让我在街上碰到你。"

云悠悠：……

覃飞沿：……

啊啊啊啊啊！他还在直播啊！直播啊！全帝国人民都看着呢！手忙脚乱关掉直播窗口的覃飞沿现在很想犯罪，他想杀云悠悠，也想杀自家大哥。当然，他觉得大哥现在对自己的杀心肯定也轻不了。

比赛场上，覃大少放完了狠话，模仿着自家弟弟平时走路的步态，准备撤回准备舱。

云悠悠见他潇洒转身，不禁有一点着急，她似乎把事情搞砸了。她今天来这里是要和覃飞沿谈正事的，完全不介意被他请来的外援吊打一顿，帮助他挽回面子。正好她也可以感受一下真正的高手是什么水平，谁知道就变成这样了。她无措地看着对方的背影，忍不住喊了一句："等等，我还有话……"

对方机甲摆出一个深吸一口气的造型，背着身，金属音念得咬牙切齿："我甘拜下风，你强你厉害，够了吗？"

云悠悠："不是……我有话想要当面对你说，可以在上次见面的通道那里聊一聊吗？覃飞沿。"她知道机甲里面的人是外援，于是故意加上覃飞沿的名字，希望对方能替她转达。

"不见！不见！拒绝她！我不要见她——她肯定又要疯狂羞辱我！"覃飞沿对着内部通信器大喊大叫。

机甲操作舱里，男人露出了神秘的微笑，干脆利落地替弟弟答应了下来："行啊。我覃飞沿，定当奉陪到底！"

摘下耳麦之前，覃大少怪笑着通过内线交代覃飞沿："待会儿，你记得告诉她，你是如何通过机甲考核的。"想到覃飞沿接下来将要遭受的羞辱，这位大哥感受到了一丝隐秘的快乐。

❖ 03 ❖

云悠悠飞快地逃回准备舱，用机甲的真实视野扫描了一遍，确认周围无人，然后迅速溜出操作舱，套上了自己的连体衣。虽然知道没人看见，但她还是羞得脸颊和耳朵发热，像做贼一样，好几下才拉好排扣。

刚走出准备舱，就看见覃飞沿黑着脸走过来，一副不耐烦的样子，没好气地瞪着她："在里面瞎磨蹭半天，磨蹭什么鬼！"

云悠悠刚刚降一点温的脸蛋"唰"一下又红透了。虽然覃飞沿不知道她在里面干什么，但她还是非常心虚，弱弱地回答："没干什么啊。"

覃飞沿噎了下。

这女人，搞什么啊！她怎么可以一边肆无忌惮地大开嘲讽，说一堆气死人的话；一边又娇娇软软说一句话就脸红？

"没干什么你这么慢！"他的语气稍微软了一点点。

其实覃飞沿也知道自己在无理取闹。不是她出来得慢，是他赶过来太快了——潜意识里，他总有点不敢相信开机甲的真是那么柔弱一女孩。他是特意来堵她的，想看看她是不是带了个彪形大汉做代打。

堵到她本人，还这么软绵绵的，就让他有点没脾气了。覃飞沿转念一想，反正今天上场的不是他，无论她说什么，受辱的都不是他！这么想着，居然感到有些沾沾自喜。

"想说什么，只管说吧！"覃小少爷扬起了下巴，反正……回去原话转达给大哥，羞辱什么的，那都不是事儿！

云悠悠立刻正了正表情，清清嗓子，揪着裤边，认真地问："请问你知道林瑶和韩詹尼是什么关系吗？"

覃飞沿：……

行，行，杀人诛心，他懂的。机甲技术方面的侮辱已经无法满足她了，是吧。小少爷闭了闭眼睛，挤出了这辈子最咬牙切齿的微笑："刚被我捉奸的狗男女关系呗。"

云悠悠没有想到，覃飞沿竟然上来就扔个重磅炸弹！林瑶和韩詹尼是狗男女关系？还，还被他捉……

"呵呵。"覃飞沿低头，咬着一根烟点燃，然后吊儿郎当地斜睨着她，"你怎么知道我捉奸的事儿？"

覃小少爷已经处于破罐子破摔、死猪不怕开水烫的状态。

云悠悠怔怔地张开嘴巴："……我不知道啊，是你自己说的。"

她的脑袋里面飞快地晃过去许多打了马赛克的画面，刚刚凉下去的脸皮又开始隐隐发烫，覃飞沿彻底打乱了她的节奏，事先想好的那些问题全被炸到了另外一个星系。她现在问什么都不对，就怕一问就得到一大堆放在星网上会被屏蔽掉的内容。

看着她的表情，覃飞沿居然诡异地读懂了她在想什么少儿不宜的东西，他脖子发红，恨不得扬起手给她那白皙的小脑门来一个爆栗，"你别瞎想！不是你想的那种！"

"……哦。"她很乖地点点头。

覃飞沿揪着自己的头发在原地转了几个圈，然后颓丧地长叹一口气，蹲到了路边的花坛上，拍了拍身旁："过来坐。"

云悠悠蹲过去，见那瓷砖上脏脏的，原本的深蓝变成灰蓝色，有些犹豫。

一屁股坐下去的话，她的白色连体衣裤没办法见人了。

覃飞沿瞅了她一眼，嗤笑一声，拉起自己的衣袖给她擦出一块通透亮堂的蓝色来："啧，小爷这辈子第一次这么伺候人。敢不领情你死定了！"

覃飞沿眯着眼睛开始回忆："表演赛那天，林瑶不是被你整惨了吗，我也被家里的老爷子跳脚训斥了一通。好不容易重获自由，我一跑出去就给林瑶发通信，可一直连不上。我担心她出什么事，到科学院去找她，发现她夜不归宿。"

云悠悠抿着唇，眼睛睁大，期待地看着他。她的表情让覃飞沿不由想起上次在这条通道里面"愉快"的聊天，心情也更加复杂了一点。

他忍不住重申了一遍："我，十四岁就通过了机甲考核，听见了没有！"

云悠悠眨了眨眼睛，不发表意见，但是眼睛里明晃晃地写着——真的吗？我不信。覃飞沿长长地"啊"一声，揪住头发拽了两下："你这个女人，真是！"

"说林瑶。"云悠悠拉回正题。

覃飞沿缓了好一会儿，才丧气地继续："我和林瑶给对方设置了特别关注，我看见她关闭光脑之前去了首都计算机大学，知道她又去借那台超级量子云服务器计算实验数据，于是就……"

他颇为憋屈地说："就花 100 星币给她买了营养早餐，拎到机房大楼下面等她。后来就看见她和韩詹尼一起走出来，这就算了，他们还吻别了。"

云悠悠点点头，脑海里晃过那个戴着金丝眼镜的男人斯文败类的样子："哦……那你的早餐送出去了吗？"她很关心那份价值 100 星币的早餐，毕竟最大袋的营养液只需要 8 星币。

覃飞沿冷笑："当然送了。我装作没看见，高高兴兴去接她，欣赏她拙劣的表演。多有意思，我什么都没说，她自己心虚，还拿出私信的聊天记录给我看，证明她昨夜和韩詹尼在大楼里……聊天。"

云悠悠心脏一紧："他们都聊了什么啊？"

"破解密码的事儿，"覃飞沿歪着嘴角，"破个密码说得跟调情似的，真是恶心死人了。"

云悠悠有点震惊："她给你看这个？"

"她纯着呢，看不懂姓韩的说的话。反正她永远都是清清白白的女神，别的男人对她心怀不轨，跟她有什么关系？"覃飞沿似笑非笑。

"等等……"云悠悠眯起眼睛，"你说，那天是表演赛之后第二天？"

那不就是林瑶撇下老教授的课题自己跑去做新成果的那天吗？韩詹尼帮她破解密码？偷取逝者的成果，需要破解什么密码，而且破解量大到要用上计算机大学的超级量子云服务器，这合理吗？

"你知道是什么东西的密码吗？"她问。

"这个啊，她以前说过。"覃飞沿歪着嘴角笑了笑，"她告诉我，在绿林沦陷之前，有个师兄把她以前留下的所有实验数据都打包给她了，只有她本人有开启权限。为了安全，那个数据包用了动态加密技术，每次打开都得她本人在场，并且要用超级服务器一层一层破解密码。每次破解完成，只能拿到其中一部分数据——你说说，这种鬼话，谁会信？！"

云悠悠听完就像被闪电劈了一下，她怔怔地想：我信啊！不等她说话，覃飞沿自问自答："我！以前的我！以前的我就是个大！白！痴！那种鬼话都信！她就是找借口跟姓韩的一起过夜！"

◆ 04 ◆

云悠悠心脏怦怦直跳，那么剧烈的心跳，牵引着她的身体，让她的身躯不自觉地前后摇晃，血液在体内疯狂流动，身体像飘在空中，又像沉在水下。

她知道，那是真的！绿林沦陷之前，哥哥真的把成果都打包传给林瑶了。她并不生气，她完全理解哥哥的做法，她知道，他舍不得让那些珍贵的成果毁于一旦。但是，他为什么要用那么复杂的套娃密码呢？

云悠悠相信，如果不是迫不得已，林瑶绝对不会找韩詹尼那种一看就很危险的人物合作。哥哥为什么要给林瑶设置那样的难题？他一定有什么深意或者……目的。哥哥是一位非常聪明的天才！她默默思忖着，一点一点平复自己的心情，覃飞沿也没顾上她，蹲在那边兀自回味自己戴了多年的大绿帽。

日影在地上缓缓行走，云悠悠的心湖渐渐平静如镜："还有别的吗？你还知道什么关于她和韩詹尼的事情？"

覃飞沿眼角一顿乱跳："怎么，说出我不开心的事，让你开心开心？你这女人怎么心那么毒？"

过了一会儿，覃小少爷忧郁地抬头望天："现在想想，也没什么好说的，反正就是赔钱赔时间，亏大发了。"

云悠悠没有揭穿最惨的"赔感情"，她顺口安慰他："没关系，反正你的时间也不值钱。"

覃飞沿差点儿从花坛上栽下去。他怎么会忘了，这个女人，这个女人！什么温柔无害都是假的，一有机会，她必然会照人心窝子里嗖嗖捅刀。他恨死她了！再也不想看见她！气呼呼的覃小少爷跳下花坛，叉着腰："我要走了！再也不想看见你——那个，你，给我把私信打开！不要拒收私信，我要骂你！"

云悠悠迷茫地歪头："……什么？"

一顿忙活之后，云悠悠终于想起太子殿下帮自己关掉私信的事情，她一边修改设置，一边问覃飞沿："你可以帮我一个忙吗？"

"想都不想要！"覃飞沿踢飞了一片树叶，然后阴恻恻地说，"说来听听，让我也嘲笑嘲笑你。"

云悠悠已经比较适应他的说话风格，她抬起小脸，认真看着他："我想知道林瑶把那个来自绿林的数据包藏在哪里，你可以帮我查一查吗？"

覃飞沿一愣："我还以为你又要提那鬼考核。数据包是吗，呵，下次我可以帮你问问。"

"不要引起她的怀疑，也不要提绿林这两个字。"云悠悠仔细交代。

覃飞沿："是你在求我做事啊！能不能不要这么理直气壮地提要求！"

"抱歉。"她瞬间摆出一张真挚的道歉脸。

覃飞沿没脾气了："我帮你做到这件事，你可不可以让机甲考核这鬼玩意永远滚开？"

云悠悠委屈得直撇嘴："你凭什么不让我参加机甲考核？"

覃飞沿更加没脾气了："你看着我的眼睛再说一遍，你没通过机甲考核？"

"当然没有！"云悠悠点头。

覃小少爷非常怀疑人生，他眯着眼睛想了想："每个月只有一号开放机甲考核，今天正好是一号呢。我带你去报名怎么样？"报名的时候，系统会自动调出这个人的所有训练记录。覃飞沿承认，他对云悠悠的训练记录兴趣贼大。

云悠悠怔怔地看着他："可是我成绩不够。"

覃飞沿笑得虚伪至极："呵呵。不必妄自菲薄，反正参加考核又不花星币，试试怎么了？"

"也是哦……"云悠悠觉得很有道理。到了考场，环境、心态都会发生变化，是应该提前适应一下，她的契约下个月底就会到期，错过今天的话，就只有下个月一号那一次机会。

"嗯！"她下定决心，点点头，"那我去了，和你聊天很愉快！"

"哎哎哎，"覃飞沿吊儿郎当地把手插进裤兜，"我陪你去。"

云悠悠十分不好意思："那多麻烦你。"

"不会不会！"覃飞沿悄然冷笑。

嘿，小爷今天就揭了你扮猪吃虎的假面具！

◆❖ 05 ❖◆

一个小时之后，站在机甲考核报名终端面前的覃飞沿彻底傻眼。

用户真实身份：云悠悠

第一次记录：击杀目标数 5，不参与评级

第二次记录：击杀目标数 2，不参与评级

第三次记录：击杀目标数 3，不参与评级

……

历时三年，冗长无比、拉半天拉不到底的个位数击杀记录之后，终于出现了评级成绩。

用户真实身份：云悠悠

第一次记录：击杀目标数 501，评级等级 G

第二次记录：击杀目标数 523，评级等级 G

……

无数行记录之后，终于出现了一个可怜兮兮的 F；再后来，好不容易有了 E；最终止步于 E 与 D 之间。这么多记录，一看就知道女孩真的很辛苦、很努力，很想通过机甲考核……

覃飞沿无比怀疑人生，他抬起手，一下一下机械无比地拍击自己的脑门，看不懂，想不通。她明明那么强，为什么虚拟成绩那么烂？虚拟机坏了？可她用的是皇太子的虚拟舱啊！皇太子的虚拟舱，难道没人维护保修的吗？

云悠悠忧郁地看着这个被打击到的青年："不用那么沮丧啊，我不是早就告诉你我成绩不好了吗？反正参加考核又不用花费星币，就试试啊，不用把成绩看得太重。"

所以，她居然是真的没有通过机甲考核。覃飞沿发出了无限缥缈的声音："我，通过考核了，成绩是 S。我十四岁就通过了机甲考核，成绩是 S。"这明明是一句真实无比的大实话，但是不知道为什么，此刻说出来，竟然觉得非常心虚。

云悠悠微笑点头敷衍了一下，她很照顾小少爷的脸面，取出报名卡，招手示意："走啦！"

覃飞沿像游魂一样跟在她的身后，走了几步，忽然感觉落地大窗外劈进来一道惊雷，把他整个人都劈清醒了。他悟了！既然虚拟舱不可能坏，那么，只有一个可能——超3S管理者模式，传说中打通完美3S之后可以自行调高难度的炼狱模式！

帝国唯一一个打出3S的人，是机甲之神，Z神。Z！泽！闻泽！Z神是闻泽！啊啊啊！他一定是第一个发现这个惊天秘密的人！

覃小少爷神思不属，世界观受到了海啸般的冲击，这是他不花星币就可以知道的秘密吗？

在走向考场的途中，覃飞沿及时调整了自己的心态，热心且狗腿地带着人进入大厅。云悠悠环视一圈，看见右手边的环形椅上坐着一大群表情沮丧的同学。覃飞沿像个尽职的导游一样，给她介绍："喏，环形椅看见没有，那是失败者联盟席位——没有通过考核的暂时不能走，还要等最终结果宣布，公开处刑。"

云悠悠默默点了点头。明白，覃飞沿一定是"联盟"的常客。靠近几步，还能听到那些考核失利的未来驾驶员们都在懊丧地抱怨考试难度太大，惨淡愁云笼罩着整个大厅。

"兄弟你差多少？我又考砸了，刚才一眼都没敢往击杀数目那里看，大概也许差不多就是个D吧。"

"我觉得这次难度暗改了！百分之百暗改了！"

"估计只有机甲军校的那几个能过，我们这些业余的都是陪跑。"

听着这些丧气的话，野生驾驶员云悠悠更加紧张了，还没开始考试就已经和失败者们感同身受了。覃飞沿正要招呼云悠悠前往考场，忽然看见通往考场的舱道亮起了绿灯，一个高高昂着脸，能够从正面看见鼻孔的男青年阔步走出来。落榜考生们发出了羡慕的叹息声。

鼻孔男青年扫视一圈，愕然摊手："这么多人没通过？不会吧不会吧，不会真的有人觉得机甲考核很难吧？难道不是随随便便就能打个A吗？"

失败者联盟：好气哦。

覃飞沿：好一股熟悉的炫耀劲儿。

云悠悠认真睁大双眼："机甲考核是真的很难啊！你拿到了 A？好厉害哦！可以向你请教一下吗？"

鼻孔男青年睥睨扫过一眼，视线落到云悠悠白皙的小脸上，猛地一怔——这女孩也太好看了，就算做过整形，那也整得太成功了！在"科研女神"火了以后，很多年轻姑娘都照着林瑶的脸做过面部微调，眼前这个显然是青出于蓝了。

男青年不自觉地稍微低下了高贵的头颅，矜持地"嗯"一声，淡淡说道："可以，问吧。不过我的经验可能不太适合别人，因为我的通连指数是61%——天赋这一块是后天努力无法弥补的。"

云悠悠赶紧安慰："能通过机甲考核，您已经很强了！不必为天赋沮丧！"

覃飞沿：……心情居然谜之舒畅。

男青年：……她到底哪只眼睛看出他在沮丧？

他瞪着云悠悠，发现对方的表情过于真诚，真诚得让他有点怀疑人生。行吧，一个不明白 61% 意味着什么的菜鸟。男青年懒得和这个不懂行的女人废话："还行吧，也就是差一点到 S，一会儿可以接受特招直接进入第一军团而已，普普通通。"

"哇……"羡慕之情溢于言表。

云悠悠目送男青年走到左边沙发区落座，视线迟迟舍不得收回来："原来成绩好可以直接进入军团。"

普通驾驶员在通过机甲考核之后，还得向各大军区投递简历和申请，然后耐心等待。如果自身条件比较一般，军团又暂时不缺人的话，档案很可能会被压上一段时间。像男青年这样刚通过考核就可以直接进入军队，简直是云悠悠的终极梦想。

覃飞沿看她表情认真，不禁嘴角微抽："你想参军啊？"

"嗯嗯！"云悠悠把脑袋点得飞快。

覃飞沿的眼睛里缓缓亮起了伯乐之光："嗨呀，那还考什么，直接来我们第三军团啊！我跟家里老爷子说一声就是了！进我们第七特战队怎么样？你来，让你做副队长啊！"

云悠悠惊恐地睁大了眼睛，这种以权谋私走后门的黑幕，是她应该听到的吗？懂了，难怪覃飞沿这样的菜鸟都可以进特战队，原来如此……他们第三军团，到底是有多么堕落腐败啊！这样的军团能进？能进？

她缓了缓呼吸，小心地婉拒："谢谢你，但是这件事我想要靠自己，不需要别人帮忙。"

"看不上我们第三军团？哦……"覃飞沿懂了，"第一、第二军团是太子嫡系，你要去那里，有他带你青云直上。"

猝不及防听到和闻泽有关的事情，云悠悠的小心脏不禁漏跳了一下。原来第一军团和第二军团是殿下的嫡系，如果进入这两大军团的话，岂不是依旧处于殿下的羽翼之下？他那么好，总会关照她一些，那样会影响他和太子妃的夫妻感情。云悠悠不想让自己变成最讨厌的那种人。所以，第一军团、第二军团和第三军团都不行。两个是因为殿下，另一个是因为覃氏黑幕。

念头一转，云悠悠更加忧伤了，身为一名菜鸟，居然还要挑挑拣拣，这不行那不行的，还有地方去吗？她最后抿了抿唇："那第四军团和第五军团呢？"

说起第四军团，覃飞沿的脸色微微有点发白："第四军团的赵无忌是个疯子，手下的兵个个训得跟野狗似的。听说那边一天只能睡四个钟头，剩下的时间除了吃饭就是训练，每人每天上厕所时间累计不得超过 8 分钟。强是真的强，除了猝死的之外，活下来的实力都是过硬的！"

云悠悠的脸也白了。她这小身板，去了那里没活路。

"那……第五军团呢？"

❖ 06 ❖

覃飞沿摇摇头:"帝国一共有五大军团,却只有四位军方巨擘,懂了吗?"

云悠悠完全不懂,她老实摇摇头,无比期待地看着覃飞沿。突如其来的优越感使得覃飞沿科普癌发作,他凑上前,压低了嗓门:"第五军团统帅凯瑟琳中将曾经是林德公爵的情人,平民出身,自身有本事,再加上公爵助力,一度有希望成为第五巨头。可惜林德倒了之后,她的军团就被打压得厉害,有能力的都跑了,剩下一群老弱病残。每次战争都会让她上——慢刀子割肉,削弱、磨死。"

云悠悠缓缓点了点头,艰难地消化着庞大的信息量,她的出身和经历让她没有时间和心力去关注时事。不过林德世家倒台的事情她还是知道的,那件事闹得太大了,就连当时只有 10 岁左右的她也有所耳闻——拾荒队那些成年人个个都是民间政治家。

覃飞沿又补充了几句:"以前有小道消息说,林德公爵夫人的卵子有基因缺陷,无法诞育优质后代,所以林德家的下一任继承人西蒙·林德,其实是凯瑟琳中将生的。要是林德家没倒,这位凯瑟琳中将应该早就晋升成上将了,第五军团也足以和其他军团并肩——做情人能做到这个份上,真是人生巅峰了!可惜啊,现在的凯瑟琳中将就只能整天和年轻英俊的士兵们鬼混度日。"

云悠悠不禁有些愣怔。她忽然想到,殿下要她留在身边,难道希望她能成为凯瑟琳中将那样的人吗?

"啧——覃四少,原来你也想和我鬼混!早说嘛!"一道非常性感迷人的慵懒声线插到了覃飞沿和云悠悠之间。

云悠悠肩膀一沉,整个人被浓浓的玫瑰香包围。只见一位红发大美人一只手揽着她,另一只手揽着覃飞沿,把丰满的身躯挤到两个人之间。她媚眼如丝,红唇似火,睨着覃飞沿,那股成熟女人独有的风情瞬间就熏红了他的脸和耳朵。

"中……中将……"覃飞沿的表情仿佛见了鬼,"凯凯……"

"哟！好可爱的小美人儿！"红发大美女眼波一转，盯上云悠悠，"哎呀，要是我有个儿子的话，绑也要把你绑回去给他当媳妇儿！"

这位大姐姐好迷人！云悠悠的脸也被她盯红了，紧张地揪住自己的衣角："您是凯瑟琳中将吗？"

"嗯哼？"

"那个……"云悠悠深吸一口气，"如果我幸运通过了机甲考核的话，可以申请加入您的军团吗？"

凯瑟琳摆了个夸张的表情："噢，宝贝儿，你刚才没听到覃四少说了什么吗？还是说……你想跟我一起学习如何享乐人生？"

"您会出征绿林对吗？"云悠悠记得覃飞沿说过每次出战必有第五军团。

"当——然！"凯瑟琳扬起灿烂得诡异的笑容，"为帝国尽忠至死，是每一位军人的职责。"

"嗯嗯！"云悠悠认真地点头，"如果我能够通过考核，请您收留我！"

"一言为定，"红发美人送了她一个飞吻，"我在特招处等你哟。"

云悠悠顺着红发美人离去的方向一看，那是"特招处"的黑色招牌。

说话的工夫，沙发区和失败席已经陆续坐下了不少新人。

有人低声惊呼："那不是第五军团的凯瑟琳中将么，她怎么亲自过来了？"

"朋友，你是来自没通星网的偏远星吧，第五军团已经连续三年没招到一个人了，这不是急了吗？"

"嘶，她会不会强行拉人啊？我好害怕！我才不要去第五军团！那里没前途啊，还不如做保安！"

已经走到特招处门口的凯瑟琳忽然停下了脚步，侧过半边脸，媚眼如丝，红唇飞扬："宝贝儿，你们星网没通吧。主域保卫战我被自己人震聋了耳朵，换上了最新款的感波芯片，能听那——么远。"她张开双臂，摆了个大大的姿势。

手臂收回后又竖起一根手指，摇了摇："三年没招人，那是因为 S 级以下，本座看不上啊。三年没出一个 S 怪我咯？噢，对了，漂亮可爱的小妹妹可以放宽标准。"她冲着云悠悠，扔了个火辣辣的媚眼，女孩又一次红了耳朵。

在凯瑟琳中将反脚踢上特招处的大门之后，那个鼻孔朝天的通连指数 61% 的男青年很没风度地啐了一口唾沫，冷笑着说："就她？看不起谁呢？"

覃小少爷露出谜之微笑："勇敢去考场吧，我只能送你到这里了。"

"哦……"

✦ 07 ✦

在云悠悠紧张忐忑地走向通往考场的舱道时，皇太子闻泽的亲卫舰队正从深空起航，返回首都星圈。黑色的合金战舰线条锋锐，偶尔有恒星的光芒淌过金属外壳，寒光凛冽，让它们看起来更加危险。

舰队正中的主舰上，闻泽身穿亲王服冕，高坐王椅上方，在他身后，一台深渊巨人似的纯黑机甲隐于帷幕。他的仪表和风度无懈可击，不过站在下首的侍卫长能够看出，殿下的眼睛里隐隐已经有了血丝，毕竟刚刚经历持续了三天三夜的激烈谈判。

杨侍卫长觉得，单是让他背下谈判过程中涉及的那些地域、人员、物资，大概已经足够夺走他的性命，更不用说殿下还要一个人面对五只老奸巨猾的陈年贵族狐狸——说实话，交锋过程中的那些圈套和陷阱，他连听都听不出来。

闻泽并没有去休息，只是将左边手肘落在王椅的扶手上，支着额侧，右手调出侦查官发送过来的绿林巷道凶杀案件调查报告。这份报告十分详细，并将当年存档的所有文件都附在了后面。他懒懒地动着手指，看一页，拨走一页，半眯着幽黑狭长的眼睛，唇角下抿的弧度显示他的心情并不愉快。

十一岁的男孩死得非常惨。那是一伙以凌辱、虐杀青少年出名的悍匪，七个魁梧壮硕的凶徒对小男孩做了最残忍的事情，并在这个过程中缓慢地杀死了他。尸检报告显示，受害者大概在痛苦中挣扎了二十分钟。

随后，七名凶徒也被人杀死在现场。作案者手法利落，用的是非常专业的格斗和击杀技巧。从尸体身上那些一击致命的伤痕可以推断出，杀人者身高超过 180 厘米，肌肉力量很强，应该是职业军人或者从军队退役的雇佣兵和杀手之类的。

案发之前，云悠悠曾穿过那条巷道，前往绿林大学广场听公开课，一个名叫林思明的大四学生愿意为她作证，证明案发时间段她身处绿林广场。

云悠悠的口供也没有任何问题。

闻泽的眉头并没有松开，看上去更显冷峻。他拨开报告，从附录里面调出"林思明"的档案。目光一行行扫下，唇角渐渐抿紧。

林思明，1310 年生，父母都是绿林矿星的公职人员，在当地是体面的中等家庭。1328 年，在前往大学招生考试途中，一家人不幸遭遇了连环车祸，父母亡故，林思明也身受重伤。休养一年之后，林思明重拾学业，以擦线过关的分数考上了绿林大学，攻读生物科学专业。

林思明性格内向，出事之后更加自卑孤僻，很少和大学同学来往，不住校，独居在父母留下的二层郊区小别墅，驾驶一辆最普通的民用星空车上下学。在绿林全面沦陷之前，他曾得到校方提供的船票，但他最终并没有上船。

闻泽的目光在"生物科学"上面停留了一秒，然后随手调出林思明的同学名单，视线一扫，看见了"林瑶"两个字。林瑶和林思明曾是同学，在大二那年，她和父母迁出了绿林，转到首都生物科技大学。

这段档案闻泽仍有记忆，他还知道在林瑶全家迁出绿林矿星这件事情上，首都星一位小贵族家的公子"功不可没"。毕竟是"前女友"，三年前闻泽就看过关于林瑶的全部档案。当然，那时候谁也不会留意到一名和林瑶完全没有交集的、沉默寡言的绿林男同学。直到今天，闻泽才看到了这条深埋在时光和废墟之中的草蛇痕迹——林思明和林瑶曾同窗两年，林思明替云悠悠做过证人。

闻泽唇角微沉，隐有不适。虽然没有任何证据显示云悠悠和林思明有更多的交集，但他却感觉到了一种类似领域被入侵时升腾起的本能敌意。抬起手指调取林思明的个人照片时，他清晰地察觉到了自己对云悠悠的过度占有欲，这不正常。闻泽微眯双眼，将视线投向空阔的指挥室顶部。半晌，轻轻吐出一口气，垂眸凝视光屏上林思明的照片。

两张照片，分明是事故发生前、事故发生后。

……

想起云悠悠那副重度颜控的花痴表情，太子殿下默默放了心。当然，这件事还要继续往下查。

"调查 1333 年 2 月之后，林思明的所有人际关系。"直觉告诉闻泽，他的小情人很可能遭遇过一些不寻常的事情，并且与某人有关。

✦ 08 ✦

太子的小情人正在奔赴考场。

云悠悠紧张得要命。尤其是得到凯瑟琳中将的许诺之后，原本只是一次平平无奇的反正又不用花星币的模拟考，忽然就承载了它不该有的沉甸甸的重量。

她忍不住开始焦虑——如果今天能够通过考核的话，她的梦想直接就可以实现了。而等到下个月的话……就算通过了考核，像凯瑟琳中将那样的大人物，还会记得这个只有一面之缘的女孩吗？

没等云悠悠想出个所以然来，一位女考核官带着善意的鼓励来叫她准备开始考试。她感激地冲人家笑笑，然后钻进虚拟舱，落入操作位，动作熟练得像吃饭喝水一样。

0%……50%……100%。

云悠悠已经确定了这个大彩条上的数字就是人机通连指数，但她并不觉得这个 100% 有什么值得骄傲的——天赋 100%，可是训练了三年，还是个菜鸟。呃……好像比普通人更菜一点。那个 61% 的直播哥还在为天赋太差而沮丧，天知道云悠悠有多么羡慕他能打出个 A 啊！

加载完毕，云悠悠驾驶机甲出现在深空，面对前方铺天盖地涌来的虫群，考核开始！

云悠悠紧张得要命，心跳声震撼耳膜，手指微微颤抖，调了两次才把激光剑调出来。上考场怎么可能不紧张啊！什么把这个当成平时普通的训练，根本就不可能做到。她匆匆回顾了一遍自己刚刚制定的战略——击杀目标 3000 左右能源就会耗尽，所以她得及时停下来，收掉激光剑，换上常规武器继续击杀虫群，冲向终点。剩下的，只能听天由命。

战斗开始了！

微微颤抖的机甲努力保持着平时的姿态，向迎面而来的虫群英勇冲锋。

"嗯？"云悠悠发出了疑惑的声音。这些虫子的行动速度为什么这么慢？都有点卡顿了！看着这群一愣一愣的虫子，她仿佛看到了自己那台熟悉的老旧二手光脑。

云悠悠小心翼翼地冲向虫群。虽然它们动作很慢，但她一丝一毫也不敢放松。

出剑！顺利击杀。

更多的虫群涌上来，云悠悠顾不上胡思乱想，操纵虚拟机甲穿梭在虫群的空隙之间，寻找机会一剑刺入它们脑袋和脖颈连接的脆弱处，切下它们的小脑瓜。

虫族长得有点像带透明翼翅的螳螂，通体乌黑，切开之后会流出浓稠的绿色黏液。它们可以在真空存活并且行动自如，这是生物科学家们千百年来一直弄不明白的学术问题。像云悠悠这种野生驾驶员，更不可能有自己的见解——毕竟，她也无法理解战舰和机甲是怎么升空的，在她看来，这两个问题似乎也没什么区别。光屏左下方，噌噌噌往上蹿的击杀数目才是她目前最在乎的事。

这些虫子好嫩啊！有几次她操作失误，激光剑错误地撞上它们坚硬的胸膛，居然都打出了有效攻击。她训练时碰到这种情况，对撞处本来应该"嗞嗞"冒火花，整个机身都开始反震后退，然而现在她的激光剑却一划而过，就像切开一袋营养液似的，"滋"一下喷得半个屏幕都是绿黏液。

云悠悠茫然又惊奇。也许是这台虚拟机在持续一整天"接客"之后已经不堪重负；也许此刻首都星遭遇了千年一遇的恒星磁力爆发干扰；也许军方网络正好被神秘黑客入侵拖慢了运行速度……总之，她中大奖了！这是什么惊天奇遇！

云悠悠飞快地冲向终点，在击杀 2900 只虫子之后，她果断收掉了激光剑，换上无比难用的常规兵器。一边鼓捣，一边加速在虫群之间穿梭——不能再使用她的本命激光剑之后，接下来的战斗就看运气了，她对自己的射击水平实在是没有信心。

群体伤害的兵器无法击穿虫族坚硬的甲壳，除非能连续击中它们的要害，在双方都高速运动的情况下，想要连续攻击到范围狭小的致命部位简直难如登天；单体攻击也得瞄准头、胸口这些要害，才能保证一击击杀。总之就是困难到让人绝望的地步。

云悠悠叹息着，不断在深空飞掠，化作一道银光，精准无比地穿过虫群开合之间的缝隙，尽可能地贴近虫子，持枪抵住它们的小脑瓜，发出死亡射线——就像她对付蕈飞沿那样。幸好这些虫子速度超级慢，要是换成正常的虫族，这样接近它们肯定会被锋利的大镰刀切掉胳膊腿儿。

云悠悠一边暗自庆幸，一边继续向前猛冲。忽地，眼前豁然开朗！感觉就像钻出了一张由虫子织成的迷雾巨网，视野一片空阔清爽。

云悠悠正发着怔时，耳畔响起了无比清脆的"叮咚"声。一个甜美的电子女声响彻深空："恭喜您成功抵达终点，副本将在 30 秒内关闭，结束倒计时开始——29、28、27……"

云悠悠迷茫地眨眨眼，不是，她还没杀完啊！不要结束啊啊啊！

她人生第一次实现"无伤抵达终点"的小目标，竟然搞出这么大一个乌龙？命运，果然是公平的，不该自己得到的，就算靠运气得到了，终究还是要失去。

在她身后，乌泱乌泱的虫群从四面八方围过来，看上去呆呆愣愣的，一窝蜂涌过来。周围的虫族越来越多，围得越来越紧，组成一只巨大的虫球。无数复眼、翼翅、肢体交错在一起，看得云悠悠密集恐惧症都犯了。眼看这只巨球就要将她吞噬，出于本能，她抬起手来，胡乱地把按键一溜烟按了一遍。

"嗡……轰轰轰轰——"

只见机甲扬起了集人类千年科学技术之大成的尖端兵器，冲着恐怖的虫球发出了摧山断海的扫射！整个深空副本的虫群都压了过来，聚得实在是太密，炮火轰过去，就像冬天用手掌擦过雾蒙蒙的玻璃窗，抹出一块又一块空白。

20、19、18……倒计时仍在继续，左下角的击杀数目疯狂飙升！短短几秒钟，云悠悠的击杀数目飞升过万！因为扫射而死去的虫族实在太多，左下角飞涨的数字甚至跳出了截断效果。这也行？！云悠悠当机立断，冲入虫群，火力全开！她凭借着本能和多年训练的经验，飞速穿梭在极度密集的虫群之间，一次次险之又险地避过必死的局面。

10、9、8……左下角的击杀数目跳得太快，已经看不清了。云悠悠闪避的动作已经完全无法过脑，全然依赖本能，紧张之下，脑海一片空白。她甚至想不起来B级需要的击杀数目是多少，就像忽然忘记了一个熟悉的字、一首哼惯的歌。1万多？2万多？3万多？不管了！先打再说！

5、4、3……"啊啊啊——"火力全开的反冲力巨大，机甲像个醉汉，摇摇晃晃，向着四面八方狂轰滥炸。

3、2、1……倒计时结束！

云悠悠被扔出虚拟空间。她虚弱地站在操作舱里，心脏像发了疯一样在胸腔里打鼓，手指因为用力过度，隐隐在痉挛。眼前的界面上，系统仍在努力统计战斗数据，左下角的数字还在动。

云悠悠后知后觉回过神来，心头猛然一阵发虚——她……她这样，算不算作弊啊？不不不，她并没有使用任何非正当的手段。学生拿到手里的试卷过于简单，这能怪她吗？必须不能啊！

云悠悠轻轻喘着气，平复呼吸。她杀了多少虫子？3 万还是 5 万？不清楚。

B 级是考核的及格线，需要击杀目标 1.6 万，A 级 3 万，S 级 5 万。SS级也是 5 万，附加条件是机身受损不得超过 20%。SSS 级要求目标全部击杀，机身完好度 100%。迄今为止，全帝国只有 Z 神一个人打出过 SSS 级的完美成绩。

云悠悠额头冒起了一层心虚的冷汗。她的机身肯定是 100% 无损的，要是那个倒计时时间再多一倍的话，她说不定能混个 SSS！心虚，非常心虚！

很快，最终战绩出来了，SS！

云悠悠捂住了眼睛，羞耻心让她的脸蛋火辣辣地发烫。她像只没脸见人的蜗牛一样，藏在虚拟舱里一动不动，直到界面上金光闪闪的两个大 S彻底消失，才像游魂一样动起来，解掉感应金属甲，逃出虚拟舱。

考场的转播光屏上，巨大的 SS 顶天立地。大门敞开着，她听到候考大厅那边传来了沸腾的议论声，隔着舱道，隐约能听到 "SS" 这样的高呼。

那位友善的女考核官正在虚拟舱外面等着她，"怎么这么久才出来？是不是盯着好成绩看呆了？"

云悠悠好不容易挤出个傻笑："……呵，呵呵。"

"出去接受欢呼和荣耀吧！"考核官无比开心，"特招处那几位估计已经坐不住了，都跑到大厅准备抢人啦！"

"啧，我们这台机出了 SS，未来一年肯定会被考生挤爆，成为整个考核中心绩效最高的机舱！年终奖有着落啦！"考核官快乐地拧开保温杯，啜了两口热水。

难怪她这么高兴。

✦ 09 ✦

特招处里面烟雾缭绕，刚听到外面在喊"S"时，四位特招官还能勉强维持风度，等到听到是 SS，第一军团少校第一个就坐不住了。他一动，其他三位同僚也蹦了起来，扔烟蒂的扔烟蒂，接通信的接通信，上厕所的上厕所，都一股脑儿往外冲。

抢人啊！

只有深陷沙发椅，双腿交叠翘在茶台上的凯瑟琳镇定依旧。反正正常人谁也不会选第五军团啦，根本不用着急。等到她慢吞吞起身，迈着大长腿走到特招处门口时，那四位已经挤在门口动过一次手，又在通道里再来了一回。

大厅中，"失败者联盟"和沙发区的考生整整齐齐地站了起来，脖子伸得老长，远远看着就像一群吊在烤架上面的熏板鸭。只有覃飞沿同学老神在在，看那神情隐隐还有点失望，就像在说——就这？就这？嗨呀，没打出 SSS 让本少有一丢丢失望呢。覃家四少，早已看透了一切。

凯瑟琳迈着猫步，走到大厅。另外那四位校级军官见她出来，一个个提高警惕，整整齐齐地瞪着她，以防她用军衔压人，强行把好苗子抢走。

"嗤。"凯瑟琳吐出个烟圈，"要是个歪瓜裂枣，我还看不上呢，瞎紧张什么。要想进入我这儿，当然得先看对眼，像你们几个这样的，当然不行咯！"

终于，舱道传来脚步声，四位特招官摩拳擦掌："来了来了！"

只见……女考核官身边跟着一个柔柔弱弱的女孩，脸蛋和耳朵红得像被晚霞染了色，神情羞赧，低着头，脚步迈得又轻又小，看起来就像一株随时会被风吹倒的小白花。这个？不是这个吧，应该是其他机舱的考生。

大伙正要移走视线，就听到女考核官抑扬顿挫地宣布："我身边这位，正是今日全场最佳，以 SS 评分通过机甲考核的 UU 同学！"

"哇……"寂静片刻之后，整个大厅发出低低的震荡音波轰鸣。四位特招官目瞪口呆，凯瑟琳手中的香烟翻到了地上。

"啊——哈哈哈哈！"一位眯眯眼的瘦军官抬起两只手，放在下巴前面轻轻鼓掌，"运气也是实力的一部分！这是一个真理！UU 同学，来我们第四军团吧，每天都能给你补贴一罐红烧肉哦！"

另一名身形几乎是个正方形的魁梧军官把他拱开，毫不留情地揭穿："别信！他们往死里训人呢，10 罐大肥肉都补不回来！你来第二军团，每天让你睡足八小时，每餐必有火腿肠加蛋！"

"哎哎，三思，三思！他们第二军团当年贪便宜，战舰上用的是最烂的供水系统，一用洗发液，头发根本冲不干净！"又有一名军官跳出来拆台，"我们第三军团就没有这样的烦恼。"

云悠悠不懂，各大军区招人的画风为何这样。

事实上，这是一种战略。就像各大高等院校都开始往招生公告上面放校花和校草的照片一样，如今军区招人，也会极力表现得和蔼可亲、平易近人，摆出一副非常接地气的样子。等到被骗进去之后，就会发现根本不是那么一回事。

云悠悠不懂这里面的道道，但几位特招官的表现确实令她放松了不少，觉得无论跟着哪一位走，似乎都是不错的选择——毕竟，他们真的很好相处啊。

不过她已经有约了。她踮起脚，从这三位的夹缝中艰难往外望，寻找凯瑟琳中将。她看见凯瑟琳重新点燃了一支细长的女士香烟，半倚在墙边，微挑着眉，一副漫不经心的样子，根本没有半点要抢人的打算，也没有要云悠悠兑现"承诺"的意思。

透过浓密的烟雾，凯瑟琳那双迷人媚眼显出几分寂寥。不知道为什么，云悠悠的心脏忽然有一点发酸。她低头向面前三位说了抱歉，然后绕过他们跑向墙边。

"哎哎哎！UU 同学！除了美食之外我们还有奖励金的！"

"同学，同学！我可以替你申请每天睡足六个小时！"

看见云悠悠向自己跑过来，凯瑟琳弹了下烟灰，狭长的凤眼眯成一条细线，带着微不可察的审视。

"中……"刚一开口，云悠悠就被薄荷味的烟气呛出了眼泪，"咳！咳咳！"

"噢，宝贝。"中将冲她吐了个漂亮的烟圈，"不必说抱歉，我来此，只是为了收个年轻漂亮的 S 级小伙子，本来也没想要你。你走吧，除了第四军团的训练强度你可能吃不消之外，其他三个选择都一样，烂得没区别。"

云悠悠震惊得瞳仁颤抖："您不要我了？咳咳……"

凯瑟琳笑道："你是 SS 级，宝贝。没必要为了一句玩笑话耽误自己的前程，我会记得你是个信守承诺的好姑娘。"

云悠悠急了："不是玩笑，不是！第五军团是我唯一的选择！请您不要嫌弃我，我以后一定会更加努力的！"

凯瑟琳、四位特招官、在场观众：……

"……宝贝你来真的？"凯瑟琳扔掉烟，神色隐隐有一点烦躁。虽然眼前这个女孩身体素质奇差，但她毋庸置疑是个机甲天才。进第五军团这个天坑实在是……耽误她了。

云悠悠把脑袋点得斩钉截铁，一双仍然带着泪光的眼睛直勾勾盯着凯瑟琳，就像路边一只想要跟人回家的流浪小猫。

"呼……"凯瑟琳转头，长长吐出肺里残留的烟气，歪着身子，把一只手摁到云悠悠的头顶上，"听着宝贝，我们第五军团，没有红烧肉，没有火腿肠，没有每餐加蛋，平时一般只能喝营养液。另外，我们的战舰非常老旧，连基础养护都有问题，洗不上澡是家常便饭。最重要的是……在这里，你也许永远没有办法晋阶加薪。"

云悠悠听一句，身体一个激灵。她紧紧抿住唇，在五秒钟的艰难挣扎之后，下定了决心："没有关系，这些年我只喝过营养液，训练起来也会忘记洗澡，我已经习惯了……中将，请您收下我！"

可怜见的，这女孩过的都是什么日子啊，感觉比第五军团还磕碜。凯瑟琳闭上眼睛，揉了揉女孩的头发："O——K！"

烈焰大美人手臂一探，勾住了云悠悠的肩膀。她一边揽着小女孩往前走，一边冲着其他人斜眼笑："各位，宝贝我带走了，你们就在垃圾场里慢慢玩、慢慢捡吧。反正你们的时间毫无价值，浪费纳税人的钱就浪费咯。"

凯瑟琳身材高挑，小矮子云悠悠被她搂进怀里，下巴一下就撞上了那极有弹性的身躯。

女孩唰地红了脸，手足无措、同手同脚走路的样子惹得凯瑟琳开怀大笑，似乎很多年没有这么开心过了。

"宝贝，今晚就跟我回家？"凯瑟琳的声线慵懒迷人，"明天，不，后天一早我再派人过来帮你领驾照。"

"啊……"云悠悠被蜜桃玫瑰诱惑得晕乎乎的脑子忽然清醒，"抱歉中将，我还得处理一点私人的事情，可以周……周三下午再报到吗？"

她答应了闻泽，周二陪他参加一个晚宴。虽然她会在闻泽回来之前找律官处理好关于情人契约的问题，但她并不介意最后履行一次义务，陪殿下愉快地出席这次晚宴，然后共度一个美好的夜晚。

第七章
CHAPTER 7

云悠悠，你赢

Falling into stars

❖ 01 ❖

这周一正好是深蓝帝国的一个法定节日——星际生命大和谐之日。公职人员都在休假，云悠悠也懒懒地躺在小床铺上放纵自己刷了一天肥皂剧。

周二清晨，她早早出门，到考核中心领取了自己的机甲驾驶执照，然后马不停蹄地赶往闻泽律官的办事处，办理解除契约的手续。三年前她就是在这里签了情人协议。

听她道明来意，戴着黑框大眼镜的律官并没有感到意外，他查看了补充协议下方闻泽的签名，扫描并对比确认出自殿下之手后，非常干脆地替云悠悠办理了接下来的法律手续。他一边印上电子章，一边随口说道："殿下即将订婚，是该解决这件事情了。"

云悠悠怔了下："已经确定太子妃人选了吗？"

"没看今天的热搜吗？"律官微笑着说，"雄狮家的韩黛西小姐和白银家的孟兰晴小姐正在星网上进行'嫁妆竞赛'，都快拼出一个军团了。殿下也许诺，今日将给公众结果。"

云悠悠缓缓点头，具体人选应该会在今天的晚宴上公布吧，像想起来什么似的，她坐得更端正了一些："对了，还有星河花园的产权。殿下把房屋转到我的名下，并未经过我的同意，请您帮我处理一下，将赠与撤销。"

"赠与行为并不需要被赠与人同意,无法撤销——殿下既然送给您,那您安心收下就是了。"

"……这样啊。"云悠悠点头,扬起笑脸,"那我现在把星河花园赠与殿下,祝他新婚快乐!"

办完所有法律手续之后,云悠悠的心情非常轻松。当初在她人生最灰暗、最看不见前路的时候,是太子殿下向她伸出援手,给了她活下去的希望。三年后的今天,她将带着一段与他有关的美好记忆,奔赴自己的理想。

今天是个非常好的天气,空气中的尘雾指数很低,无论望多远的地方,视野中都不会蒙上那层淡淡的蓝紫色。云悠悠在绿林地下采过十来年矿,她知道那是星源矿的矿尘。如今帝国使用的能源基本都来自星源矿,它能够提供强大的星核能,并且非常清洁,几乎对环境不造成危害。甚至可以这么说,帝国高科技文明的建立,离不开对星源矿的开发利用。

披着阳光的肩膀有一点发烫,光芒像细细的针,穿透织物,一下一下刺在她的身上,毛毛痒痒的。云悠悠忽然想起哥哥曾经说过一句话——

只有强如恒星,方能保护自己。

其实在她心里,哥哥一直都像恒星那么强大。而她,只是地下矿道中一只小小的蚂蚁,在那样的地方,看起来越弱小,越容易活下去。这是十几年矿工生活教会她的生存法则。

云悠悠办完事后火速返回星河花园。下午4点,侍卫长杨诚抵达别墅,带来了一只非常精美的盒子,以及两位拎着巨大星空箱的职业化妆师。

"请在5点20之前做好准备,我将带你前往宴会厅与殿下见面。"侍卫长一板一眼地说完,然后转身离开。云悠悠看着他的背影,感觉侍卫长有些疲惫。她想,殿下这几天应该也非常辛苦。

两位化妆师在宽阔的空房间里打开了她们的星空箱,云悠悠看得目瞪口呆。几百只不同的瓶瓶罐罐、几百件形状各异的奇怪工具……看起来就像一个尖端的分子化学实验现场,那些器械亮起光芒的时候,很像一台台超级能源发动机。

而那只大纸盒里的衣服，更是像黑洞一样吸住了她的视线，无论如何都难以挪开。她无法用言语形容它的美丽。就好像，千百年来所有的月光落到湖面，铺成一张缥缈的月之布，然后由花丛中的精灵们亲手为它纹上花的精华和香影，最终它来到人类最杰出的裁缝手中，变成了她眼前这件华美至极却又低调含蓄的长裙。

"它叫'月之华裳'。很美，是不是？"一位化妆师笑着说，"真羡慕你呀，今晚你就是童话中的灰姑娘。"

另一位化妆师也在感慨："是啊！这样的裙子，根本不像出自人类之手，更像是魔法棒点出来的！请换上它，让我们见识见识童话之美。"

云悠悠怔怔地眨了下眼睛，灰姑娘……吗？

灰姑娘这三个字，让她离开了月光下的湖，她移开视线，不再看这条她这辈子见过的最美的裙子："不是的。灰姑娘要嫁给王子，我不是灰姑娘。"

两位化妆师对视一眼，向她微微俯身："抱歉。请换上衣服吧，我们为您梳妆。"

云悠悠轻轻抿住唇，许久许久。

闻泽离开紫莺宫时，神色与往日一样温和。因为昨日未能在"星际生命大和谐之日"这个法定节日的活动中露面，于是今天他穿上了一件象征恒星永恒的长袍，而没有选择皇家服冕。

前往宴会场地的过程中，他看到了律官发来的文件。一份是契约解除后的清结文书，另一份是星河花园赠与协议。他下意识皱了皱眉，拨开了页面——身处紫莺宫的时候，手上积压了不少需要处理的公务，此刻无暇为一个闹别扭的女孩分心。

他迅速处理一份份文件，很快就看到侦查官发来的林思明人际关系调查报告。闻泽本来打算把这份既不重要也不紧急的文件压后，但拨到一半，鬼使神差地停下来，点开。

　　绿林大学好几位曾经与林思明同院系的学生都记得，在绿林沦陷前大半年的某一天，林思明曾带着一个很漂亮的小女友参加聚会，大家表面客客气气，其实私底下热议了挺久。毕竟，谁都想不通林思明那样的人为什么能够找到那么漂亮的女朋友，并且看上去非常依恋他。

　　其中一个名叫张三扬的人，现在任职于帝国第一机甲军校绿林学院，他说在军校表演赛那天，林思明的小女友曾经找过他，说了一些奇奇怪怪的话，脑子似乎不太正常。

　　这条记录下方附有张三扬回忆里的对话。那个小女友看上去似乎有精神方面的问题，她竟然说林思明和闻泽相像，还说林瑶偷了林思明的成果。张三扬当场斥责了她，事后想想有些后悔，觉得自己对那个女孩过于严厉。

　　闻泽看完报告，缓缓眯起了双眸。

　　星空车速度渐缓，停泊在会场台阶下。闻泽下车，看见侍卫长杨诚小跑过来，向他汇报："殿下，云小姐已经到了，但是她……"

　　不需要侍卫长说明，闻泽已经看见了云悠悠。她站在右边的柱子旁，身上穿着她最正式的那一身白色小套裙，在这样的场合，显得格格不入。

　　云悠悠正在观察台阶上爬行的蚂蚁，忽然有所感应。不用抬头，就已经感知到两道有如实质的目光落在自己的身上。她的心跳好像漏了一拍，抬起眼睛，顺着目光传来的方向回望，是闻泽。他站在台阶下方，但他这样淡淡看过来时，却有种正站在战舰上俯视她的错觉，依旧俊美得令人窒息。

　　今天他穿着一件华贵的长袍，即便是不懂美学的她，也能看出他身上的衣服与他特意准备的那件"月之华裳"是同款的。这件长袍和他的气质相称极了。恒星，明明是最强大炽烈的存在，身处深空时，却让人感觉疏离冷寂，以及遥不可及的高贵。

　　"殿下……"

　　闻泽微微颔首，一步步走上台阶，来到她的身边，没有问她为什么不穿那条裙子，只是示意她挽住他的手臂，走向会场。

云悠悠没有说话的机会，因为闻泽出现之后，立刻就有很多贵族青年迎了出来，一个接一个地向他行礼，起起伏伏，就像被风吹拂着翻滚的麦浪。

她能感觉到身旁这位前雇主不太高兴，也许是失望吧。毕竟她也能想象到，如果自己换上那件华美的裙子和闻泽站在一起的话，将是多么天造地设的一对。

他是想要帮她圆每个女孩心中都有的灰姑娘的梦想吧？他待她，是真的好极了。

✦ 02 ✦

进入会场，云悠悠立刻被眼前充满奇幻气息的景象攫住了心神。走进这里就像身处星空，看不见屋顶，头顶上方只有一团团璀璨的七彩星云。脚下是碎钻般的光粒铺设的银河，它在流淌，在某些位置扬起星辉，凝成了放置食物和饮品的银色流星装饰架。

闻泽表现得非常亲和，他微笑着，一边徐徐向前走，一边颔首示意众人："诸位自便，不必多礼。"云悠悠觉得他很像恒星。

正前方，两位非常漂亮的贵族女孩迎了上来。

"殿下，这位就是云小姐吗？她很美丽。"左边的棕发女孩看起来就像一只性感华贵的野猫，她微挑着眉，声线是略有一点沙哑的好听。

"我和黛西带云小姐四处看看吧。殿下，几位上将在内厅等您。"右边的女孩身穿蓝色旗袍，却长着一张非常标准的西式脸蛋，她的仪态异常优雅，让人如沐春风。

"我们一定会好好照顾云小姐！"野猫小姐歪了歪脑袋。

闻泽颔首："麻烦二位。"他安抚地拍了拍云悠悠的手臂，然后顺着银河蜿蜒的方向离开。

云悠悠："……啊。"

"殿下真是像恒星一样耀眼。云小姐你好，我叫孟兰晴。"蓝旗袍的金发美人露出微笑。

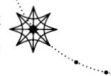

棕发小野猫露出尖尖的虎牙："嗨，我是韩黛西，太子妃之位的有力竞争者。"

云悠悠觉得自己已经算是一个非常非常淡定的人，却还是被眼前这一幕弄得有几分无措。脑海里瞬间闪过去一堆肥皂剧里面的情节——侮辱、泼酒、陷害、下药、绑架……但是转念一想，殿下不可能允许那种事情发生。

"你们好，我叫云悠悠。"她说了句废话。

孟兰晴垂眸笑了笑，没有半点讽刺意味，只是适时地展示了友好。

"云小姐可以把我们看作殿下的副手。"孟兰晴开门见山，"我与韩黛西无论谁胜出，都会永远视你为殿下的内人。"

"没错，就是这样！"小野猫弯起了她明媚的大眼睛，"云小姐，我和孟兰晴，是竞争上岗的关系。太子妃对于我们来说只是一个职位而已，而你就是决定我们谁能应聘成功的面试官。那么宝贝儿，你是不是喜欢我多一点呢？"

云悠悠一时反应不过来，这个场景，为什么和她想象中完全不一样？

孟兰晴微笑："你不必有任何顾虑，无论谁胜出，订婚之前都会与殿下签订分居协议，保持绝对的无性婚姻状态，财务上也不会共通。除了共同出席必须同时露面的场合之外，与太子殿下不会有任何交集。"

"还有就是，"韩黛西扬起巨大的笑脸，"如果你实在不放心，征得殿下同意之后，我们可以选择其他人哦，数量你说了算。怎么样，是不是诚意十足？"

云悠悠已经由于过度震惊陷入了失语状态，两位"情敌"异口同声：

"所以云小姐，你更喜欢孟兰晴，还是我？"

"所以云小姐，你更喜欢韩黛西，还是我？"

闻泽找到云悠悠的时候，她正一个人坐在花园的紫藤花树下，手里捧着一杯小小的鲜榨橙汁，一滴一滴往嘴里抿。在他过来之前，孟兰晴和韩黛西已经用社交场上的方式不动声色地向他汇报了经过。

第七章

CHAPTER 7

非常有眼力见儿的韩黛西提前将去往小花园的通道清理得干干净净，不见半个人影，为殿下和他的小情人留出单独相处的私密空间。闻泽走到云悠悠身后，一只手沉沉压住她的肩膀。虽然好几天没有见面，但是隔着衣料传来的温度和触感，还是让云悠悠感觉到熟悉。

她把手中的橙汁放在玻璃小圆桌上，起身，仰起头来看闻泽："殿下。"

他的目光有些沉，有些冷，这让他俊美的脸庞显得不那么平易近人："有什么想法，可以对我说。"

他的声音也和往日一样好听，令她的脊背微微有一点发麻。云悠悠冲着他扬起笑脸："殿下，那两位都是非常聪明漂亮的小姐，无论您和哪一位在一起，都会幸福的。"

他看了她一会儿，然后一字一顿地说："那是政治，不是婚姻。"

云悠悠不懂政治，同样，她也不懂婚姻。她抿了抿唇，想要告诉他自己通过了机甲考核这个好消息。正要开口，闻泽忽地轻笑一声，微眯着眼问她："不喜欢我给你准备的礼服？"

"很喜欢，也很感激您的心意。"云悠悠老实地回答，"可是殿下，不是每一个女孩都希望成为灰姑娘。"她从来没有想过和他发展超出契约的关系，更不愿意冠上"灰姑娘"之名，被人拿出来与林瑶放在一块儿议论比较，她觉得那样会把自己弄脏。

"告诉我你的真实诉求。"闻泽压低嗓音，像是诱哄，"除了名分之外，想要什么？说出来，我都可以给你。"即便她要那虚无缥缈的真心或者爱情，他也可以想办法满足她。

云悠悠的眼神略微有一点恍惚。她不得不承认，这样的殿下，就像传说中让人理智全失的药。他的声音和语气令她不自觉地战栗，他身上强大迷人的气息不断侵蚀她的神智，让她忍不住想要走上前，投进他宽阔温暖的怀抱，但是这里是公共场合，肯定不能那样。

她怔怔开口："没有别的诉求。我已经通过了机甲考核，律官那边的手续也处理完毕……"

闻泽缓缓露出笑容，眼神却冰冷得吓人，低沉而磁性的嗓音让她的脊背有一丝酥麻："哦？我定下结婚人选之后，你就不愿意留在我的身边，是这样吗？"

云悠悠生怕他误会那两位小姐，赶紧向他解释："不是的，与那两位没有关系，她们都非常好，是我自己的问题。您的妻子，应该由您自己来决定，殿下，我相信您一定会幸……"

"够了。"闻泽转身背对着她，轻轻挥手，语气失望，"回去吧，我让杨诚送你。"

"那我在家里等您。"她想了想，轻声告诉他自己的真实想法，"殿下出差之前，我的身体不太好，一直没能好好履行自己的义务……现在身体已经恢复了，殿下需要的话，今晚可以补上先前的欠缺。"

闻泽宽阔的肩膀几不可察地抖动了几下，像是冷笑。他回身，温和的笑容无懈可击："不需要。今夜我不想看见你。"

"哦……好的。"云悠悠想了想，不好意思地用手指扯着裙边，问他，"那，殿下，我可以从星河花园带走一点必需品吗？就当是，您给我的离职补贴？"向他提要求，让她感到非常羞愧，但是她没别的办法了。公共贷款未偿清之前，不可以叠加申请。

"随意。"闻泽的眸光有些复杂。就她这小身板，离开他能去哪里，像三年前一样蹲在路边哭？他轻轻扯了扯薄唇，微扬下颌，淡漠地瞥着她。云悠悠低下头，慢吞吞地在光脑上鼓捣什么——不是她故意拖延，而是她的光脑实在是越来越不中用了。大约一分钟之后，她把一个需要签字的申请框递到了闻泽面前。闻泽没低头，一双清冷沉黑的眸子锁在她的脸上，随手挽袖，在空白处划下了自己的名字——

她都把星河花园"赠与"了回来，还装模作样找他要什么东西呢？

他冷睨着她，眸底时不时滚过隐忍的怒意，自己已向她展现了足够的诚意，她未免也太……不识好歹。既然如此，那就随她折腾。他倒要看看她能撑住几个小时不后悔。

云悠悠拿到闻泽的签字，收起光脑，认认真真向他鞠了一躬，然后顺着通道返回星光会场，离开宴会厅，没再回头。

闻泽静静站在原地，夜幕罩在他的身后，让他看起来就像一颗最冷的寒星。片刻之后，他感觉到手掌传来一丝刺痛，低头发现，不知何时自己已捏碎了她刚才喝橙汁的玻璃小杯，几枚碎片嵌进了皮肤。这杯普普通通的橙汁，她还没舍得啜完。

❖ 03 ❖

殿下说，今夜不想看见她……所以，她不能留在星河花园过夜了。云悠悠怔怔地想着，望着星空车外飞掠的夜景出神，心里其实是有一点失落的。

闻泽是一位好雇主，一直以来她工作得也非常愉快。人都有惯性和惰性，三年安稳平静的生活，让她对星河花园这个地方有了一定的归属感。偶尔她也会觉得，这段日子和待在哥哥的郊区小阁楼疗养时一样，平淡安宁，时间流逝得飞快。也许有人喜欢跌宕起伏的精彩生活，但她不是，她只喜欢平静和安定，不怕无聊。毕竟，在地底矿道卖命的那些年里，一段安稳的睡眠才是最奢侈的东西。

哥哥给过她一段梦想中的生活，闻泽也一样。本来她还以为，闻泽会愿意与她共度离职之夜，让她带着沉甸甸的满足离开。她承认，自己迷恋他的脸，他的身体，还有他的气味、温度以及最近学会的精湛和强势。可惜殿下不像她那么庸俗，不愿意沉迷于低级趣味。

云悠悠遗憾地叹了口气，靠在舷窗上，看着星空车驶近星河花园。下车时，她发现一队面孔严肃的审查官正在别墅里等着她。领头的是审查长白侠中将，云悠悠曾见过这位老者一面。大约两年前，有一名间谍整形成一位侍者的样子，并从他鲜活的尸体上面用很高端的技术手段剥下虹膜、指纹和身份卡，成功混进了星河花园。最终这名间谍"折戟沉沙"，在行刺殿下的时候败露被擒。那一次，就是白侠中将亲自赶到别墅，将犯人带走。听说那个接受过严酷训练的间谍在审查长手下没能撑过十分钟，就老实供

出了幕后主使。当然，那件事最终成了绝对机密，云悠悠无从知悉内情。

此刻看到白侠中将大步向自己走来，没做亏心事的云悠悠也不禁下意识地感到心虚，她忐忑迎上前："审查长您好。"

老者面容严厉，眼神像鹰。视线落在云悠悠的脸上时，让她有一种颅骨被掀开、敞露出深藏在里面的思绪这样的错觉。

"云小姐，有件事需要你协助调查——你认识这个人？"老者抬了抬手，身旁的审查官上前，递过手中的光脑。云悠悠余光看见，光脑正中是一张个人半身照。她怔怔低头去看，看清照片的一瞬间，瞳仁微缩，低低惊呼一声，手指下意识地颤了下，差点儿没拿稳审查官递过来的光脑。这是一张被严重烧伤过的脸。虽然已经治愈，但伤口结痂后留下的疤痕看上去依然非常可怕。整张脸透着不正常的粉红，沟壑纵横，左眼只能睁开一半。

云悠悠缓了口气，为自己刚才的表现感到抱歉："对不起，我只是有些意外。"虽然当事人并不在这里，但她还是觉得自己一惊一乍的表现对这位毁容者非常不礼貌。

"不认识吗？"老者盯着她，目光仿佛带着恒星的温度。

云悠悠摇了下头，很老实地回答："不认识。如果见过，我一定会有印象的。"

老者看了她两秒，没说话，伸过手指一拨，拨到前一页："那这个呢？"

云悠悠做了做心理准备，然后低头去看。这只是一张很普通的照片，照片上的男人看起来有些内向，很平凡，是那种校园里面一抓一大把的长相。她再次摇了摇头，然后补充道："也不认识，但不排除曾经在哪里见过，看上去太普通了，我也不能确定。"

沉默两秒之后，老者挥挥手，让属下收起了光脑。他看着她，一字一顿道："云悠悠小姐，他是曾经在绿林为你作证的林思明。"

云悠悠愕然睁大了眼睛，她的下巴一点一点往下掉，好一会儿，才回过神来，像提及"蓝樱桃蒸糕"那样，情绪平静地告诉审查长："当年，我并未在调查局见过那位证人，长官们说他作证之后就走了。"

在官方调查巷道凶杀案的过程中，"证人"和"受害者家属／轻微嫌疑人"的确没有见过面。大学生替她作证之后就离开了调查局，只留下一份对云悠悠极有利的证词。审查长看着眼前的女孩，他此刻的感受，与那天晚上的闻泽如出一辙。直觉隐隐有所触动，但是从她身上看不出任何破绽，也没有半点源自理性的分析佐证。

"感谢你的配合。"审查长非常礼貌地轻轻颔首，然后带着属下离开。

云悠悠站在别墅门口目送一行人离去，神色有一点怔忡。怎么回事？这个"林思明"，不是哥哥啊。

"长官，您觉得她说谎了吗？"星空车上，年轻的审查官向审查长请教。

老者仰头靠着坐垫，锋锐的目光藏进了厚重的眼睑下，唇畔的法令纹动了动："说出你的看法。"

"是，"审查官一边回忆，一边整理思绪，"她看到林思明的烧伤照片时，下意识的动作和微表情都显示出受惊和意外的反应，属下已经录入系统进行过对比，检测结果表明，有 99.998% 的概率，她此前从未见过这个人，只是被他的脸吓到了。而看见林思明毁容前的照片时，她面部神经波动也与她自己的口述一致——认为此人非常普通，也许见过，但没有留下印象。"

审查官停顿了一下，推了推眼镜："而当您告诉她，此人就是曾经替她作证的林思明时，她的反应曾短暂偏离系统预设，但系统也给出了'属于正常范畴'的判断。毕竟忽然得知这个人的容貌如此……特别，有些心理波动也可以理解。最后她阐述没有与证人在调查局见面的事情时，系统给出了'真话'的判断。"

"嗯，写报告吧。"老者说。

审查官微怔："就这样吗？"

老者睨他一眼："智能系统虽不是十全十美，但也远远胜过你不太聪明的小脑袋瓜。"说完哼笑着抬手在报告下方添加自己的个人批注。

【需要其他线索开启新审查方向。】

想了想，又添下另一行字。

【调查对象情绪稳定且低落。】

将报告发送给殿下之后，老者十指交叉置于身前，闭上眼睛："我睡十分钟。"

"是。"

云悠悠和别墅中的同事们道别。大家早已经从星网上那场"嫁妆竞赛"中嗅出了不寻常的气息，此刻听到云悠悠离职的消息并不感到意外，只是都有些舍不得。

"唉，"苦瓜小姐一脸沮丧，"太子妃那种高贵的世家小姐嫁进来之后，我们的日子肯定也不好过了——真不希望你走啊！"安妮恨不得用眼刀戳她几个窟窿。

"咳，"老管家清了清嗓子，和蔼地问，"今后有打算了？"

"嗯嗯！"云悠悠笑眯眯点头，"我已经被第五军团接收，准备参加绿林光复战啦！"

老管家、侍者们：……

苦瓜小姐按捺不住自己泼冷水的心："天呐，阿悠你到底在高兴什么？你根本不知道真相对不对，第五军团是炮灰军团啊！殿下这么狠心，让你去送死吗？就算要甩了你娶别人，也没必要这么狠吧，是生怕你以后死缠烂打吗？"

安妮："下次我会试着用门夹断你的声带而不是手指，朋友。"

云悠悠不知想起了什么，脸蛋忽然悄悄变红了，这间大屋子里，真是有太多太多的回忆。

"回绿林是我的梦想，我很开心。"她微笑着解释，"进入第五军团是我个人的意愿，与殿下无关——殿下似乎还不知道这件事情。"

"啊！这样吗？"安妮高兴地蹦了起来，"如果殿下知道，一定会把你追回来的，我确定！噢，爱情剧里面都是这么演的！患难见真情！"苦瓜小姐开口之前，安妮及时用鞋跟碾住她的脚，只留下无声的尖叫。

喝下同事们给她现热的七种不同口味的送别营养液之后，云悠悠悄悄绕过走廊，来到医疗舱。秦医师依旧戴着她那副遮掉半张脸的大眼镜，坐在大屏幕后面跷着脚刷星网。

"秦医师，我需要五支情感阻断剂，"她调出光脑里面闻泽签了名的申请条，"这是太子殿下的许可批复。"

秦丽珍有一点怔忡地推了推眼镜，扫描确认闻泽的签名："姑娘，我记得我告诉过你这种药物的危害。"

"我明白，不会乱用的！"云悠悠笑眯眯地看着她，"因为准备上战场，所以备着药物以防万一而已。毕竟在战场上，一个疏忽可能丢掉的就不只是十年生命了。"

"殿下真的同意了？"秦医师很难不怀疑殿下是不是在某种过于亢奋无脑的情形下签的字。

云悠悠有一点心虚。她故意只写了"必需品"，没写明是情感阻断剂，不过她记得当时殿下一眼都没看她的申请条，只是盯着她的脸，签名还签歪了一些——就算她写清楚，殿下恐怕也不会发现。她点点头，很敷衍地回答："嗯。是的，殿下完全同意。"她需要阻断剂来应对发病——未来这段日子，她没有办法再吸闻泽来治病了。

"好吧。"秦医师起身，为云悠悠取出五支阻断剂，"虽然这样不太符合程序，但既然有殿下签名，当然可以绕过程序来执行。我会把账单交给管家先生。"

云悠悠接过五支深紫色的"恶魔角"，向医师道谢，然后离开医疗舱，回到了房间。她的东西很少，一只星空箱就能全部收纳。看着乳白色的星空箱，她微微发了一会儿愣。这只星空箱是三年前哥哥为她准备的，她完全不记得自己当时是怎么拖着它独自登上了离开绿林的最后一艘运输船。

怔了片刻，她拖着这只箱子走出房间，站在门口时，回头看了看这个自己生活过三年的地方。她的东西都收拾完了，没有遗漏，这个房间现在看起来和她入住的时候没有什么区别，显得有一点空旷。云悠悠的眼睛微微有一点湿润，她的心情有些酸，也有些甜。

"殿下，无论我身在何方，都会永远为你祝福。"

✦ 04 ✦

离开别墅之后，云悠悠没有回头，径直登上了通往第五军区的轻轨列车。

现在是晚上 8 点多，列车很空，整节车厢里只坐着她和一个带婴儿的年轻妈妈，那位年轻妈妈大约是看过一些抢夺婴儿的报道，对陌生人充满警惕，很小心地和云悠悠隔开了几排座位就座。云悠悠也无心和人攀谈，两个半小时的路程，够她伏在合金小桌板上睡一觉。她把星空箱放到座位下面，取出清洁湿纸巾擦干净小桌板，然后缓缓伏在冰凉的桌面上，用手背垫着脸颊。看着外面飞速倒退的景物，她怔怔地想：等列车抵达终点时，应该已经知道太子妃是谁了吧。无论是孟兰晴还是韩黛西，都给她留下了非常好的印象。她的心里没有嫉妒，也没有酸涩，只有对闻泽的祝福以及一丝没着没落的空荡，就像那个忽然空了很多的小房间。

她并没有想太多关于绿林和那个夜晚的事情。那件事对于她来说，就像一只包裹着层层迷雾的荆棘球，她必须接触它，一点一点剥开它之后，才能去看、去思考。很快，她迷迷糊糊地，又带着一丝清醒进入了梦乡。

时隔多年，她第一次梦回那个血色夜晚，还有阴暗的巷道和潮湿的空气。男人刚刚徒手击杀了七名匪徒，体温很高，手臂肌肉隐隐残留着一点兴奋的颤抖。他抱起她，像抱着一只路边捡到的小病猫，叹息道："目击者啊……我该拿你怎么办才好。"

云悠悠的心脏开始剧烈跳动，她没想到自己居然会在列车上梦到哥哥。难道是因为她离开了殿下，即将奔赴那个有哥哥的地方，所以他到梦中迎接她吗？她的睫毛微微颤动，目光自下往上，越过他看起来非常瘦削的身躯，攀过喉结，落在他的侧脸。

……他的脸。

云悠悠呼吸一滞——她看到的不是那张神似闻泽的侧脸，而是……一张烧伤治愈、结痂脱落之后的脸。巷道昏暗，只有月光照明，这样一张脸倒是不会显得可怕，但她能感觉到他不愿意被她注视。她记得，当年这个时候，她的大脑一片空白，下意识想要碰触他、亲吻他的脸颊，以虔诚的朝圣心态。她根本不关心他的脸是什么样子，心中海啸般的感情早已冲走了她全部的理智，她只知道，他是带她离开地狱的神祇。

她微微怔了片刻，然后抬手覆上他的脸，心里莫名浮起了一个奇奇怪怪的念头——这个触感才对嘛……

"哥哥。"云悠悠小心翼翼地开口唤他，然后被自己的声音吵醒，睁开眼睛，看见列车呼啸在原野。她愣了很久很久……是因为审查长让她看了那张照片，所以她把它代入了梦中哥哥的脸吗？

星空宴厅。

到了该宣布太子妃人选的关键时刻，宴会场上的贵族们个个都打起了精神。太子殿下今天难得参与了晚宴与舞会，遗憾的是，他并没有走下舞池与众人共舞。聪明人都能看出来，殿下今日本来打算与白裙小姐一起跳开场舞，可惜她离开了，殿下也败了兴致。此刻，殿下已经消失在帷幕后方足足二十五分钟了。等到他再次出现，一定会宣布那个大消息。

谁也没想到的是，太子殿下早已经秘密返回了星河花园——他是回去处理手掌上那几枚带着橙汁的玻璃碎片的。太子殿下的身体金尊玉贵，再小的伤口都不容忽视。进入别墅之后，他没有直接前往医疗舱，而是先回卧室换下那件华丽的恒星长袍，穿上便装，然后顺路经过某一个小房间，随手推开虚掩的门。眼前一空，胸口也一样。

沉默片刻之后，闻泽召见了老管家："她什么时候离开的？"

老管家维持着完美的仪态，用机器人似的语气回答："大约 19 点 50 分。"

"除了她自己的个人物品之外，还带走了什么？"闻泽用一种并不关心这个人，而是关心失窃物的口吻问道。

老管家垂着手，恭敬地回答："五支情感阻断剂。"

闻泽瞳仁收缩，心口仿佛挨了一拳。

列车停靠在站台。云悠悠下了车，踏出缓缓向前流淌的指示光带，站到巨大的全息路牌前，认真研究前往第五军区的路线。她注意到那个抱着婴儿的年轻妈妈直接离开了站台，看起来似乎比较熟悉附近的道路。会不会是某位同僚的家属？云悠悠一边琢磨，一边用光脑扫下了全息地图，方便随时查看。

走出站台之后，她发现这附近就和她乘坐的车厢一样冷清。出站口附近没有住宅楼和商业区，只有几条一看就是几十年前修的老路，通往几个远远看着就没什么人烟的地方。道路两旁的照明系统年久失修，能量管内壁已经蒙上一层灰翳，洒下有气无力的人造日光。

云悠悠找到了通往第五军区的运载车站台，指示牌倒是比较新，因为第五军团是这几年才迁过来的，原驻地已经被扩容的第四军区合并。现在第五军团使用的场地是由一个出了严重安全事故之后被废弃的生物化学工厂扩建而成。

自动运载车锈迹斑斑，能看出原本是鸭黄的底色，上面有掉了漆的"维恩生化"这样的绿色大字。此刻它们一辆接一辆，吱吱呀呀地沿着固定路线前往摇，一副随时准备撒手退休的样子。云悠悠看得眼皮一顿乱跳，她由衷地怀疑，第五军团的战舰是不是需要士兵们站在舰舷两侧手动划桨。年轻妈妈也站在通往第五军团的站台旁边，她一边摇晃着怀里的婴儿，一边艰难地准备登车。

这些自动运行的能源车常年无人养护，感应装置已经不太灵敏，遇到有人上车还是继续呜呜哐哐地向前走，虽然速度不快，但是对于一位抱着婴儿、拎着行李的新手妈妈来说，登车就如同登月一样困难。年轻妈妈有点着急，婴儿也正好哭了起来，她更是手忙脚乱起来。她哄了几下没哄好婴儿，不禁发了脾气，声音尖锐："闭嘴！别吵了！"

婴儿被突然发火的母亲吓了一跳，哭得更加响亮。年轻妈妈又一次登车失败，情绪隐隐有些崩溃："吃了睡睡了吃，24 小时有人伺候着你还有什么不满意！折磨死我你才甘心吗！我死了对你有什么好处！再敢哭，再敢哭我就把你扔在这里不要你了！"

云悠悠正打算上前帮忙，听到年轻妈妈的话，不禁怔怔停下了脚步。原来……父母这么讨厌自己的孩子吗，难怪那个时候，不管她怎么哭着求他们不要丢下她，他们还是走了，把她一个人扔在拾荒队，再也没有回头。周围破败的环境，让云悠悠想起了那个老旧的矿工据点。她呆愣地看着前方，看那个女人和她的孩子，婴儿还没有学会如何体谅自己母亲的辛苦，他继续哇哇大哭。

年轻妈妈也崩溃地哭了起来："你就不能到了驻地再闹吗？因为你，我身体垮了，工作没了，为了不拖累别人，还要一个人走这么危险的夜路！我也是父母的心肝宝贝，为什么现在要活得这么累啊！你还哭！还哭！"

她一边哭，一边还在试图登车。云悠悠决定帮她一把，她非常担心，生怕这位年轻的母亲真的对自己的孩子失望，然后决定不要他了。她想，这位妈妈一定不知道，被父母抛弃的小孩有多害怕、多难过。其实，只要再给孩子一点点时间长大，她就可以自己挣钱养活自己，不会再拖累父母了。

❖ 05 ❖

云悠悠拉着星空箱刚走出两步，忽然听见"吱"一声急刹，一辆运货的星空车从旁边的偏僻车道上冲过来，猛地停在了年轻妈妈身旁，黑瘦的司机探出半个身体，手中拿着烟，头上戴着鸭舌帽。他四下扫视一圈，飞快地推门下车，冲到那个年轻妈妈面前，扬手就甩了她一个大耳光。

司机凶狠地骂了句脏话，趁着对方晕头转向，劈手就夺过她怀中的孩子。

"你干什么！"年轻妈妈愣了一下，见这个男人拎着婴儿准备往车上跳，不禁尖叫着扑上去，拼命从他手中抢夺婴儿，"把孩子还给我！"

　　婴儿似乎感应到了什么，哭声变得更加凄厉，小小的手探了出来，不停地挥向自己母亲的方向。年轻妈妈刚刚摸到婴儿的小手，就被司机一脚踹翻在地。那男人又补了一脚，想把她踢远一些，却被她抱住了腿。女人牛皮糖一样黏着他，在地上被拖行。

　　"救命啊——救命啊！抢人了！"年轻妈妈绝望地大喊。

　　事情发生得突然，云悠悠只觉得浑身的血液都沸腾着冲上了脑门，身体颤抖得厉害，整个人很激动，很愤怒。她没有贸然冲上前，而是按开自己的星空箱，在里面飞快地寻找可以用来搏斗的工具。遗憾的是，星空箱里只有柔软的衣物、鞋帽以及洗漱用品，没有任何杀伤性武器。眼看着那个黑瘦的司机就要踹开那位年轻妈妈，带着她的孩子扬长而去，云悠悠只能随便从星空箱里面掏出一个稍微尖锐一些的物品，挺身而出。

　　"住手！放开那个婴儿！"柔软的嗓音让她的大喊显得气势不足。司机早早就看见了云悠悠，只不过在他看来，这个路人甲显然比婴儿的母亲更没有战斗力，于是压根没把她放在眼里。他抬起脚来继续踢那个年轻妈妈的肚子，想要逼她松手。

　　云悠悠没敢跑太快，她的身体状况不允许她进行剧烈运动，如果奔跑过去的话，她可能得捂着胸口像虾米一样蹲在原地喘半天。那一剂"幽暗深海"摧毁了她健康的体魄，只有身处机甲操作舱、有金属感应服为她提供动能的时候，她才能够肆意地蹦跳甚至飞翔。离开机甲，她就是一只被折了翅膀的飞鸟。

　　年轻妈妈的惨叫让云悠悠的手指不停颤抖，婴儿的哀哭也在刺激她的神经。她知道，自己和年轻妈妈加起来，也远远不是这个男人的对手。她小心地控制着呼吸，小跑着赶到了行凶者旁边。

　　黑瘦的男人阴恻恻地瞪了她一眼，视线忽然一顿，双眼不自觉地微微眯了起来，冒出一点绿光。女孩长得非常漂亮，足以让任何人眼前一亮。更让他惊叹的是，她柔弱极了，白白嫩嫩的细胳膊细颈子，像一株一掐就断的小白花，让人心底不自觉地冒起暴戾的暗焰，想要凌虐她，侮辱她，把她弄坏。

　　黑瘦男人愣神的时候，唇角淌血的年轻妈妈从地上爬起来，像一头受伤的母兽，扑过去一口咬住他的胳膊，两只手紧紧抓住婴儿身上的小衣裳。云悠悠觉得，除非把这位妈妈的手指掰断，否则她死也不会松手。原来……她并不是不爱自己的孩子呀。

　　"嘶！"黑瘦男人吃痛，眼睛里闪过杀气。他捏起拳头，中指指骨高高凸起，正正挥向那个年轻妈妈的太阳穴！他准备速战速决，解决掉这个敢咬他的女人，然后带走两个羸弱的战利品。

　　"哇——"婴儿哭声的更大了，他努力地扬起自己的小拳头，挡在妈妈的脸颊旁边。云悠悠差点儿也哭了，她死死抿住唇，将自己积攒了好一会儿的力量全部爆发出来，扑上前，将额头狠狠撞在男人挥动的手臂外侧上。她成功撞偏了他的攻击弧线，男人手肘一曲，拳头砸中了自己心窝。"噗！"趁着男人眼眶微突、口水飞溅的时候，云悠悠飞快地拔开"恶魔角"的瓶塞，将一整支情感阻断剂灌进了男人的喉咙，脑袋顺势往上一顶，正中男人下颌。满满一口，吞咽入腹。

　　短暂的爆发之后，云悠悠彻底力竭，她退了两步，跌坐在地上。黑瘦男人意识到自己喝了不明液体，立刻用手指去抠嗓子眼。云悠悠无力阻止，只能在一旁大喘气，干着急。那个年轻妈妈反应很快，怪叫一声，跳起来抱住男人的手，阻止他进行人工催吐。僵持不过几秒钟，黑瘦男人的眼神开始发生变化，挥向年轻妈妈的拳头也变得有一搭没一搭。

　　喝过阻断剂的云悠悠很有经验，她知道此刻他会感觉到四大皆空，世间一切浮华如梦幻泡影，皆是虚妄。

　　"别打了！"她喘着气，断断续续地喊，"你这样有什么意思啊！抢别人的小孩，对你有什么好处吗？"

　　黑瘦男人愣了下，下意识地转头看向自己手中那个哭闹不休的婴儿。婴儿正在"哇哇"地哭闹，年轻女人像头发疯的母兽一样撕扯自己，想要夺回孩子。这一切……好像是没什么意思。

"可以卖钱。"黑瘦男人皱起眉头，表情有一点困惑。

见他分神，年轻妈妈趁机抢回了婴儿，浑身颤抖着退到云悠悠身边，把孩子紧紧搂在怀里，不停地抚摸他，亲吻他哭泣的小脸蛋。虽然惊惧交加，但她并没有选择丢下云悠悠先行逃走。

云悠悠小心地站起来，盯着黑瘦男人："卖了钱又能怎么样呢？"

"有了钱，我就可以去赌，一夜暴富啊！"男人不自觉地扯高了左边唇角，可话还没说完，他就已经感觉到意兴阑珊。

"那种事情又有什么意思呢。"云悠悠平静地注视着他，"其实你心里一点也不想做那些事情，你骗不了自己的心。"

男人想要否认，但是他心里真的很清楚地意识到，自己现在一点也不想赌，也不想去找那些丰腴的暗娼。甚至看着眼前的极品，也生不起半点心理或者生理上的邪念，只是觉得没意思。他觉得自己应该惊疑，应该思考为什么自己的状态变得这么奇怪，但是一种无力感从骨子里蔓延出来，让他提不起半点兴致去追究到底发生了什么，是不是和喝了那个奇怪的东西有关。他就觉得好没意思，这一切都好没意思。

云悠悠悄悄打开了光脑的影音录制功能，问他："你抢过很多孩子吗，都把他们卖给了谁？"

男人直勾勾地盯着她，生无可恋地回答："多了去了，我可是路维德手底下最能干的一个。那些丢孩子的报道里面，大概有三成是我干的吧。货都出给路维德，200星币一个，他们用那些小孩的胶原蛋白因子做精华保养霜，卖给上流社会那些名媛贵妇，效果很好。"像他这样的人，平时醉生梦死，早已丧失了意志力这种东西，在情感阻断剂摧枯拉朽般的作用下，张口就把自己的所作所为交代得一干二净。

云悠悠刚开始还没反应过来，直到听见身边的年轻妈妈倒吸一口凉气，这才"轰"的一下头皮发麻，浑身冰冷。她原本还以为，那些被抢走的婴儿会被卖给那些无法生育的夫妻。没想到……竟是如此丧心病狂！心脏在胸腔里疯狂跳动，她缓了口气，冷静地追问："路维德是谁？做护肤品的又是哪家公司？"

男人不假思索："路维德是这一带的老大啊，巴顿男爵的侄子，惹不起的大人物。公司就是以前的维恩生化集团，现在很低调，只做线下'精品'项目，除了巴顿男爵之外，公司背后还有真正的大人物。"

云悠悠想了一会儿都没盘清楚男爵这个官到底有多大，也无法想象他背后更大的人物有多大，于是虚心请教："你还知道别的吗？"

男人摇了摇头，眼睛里流露出一丝迟疑。他的理智告诉他，必须杀死眼前这两个女人，她们知道了他的秘密，会给他带来一场大祸，但情绪到了胸口，却又像是沉进灰色的泥沼一样，不太提得起劲来。他有一搭没一搭地想着，如果这两个女人要逃跑或者拨通信求救的话，就杀了她们。

云悠悠把他的反应看在眼里："你不觉得自己活得很累吗？想想自己失败的人生，明天、后天、未来每一天，你能找出自己真正想做什么吗？有任何事情能够让你感觉快乐吗？"

男人茫然地摇了摇头。

她耸耸肩："那你有什么恐惧的事情吗？被抓住？被判刑？想想牢狱里面的生活，它会让你感到一丝不愉快吗？"

男人怔怔张开嘴巴，摇头。

"所以你现在这样活着，和坐牢有什么区别呢？也许唯一的区别不过是，被抓住之后你就再也不需要东躲西藏，像下水道里的老鼠一样。"云悠悠循循善诱。

男人皱着眉头，认真思索。

云悠悠平静地给出最后结论："其实，你根本没有必要和我们两个人拼命，就算赢了也会付出相当沉重的代价，这样做有什么意义呢？反正你的生活不会变得更糟，也没有什么能够令你惧怕，不是吗？你太累了，不如开着车回家去吧，到了家里，好好睡一觉再说。"

"好吧。"男人想了一会儿，弯起食指，堵了堵那只流下清涕的鼻孔，然后爬上他的运货车，晃悠悠地驶向另外一条路。

云悠悠回过头，看见年轻妈妈把婴儿死死搂在胸前，拼命蹭他的小脸，满脸都是泪，嘴唇颤抖着说不出话，眼睛里满满都是劫后余生的光。

"不安全，先离开这里再说。"云悠悠提了提气，和年轻妈妈互相搀扶着，登上了一辆吱吱呀呀的破旧运输车。她们狼狈的样子就像两个刚从战场上退下来的重伤士兵。

在地狱边缘溜达了一圈的小婴儿终于闭上嘴，安静地沉入梦乡。如果说哭闹的婴儿是恶魔，那么睡着的婴儿一定是天使，他的脸蛋又嫩又圆，充满了生机与活力。精疲力竭的云悠悠和年轻妈妈都有一种这辆车正在带她们去往天堂的错觉，摇摇晃晃，飘飘荡荡。

"姐妹，大恩不言谢。"歇了一会儿，被打得半瘫的年轻妈妈擦了擦唇角的血渍，对云悠悠说，"我叫白英，我丈夫是特战队第三分队的队长戴毅，今后有什么卖命的活计，只管吩咐他！"

云悠悠笑着摆了摆手，眼睛里亮晶晶一片。她看着躺在母亲怀里安然入睡的小天使，觉得自己心里也暖暖的，一些陈旧的伤痕得到了深层次的治愈。

◆ 06 ◆

不知过了多久，沿着光脑定位追来的侍官在站台外面找到了一只空瓶子，瓶底还残留着小小一汪紫黑色的情感阻断剂。坐在书桌后方的闻泽面无表情地看着视频画面中的空瓶。它静悄悄地躺在荒僻的道路边，看着它，仿佛能看见一个女孩独自走进这片荒凉寂寥的小小身影。离开他几个小时之后，她再次使用了一支情感阻断剂。

时间已是 23:55，他曾许诺，关于太子妃人选，今日之内给出一个结果。

"云悠悠。"闻泽精致的唇角扯起冷戾笑意，他咬牙叹息，"你赢。"

老旧的自动运输车吱呀作响。年轻妈妈白英缓过气之后，拨通了丈夫的通信。对面那位特战队小队长只听了个开头，就差点疯了。他没敢吼自己的妻子，更没有责问她为什么要一个人偷偷往军区跑，只忙着带人往外冲。他要求妻子开着通信，让他可以随时观察她的周围有没有危险出现。

云悠悠害羞地避开了镜头，伏在老旧的车窗上，静静地凝视着道路两旁的废弃建筑物。她听到对面那个五大三粗的汉子带着哭腔低低地喊："你们要是出点什么事，叫我后面的日子怎么活！"

她的眼睛忽然就湿润了。刚才往上冲的时候，她是无牵无挂的，心里面谁也没想。此刻冷静下来想想，如果她真的出事，倒也不必担心任何人会难过，会为她悲痛欲绝。因为根本没有那样一个人啊，她在这个世界上，什么羁绊都没有。

视频对面，特战队小队长的军用星空车已经起步，载着七八个荷枪实弹的队员，正在火速赶来。他随时向妻子报告自己的准确位置，并用安抚的口吻让她再撑一段时间——精准到几分几秒。云悠悠轻轻抿住唇，身体缩成更小的一团。这种感觉……真好，虽然还没有真正摆脱危险，但是心里已经有了浓浓的安全感，就好像，视频对面那个人能够穿越时空保护她们一样。

白英把刚才听到的情况向丈夫转述了一遍，让他上报自己的长官，端掉那个丧尽天良的杀婴团伙。说完正事，白英忽然想起了一件大事："哎，对了！皇太子殿下今天不是要定下太子妃人选吗？现在是不是快到零点啦，你快看看结果出来没有！"

云悠悠的肩膀微微动了下，没吱声，她都忘了这件事，没想到路人比她还要关心。她的心脏悬起了一点点，手指轻轻抠着车窗上的锈片，犹豫几秒钟之后，她坐直了身体，打开自己的光脑浏览星网主页——像这样的大消息，整个主页肯定已经爆了。

她看了一眼时间，23：57。视线扫过去，发现首页的帖子依旧五花八门，只有一个标题是"集中蹲"的热帖飘在最顶端。点进去一看，大家果然都在等太子殿下公布未婚妻人选，嗷嗷待哺的模样，就像一窝伸着脖颈等虫吃的雏鸟。还没有公布吗？云悠悠默默在帖子里面按了个匿名的爪印。

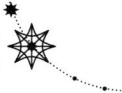

越是接近零点，主页上面的电子时钟仿佛走得越慢。23：59，属于东宫的官方账号亮起了直播标志，浮到最醒目的位置。

"来了！"

点开直播，一眼就看见了闻泽冷白俊美的脸，他竟然穿着黑制服。他这人有一种很奇异的特质——见到他真人时，会觉得比照片更帅。但是看到他出现在视频里面，又会觉得这就是不可能被超越的神颜巅峰，就连他本人也不行。此刻，云悠悠也感受到了这层滤镜。也许是因为已经失去，她看着闻泽，更是觉得每一帧画面都无比珍贵，要好好印在脑子里。

闻泽抬眸，微笑着说："太子妃人选已经确定。"他停顿了片刻。在这段短暂的停顿里，云悠悠感觉到自己和亿万网友一起屏住呼吸，停下心跳，静静地等待那个名字。

"我与未婚妻一致决定，暂不公布她的身份。"他的声音清朗平静，却有种蛊惑人心的魅力，"等到绿林光复那一日，我们将在胜利的旌旗下大婚。"

"作出这个决定，一是因为出征在即，不想因为私事过多占用公共资源；二是……"闻泽顿了顿，看着镜头，笑容温润，"战场上枪炮无眼，若我不能回来，祝愿她可以另择良缘，幸福一世。"

指针前跳，正正敲击在零点位置。

这一夜，皇太子没有因为"言而无信"上热搜，反倒变成了"最深情的铁血指挥官"。云悠悠怔怔地看着闻泽的身影消失在光屏上，她忽然发现自己根本看不懂这个男人。她非常清楚，他并不爱那两位候选人中的任何一位，可是他表现出的平静、坚定和深情，就像真的一样，根本没有半点破绽。原来这就是真正的政客吗？

星网上，无数女网友和部分男网友都在为太子殿下的"表白"而疯狂，哀号自己为什么得不到这样的绝世好男人和神仙爱情。云悠悠没有跟随网友的思路，她调动自己贫瘠的政治神经，仔细琢磨殿下此举的深意，想了半天，一无所获。她不会自作多情地认为这件事和自己有半枚星币的关系，毕竟殿下一直都和她说得非常清楚明白——契约情人，仅此而已。

至于那两位贵族小姐，无论她们在自己面前表现得多么亲切友善，云悠悠都不会被吹捧得发飘，真把自己当回事。她很清醒地知道，自己在对方的眼中不过是殿下身边略有兴趣的小宠物而已。不错，她们对她的态度，就像是……去相亲对象的家里做客时，由衷地夸赞他沙发上面的猫。云悠悠知道那不是属于自己的世界，当然，这并不妨碍她馋殿下的脸和身材。原本她还有些遗憾今夜未能与他共度，此刻却感到十分庆幸——幸好她来到了这里，救人一命。

她快乐地望向白英，发现白英在哭。视频对面的戴队长手足无措，慌乱地哄着："别哭了阿英，你再哭，再哭就要把孩子吵醒啦！他醒了又要哭！"这句话就像止啼圣药，白英"嘎"一下就收了声，只憋出一个哭嗝。

原来婴儿啼哭对母亲的杀伤力这么大啊。她也是带过小孩的人，那时候她刚捡到小威，给了他一口救命的营养液。她禁止他哭，他就不敢在她面前哭——毕竟他刚被父母抛弃过一次，非常识时务。"小威"这个名字是她取的，她叫"U"，U后面是 V，于是叫他小威。她能感觉到小威并不愿意抛弃原本的名字，尽管为他取名的父母已经抛弃了他。但他也不敢忤逆她，一直很乖很听话……也许，他最后的背叛只是为了反抗她的"暴政"吧。

云悠悠摇摇头，不再想那些。她看着白英，白英没说自己为什么哭，云悠悠倒是猜了个八九不离十。这位年轻妈妈肯定是这样想的——就连太子殿下都会担心自己战死沙场，所以特意为自己的未婚妻留了退路。而白英的丈夫身处"炮灰军团"，又是特战队先锋军，这次出征绿林有多凶险不言而喻。要是他回不来，她和怀中的婴儿又该怎么活下去呢？

云悠悠轻轻抿住了唇。她想，如果遇到一定要有人牺牲的情况，她倒是愿意用无牵无挂的自己，换别人阖家团圆。反正都是一条命，别人死了，世上还要白多几个伤心人，不如让她去。她这么想着，心中觉得有些空旷，也有些轻松。

✦ 07 ✦

荒芜的道路上，一行老旧车辆踽踽前行，就像在雪地里迁徙的失怙老人。视频对面的年轻丈夫也不敢再多说话，时不时能够听到他压着嗓音催促身边的人把星空车开得再快一些。大约过了二十分钟，戴队长终于提高了音量，发出小心翼翼的讨好声："英，我马上就到了，你往前面看，是不是看到我啦？我给你倒计时啊，108、107……"

云悠悠和白英一道弯下腰，透过自动运载车前方的大玻璃窗望向远处。夜幕深处隐隐有几粒晃动的光，像扑朔的萤火虫，又像缓缓移动的星。

"他们快到了。"两人刚松完一口气，左侧废弃建筑物后方忽然传来尖锐刺耳的"吱呀"摩擦声以及改装引擎的"轰轰"声。云悠悠侧耳听了一秒钟，紧张地抬手搭住白英的肩背，把她往下按，让她护着婴儿伏在两排座椅间的星空箱上，自己则警惕地盯住建筑物后的扬尘。

胶轮和地面再一次发出了巨大的摩擦声，两栋窗户上没了玻璃的弃楼中间，突然"轰"一下跳出一辆深灰色的装甲车，装甲车敞着篷顶，顶上架着重型机关枪，刚一露面，枪口就闪烁起了炮火的橙光。

"砰砰砰砰——"重机枪向着车道中央扫射，那辆慢吞吞摇晃在最前面的运载车瞬间玻璃四溅！

"轰——"装甲车陡然加速，从侧翼撞上了排头的空车，把它撞横在道路中央。第一辆运载车被截停之后，老旧的自动行驶系统无法及时做出反应，后面的运载车一辆接一辆地撞了上去。视频对面的戴毅看到了这边的状况，急得吼破了音："快！加快速度！全速前进！"眼见再有几十秒他们就能赶到，若在这个时候出了事，那更是痛彻心扉。

云悠悠一手摁住白英的背，另一只手抓着运载车当当作响的窗框，半伏在窗边，紧紧盯住前方状况。在装甲车之后，又有三架重型机车飞跃出来，坐在机车手身后的人都手持兵器。一个小头目模样的歹徒吐了口唾沫，狞笑着说："还好黑皮不小心手滑，给我拨了个视频，要不然今天还真栽在小娘们手上了！"很明显，他口中的"黑皮"就是那个抢婴儿的黑瘦司机。

手滑？！云悠悠感到脑子一阵发蒙，她和白英也太倒霉了吧。

——闻泽并没有和他的小情人聊过那几起关于"手滑"的事故，毕竟它们看起来毫无关联，并且无法找到任何客观的、科学的依据。

这伙歹徒跳上运载车，开始搜人。云悠悠的心脏跳得很快，后背渗满了冷汗。她非常小心地藏在老旧的窗框后面，紧张地看着这些人跳上运载车，一辆接一辆往后搜查。

再坚持几十秒……这些人并不知道已经有正规军人正在赶来，他们拎着违禁枪械，把运载车的座椅敲得梆梆作响，并大声发出放肆的调笑和咒骂，大意就是找到那两个女人之后要把她们射成马蜂窝。

他们与她们之间，只隔着三辆车！歹徒从车头检查到车尾，然后抬脚端破后窗，直接跳到下一辆的车头上，破窗而入继续搜查。云悠悠手指微微发颤，她贴在前排座椅侧边，看见远处的军用星空车已经打开了探照灯，长长的雪亮光线从低空照下来，迅速扫过荒凉的车道，距离不远了！

就在这时，云悠悠和白英乘坐的运载车也追尾了前一辆车。"砰！"一阵猛烈摇晃，窗框发出快要散架的咣咣声。她们两个人伏在前后两排座椅中间，座椅用的是略有弹性的合成材料，具备一定的气囊功能，让她们没有受到严重的撞击伤害。此刻，她们和那伙歹徒之间仅隔了两辆运载车。

"哇——哇——哇！"不知世间险恶的婴儿被震荡惊醒，再一次发出了号哭声。白英赶紧用颤抖的手捂住孩子的嘴巴，然而已经太迟。

"在那里！后面那辆车上！"一双双硬皮靴砰砰跳下前面的运载车，直奔她们而来。不超过十五秒，她们就会被抓住！

白英的眼睛里露出了孤注一掷的凶光："我去引……"

"没有用！"云悠悠逼着自己镇定下来，像从前在矿道里每一次遇到危险时一样，睁大眼睛，努力捕捉生机。歹徒越来越近……她的眼睛微微一亮，快速问白英："孩子哭闹的录影，有吗？"

"有！"白英的手指抖得厉害，飞快地划拉了几下光脑，调出一段视频，封面是婴儿五官皱成一团、脸上隆出一个大红叉的哭包脸。

"趴在这里，记住，无论发生什么事，千万不要抬头！千万！"云悠悠接过光脑，弯着腰离开连排座椅，飞快地矮身跑到车尾。此刻，歹徒们已经越过前面那辆车，赶到了她们这辆车的前门附近。与此同时，透过前窗，已经能够看见军用星空车的扫射光灯也来到这条道路的尽头。只要再稍微拖延一会儿……特战小队就能赶到救援！

云悠悠深吸一口气，点开光脑上的婴儿视频，将音量调到最大，然后从车窗探出手，把手中的光脑狠狠甩进了后一辆车的车底下！几乎同一时间，一个持着枪械的歹徒"哐"一声踏上了她们这辆运载车，老旧的车体被压得"嘎吱"一响。云悠悠急忙缩进两排座椅之间，心跳响彻耳膜，胸腔起伏剧烈，喉咙干辣得像是要着火。

另一名歹徒抓住车门，一边往上跳，一边问："是这儿？"

"差不离。"第一个上车的人扬起手中的枪，信手往过道正中扫射了一梭子弹。

云悠悠的心脏悬到了喉咙口，此刻她的神经极其敏锐，能够清晰地感知到歹徒落下的脚步、枪口冒起的青烟、保险栓发出的咔啦声，以及……母亲掌心下婴儿的嘤咛。一步、一步……白英和婴儿就藏在第四排与第五排之间，歹徒只要再往前两步，就会看见她们！怎么还不响……云悠悠把掌心掐得火辣辣地疼，牙齿也咬得发酸，心底一丝一丝漫上了绝望。

"哇——哇！"一声极为嘹亮的婴儿啼哭忽然从后方传来，划破冷寂的夜空，定位极其清晰。

刚踏上车厢的第二名歹徒动作一停："后面那辆车！走！"他转身跳下车，招呼后方赶来的同伙一起包抄下一辆运载车。很快，他们就发现婴儿哭声来自漆黑一片的车底。几名歹徒弯腰看了看，看不清楚，干脆压下枪口，径直对着车厢底下狂轰滥炸！

"突突突——轰轰轰！"破旧的车厢也被疯狂扫射，弹孔密密麻麻地布满了整节车厢。车底的光脑被流弹击中，婴儿的啼哭停了下来。云悠悠的手心满是冷汗，身体不由自主地轻轻颤抖。差一点，只差一点。她们和死亡离得那么近！

"找出尸体，处理干净！"首领发号施令。

此刻，仍有一名歹徒还留在她们这辆车上。他迟疑了几秒之后，没有选择从前门下车，而是向着车尾奔跑，打算和之前一样踢破后窗玻璃直接跳到下一辆车上去。云悠悠的头皮再一次绷紧。歹徒提着枪，大步跑过过道。幸运的是，他没有发现身侧伏在两行座椅之间的白英。

几秒之后，云悠悠看见一条穿着迷彩短裤的腿迈过她的身旁；接着是一条手臂，甩动的小臂上文着黑色的文身。男人身上的汗味钻进了她的鼻腔，带着一种令人作呕的酸臭。她的后脑勺上仿佛爬满了电流，只能屏住呼吸，伏低身体，尽可能地减弱自己的存在感。这个人跳起来，向着后窗飞踹。云悠悠的心脏快要跳出喉咙。

"咣当——"碎裂的玻璃溅了下来，她听见腾在半空的男人忽然大叫一声："哎！不对，人在这——"

她瞳仁收缩，抬头，和对方对上了视线。跳起来的同时，歹徒看见了她。然而已经迟了一步，他被惯性带着飞出后窗，"砰"一下落在了后一辆车的车头上。他急急站稳，回身，望向云悠悠。军用星空车的探照灯正好扫射过来，照亮了这名歹徒微微错愕的眼睛，以及一块从他身上掉下去的玻璃碎渣。

在这千钧一发之际，第五军团的战士们赶到了！

"呜——嗡——"第一架星空车低空掠过，舷窗摇开，粗犷汉子戴队长直接一个纵身，跳到了她们的车顶上！运载车猛地一矮，随后，奔跑的震荡三步并两步，掠过车顶。站在后一辆车车头上的歹徒还没回过神，就被冰冷冷的军械抵住了脑门。

"缴枪不杀！反抗者死！"一架又一架星空车呼啸而至，荷枪实弹的特战队员跃下飞车，十几秒之后，这群歹徒被彻底包围。

不同于这边的混乱和硝烟，星网上歌舞升平，大家仍在热烈讨论太子殿下与未婚妻的浪漫之夜。

事实上，闻泽在录完"直播"之后就径直起身，穿着那一身黑色作战服踏入沉沉夜色。前方静静矗立着一台深黑的机甲，月光与星光都照不进它的领域，看起来就像一个吞噬万物的黑洞。

出征在即，今夜，他会亲手把那个不爱惜自己身体的家伙抓回来，铐上，好好"爱惜"。

❖ 08 ❖

战斗结束得飞快，面对第五军团的正规军，这群连星盗都算不上的小匪徒根本没有任何反抗之力，没敢挣扎，一个个束手就擒。

过度的紧张耗尽了云悠悠的体力，她的耳朵嗡嗡作响，她虚弱地喘着气，迷迷糊糊中被白英拉上一架军用星空车，车厢宽敞，左右两侧各能坐四五个人。戴毅队长指挥着特战队的战士们将歹徒铐上，押进一架星空车的后厢，"砰"的一声甩上门，扣上一把合金大锁，收获满满。

"多谢您救了妻儿的性命，"戴队长跳上车，脚跟一并，认认真真地给云悠悠行了个干脆利落的军礼，"今后有什么吩咐尽管说，戴某赴汤蹈火，在所不辞！"

云悠悠无力地摆了摆手，扬起笑脸："自己人别客气，我是来报到的新人，日后请多关照。"

"啊？"她这副身板，看上去真不像来当兵的。看她说几句话就快把自己累死的样子，戴毅赶紧按捺住了自己的好奇心，没多问，只挥了挥手，示意全员返回驻地。

星空车启动，地面扬起积尘，一架接一架军车腾空而起。戴队长拉下脸来，生气地对妻子说："你怎么回事，为什么不通知我来接你？非休息日离开军区不就是记个过吗，还能比回去跪搓衣板更惨了？"

男人缓了缓，又说："你看，听到你出事，弟兄们全跟我冲出来了。怎么样，你老公我是不是很有排面？这阵仗，瞅瞅，以后多少对我尊重一点知道吗？"

白英正要说话，周遭的空气忽然闷闷一震！片刻之后，恐怖的震荡声浪把刚刚起航的星空车掀得歪向一边。

"轰——"队伍后方腾起了一个大火球！那架载着几名歹徒的星空车被不明物击中，爆成了一团橙色的火光，拖着长长的黑色烟尾坠向地面。

"敌袭！"警报响起的同时，只见一架通身赤红的机甲从废弃建筑物后方飞掠出来，扬起机械臂，再次射出一枚蓝莹莹的能源炮！队伍最末端的那架星空车险而又险地避开了这一击，却也被气浪掀翻，撞进了一幢废楼里，霉尘飞扬。

"是私军？敢袭击军方！"戴队长瞳仁紧缩，来不及细想，急忙示意一名队员用通信器向上级汇报。自己则打开队内通信，指挥队伍成员彼此掩护撤退。两架星空车交错着划过半空，掠向迈开大步向前奔跑的赤红机甲，引着它击空两次。借着这短暂的机会，其余的星空车迅速启动最大引擎向军区飞掠。

谁能想到，竟然有人私下蓄养机甲，还敢开到军区附近！出来接人的小队自然不可能携带能够与机甲对抗的重型武器。在机甲面前，这些军用星空车就像用纸糊的一样，完全不堪一击。那架运载着歹徒的星空车被率先灭口，车上无人生还，剩余七架星空车划出一道道平滑的弧线，就像飞射的炮弹一样向前飞掠。

然而机甲的速度更快，除了启动曲率引擎，速度达到"行进三"以上的战舰之外，机甲的短期爆发足以追上任何运载工具。很快，又有一架星空车被这台奔跑的恐怖红色机甲当头击落，深深撞进路面，几秒钟之后爆成了一团燃烧的黑架子。

"这是S级战斗机甲！只有S级以上操作者可以驾驭！他是顶尖杀手！"戴队长眼睛通红，回身，把能源枪架在窗舷，向着那台高速运行的机甲连发射击。

"队长！"通信器中陆续传出战士们的嘶吼，"带着证人撤退！我们掩护！"其余几架星空车不再后退，它们齐齐调头，迎面冲向赤红机甲。

云悠悠的心脏紧紧揪了起来，她看见赤红机甲扬起左臂的能源盾，轻轻松松就把一架向着它疯狂射击的星空车砸爆在半空。爆炸的火团没能突破能源盾防御，它挥开那团黑烟，继续炮击另外一架星空车。

云悠悠的心在大声尖叫——机甲！机甲！这台机甲并不算厉害，如果她此刻不是身处星空车，而是在操作舱里面操纵机甲的话，一定可以击败它！一定！

她的拳头攥得越来越紧，死死盯着这台机甲的轨迹，她完全可以看穿它的每一步动作！对机甲的渴望点燃了她的血液，没有任何一刻比现在更让她想要驾驶一台机甲，踏上真正的战场！

"队长快走——"通信器中传出泣血大吼，剩下的星空车继续扑上去，想要为队友复仇。

"走！"戴队长齿缝间咬出一个碎了牙的字。透过舷窗，云悠悠盯着赤色机甲的动作，口中情不自禁地喃喃自语："左，右，左下，右侧……"

刚开始时，目眦欲裂的戴队长并没有在意，但是几秒钟之后，他忽然像是被点醒了一样，睁大眼睛盯了云悠悠一眼，然后毫不犹豫地抬起通信器，开始照着她的指示给另外三架星空车下指令。车厢中，每个人都下意识地屏住了呼吸，只有精神极度专注的云悠悠轻轻吐出声音："右侧，左上，平退……"

赤红机甲主要的目标是她们这架车，其他星空车对它而言，只是不断骚扰它的，需要随手解决的"苍蝇"。在戴队长的精准翻译和指挥下，另外三架星空车摇摇晃晃、险之又险地一次次避开了机甲的攻击，甚至还能抓住时机用能量枪攻击机甲的膝弯或是扬起来的炮口，成功干扰了它的行动。

领头的星空车飞掠长空。前方地平线上隐隐传来了机甲运行的闷啸，那是从军区赶来的援军！身后，赤红刺杀者似乎也意识到了这一点。它彻底无视其余的星空车，全功率运行，向着云悠悠身处的星空车飞扑而来。它直接放弃了武器攻击，转而扬起铁拳，要用机甲本身的恐怖力量以及高速运动产生的动能将这架星空车轰成碎片。

没有什么能够阻止它，戴队长目露绝望。就算云悠悠能够看穿机甲的行动轨迹，在这种全力冲击的情况下，也是无力回天了。

近了……近了……

在这个距离下，甚至可以清楚地看见它机甲外壳上的纹理和剐痕。这是一台退役的机甲，不知道落到了哪一方势力的手里，经过改装重组，居然拥有了堪比 S 级军用特战机甲的威力！

在它身后，另外三架星空车拼命发射出一梭梭能量弹，想要吸引它的注意。然而一切都是徒劳，它目标如此明确，合金巨拳划出一道带起音爆的弧，锤向这架无助的星空车。双方还没有接触，巨拳带起的罡烈劲风已经掀中了星空车，让它微微歪向一旁。

这个时候，唯一能够阻止它的，只有……

另一台机甲！

高速运行的赤红机甲侧翼，忽然杀出来另一台机甲！不知道是不是错觉，这台机甲就像是从纯黑墨团里面渗透出来的一样，暗得不反射任何光芒。表面浓黑的色泽就像一件披风，掠过它的机身，融进了夜幕之中。而当它落进人造日光区域时，看起来就只是一台平平无奇的普通灰色机甲。

这台机甲划过一道利落至极的半弧，在赤红机甲即将轰中星空车的前一秒，一脚飞踹踹中了它的侧腰！赤红机甲腰部重重一拧，庞大身躯像断线风筝一样摔了出去，砸在左侧的废弃高楼上。下一秒，无数道粗壮的裂缝顺着年久失修的外壁向上蔓延，发出令人牙酸的断裂声。在它被击飞时，合金指背正好擦中星空车的尾翼，带起几道四溅的火花。再晚一秒，后果不堪设想！

星空车摇晃了一下，斜斜飞稳，加速掠往前方。这台半路杀出的灰色机甲从星空车舷侧擦身而过，侧头，瞥来一眼。它的姿态莫名让云悠悠心头一凛，感觉自己像是被最老练、最冷酷的猎手盯上了似的。

旋即，它看也没看，随手对着半陷在废墟中的赤色机甲甩出一枪——姿势帅气利落，是那种"真男人射击时从来不瞄准"的气势。赤红机甲刚刚扬起右臂，用炮口瞄准云悠悠乘坐的星空车，忽然就中了弹，大半条机械臂被轰断，蓝色的能量流在断口"滋拉"作响。灰色机甲大步走向它，非常随意地扬起枪，开始一下一下补刀。

星空车趁机向前飞掠！

废墟中，赤红机甲狼狈地挣扎，试图爬起来继续攻击，却一次又一次被钉回原地。眼见防御罩就要彻底被攻破，这个杀手短暂地静默了一下，然后果断启动了自爆程序！很显然，袭击军方的事情败露之后，他活着会比死去更加悲惨。灰色机甲见状，没等它自爆，甩手单点连发，每一枪都精准无误地击中能量核心。不到两秒钟，赤红机甲的防御装置被彻底击穿，一记能量贯注正中核心。

"轰——"

爆炸扬起的火团虽不及自爆剧烈，但也占据了整条行车道。灰色机甲站在火光之前，扬首，视线正正投向劫后余生的星空车。前方，四台赶来接应的军方机甲终于到了！星空车像一枚小炮弹，"呼"一下掠进了四台机甲之间。

灰色机甲膝部微动，最终"嗡"地一响，静静停在了原地，它披着火光和夜幕，看起来像一位主宰烈焰的暗影君王。

"我来找你，满意吗？"它开口，平缓的机械音带着奇异的威严，冷冷抛下一句，"明天药醒了之后，自己回来见我。"说罢，它转过身，迅速消失在火光之后，就像一滴墨汁融入了无尽的夜色汪洋。

星空车上，幸存者们面面相觑：满意什么？什么药？谁见谁？虽然不知道这台机甲在说什么，但是这并不妨碍每个人都觉得它看起来酷毙了！

第八章

CHAPTER 8

我只想做您的……妹妹

Falling into stars

今夜的刺杀事件引起了高度重视，云悠悠这个第一天前来军区报到的新人直接被带进了凯瑟琳中将的办公室。

"噢，宝贝。"凯瑟琳挑着她的长眉，发出像叹息又像愉悦的声音，"你真会给我惊喜！不是说周三下午报道吗，怎么，你的小情人没有力气满足你了，放你提前过来？我就说，现在的年轻人都不勤于锻炼，身体素质太差，连三天三夜都做不到，多叫人失望呀！"

云悠悠表情一僵，心里想着：不要脸红，千万不要脸红，根本不是那么一回事！可惜脸颊和耳朵却不听使唤，迅速烫得像刚从加热炉里出来。

"坐下说话。"凯瑟琳忍俊不禁，用下巴指了指她对面的椅子。

云悠悠同手同脚走过去坐下，膝盖放得平平整整，两只手规规矩矩放在腿上。为了岔开那个该死的关于殿下到底行不行的话题，她轻轻咳嗽两声，清了清嗓子，把今天晚上的遭遇从头到尾讲了一遍。

身为一位老辣的中将，凯瑟琳脸上的表情并没有什么明显变化，她只是慵懒地托着腮坐在书桌后面，用迷人的眼神专注地凝视着云悠悠，时不时轻轻点头。

"……整个事件经过就是这样。对了中将，虽然对方及时把那些歹徒都灭了口，但是我还留下了一段录影。"

云悠悠打开自己慢腾腾的光脑，让凯瑟琳看了那个黑瘦司机的供述。他亲口交代，杀婴制药的主犯是巴顿男爵的侄子路维德，而巴顿男爵身后，还有另一位神秘的大人物。

"啧。"凯瑟琳冷笑，"还真是个大人物呢。"

看着云悠悠求知的小眼神，凯瑟琳简单地说了一下背后的关系："大人物"是第三军团的袁文华。他曾在战场上救过覃平——也就是第三军团现在的统帅，军方四巨头之一，覃上将。这些年袁文华跟随覃平出生入死，成为他最信任的心腹，步步高升，如今已是少将，任第三军团副帅一职。

袁文华的妻子叫莎丽曼·巴顿，曾是富豪维恩在晚年续娶的小娇妻。二十多年前维恩集团出事，整个家族几乎死绝，莎丽曼继承了剩下的全部遗产，带着儿子改嫁袁文华。巴顿男爵就是莎丽曼的弟弟，当年莎丽曼回到娘家之后，把老维恩留下的遗产全部用来扶持弟弟，帮助他开了自己的生物化工公司——也就是那家涉嫌杀婴的护肤品公司。

"覃平那个家伙，极度护短。"凯瑟琳中将低头点燃了一支细细长长的女士香烟，吐出一串薄荷味的优雅烟圈，"如果有人想要越过他直接动他手下的人，他会带上整个军团跟对方拼命。"

云悠悠微微睁大了眼睛："可是他的人触犯了帝国刑法啊。"

凯瑟琳中将在烟雾后方微笑："宝贝，教科书上难道没有教过你吗，律法是上位者维护自己统治的工具。统治阶级有一万种方式，可以把律法变成自己的玩具。当然，覃平那个人没什么脑子，玩不出复杂的花样，他仅仅是护短而已。所以他会无条件地信任袁文华，让他自己回去处理妻家的事情。"

云悠悠呆呆地眨眼："最终很可能随便推一个人出来顶包，比如巴顿男爵那个侄子，路维德。"

凯瑟琳吐出长长一道烟雾箭，耸肩："连我们的天真宝贝都能猜中结局。"

"可是我们手里有证据。"云悠悠手持光脑,"如果把它发送给太……皇帝陛下或者议会会长呢?"

"噢,不不不。"凯瑟琳飞快地抬起一根食指,摇了摇,"这样的'证据',并不足以让任何人出面得罪覃上将。你要知道,那些被黄赌毒支配了大脑的渣滓,为了小小一笔钱可以说出任何话。很显然,影像之中的这位,正是这样一个典型的渣滓。"

云悠悠一点就通:"明白。"单独一份口供没有任何意义,哪怕把这段影像发到星网上也没有,除非找到强有力的佐证。因为谁都可以录制这样一段视频,甚至可以把"幕后主使"随意替换成任意一个大人物的名字。

"希望搜索机甲残骸的队伍有所发现。"凯瑟琳这样说着,神色却并不抱太大希望,"虽然阻止了它的自爆,但也炸得不成形状了。而且这个时间……"

红发大美人抬起腕表看了看:"那位中年娇妻应该正在给袁文华吹枕边风,求他保护自己的弟弟,按照袁文华的眼袋、唇角口疮和步态来推断……嗯哼,十几分钟,肯定是他的极限了。这就意味着,他很快就能腾出手来,以军人的雷霆作风处理那件事情。"

云悠悠听得一愣一愣的,觉得中将大人的思路真是太厉害了:"不知道那台救了我们的机甲能不能提供一些线索……"

云悠悠话音未落,正好有军官给凯瑟琳发来了报告。

"对方速度太快,无法追踪并神秘消失,现场没有找到任何线索。"通信器对面的军官停顿了片刻,用一种非常古怪的语气向中将汇报,"截至刚才,共有四名士兵自首,招认自己今天在训练的时候偷偷服食烟药并将剩下的违禁品上缴。"

凯瑟琳嘴角轻轻抽了抽。烟药是一种具备香烟功能的药丸,在禁烟的场合,瘾君子们通常会用它来解馋。灰色机甲留下的那句"药醒之后来见我"一不小心炸出了一群心虚的鱼。

云悠悠倒是从头到尾都没有想过那个厉害的驾驶员是在和自己说话。毕竟她在第五军区这边一个熟人都没有，更听不懂他们关于"药"的暗语。看到线索中断，她心中非常焦急，急得有些坐不住了，明知道对方马上就要出手销毁证据，却只能眼睁睁看着！

"宝贝，"凯瑟琳摁灭了香烟，用磁性的嗓音安抚道，"看开些，世间总有许多事情我们无能为力。往好了想，为了稍微给我们一个交代，袁副帅大概会让涉事者全部死绝，除了他那位妻弟。"

"可是，那个巴顿才是最该死的。"云悠悠把嘴唇抿得发白，"他姐姐莎丽曼肯定也不干净。而且，如果没有袁文华的睁只眼闭只眼，还用自己的权势给予庇护的话，他们也做不到这一步。"

"是的。"凯瑟琳微微眯起眼睛，狭长的媚眼中闪过一丝带着凄凉的锋芒。只是如今的她，哪还有什么能力管别人家的闲事。

云悠悠脑海中短暂闪过太子殿下的脸。不过她立刻掐灭了这个念头，殿下出征在即，自己根本不可能联络到他，而且他也不会因为这样一段视频就强行插手干预军方的事情。

所以就真的什么办法都没有了吗？

"宝贝，回去休息吧。"凯瑟琳挑了挑眉，"惊魂一夜之后，你需要好好放松放松。我答应你，倘若有机会，我必用该死之人的血，来替无辜者申冤。"

云悠悠抿抿唇，起身，向她鞠躬，拖着沉重的脚步走到门口时，忽然动作一顿，扶着门框回头："中将，您刚才说……覃上将极度护短？所以他并不是刻意包庇自己的下属，只不过对他们无条件地信任，或者说，他信任自己看人的眼光，对吗？"

"嗯哼！"凯瑟琳耸肩，"那是个刚愎自用的家伙。"

"他非常爱面子，对吧？"云悠悠眨了眨眼睛。

凯瑟琳微笑："当然，每一个大男子主义者都是资深的面子癌晚期患者。"

"啊，这样……"云悠悠沉吟片刻，照顾着中将大人的自尊，小心地问，"中将，您和覃上将关系如何？您给他拨视频的话，他有没有可能会接？"

"噢，宝贝，你这是看不起谁！"凯瑟琳激动得拍桌，"看看现在是什么时间！我，凯瑟琳，给一个丧偶的单身老男人发视频，他怎么可能不接！你在怀疑谁的魅力？"她挺起了傲人的胸脯。

云悠悠："……明白了。"她低下头，很不好意思地给自己唯一一个星网好友覃菜菜发了个视频，打算在办正事之前先对他说一句抱歉。

——对方已将你拉入黑名单。

啊哦，完全没有愧疚之心了呢。

✦ 02 ✦

云悠悠有点紧张，一边扒拉自己储存在光脑里面的录影，一边请凯瑟琳拨通了覃上将的视频，对面果然接得飞快。

云悠悠能看出那位上将是在睡梦中被吵醒的，却没有一丝起床气，还特意用手指梳了一下不算茂密的头发，然后一脸正色地面对着镜头，严肃问道："中将，这么晚找我有事吗？"

"长官，"凯瑟琳抛了个媚眼，"我的小宝贝想要和你见面，你发誓会好好对她，不挂掉视频，嗯？"

单身多年的覃上将瞬间破防！他睁大了眼睛，艰难地吞了好几下口水，然后红着脸，认真点了点头："好……好的。"噢，天哪，这……这真是不花星币可以看的内容吗？

凯瑟琳把视频转向云悠悠。

覃上将：……好吧，虽然视频里面出现的女孩儿很漂亮，好吧，是非常漂亮。但是，他还是感觉到深深的失落。

云悠悠本来还有些紧张，但她很快就发现这位覃上将和自己的儿子覃飞沿长得像极了，顿时压力大减，她清了清嗓子，一本正经地说："是这样的，长官。我手上有一段覃飞沿同学的'有趣'视频，嗯，就是光屏右下角的小窗口正在播放的那个。为了不打搅我们的谈话，我没有开声音，只让您先看看画面——待会儿我会把完整版的视频打包发给您。"

覃上将还没搞清楚情况，垂下眼睛一看，只见画面中，自己最小的儿子狼狈无比地蹲在一条绿荫小道上，一会儿撇嘴，一会儿翻白眼，一会儿惨笑，一会儿"眼神三分凄凉，三分悲怆，四分大爱无疆"，两片小嘴皮时不时动一动，显然没说什么好话。不知道是因为覃飞沿的表情过于生动，还是因为拍摄者的手法过于高明，总之，这段视频随便截下一帧，都足以媲美星网上最流行的那种表情包。看着这张和自己神似的年轻脸庞，覃上将额角跳动，唇畔怒纹加深。

"是的，和您想的一样，"云悠悠很坦诚地直言，"我是在用这个视频威胁您。我希望您此刻立即召回您的副手袁少将，然后亲自调查他的妻子莎丽曼参与的重大杀婴案件，还他一个清白。我怀疑，他有可能被自己的枕边人蒙蔽了。"

她用了一点小心机，如果直言袁少将有问题的话，这位刚愎自用的覃上将肯定会本能地感到排斥，所以她故意把袁少将撇出去，只说他被蒙蔽了。

覃上将的反应与凯瑟琳的预判完全一致，他沉下脸："我的副手不会公私不分，如果他的妻子有问题的话，他会秉公处理，不劳你们第五军区费心。"

"上将，我不是在请求您，而是在威胁您。"云悠悠的表情正经且无辜，"如果您要偷这一夜之懒，把事情扔给袁少将自己去处理的话，我会把我和覃飞沿同学聊天的视频发布到星网上。反之，如果您接受我的威胁，亲自处理这件事情，我就会删掉视频，一份也不留。"

覃上将虽然还没有听到视频里面儿子究竟说了些什么，但是已经有点想掐死那个逆子了。

"您可以考虑一下再做决定。"云悠悠害羞地笑了笑，"其实也不算特别丢脸，我们也没聊什么违背公序良俗的话题。他只是忏悔了一下替人造假的事情，以及哀叹自己痴心错付而已。视频的亮点主要在表情——您也看到啦。"

覃上将看着不成器的小儿子和自己一个模子刻出来的脸……半秒钟之后，上将大人拍响了召唤铃："把袁文华带到我面前，现在。"

——对方拒绝接收【覃飞沿.avi】

覃上将接受了威胁，但拒绝接收丢脸包。很有契约精神的云悠悠自觉地删掉了分别存在三个不同光枢里面的文件。

凯瑟琳最终没有潜规则她，而是让她住进了一个单人小套间。这里从前是维恩集团的员工宿舍，条件当然比不上星河花园，不过比云悠悠想象中好得多。墙壁用的是几十年前的胶漆，和桌、椅、衣帽柜等家具接触过的地方都有明显的脱漆痕迹，进门左手边是小小的盥洗间，可以淋浴，但是只在某些特定时段有热水。

云悠悠确定了自己的地盘之后，飞快地从星空箱里把东西一件一件取出来，摆放在合适的位置，不到十分钟，这个小单间就被她打满了自己的烙印。

这一夜非常宁静。

次日，云悠悠一起床就听到了消息——昨夜，覃上将以雷霆之势把巴顿男爵的公司掀了个底朝天。这位巴顿男爵简直是"商业奇才"，他的财富密码就是一条条对照着帝国刑律，把所有最高能判死刑的罪名全犯了个遍。

杀婴仅是冰山一角。这家公司的地下秘密实验室里关押着无数被绑架的人，专门用来试药，这些人的身心都遭受了严重的摧残，大部分人被解救时已经浑浑噩噩，神志不清。第三军团的将士们对照着基因数据，一个个查实身份，通知亲属来接人，据说接待点一整夜都是痛苦和喜悦的哭声，震天撼地。

虽说悲惨，但也还算是重见天日。更多的人早已死在他们手里，常用的那几处毁尸地点，油脂已经深深渗入土层中，大片大片的区域连野草都长不出来。暴怒的覃上将亲自把袁文华扔进了军中大牢，等待军事法庭审判。虽然袁副帅没有直接参与任何事件，但失察和纵容这两条罪名总是跑不掉。

整件事中，只有一处不对劲——巴顿男爵无可抵赖，老实交代了自己的罪行，但他拒不承认赤红机甲的事情与姐夫有关，声称对那台机甲完全

不知情。覃上将认可了这条供词。

凯瑟琳认为覃上将顾念旧情给袁文华留了条活路,但没有办法继续深究。关于那间人血公司背后的一切,仍在进行深入调查。

✦ 03 ✦

这个早晨云悠悠很忙,先跑了一趟报到处,补全自己的报到手续,然后照着新人小本本上面的指引一处处办理基础程序,等到稍微能闲下来喘口气的时候,已经是中午了。到餐厅领取营养液的时候,她忽然听到有人提起了太子殿下。

"昨日的事情令殿下震怒,下令严查。现在外面到处都是太子近卫军,如果有人想要出入主城区的话,殿下的亲兵会随行护送。"

"殿下一向不遗余力守护每一位帝国公民的安全,真是令人敬仰!"

云悠悠的心脏欢实地蹦了两下,胸口涌动着骄傲之情。闻泽真的是一位非常负责任的、爱民如子的好殿下。

用过午餐,她领取了自己的军装、身份卡以及一些军队专用的杂七杂八的物资。接下来就是等待队伍分配的通知,然后找自己的直属上级报到了。终于歇下一口气的云悠悠简单地冲了个澡,立刻躺到小床铺上,把自己瘫成一条不想动弹的咸鱼。

另一边,太子殿下每看一次腕表,侍卫长杨诚都会猛地打一个激灵,下意识摁开自己的光脑看看有没有新消息。

没有,没有,一直没有。

自从殿下吩咐"如果云悠悠向近卫求助,就将她直接送回星河花园"之后,杨诚特意交代了下去,让下属们机灵一点,见到想要返回主城的女孩就主动上前询问是否需要帮忙。结果也不知道他们怎么办事的,眼见太阳都开始往西边走了,还是没有消息传回来。

闻泽的表情没有任何异常,一如既往的温和平静,很沉稳地与各路人士洽谈或是交锋。除了看表的频率稍微高一些之外,与平日的表现完全一致。

下午，闻泽约了孟兰洲会面。昨天晚上的"意外"，他必须向老朋友交代一下。正好，孟兰洲似乎也有紧急的事情想要在他出征前与他面谈。

抵达约定地点，闻泽在门口驻足片刻，看了一眼自己的侍卫长，平淡地说："去凯瑟琳中将那里替我表达慰问，如果遇到别的人，不用特意和她说话。"

杨诚："……是。"一种尘埃落定的轻松感油然而生。

闻泽推门而入，孟兰洲已等待多时。

"殿下啊！"秃头程序员现在是真有点头秃，"您来这么一出，我的终身大事岂不是又得再拖个年把两年？您是钻石王老五，受得住岁月侵蚀，我不行啊！您也替我的发际线考虑考虑吧。"

闻泽挑眉："你怎么就知道我没有选定韩黛西。"

"呵，呵呵呵。"孟兰洲抹了把自己光滑锃亮的大脑门，"您都隔着屏幕把狗粮塞进我嘴里了。"

"想多了。"闻泽淡淡地说。

孟兰洲耸肩："反正，就算明知您心里的'未婚妻'是哪位，我也不能在这当口追求韩黛西啊！要不然岂不是得屠了热搜榜？"

不等闻泽接话，孟兰洲自顾自开始疯狂输出："哎，我再说句掏心窝子的话啊，先向您求块免死金牌！那个，您不会真要走林德公爵当年的老路吧？凯瑟琳本来就是个女野人，猛得很，靠军功晋阶上位那是顺理成章。但您那位白裙小姐弱不禁风的，就算有您罩着，想走这条路也怕是太难了一点。再说，当年凯瑟琳都强成那样了，两个人最终不还是没成？而且我觉得吧，和林德公爵走一样的路，也忒不吉利了，您就不觉得瘆得慌吗？"

闻泽微笑："孟兰洲，等我把你踢出信息安全部之后，你可以去写小说。"

孟兰洲悄悄撇嘴，知道闻泽不想提这个，他清了清嗓子，说起正事："今天找您，确实有件事要说。这事儿要是再往坏了发展，不等您踢我，我都要自己卷铺盖滚了。"

闻泽眸色微沉，神情收敛，认真地看向孟兰洲。

孟兰洲深吸一口气，完全看不出一丝嬉皮笑脸："暗影面积扩大了一倍。"

三年前，孟兰洲在星网浩瀚的冗余程序背后，发现了一片奇异的"暗影"，它无法对指令作出任何响应，也无法写入或是从中调取数据。如果说星网是呈现在世人面前的海洋平面，那么在那之下的深海则是由更加庞大亿万倍的幕后指令、进程、运算、数据元构建而成。而这其中，绝大部分将会沉淀为没有实际用途的冗余程序。

正常情况下没有人会去翻动这个毫无意义的陈年旧库，而孟兰洲恰好就是个闲得捡垃圾的人。三年前，他发现垃圾库里面多了一片"暗影"，大约占据了 10% 的区域。他用尽一切手段去探查，却一无所获。这件事虽然从发现至今没有造成任何明面上的影响，但是像孟兰洲这样浸淫于星网技术的人，却能感觉到自己的心头漫上了一片相同的阴影。

更令人不安的是，时隔三年，暗影，竟然扩大了。

闻泽沉默片刻："最坏的情况是什么？"

孟兰洲知道说太深了非专业人士听不懂，于是化繁为简："如果超过30%，就会开始拖慢星网的整体进程；更严重的话，也许会导致所有系统瘫痪，甚至引发更可怕的未知连锁灾难。"

闻泽问："联合调查的过程中，有发现韩詹尼的任何疑点吗？"

孟兰洲摇头："没有。没有任何人为痕迹，如果有，三年前我就揪出来了，而不是任它再一次生长。而且韩詹尼对此事的震惊程度不亚于我，您也知道，他是'小普尔斯基'，专家中的专家。"秃头专家紧紧抿着双唇，漂亮的五官皱成一团。

"所以，"闻泽上前一步，扣住他的手腕，不疾不徐地扬起来，"你为什么要录下我们的谈话？"

孟兰洲惊愕地顺着闻泽的视线看去，等他看清楚手中的光脑处于录制状态，不禁嘴巴大张，发出了不像人声的嚎叫："殿下我冤枉啊！我不是故意的，真不是啊啊啊！您看您其实什么都没说，就我一个人在絮絮叨叨，这录下来也害不到您，只会搬石头砸我自己的脚不是吗！"

他急赤白脸、手慌脚乱地点击删除，却发现闻泽似乎并没有要怪罪他的意思，只是微虚了视线，若有所思。

"手滑？"闻泽嗓音很淡，淡得像缥缈的云烟。

"嗯嗯！"孟兰洲把脑袋点得就像鸡啄米，撅着手指在光脑上啪啪连按了几下，凶狠无比地删掉了那段尚未保存的视频。

"不敢瞒您，"他苦哈哈地向闻泽交代，"刚看到您进来那会儿，我脑子里闪了闪念头——把这厮绝情的模样录下来给孟兰晴看看，好让她死心。但我发誓，绝对只是转了转念头，没有实施的打算，真没！可能连续加班之后，人有点不灵光。"

闻泽挑了挑左眉，瞥着他眼底那片乌青，淡声点评："作息太乱。"

孟兰洲抬手挠挠所剩不多的几撮冒油的黄头发，一本正经地回嘴："殿下此言差矣。我这作息从来就没有规律过，对于我来说，昼夜颠倒才是常态。既然是惯常的作息，那又怎么能叫乱呢！"

闻泽：……

孟兰洲嘿嘿地笑："那个，言归正传，殿下。'暗影'的事，您有什么指示？"

"组建一个专案组，"闻泽了然地瞥着老友，"要钱要人，我给你批。别太过火。"

"殿下英明神武！"孟兰洲热泪盈眶，"那个什么，您知道，我和第四军的赵无忌在穿开裆裤的年纪一起玩过泥巴，有点交情，要不然白裙小姐的军功就挂靠他那边，明面上和您撇清关系？"

"不需要。"闻泽依旧一副油盐不进的样子。

孟兰洲忍不住叹了口气："我亲爱的殿下，请问你和白裙小姐亲热的时候，也是这么个冷冷淡淡的死样子吗？"

闻泽连眼神都没赏他一个，转身，迈着仪态完美的步伐离开了会面地点。

见过闻泽之后，孟兰洲径直去了孟兰晴的实验室。金发丽人穿着隔绝静电的专用白袍，戴着无框的透明眼镜，看上去非常知性。

"怎么样？"她抱住胳膊，后腰靠在放置了一整排光屏的实验桌上，微微挑着眉梢，眼睛里流露出迫切的兴味和期待。如果有外人看见这一幕，大概会认为孟兰晴在向哥哥打探太子殿下的心意。

"殿下对'手滑'有明确的反应。"孟兰洲走到她对面，晃动手指，把薄薄的光脑放在指间转来转去，"不仅是你我注意到了这个问题，殿下显然早已留心，看来它的确值得花费心思去深究。我说过，闻泽是个敏锐而强大的家伙。"

"啊……"孟兰晴的睫毛像蝴蝶翅膀一样颤动，"你装手滑没露馅儿吧？"

孟兰洲停下转动的手指，收起光脑，抚了抚自己滑溜的大脑门："本色出演，哪来的馅儿，我只不过是松了松理智的阀门而已。你可以放手研究那些'失误事故'了，跟着闻泽走，方向肯定不会有错。将来万一出了成果，是在殿下那里记个功还是给别人交一份投名状，主动权都在我们手上。"

"男人心，海底针。"孟兰晴幽幽说，"什么时候你把我卖了，估计我还得给你数钱。"

秃头二哥唇角微勾："卖给赵无忌怎么样？我会找个时间和他好好谈价。"

孟兰晴眸色沉了沉，冷下脸："所以你确定殿下不会改变心意了？我以为那只是缓兵之计。再说，战争还要打上个一两年，小宠物想混军功的话，怎么也得随舰出港——谁能保证她不出任何意外？"

"那要看是哪种意外。"孟兰洲的脸色立刻比她更冷，"而你，非但不能主动制造意外，还要极力避免别人制造与你扯得上关系的意外！"很显然，无论是韩黛西还是别的竞争者，都不会介意用"孟兰晴"的名义除掉太子殿下的心尖宠。

"所以我还得不遗余力保护一个我讨厌的人？"孟兰晴撇了撇唇，"就很烦。"

"不服气？"孟兰洲笑，"除非你能保证行事之后，甩锅甩得万无一失并且让一个聪明绝顶的男人生不起一丝一毫疑心。对于闻泽，怎样高估他都不为过。"

孟兰晴沉默片刻，漂亮的大眼睛里流露出一丝迟疑："二哥，你是不是对殿下滤镜太厚了。说实话，你难道不觉得他太理想主义了一些吗？"

孟兰洲微微挑眉："你指的是……"

"从虫族嘴里夺回以 L 和 M 开头的两片星域，并布置重军守在那里。"孟兰晴第一次道出了自己的疑惑，"那些星域在沦陷之前，就已经没有多少价值了，比如那个绿林矿星。是，我承认，夺回属于人类的每一寸荣光并守护它们，这听起来非常浪漫非常热血。但是，除了象牙塔里那些不谙世事的天之骄子之外，谁会觉得这样做有实际意义？"

既已说到了这一步，孟兰晴干脆拧身坐到实验桌上，继续与自己的哥哥交心："那些被虫族占领过的废弃星圈的确残留着部分资源，但也不够驻军自给自足，还得由总部定期支援。殿下此举，贴人、贴钱就算了，还把自己的实力分散到了遥远星域，只为了赚一堆华而不实的名声？对于储君来说，名望难道真有那么重要？"

"很好。"孟兰洲微笑，"你终于自己开始思考我七年前思考过的问题了。"

"从前我找到了一堆答案。"孟兰洲说，"比如，卧榻之侧不容他人安睡，放着那么一群虫子在屋子周围活动，早晚会成心腹大患，必须居安思危；比如，执政者需要不停挥动手中的指挥棒，让手下的人忙得团团转，好让他们腾不出空来想七想八、接受别人的拉拢；比如，故意削弱自己的力量，以免上面那位对他过于忌惮；再比如，用战争来转移许许多多的矛盾和质疑，收获你刚才提到的名望。"

孟兰晴点头："这些我都想到过，只是刚才没说。"

"那你还想到别的了吗？"

"似乎没有比这些更有分量的理由了。"

孟兰洲心满意足地摸了摸自己的脑壳："还有一条，我也刚刚领悟不久。"

"哦？"

孟兰洲叹了口气："这也是促使我下定决心与殿下联姻的原因。"

"别卖关子！"

孟兰洲把手指一一交叉在身前，眯着眼，压低了音量："驻在边远前线的重军，接受的不仅是战火洗礼，还有密闭环境下，日夜不停的铁血洗脑……他们心中，只知殿下，不知陛下。甚至，无视律法。"

孟兰晴的瞳仁一点点收紧："那些绝对忠心的驻军，到底有多强？"

"没人知道。"

要知道，无论是太子嫡系的第一、第二军团，还是明显效忠皇帝陛下的第三、第四军团，都不会服从于明显违宪的军令——比如太子下令要谋反，或是陛下无正当理由赐死储君。无论哪一种情况，军中的各种势力都会瞬间分为三派，一派支持、一派反对、一派中立，开始无止境的扯皮内斗。但是这一支身处遥远星域的铁军，不一样。

漫长的沉默之后，孟兰晴忧郁地叹了口气："那么强的男人，怎么就不能属于我呢？得不到，真想毁掉。"

孟兰洲笑："你要是有那个本事，二哥为你摇旗呐喊。"

✦ 04 ✦

云悠悠被分配到特战队第三分队，也就是戴毅队长的手下。原因很简单，昨夜第三分队损失了不少人手，可以腾出供她日常训练的虚拟舱位，以及上战场之后的专属机甲。她领取了自己还没有军衔的制服，刚离开办公楼，就看见一个熟人迎面走过来——太子殿下的侍卫长杨诚。

"长官！"云悠悠足跟并拢，像模像样地行了一个不是很有力道的军礼。

杨诚嘴角动了动，干巴巴地问候："真巧啊。"

"嗯嗯！"新兵原形毕露，恢复了一点懒懒散散的样子，"没想到在这里遇到您，您是来调查巴顿男爵那件事情对吗？"

"奉殿下之命，前来看看凯瑟琳中将是否需要帮忙。你呢，还不打算回……"杨诚话音一顿，看了看她手里未开封的全新制服，皱眉问，"你入职了？"

"对！"云悠悠露出自己的小白牙，"明天就要出发前往战舰了！"巨型战舰都停泊在近地空间，需搭乘运输飞船往返。

杨诚脸色很不好看："你是不是操之过急。"

他在替殿下不爽。昨天发生的事情，侍卫长桩桩件件都看在眼里。这个女孩无视殿下的好心和诚意，对殿下没有丝毫体谅，用伤害自己的方式让殿下对她心软，最终为了她，将结婚的事情推迟到战争之后——这样就有了无限可能。她可以在这两年里面尽力而为，至少像林瑶那样做出实绩，让自己多少有一点参选资格。

殿下已为她做到了这一步，她竟然还不满意！难道想要逼迫殿下现在就向公众宣布她是太子妃人选吗？简直是失心疯了。

云悠悠不知道侍卫长脑补了些什么，很老实地回答："我确实挺着急的，幸好赶上了！"

"你真要随第五军团出征？"

"对啊！"云悠悠非常骄傲，"我被分配在第一批出动的队伍！"

杨诚压着火："战争不是儿戏。枪炮无眼，你若一意孤行，殿下也顾不上你。"

云悠悠赶紧摇头："就算殿下再怎么爱民如子，也不可能兼顾到每一个小小的士兵，我完全可以理解的！"

侍卫长没脾气了，半晌，他木着脸问："你向殿下报备过吗？"

云悠悠怔怔摇头："没有啊。这需要报备吗？"

"当然，"杨诚面容严肃，"报备是必要程序。你可以通过星网联络殿下。"

云悠悠为难地低头："我不在殿下的联络人列表。"

"发送申请，殿下个人 ID 是：Z13111108。殿下若有空闲，我会提醒他通过你的申请。"

侍卫长是一位非常认真负责的人，他站在一旁，盯着云悠悠打开光脑，输入殿下的个人 ID，发送了好友申请。任务完成，剩下的事情他就不方便插手了，杨诚迈开长腿，走向等在一旁的星空车。

"咦，"云悠悠纳闷地眨了眨眼睛，"侍卫长刚才不是打算进入大楼吗？"算了，长官们的行踪，总是秘密。

另一边，闻泽收到了一条密报——"孟二与孟三密谈之后，孟三已着手进行失误事故研究，是否敲打？"

闻泽神色不动，平淡回复："不需要。"没有必要打击科研人员的积极性，外行人毕竟还要依靠专家们做出成果。

"叮。"光屏右下角，跳出一只傻乎乎的胖星星。

——"UU"申请成为您的星网好友。

闻泽挑了下眉尾，修长的指节轻轻叩了叩桌面，漫不经心地抬手，打算把这个碍事的框框拨到一边，先处理了手头的公事。指尖一晃，误触拒绝。

——您拒绝了"UU"的好友申请，是否将其拉入黑名单？

闻泽眼角重重一跳，及时点否。

这……也算是手滑吗？太子殿下唇角微抽，缓缓吐出一口气，迟疑片刻之后，垂眸，继续处理公务。她还会再发申请的。

云悠悠看到闻泽拒绝了自己的好友申请。拒绝的速度这么快，肯定不是人工操作，应该是殿下设置了自动拒绝——上次殿下用她的光脑设置拒绝私信的时候，手法着实是流畅娴熟。

正发愣时，队内专用通信频道中传出戴队长的声音："特战队第三分队队员云悠悠，速度前往 A 区会场！"重复了三遍。

云悠悠一个激灵急忙立定，掏出新人手册研究了一下路线，然后坐上在军区中自动循环行驶的轻型能源车，迅速前往 A 区会场。这一路陆续有人上车，个个都是生面孔，看来受到召唤的还有其他分队的成员。

"新人？"一个面孔黝黑的士兵大大咧咧坐到她身边，"指挥部的？"

"特战队的。"云悠悠有点不好意思，她也知道自己的看上去比较柔弱。

黝黑士兵憋了一会儿，憋出一句："你是不是给咱们军团捐了战舰？"

云悠悠忽然想起表演赛那天，也曾有位女同学问她，是不是给军校捐了楼。难道她看起来像是很有钱的样子吗？她很诚实地回答："并没有，我还欠着巨额公共贷款，需要分十年还清。"

黝黑小伙："……那个，先说好，我不方便借钱，也不打算在军队里面找对象。"

云悠悠："……嗯，我知道了。"

"开个玩笑！"小伙子龇出一嘴白牙，"我叫马可，特战队第一分队王牌驾驶员。既然你们戴队长派你出来，那未来这段日子我们就要一起共事了——你已经知道任务是什么了吧？"

云悠悠老实地摇摇头："其实我刚刚领到制服，都还没来得及穿，更别说任务了。"

"噢！"王牌驾驶员马可了然，"你就是救了戴队长媳妇的那个新兵！"

云悠悠害羞地抿嘴微笑。

马可爽朗地笑起来，白牙露得更多："原来是这样！明白了，这是趟好差事，你们三队的人让你的！"

"这样啊。"云悠悠点头，"我得谢谢大家。"

马可笑着大拍胸脯："戴队长在战场上最照顾弟兄们，他的媳妇，就是咱的媳妇，放心，这趟任务我会带着你！任务很简单，护送专家组去前线附近做研究。这些专家金贵着呢，危险的地方不会去，就是研究一下绿林矿星的磁场和生态变化什么的，要是形势不妙，他们会第一时间撤退。我们就是闲闲捡个三等功——要是他们做出成果，还能水涨船高，混个二等功。"

云悠悠觉得他第一句好像说错了什么话，但是不太方便纠正。不过也没关系，更何况对于她来说，任务啊、军功啊什么的都无所谓，只要能开机甲，能回绿林就行。

❖ 05 ❖

A区会场是一个小礼堂。因为是联合行动，小礼堂里陆续有其他军区的士兵抵达，每个军区大约派出20名特战士兵参加行动。第五军区的士兵与其他军团的精英格格不入。云悠悠与所有人格格不入。

人员到齐，大约等待了六七分钟之后，专家组乘坐星空车抵达会场。领头的专家刚一露面，云悠悠就下意识地睁大了眼睛，差点发出惊呼声。这个人，她曾对着他的照片辗转反侧、日思夜想。

韩詹尼！雄狮韩氏的私生子，计算机与网络领域的年轻泰斗，帮助林瑶"盗墓"并且和她接吻的那个男人！

过分直白的目光成功引起了这位斯文败类的注意。富有成熟男人魅力的韩詹尼轻轻推了下金丝眼镜框，桃花眼里淌出一丝似温存似冷冽的光，不轻不重地刮过女孩的脸蛋。云悠悠听到周围好几位女兵发出低低的惊呼声。

不得不承认，这位把白衬衣扣子系到最顶上、斯文俊美又有禁欲感的男人，极为迷人。他的一举一动，都在向周围的空气肆无忌惮地挥洒自己的荷尔蒙，让每一位雌性生物都能清晰地接收到他带来的诱惑，却又患得患失，觉得对方很正经，是自己想太多。

韩詹尼走到讲台正中，站定，气质过人，玉树临风；第二位专家进入会场。这是一位上了年纪的女专家，看起来和蔼可亲，没有半点锋芒；第三位是中年男专家，半谢顶，身上带着泥土的质朴；下一位，竟然又是熟人——

云悠悠瞳仁微颤，抿住唇，盯住款款走上讲台的林瑶。她依旧是那副清高的模样，上次表演赛的事情仿佛没有给她带来任何影响。林瑶身后还有一位女专家，面相刻薄，和林瑶说话时有些唯唯诺诺。云悠悠在林瑶的星网主页上见过这个人，是她的闺蜜，姓邓。

一位军区长官走上讲台，向士兵们介绍这五位需要他们全程保护的专家——数据专家、考察专家、地质专家，还有两位生物科学专家。那位邓姓闺蜜是作为林瑶助手，跟着她来混资历的。

第八章

云悠悠的心情逐渐激动起来。随行护送，岂不是意味着她有很长一段时间可以近距离接触韩詹尼和林瑶？那个来自哥哥的数据包，说不定就在他们身上！半夜还可以找机会听听墙角什么的……越想越激动！

可惜覃飞沿没能帮她打听到数据包的位置，否则她就可以有的放矢了。

云悠悠念头刚一动，光脑忽然发出了心有灵犀的"叮叮"声。一连串绵密的乐音，频率极高，一声接一声地回荡在略显空旷的小礼堂中。

"叮叮叮，叮……叮叮叮，叮……"

讲台上的长官投来死亡注视。身旁的马可嘴角乱抽，非常自觉地往旁边挪远半步，以示清白。

云悠悠手忙脚乱想要关闭窗口，反倒点中了其中一条语音消息："你死定了！我告诉你云悠悠，你死定了！你给我等着！"歇斯底里，声嘶力竭，绕梁不绝。

就在她尴尬又不失礼貌地微笑着想要关掉窗口的时候，余光看见信息栏最上方有一条提示——

"飞哥永远是你飞哥"将你从黑名单释放。

然后给她连续发来了十几条骂人的语音。不用说，覃上将收拾完巴顿男爵之后，腾出手来修理了这个不肖子。不肖子越狱之后，对她进行了惨无人道的语音轰炸。

云悠悠抬头环视一圈，看到整个礼堂的人都在对自己行注目礼，忧郁地叹了口气，心中默默单方面决定，自己和覃飞沿扯平了。

为了自家军区的脸面，台上的长官暂时敛着脾气，没发难。等到任务布置完毕、宣布解散之后，微笑的长官心平气和地补充了一句："没穿制服那个，光脑上缴，原地罚站两小时。"

云悠悠老实地点了点头，乖乖受罚。

士兵们陆续离场之后，两位专家忽然去而复返，其中一人怒气冲冲，径直走到了罚站的云悠悠面前。

"算了，倩倩，我们走吧！"林瑶拿腔拿调的声音假惺惺地传来，"真的没必要。"

云悠悠心头敲响了警钟——这种剧情肥皂剧里可多了：闺蜜替受害者出气，冲上前怒甩坏女人耳光什么的。于是她飞快地提醒了一句："袭击军人是要上军事法庭的！"

刚扬起胳膊的邓姓闺蜜、林瑶……

半晌，憋屈的闺蜜怒骂："你真是丢尽了我们女人的脸！"

云悠悠并不介意在罚站的时候有人陪聊，她眨了眨眼睛，无辜且不解地看着这位闺蜜："也没有你说的那么厉害啦。"

词汇量并不丰富的闺蜜绞尽脑汁地攻击云悠悠："你到底有没有自尊，懂不懂自爱！要不是我们瑶瑶洁身自好，拒绝和太子殿下发生关系，怎么会被你乘虚而入！"

云悠悠软绵绵地说："你说的事情，需要两个人一起做，所以你在骂殿下吗？问题也不大，我觉得你可以畅所欲言，因为殿下不会和你计较的。"

"你！"脑子很不好使的邓姓闺蜜一口气噎在了胸口，"殿下是男人，能和你一样吗？你失了贞洁，对得起你未来的丈夫吗！"

"夫妻双方在走进婚姻殿堂之后才能做夫妻之间该做的事情，这是一个很好的想法。我非常同意，也很向往。"云悠悠点点头，慢吞吞地说，"但是，你刚才所说的话，意思却是男性可以在婚前乱来，女性却要为未来的丈夫保留所谓的'贞洁'——这个想法才是对所有女性最大的不尊重。"

打败过于孱弱的敌人完全无法给云悠悠带来成就感，她叹了口气，继续低头罚站。

余光忽然看见亮片一闪，她下意识地看了看门口方向，只见那里闲闲半倚着一个人，白衬衫扣得严严实实，斯文的桃花眼藏在镜片后方，敛尽锋芒，形状凉薄的唇上挂着温存的微笑，像调情，又像宠溺。

韩詹尼走进小礼堂时，云悠悠发现他其实并没有在笑，只不过他天然生着淡樱色的微笑唇，乍一看就像唇角含笑。

事实上，此刻韩詹尼的脸色并不算好，他的声音听起来非常冷肃，禁欲感十足："林、邓，出发之前还有许多细节需要商榷，请不要在无谓的地方浪费时间。"

邓姓闺蜜回头一看，立刻涨红了脸，缩肩含胸，讷讷地回答："是，组长。"

"我都让你走了！"林瑶低低地嗔了闺蜜一句，然后抬起头，冲着韩詹尼露出不卑不亢的笑容，"组长，请不要责怪邓倩倩，这都是我的问题。我不应该把个人情绪带入工作，是我的错——其实这一次军方派来保护我们的已经是精锐中的精锐，就算里面有滥竽充数混军功的存在，也不至于影响大局，我不该纠结于这种小事。"

云悠悠很平静地眨了眨眼睛，赞同道："你说得对，就算混军功也是奉了上级的命令，并非不问自取、冒名顶替。"

林瑶差点喷出一口老血，邓姓闺蜜忍不住再次跳脚："你少得意！殿下不过是看你可怜罢了！你以为殿下会一辈子给你撑……"

"哦……"韩詹尼镜片后面的桃花眼流露出一丝恍然，出声打断邓姓闺蜜，"原来云小姐是太子殿下的朋友。"

云悠悠赶紧摇头，为无辜的闻泽正名："这件事情与殿下无关，殿下毫不知情。"

韩詹尼不置可否，只淡淡地微笑，用感慨的语气说："太子殿下英明睿智，他看中的人，必有过人之处。我相信你一定会很好地完成任务，这次行动，我们的人身安全就托付给你了，请多关照。"

云悠悠："啊……这是我的职责。"她由衷地觉得，和韩詹尼这种千年老狐狸相比，林瑶邓倩倩之流完全不够看，和他打交道，一定要非常小心。

"那就，再会？"走出两步之后，韩詹尼忽然停下脚步，回身微笑，"如果我向你们的长官申请，让云小姐来做我的贴身护卫兼助理的话……云小姐认为闻泽殿下会生气吗？"

云悠悠愣了一下，他这是想试探什么啊？

"我认为殿下不会生气。"云悠悠回得慢且认真，"但是，您有可能会失

望——我并不是您以为的那种身手过人的特战军人。"

"我相信你的才能。"韩詹尼意味不明地笑了笑,带着林、邓二人离开。云悠悠完全看不出来他是在开玩笑还是想来真的。

接下来的罚站过程非常单调,只有头顶洒下人造日光的能源灯陪着她。

另一边,闻泽办公间隙,一直留意着光屏右下角的动静,迟迟没有等到那颗胖星星。

最终,他恨恨咬着牙,向她发送了好友申请……石沉大海。

❖ 06 ❖

专家组的五人会议结束得很快,他们都是各自领域里面的行家,对别人的项目没有任何兴趣,一起开会研讨的过程大致可以归纳为——自说自话、鸡同鸭讲。

回到军区安排的临时住所,韩詹尼简单沐浴之后,用腰带松松系住宽大的白色棉布睡袍,半敞胸怀坐在床铺边缘。他刚刚打开光脑运行完一个程序,就听到了轻轻的叩门声。

开门,放进林瑶。

"没有窃听设备,"韩詹尼将视线放回程序提交的报告,"但最好长话短说,你应该不希望第一天就闹出绯闻吧。"

林瑶微微瑟缩着肩膀,表情十分憋屈:"你明知那个云悠悠是我前进路上的绊脚石,为什么对她那样客气?你还想抬举她,帮她立功——你……你不会看上她了吧?"

韩詹尼低头微笑:"我像是见一个爱一个的人吗?"

林瑶眸光微闪,咬住唇不说话。

男人起身,抬手抚摸她的脸颊:"我的乖乖菟丝花,时至今日,你还要质疑我对你的爱吗?你看,这些年我为你出人、出钱、出力,替你赶苍蝇,不遗余力地帮你走向心心念念的太子妃之位,却什么好处都不要,这还不叫真爱吗?"

他带着茧的拇指触到她的嘴唇，林瑶像被烫了一下，神色更加委屈不忿："你怎么就没拿好处了！"

"啊……"韩詹尼俊脸后仰，不赞同地看着她，"要不是你非得留着那层……以备婚前验身的话，我又何必退而求其次？将来你清清白白嫁进东宫，我呢？人财两空。你自己说说，谁占谁便宜？"说着话，他的眸色渐渐转深。

林瑶抬手抵住他："反正我不许你帮云悠悠立功！等我回到绿林，从实验室里拿回那份关键成果，一定可以让所有人刮目相看！韩，等我将来当上太子妃、皇后，绝对不会亏待你的，韩家爵位的事，我也会帮助你！"

韩詹尼淡淡瞥着她浅薄而野心勃勃的脸，眸底闪过一丝戏谑，唇畔浮起笑容："不用说那么远，先着眼当下——这一趟，你要我帮忙的地方可多了。比如说……去往那个危险实验室的路上，顺手帮你除掉你不想看见的人，怎么样？"

林瑶陡然睁大了眼睛，压不住的狂喜漫上眼眸，但她努力控制着表情，皱起眉头，摇头拒绝："不，不可以伤害她。"

"啊，你真是太善良了。"韩詹尼笑，"人家都骑到你头上了，你还要忍让到何时？"

"不，不行的……"林瑶苍白无力地摇头，"你不要帮我杀人……"

"知道你心最软了。"韩詹尼悄然逼近，"我不出手，行了吧。但是，如果她因为自己实力不行而出了什么意外，那也不能怪别人，你说对不对？"

"当然。"林瑶的眼神闪了闪，欢腾的心跳声难以掩饰。

心情松快许多之后，她忍不住再次和他确认最重要的事情："你答应过的，无论多么困难，都会想办法帮我瞒住别人，带我找到那个实验室，对吧？我离开绿林太多年了，已经忘记了它的准确位置，找到它，也许要费一番周折。"

林瑶最庆幸的事情就是韩詹尼被她迷得晕头转向，她说什么他就信什么，从来也不怀疑。

　　挨过两个小时的罚站之后，云悠悠的双腿就像化在了地上，半天没能拔起来。她还得跑一趟特战队总队长段黎明少校的办公室，接受一番训诫，然后才能领回自己的光脑。云悠悠脸皮薄，在办公室门口抬了几次手，硬是不敢敲下去。她其实真的是一个非常遵守规矩的人，都怪覃飞沿坑她！

　　正纠结时，只听"叮"一声脆响，门里面传出申请好友的提示音。简陋的办公大楼隔音非常差，云悠悠听到木椅子在地面拖了一下，然后是轻微的"咔哒"声。她简直可以脑补出段上校拱着椅子靠近书桌，捡起光脑来看的样子。两秒之后，她听到少校发出"扑哧"一声闷笑。

　　"又来了又来了，闻泽申请成为您的星网好友？今晚都几次了？"段少校笑着自言自语。

　　云悠悠一个激灵站直了身体，一定是杨侍卫长回去之后，和殿下说了她向他发送好友申请的事情。她赶紧抬手敲门，走进段少校的办公室。

　　"长官……"她眼巴巴地看着对方手中的光脑，别人无法开启她的光脑进行操作，那条好友申请明晃晃地挂在锁屏的正中。

　　——"闻泽"申请成为您的星网好友。

　　段黎明年约四十，长相有点愁眉苦脸，像那种被各类贷款压弯了脊背、身处中年危机的男人。他抬起头瞥了云悠悠一眼，本来想好了一堆训斥的话，结果看到她直勾勾盯着光脑的样子，不禁长叹了一口气，把开会玩光脑的事情先放在了一边，十分严肃地把光脑放在桌面，抬起食指尖敲了两下。

　　段少校正色，清了清嗓子："我们军方人员，要懂得擦亮眼睛，远离信息诈骗。像这种，什么陛下需要你提供资助日后千倍奉还啊；富婆重金求子让你继承一幢别墅啊；殿下选你做太子妃啊；中了星际特等大奖价值几亿星币啊……都是利用你们贪小便宜的心理，让你们吃个大亏，明不明白？"

　　云悠悠心虚地回答："报告长官，我认为这位应该是真正的太子殿下。"

　　"唉……殿下会一晚上加你三四次星网好友？"段少校长长叹了一大口恨铁不成钢的气，"年轻人怎么总是抱着侥幸心理，以为天上真能掉馅饼呢？难怪三天两头的总有人上当受骗！你们这样，不仅自己损失了财物，还给骗子提供了生存的土壤！"

云悠悠低着头不说话。

段少校了然地笑笑，把光脑从书桌上捡起来，递给她："你信不信，加上好友之后，他第一句就要问你想不想做太子妃。"

云悠悠尴尬而不失礼貌地微笑："不会这样的，长官。"

"不信？"少校胸有成竹，"你点，你现在就点。"

云悠悠："……是。"

——"闻泽"已成为您的星网好友，和他打个招呼吧！

十秒钟之后。

闻泽：想做太子妃？可以，告诉我你愿意为此付出什么代价。

云悠悠呆滞地看着消息框。

段少校抱起胳膊，微笑，深藏功与名，语重心长地说："看见了没有，这些骗子，都是同一个套路！就套你们这种不谙世事的小年轻！就这么简简单单一个灰姑娘嫁王子的骗局，每年能骗走几十万星币！"

云悠悠迷茫地点开了那个帝国徽章头像，看了看只有好友能够看到的个人 ID，Z13111108，是殿下的 ID，没有错。可是殿下为什么给她发诈骗信息啊？做太子妃？付出什么？难道太子妃也是付出星币就可以成为的吗？真的会有那么傻的骗术吗？

见她一副欲言又止的样子，段少校忧郁地揉了揉太阳穴："你不会真信了吧？"

云悠悠赶紧摇头："报告长官，我没有信，我知道他是骗子。嗯对，是骗子！"

不知道殿下抽了什么风，突然发来这么奇怪的话。这样一来，她不得不替他隐瞒身份，总不能让长官知道对面就是殿下本人吧。

她太难了！

"嗯，"段少校满意地点点头，"这就对了嘛！你回复这个骗子一下，然后我们来谈谈军纪问题。"

"啊？"云悠悠无辜地眨了眨眼睛，"回复他什么啊？"

段少校微笑："告诉他，你想做他母亲——替他母亲教育一下这个不成器的孩子。"

云悠悠的瞳孔疯狂颤抖。这，这这这！

少校吊起了眼睛："你还抱着侥幸心理？"

"没有。"云悠悠要多老实有多老实。

"那就回复他！"长官为新兵操碎了心，"否则继续没收光脑！"

云悠悠为难极了。

"速度，要我帮你？"长官逐渐失去耐心。

云悠悠只好低头敲字："我只想做您的……"

妈妈肯定是不行，她的手指抖了抖，面对虎视眈眈的少校，艰难地拐了个弯，敲下两个字——

"妹妹。"

就……先凑合应付一下长官，回头找殿下问清楚这到底是怎么一回事，然后再向他好好解释吧。她太难了！

发送消息之后，云悠悠非常自觉地关闭了光脑，垂着脑袋挨训。

等云悠悠终于被放回自己的单人小套间，时间已经过了 23 点。

她简单洗漱，换上睡衣，盘着腿坐到床铺上，开启光脑。

——闻泽撤回了一条消息。

——闻泽撤回了一条消息。

闻泽：是吗，动员讲话之后，我去见你。

云悠悠的心脏在胸腔中荡了个秋千，她默默放下光脑，发了好一会儿呆。战前动员讲话的时间是明天早上九点，具体位置绝密。殿下那么忙，肯定不可能从别的军区赶过来见她，也就是说，明天他将出席第五军区的动员大会。

他来见她，要说什么呢？她怔怔低头看着那个聊天框。

闻泽：想做太子妃，可以，告诉我你愿意为此付出什么代价。

UU：我只想做您的妹妹。

——闻泽撤回了两条消息。

闻泽：是吗，动员讲话之后，我去见你。

看着这三句牛头不对马嘴的对话，云悠悠不禁忧郁地叹了一口长气。她早就发现了，每次在星网上和别人交流，跟不上时代的她总是会闹出乌龙——她不理解这一届网友的脑回路，他们也总是会误解她的意思。就连正常情况下很好沟通的覃飞沿和殿下，一旦上了网，也会变得奇奇怪怪的。算了，还是见了面再说吧。

"殿下，晚安，明天见。"她冲着他的头像弯起眼睛。

✦ 07 ✦

云悠悠没想到，她刚闭上眼睛不久就见到了闻泽，就是……年轻了一些。

当然，如今的殿下和"老"字也丝毫不沾边，他只是褪尽了稚气，成长为一个男人最成熟内敛、最温润稳重、最令人心安的模样。此刻出现在她眼前的，却是他十七八岁的样子。刚刚脱离了少年时代的他，脸上仍然残留着一丝几不可察的青涩，眼睛里燃着一眼就能够看出的火焰。这是……记忆中，哥哥的模样。

"哥哥？！"云悠悠被自己惊醒，身体猛地坐起来，心脏疯狂地擂击胸腔，几乎喘不上气来，等她借着窗外的月光看清楚自己身处何方时，不禁长长地松了一口气。

幸好，是梦。

彻底放松下来之后，她脑海中忽然意识到哪里有点不对——发现和自己在一起的人是哥哥，她竟然被吓醒了？

她抱着膝盖上的被子，呆呆地坐了很久。虽然她喜欢的人是哥哥，和殿下在一起也是因为他长得像哥哥，但是三年的时光给她留下了过于深刻的烙印，她已经习惯了自己只有殿下这一个男人。哪怕唤他"哥哥"，她心中也很清楚这个人并不是哥哥。

愣了很久之后，云悠悠脑海中浮现出一个奇怪的问题，为什么记忆中的哥哥一直都是十七八岁的脸？她认识他的时候，他二十三岁；她离开绿林的时候，他已经二十六了。可是在她的每一帧记忆中，他的样子从来没有发生过任何变化。

还有，林瑶为什么对哥哥说，她不会以貌取人，如果哥哥向她求爱，她有可能答应为他留下来——虽然云悠悠认为这是谎话，但是那个"以貌取人"显然非常违和，那可是整个帝国最英俊的脸。

更奇怪的是，住在哥哥的郊区小别墅养病时，她的生活非常悠闲，偶尔也会扒拉一下星网，看看新闻和肥皂剧，那时候她就见过闻泽殿下的照片和视频，可是……她从前竟然完全没有意识到哥哥和殿下长得一模一样。

云悠悠听到自己的心脏在被子里面疯狂跳动，上次审查官们给她看"林思明"的照片时，她并没有太大的触动，因为她知道哥哥身上有秘密，也许早已悄悄更换了自己的档案或者做了一些奇怪的手脚。可是现在，她有些不确定了，她一点一点抿紧了唇，觉得自己必须找机会和林瑶确认一下。其他人也许并不了解真正的哥哥，但是林瑶不一样，她从一开始就知道哥哥是个天才，并且继承了哥哥的"遗产"。

云悠悠深吸一口气，缓缓躺下，拉高被子蒙住了自己的脑袋。

闻泽入睡的时候是带着恼意的。对自己唯一的女人，他一退再退。事到如今，他只希望她清醒一点，看清楚走上这条路之后将要面对什么，并拿出决心和勇气。他已经把话说得那样明白，她却还是那副懒懒散散、不以为然的样子。只想做他妹妹？他可不会忘记她最爱在什么情况下抱着他叫哥哥。这是要把靠美色上位贯彻到底吗？下意识地教训了她两句，刚发出去，又怕话太重她承受不住，及时撤了回来，最终决定和她当面谈谈。

他既恼她，也恼自己——留下最后那句话之后，心底竟是泛起一丝愉悦，隐隐期待明日她叫自己"哥哥"的情景。意识到这一点之后，他很不爽地命令自己入睡，谁知竟在深夜醒来。他已经很久很久没有这样的经历：半夜木着脸走进浴罩，冲洗，然后换一件睡袍。

回到卧室，闻泽只觉得四周感觉空旷冷清，他轻轻哼了一声，到底在和她计较什么呢？不过是一个全身心爱着自己、依赖自己的女孩，不思进取就不思进取吧，又不是不能庇护她一辈子。皇后说得很对，凭自己的实力，的确有资格任性，明天就把她捉回来，带着她收复绿林。

腕表指针一格一格移向 5：00，闻泽默立片刻，换上黑制服，离开卧室。

等待侍者奉上早餐时，他随意地侧过脸，向老管家询问云悠悠这三年的生活日常。银发老管家十分专业，在汇报之前，先打开自己的光脑，调取了与云悠悠相关的一切开支。

"殿下，云小姐在星河花园共计生活了 1092 天，日均摄入营养液 800~1000 毫升，总计开支 9867 星币。日常洗浴用品、消耗品由公家提供，未超出固定损耗。另，星河花园的用水和能源皆由帝国特供，不计入开支。"

闻泽眼角轻轻一跳，放下手中的皇室传统晨报："就只喝过营养液？"虽然她的表现看起来像是这样，但闻泽此前并未轻信。

老管家在光屏上点击了几下，恭敬回道："上个月 5 号，您曾为她点过一份宫廷延年养生秘宴。除此之外，饮食开支只有营养液一项。"闻泽记得那是她用了情感阻断剂之后的第二天，那一夜他对她非常不客气，印象极其深刻。

老管家继续说道："个人财务方面，因为损坏了您编号 W34 的觐见礼服以及使用了一支情感阻断剂，云小姐申请通过帝国公共贷款来偿还，总计 85 万星币，已经准时入账。"

闻泽唇角微沉，心中涌动着冷怒。拒绝金钱补偿，退还星河花园，账务分得明明白白，看似一无所求，其实所图甚大——她要用"爱情"来换他这个人。他从一开始就知道这一点，但他的身份地位、风度教养，以及

他对她的喜爱，都让他做不出始乱终弃的事情，最终还是收下了这份爱。

事实证明，爱情果然是世界上最昂贵的东西。

老管家的视线落到最后一行记录："离开星河花园时，云小姐带走了 5 支新的情感阻断剂，因为有您的特批，所以计在了您的账目上。"

闻泽想起了荒芜道路旁边的阻断剂药瓶，心底沉沉一叹，不知是恨是怜。

说完财务状况之后，老管家利落地拨动光屏，说起了其他情况："云小姐平时都在虚拟舱训练，几乎没有出行记录……近两年里，只有上个月有记录。4 号，在门口领取了在星网购入的，唔，100% 除菌洁净喷雾？"

闻泽眼角再度轻轻一抽，那是使用情感阻断剂的当天——所以她在头一天得知林瑶即将返回首都星，并确认可以继续留在他身边之后，立刻购置了洁净喷雾？她的脑袋瓜里到底在想什么！

太子殿下心很累，疲惫地摆了摆手，示意老管家不必继续。所以这三年来，他的小情人过的是什么苦行僧生活。闻泽低头看了看侍者呈上来的清淡却极富营养价值的天然餐品，胃口全失，沉默片刻后径直起身出门。

他要尽快把她拢回自己的羽翼下，不仅是因为他想她，更重要的原因是，继续放她在外面……不安全。

第九章
CHAPTER 9
预祝您新婚快乐
Falling into stars

❖ 01 ❖

云悠悠接到命令，让她前往专家组报到，执行特殊任务，她的心脏"砰"地一跳，以最快的速度换上制服，赶赴专家组的临时住所。五位专家被安置在军区待客的贵宾楼，廊道里铺设着深红的地毯，云悠悠很快就找到韩詹尼下榻的401室，抬手的叩门，忽然发现房门开着一条缝，里面传出奇怪的声音。

"你不是让人过来……唔！"略带嘶哑的女声刚说出半句话，似乎就被堵住了嘴。

是林瑶！

"放心。"韩詹尼的声音又低又重，"谁也来不了那么快，再陪我5分钟，5分钟就够了，毕竟昨夜几乎被你偷光了余粮。"

云悠悠刚想抬手叩门，飞快看看左右，背一靠，把身体贴在门边的墙壁上。她惊疑不定地眨了眨眼睛。这里面，在干吗？为什么韩詹尼用吻封住林瑶的嘴，他自己却可以说话？云悠悠顺了顺气，然后轻车熟路地打开了光脑的影音录制功能。

"我会带你回到你想找的那个实验室，拿到那个前无古人后无来者、能

❖ 226 ❖

够助你成为科研界至高神的成果。"韩詹尼沙哑地轻笑,"然后竭尽全力帮助清清白白的你成为太子妃。噢,该死,我那么爱你,如果不是为了满足你的心愿,我恨不得昭告全世界你是我的,而不是让你把完整的身子留给另一个男人……嗯?"

林瑶仿佛挣脱了什么桎梏:"别说了别说了!为什么总要重复这件事!"

"对不起亲爱的,我只是为你神魂颠倒。我太爱你了!"韩詹尼声音温柔。

林瑶再一次被禁止出声。

云悠悠的心脏跳得飞快,她下意识地让自己的背部稍微远离墙壁,生怕自己的心跳透过这面墙,传到里面被人发现。韩詹尼的话,信息量太大了!林瑶不惜冒着生命危险前往绿林,竟是为了某个能够让她成为"科研界至高神"的成果吗?云悠悠很清楚,绿林的学术水平和科研设备都远远落后于其他星球,甚至连一个稍微像样点的生物科学实验室都没有,根本不可能做出这样的成果!

虽然云悠悠对林瑶的智力水平并不看好,但她也相信,林瑶不会平白无故做这样的春秋大梦。一定有什么东西,可以支持这个想法……

等等!灵光一现,她想到了那个来自绿林、来自哥哥的数据包!林瑶在韩詹尼的帮助下一层层破解那个数据包之后,不断地产出业内评价颇高的论文和成果。那个数据包,就是一座还未完全被开发的宝藏,它为林瑶带去惊人利益的同时,也让她对它深信不疑。

就在不久之前,林瑶还通过破解数据包得到了一个生物磁场方面的成果。此刻,她抛下那个半成品,不惜亲自前往绿林,还能是为了什么呢?一定是因为她在数据包里发现了线索,关于那个能够让她成为"科研界至高神"的成果的线索。

它就藏在绿林某个实验室!云悠悠的心头划过一道雪亮的闪电,一个大胆无比的念头在她的胸腔中叫嚣、乱撞——这一切……有没有可能是哥哥故意布置的诱饵?

谁都知道帝国放弃了绿林,并不打算保卫这颗磁场消退、已被废弃的星球，留在那里的人们只有死路一条。当时哥哥只有一张船票，跟她说好一起留在绿林，迎接世界末日，可是最终却让她上了船。

有没有这样一种可能——哥哥他，并未放弃自己的生命。他了解林瑶的为人，也许他早就算准了会有这样一天，林瑶的野心将驱使着她，利用手头的资源和人脉，想尽办法回到绿林？

如果哥哥能坚持到现在……云悠悠的后背和腮边蹿起数不清的电流。哥哥，他有没有可能……还活着，他是否坚守在哪里，带着绿林的幸存者等待救援？云悠悠的心脏忽然被抛到了高空，要坠，不坠。剧烈的眩晕感袭击了她，让她几乎无法站稳，身体摇摇晃晃，恨不得立刻长出翅膀，飞到绿林去。

窃听者云悠悠陡然清醒，她提了提气，收起光脑，悄无声息地一步一步倒退着踏过廊道地毯。

"啊！门怎么没关！"伴着林瑶的惊叫声，401 的房间门猛地大开，探出一张紧张惊恐的脸。云悠悠倒退的动作一顿，保持着毫无破绽的姿势，从后退转为前进。韩詹尼出现在林瑶身后，两个人一起望着正从廊道另一头向他们走来的云悠悠。

林瑶瞳仁震颤，下意识抬头望向韩詹尼，把嗓门压到最低："她会不会听到了！她听到了怎么办！"

韩詹尼推了推眼镜，淡樱色的微笑唇轻轻弯起，神态和语气无懈可击："云小姐你来了。正好，我和林瑶博士决定即刻出发，搭乘隐形战舰前往绿林采样，你可愿意随同我们先行一步？哦，不方便的话也没有关系，我向段少校申请了 10 名特战队员随行，少一位问题也不太大。"他身上每一粒扣子都扣得严严实实，散发出清冷禁欲的气息。

"林，什么也不必带，出发。"韩詹尼非常自然地抬手拍了拍林瑶的小臂，就像一位温和的导师对待自己的学生那样，示意她放心。要不是云悠悠刚才听到了奇怪的声音，她根本不会怀疑他和林瑶有什么不正经的关系。

"云小姐？"韩詹尼微笑着望向她。

云悠悠像模像样地行了个礼："保证完成任务！"

监视器中，韩詹尼、林瑶与 10 名特战士兵陆续离开画面，只剩下空无一人的廊道，光屏上只有淡蓝色的能量在轻轻搅动。笑起来像只小野猫的女孩把一双穿着棕色长皮靴的腿从桌面上放下，双手托住腮，眼睛弯得慵懒至极。

"大哥干得漂亮！昨夜挑起林孔雀的杀心，今天又给了她充分的动机……这下，我们的林大孔雀完全有理由害死殿下的宠物小甜心了。到时候千万记得捡回小甜心的光脑，让大家一起'意外'看到证据哟。我相信大哥能把自己撇得干干净净，不会让谁生起一丝一毫疑心呢，看好你！爱你！"

过了一会儿，通信器中传出韩詹尼清冷平静的声音："我是守法良民。"

"嗯哼，"韩黛西笑容甜美，"大嫂那边我会摆平，一定不会害你们离婚的！"

"她舍不得。"

其余 9 位特战队员陆续赶到，云悠悠惊奇地发现，里面竟然多了个昨天没有出现在小礼堂的熟人。一个照面的时间，她的身上就被对方用眼刀捅了几十个对穿。

"你死定了！"覃四少非常嚣张地用口型向她挑衅。昨天在小礼堂集合的时候还没看见他——哦不对，其实他当时已经用声音向礼堂中的所有人打过招呼了。

看来，护送专家组的确是个好差事，就连覃飞沿这样的巨擘二代都要来加个塞。云悠悠忧郁地叹了一口气，再一次深刻体会到他们第三军团的腐败。

下一秒钟，只见这个覃戏精挤出了标准的舔狗笑容，凑到林瑶身边忙前忙后，像一只穿花蝴蝶："姐姐，我帮你拿行李。姐姐，军用星空车是不是很难坐，你一定累坏了吧？姐姐放心，这段路我会用生命保护你！呵，韩詹尼，我警告你，你是有老婆的人，给我离姐姐远一点！"

云悠悠叹为观止，忽然感觉林瑶会被这些黑心贵族玩坏。她眨了眨眼睛，打算抽个时间和覃飞沿一起研究一下她刚才录下来的东西，看看他能不能解释一下某些她想不明白的地方。

走出大楼，看到韩詹尼带头走向停在空旷场地上的运输飞船，云悠悠忽然记起了自己和闻泽的约定。

她看了看时间，8：50。动员演讲9点开始，她等不到和殿下见面了，士兵们在往运输舰上搬运东西，她疾步走到场地边上，悄悄拿出光脑给闻泽发消息。

UU：殿下，我接到命令，要提前出发了，向您报备一下。

她并没有想过闻泽会回复，不料几秒钟之后，闻泽竟然发来了视频。云悠悠盯着那个闪动的头像愣了一会儿，她抿抿唇，接通视频，把它缩小放在掌心。只见闻泽穿着一身黑制服坐在星空车上，依旧精致优雅得像一幅黑白分明的画。

"殿下。"忽然看见他的脸，她心里隐隐有一点发虚。

"不要动，在原地等我。"他说。透过光脑通话，闻泽的声音仿佛也染上了电磁，令人头皮发麻，有种被深情宠溺的错觉。但云悠悠并没有像往常一样为他失神，今日，她有更重要的事情要去做。

"抱歉殿下，我只能在运输舰上看您演讲了。"犹豫了一秒钟之后，她决定暂时不向殿下透露林瑶的事情——她无法左右殿下的想法和行动，万一惊动了林瑶，失去哥哥的线索，自己一定会悔恨终生。

"云悠悠。"闻泽加重了语气，"我即将抵达第五军区。等我。"

"嗯嗯！"她点头，"预祝殿下旗开得胜！我先去绿林了……再会。"

云悠悠关掉视频，跟上队伍，飞快跑上运输舰，合金踏板在脚下微微震颤，心脏在胸腔里面狠狠撞击，好一会儿才平复呼吸。

舰队成员身穿带有深蓝条纹的黑制服，正在舰舱中与专家组一行人见

面，运输舰将把他们送到近地空间港，再转乘真正的战舰前往绿林。

星源矿提供的能量非常强劲，引擎启动，舰船垂直升起，轻易就能摆脱地心引力。升空时舰体微斜，重力系统自动调节，让人能够稳稳地站立。右手边的舷窗外是带灰色的蓝天，左手边的舷窗外是第五军区的建筑，外部参照物清晰地显示出，此刻运输舰正处于 90 度垂直于地面的状态。但若是不看舷窗外，只将心神投注在舰船内部，就丝毫感觉不到这一点，只以为它在平地起降。

众人面前的巨型投影光屏上浮出了画面，是第五军区的动员大会现场。闻泽在 9：00 抵达演讲地点，镜头拉近，他看起来比身后双剑交叉在星空下的帝国圣徽更加耀眼。他并没有开口说话，而是抬眸，将视线投向半空。

云悠悠站在舷桥上，忽然有一种闻泽在注视自己的错觉，她转开头，透过舷窗望着迅速缩小的大地："殿下……我们大概，不会再见面了。"

✦ 02 ✦

几个小时之后，运输舰抵达近地空间港，云悠悠第一次用肉眼直接看见了那些寒光凛凛的战舰。它们停泊在深空，漆黑的合金舰体偶尔反射恒星的光芒，显得更加冷酷危险，面对它们就像面对深渊；而那掩藏在黑暗之中，偶尔显露狰狞的炮口，则像是深渊中噬人的怪兽，仿佛看一眼就会丢掉性命。

任何人面对这样的场景，都会情不自禁地屏住呼吸，心头凛然。运输舰缓缓旋转，停泊在一艘小型战舰旁边，慢慢放下连通舰桥。脱离真空状态之后，合金旋门一格格开启，专家组一行有序离开运输舰，踏上这艘真正的战舰。它和普通的舰船完全不一样，踏入的那一瞬间，立刻就能让人感受到它的气场。它是锋锐的、冷冽的，虽然舰内无比洁净，却能让人嗅到血与火的味道。

左右舱壁中装载着的机甲，像两列钢铁巨人，睥睨着下方经过的一行行小蚂蚁。云悠悠的心脏在胸腔中疯狂跳动，身体不自觉地颤抖。她恨不得立刻跳上一台机甲，冲到绿林去。

"都是 S 型机甲啊。"有人压着声音议论，"他们第五军团是真的治军不严，看见没有，那个女的，昨天刚入职，这就塞进来混军功了。啧啧，真是对机甲的侮辱啊，她开得起来 S 型机甲吗！"

云悠悠低下头，心里有些惭愧。她想，如果让大家知道她连驾照都是靠运气混来的，那一定会更加生气吧。

另一个人说："嘘，你没听说吗，她就是太子殿下那个小情人啊，欺负咱科研女神的那个！刚才在运输舰上，我听到女神偷偷哭着和朋友发语音呢，就是在说这个事儿。你说女神惨不惨，失恋就算了，还要被人蹭到面前来，赖着她混功劳，多憋屈啊！"

"是吗！"前面说话那人不自觉地提高了音量，"真好笑，把军队当什么了！到时候遇上事儿，别指望兄弟们管她这个拖油瓶！"

覃飞沿大摇大摆走在一边，听到这话，不禁眼角乱跳，默默收拢了六亲不认的步伐。

"小飞。"林瑶唤得情真意切。

覃飞沿双眸一眯，唇角掠过一丝讥诮，回身时，脸上却只有无比真诚的灿烂笑容："姐姐！"

林瑶把覃飞沿拉得更远了些，来到前后空荡荡的舷窗下，委屈问："小飞，你是不是认出云悠悠来了？我刚才见你一直看她。"

覃飞沿转了转眼珠："啊……啊，是啊。上次她害我丢脸之后，不是姐姐给了我她的星网 ID，让我骂她出气吗？她啊，化成灰我都能认出来！"

"你可别闹着闹着动心了。"林瑶冷笑，"你们男人总是这样，见到漂亮女人就心软，也不管她是个什么货色。"

"啧。"覃飞沿挑了下眉，忍下原本想说的话，义愤填膺地拍腿瞪眼，"可能吗！你也不看看她害我丢脸丢成什么样，我恨不得现在就冲上去掐死她！"

"哼。"林瑶假笑，"我才不信，我倒是觉得，回头她遇上危险，你说不定还要第一个冲上去帮忙。"

覃飞沿眼角微抽:"……这个,不可能,绝对不可能。我敢发誓!"

"真的?你可别骗我!"林瑶状似不经意地提了一句,"别人可都对这种滥竽充数的现象深恶痛绝,我听大家说了,到时候要是她出了什么问题,没人管她的!你呀,可别意气上头,瞎充英雄,把自己弄到危险的境地。"

覃飞沿心中咋舌不已,脸上却摆出了轻蔑的嗤笑:"姐姐,你当我是什么,圣父吗?我牺牲自己去救她,我没病吧我!"

"那我就放心了。小飞,你是这里最厉害最有天赋的机甲师,我的安全可就拜托你啦!"

"姐姐,我们之间哪需要说这个。该去休眠啦,待会儿加速到'行进四'可不好受。"

"好的,晚安。"

覃飞沿把林瑶送进她房间中的休眠舱,然后闲闲靠在门框边,拿出光脑给某人传信。

飞哥永远是你飞哥:长点心吧,这里每个人都盼着你死。

抿着唇想了想,又敲下一行字。

飞哥永远是你飞哥:包括本少爷!

那一边,云悠悠认真地对照着说明书操作,好不容易才弄开了休眠舱的盖子。收到覃飞沿的消息,她歪着脑袋思忖了一会儿,给他回复。

UU:我休眠啦,遗产留给你。

UU:【韩詹尼 VS 林瑶.avi】

发完视频,云悠悠关掉覃飞沿的聊天窗口,怔怔看向闻泽发来的新消息。说新其实也不新,看时间,应该是在他上台演讲前一秒钟发送的。当时运输舰正在升空,她隐约听到了消息提示,但没去看。

犹豫片刻,她还是点开了它。

闻泽:不要贪功冒进,想想你欠的贷款。回来,我帮你还。

云悠悠心底冒出一丝暖融融的热流，也有些歉疚。殿下对她太好了，可惜她无法继续留在他身边工作。也许是她自作多情，她觉得太子殿下好像有那么一点点喜欢自己。她抿抿唇，给他回复。

UU：不用了殿下，如果我战死，抚恤金正好可以抵消贷款。我走了，预祝您新婚快乐。

犹豫了半秒，云悠悠将他拉入了黑名单，关掉光脑，爬进休眠舱，摁下启动键。等她醒来，战舰就会抵达绿林轨道，无论哥哥在不在人世，她和殿下，都结束了。

"杨诚。"

侍卫长汗毛微凛，摆出严肃正经的表情走上前："殿下？"

"她把我拉黑了。"闻泽的眼神带着几分从未有过的困惑，"为什么？"

杨诚眼角一顿乱抽："这……"

他下意识地望向殿下面前的光屏，扫到"新婚快乐"四个字，不禁怪异地看向闻泽："殿下，云小姐不会以为您要娶的是别人吧？"

闻泽轻轻一哂："不至于那么笨。"

杨诚的目光充满了怀疑："殿下，您难道没有听过一句话吗，恋爱中的人智商为零。"

话音未落，侍卫长陡然意识到自己似乎在内涵殿下，吓得挺直了身板，双腮绷紧，幸好殿下完全没有察觉。

闻泽的眸光幽远了一些："当年，我以为自己不会喜欢虚荣、浮躁、急功近利的女人。"

杨诚知道他说的是哪件事。当时殿下意外邂逅林瑶，似乎对她有些好感，于是主动接近，两人开始来往。谁知道八字还没落完一撇，林瑶就急吼吼地向"觊觎"殿下的贵女们宣战，大秀特秀自己的科研成果，话里话外表示自己才是能够与殿下并肩而立的人，是真正的女强人。

杨诚当时就给恶心得不轻，但殿下是一位很有风度的君子，并没有表现出任何不满，只是用默认的态度承认了恋情。后来林瑶逼婚，恰好撞在了撒伦家族内部斗争最激烈的时候，殿下明确表示不可能迎娶一位平民。林瑶赌气出走，想等殿下去追，结果殿下从路边捡回了云悠悠，当时可把杨诚给乐坏了。谁知道，事情会变成这样。

杨诚忧郁地看着殿下，感觉就像看到翡翠白菜被猪给拱了，"殿下，您的意思是，哪怕您很清楚云小姐是这样一个人，和林瑶并没有什么区别，您也还是爱上了她？"

闻泽语气平静："准确来说，是在我以为她是这样一个人的时候。"

杨诚愣了一会儿："……难道现在您认为她不是？"

闻泽不置可否。视频中她的眼神让他心底隐隐不安，"抚恤金"三个字更是无比刺眼，她还拉黑了他，身上有明显的自毁倾向。

"秘密出发。"闻泽走向星空车。

前往空间港的途中，闻泽再一次让杨诚调出云悠悠的机甲训练记录，一行一行，面无表情地往下看。透过冰冷而详尽的记录，他仿佛能够看见那个女孩明亮坚定的眼睛还有被汗水浸湿的头发。

摸不着头脑的侍卫长紧随殿下的视线，茫然地盯着那些毫无变化的数据，逐渐被催眠，忽然，他看到了第一个G！

"喔，喔，殿下，这里这里，她晋级了！"侍卫长下意识地挺直了身板，音量也提高了很多，"不容易啊！三年水滴石穿，终于打出一个G！啧啧啧！真是太不容易了！"活像一个欣慰的老父亲。

闻泽淡淡瞥了他一眼："你不知道她已经通过了机甲考核？"

杨诚五官纠结，支支吾吾一会儿，露出了"您非要逼我道破"的为难神色："知道啊……不是说靠运气吗。"

事实上，在得知那个打出SS的考生是太子的小情人，并查看了她最高只到E级的历史战斗记录之后，"聪明"的知情者们都默默闭紧了嘴巴，对此事只字不提。

"呵。"闻泽轻笑出声，"你也认为是我替她作弊？"

"没有！"杨诚斩钉截铁地狡辩，"属下知道，殿下绝对不是以权谋私的人！都是考核中心的考官们自作主张，想要拍您马屁，结果拍到了马腿上。"

闻泽第一次生出了这样的疑问，人与人之间的沟通，为什么总会出现奇奇怪怪的障碍？他叹息一声："她此前成绩不好，是因为误用了我的超3S管理者模式训练。"

杨诚的下巴逐渐脱落："啊……啊？"

好半天，侍卫长才抬起手来，手动复位了自己的下巴："殿下，您的意思是，云小姐SS的成绩是真实存在的？"

"不然呢？"闻泽用一种"你很莫名其妙"的目光瞥了他一眼，"习惯了我的个人模式之后，打出两个S不是很正常的事情吗。"

杨诚：……

行了，行了，变态大佬的世界他不懂，行了吧。

"杨诚，不用大惊小怪。"闻泽嗓音淡淡，"你应该知道，实战和模拟训练是两回事。"

侍卫长缓缓吐出一口气，沉下脸色，目光盛满郑重："您说得对。"

虽然不能否认个人能力在战争中的作用，但毋庸置疑，战争获胜的关键在大势；在那股凝成绳的钢铁意志；在团队协作，同生死、共进退。闻泽最强的不是他的机甲实力，而是他能让三军凝成一柄锋刃的绝对向心力，以及用兵如神的强大作战指挥能力。

"所以殿下早有打算，想用绿林战争来磨炼云小姐的意志吗？"杨诚渐渐想透了，"如果能在战前与白银、雄狮中任何一家结成联盟的话，这个家族将会不遗余力地在战争中保护云小姐并帮助她晋升，因为大家是利益共同体，各取所需。而别的势力也不会对云小姐出手，因为那样做毫无意义，只会平白得罪一个可怕的联盟。"

"这是当年凯瑟琳的旧路。"闻泽平静地点评。

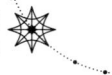

"云小姐拒绝了这条坦途，选择了荆棘之路，这样一来，满世界都是她的敌人。当然，因为有您这尊大佛镇着，他们在没有全身而退的把握时，也不会贸然对她出手……"杨诚的表情有一点迟疑，"殿下，您是不是没有给云小姐剖析过内情？"

"她知道。"在那场宴会上，孟兰晴和韩黛西已经把话说尽了。事关她们自己的利益，她们必定全力而为。毕竟，谁也不愿意让事情发展到如今这个局面。

"她不要退而求其次。"闻泽黑眸微眯，望向舷窗外，轻轻地笑了一下，"孟兰洲说对了，某种意义上，她是像西蒙。"

杨诚微怔："所以……这也是殿下对云小姐一再纵容的原因？"

闻泽没有回答。

✦ 03 ✦

云悠悠被休眠舱唤醒时，整个人有点蒙。她还是第一次使用休眠舱这种高科技产品，在她的感知里，关上舱盖仿佛只是前一秒的事情，但是看看时间，她已经休眠了将近一百个小时。她活动了一下依旧灵敏的关节，起身，走出舱门。舷窗外是一颗巨大的暗星，满目疮痍，大气层稀薄，从近地轨道望去，整个向阳面看不见半点绿地。

绿林矿星！云悠悠的脚步被钉在了原地，她凝视着自己的故乡，身体里每一滴血液都开始沸腾。三年了，她终于回到了这里！

她还清楚地记得，在她离开家乡的时候，地磁几乎全部消失。有时候，天空看起来就像一张蓝色的大油画，蓝得妖异浓厚。恒星消失在头顶，分成七份幻日，坠在蓝色画幕的边缘，像凝固的彩色油滴，上小下大，绿、蓝、黄、紫，色泽明艳层层分明，沉甸甸地坠在那里，它们瓜分了天空底部，像地狱之眼环视着人间。在这样的天幕下，人类显得渺小而无助，只能头皮发麻，灵魂战栗，俯首膜拜。幸好天空并不总是这样的，绝大部分时候，它都呈现出灰蒙蒙的颜色，偶尔反射一点矿尘的蓝紫光芒。

如今，虫族已经占领绿林矿星三年了，那里的环境只会更加恶劣。

云悠悠穿过舷桥，抵达集合点。巨型光屏上投影了一幅全息地图，是绿林大学以及它周边的路况，韩詹尼穿着深灰色修身西服，系着领带，手持金属讲师棒，非常利落地将地图切割成五个部分。"此次行动的核心只有两个字——隐秘。"他指了指绿林大学周围的建筑，"隐形战舰降落之前，会向周围投下诱虫剂，将校区内的虫群引出目标区域，效果可以持续一个半小时。"

云悠悠听得非常认真，她心想，虽然韩詹尼不是一个好人，但是不得不承认，他的个人能力非常全面。

"在这段时间内，五个行动小组分别负责各个区域，将实验大楼周围剩余的虫族彻底清空，并在我与林博士进入实验楼之后守好地面和空中通道，不放入一只虫族。如果战斗动静太大引爆了虫群的话，请做好牺牲的准备，要么原地关闭能源，要么视情况将虫群带离目标区域，明白？"

"明白！"

在韩詹尼布置任务的同时，隐形战舰缓缓向绿林矿星降落，荒芜的山川、干涸的河流在舷窗外愈渐分明。像沙粒一样在地表缓缓移动的，是漫游状态的虫群，一旦被惊扰、激活，它们就会像虚拟空间中的虫群一样，一拥而上，将敌人撕成碎片。

隐形战舰上配备的机甲都是顶级的隐形机甲，能够利用高能磁力波，在一定程度上达到"隐形"状态，潜伏在距离虫群不远不近的地方。战舰时不时无声开火，将那些摇头晃脑飘到附近的虫族一击歼灭，不留活口。

距离地面越近，从舷窗望下去就越是觉得触目惊心——整个地表，已经成了一片虫子的汪洋，如果大面积惊动它们的话，这艘战舰将会在几十秒之内被撕成一朵合金大烟花！

舰长沉声道："三十分钟之后诱虫剂将被投放至指定地点，机甲出动的最佳时间是在诱虫剂生效后的第13分钟，也就是14点37分。五个小组若能完成既定目标，战舰将在15点左右降落在实验楼前的广场上。请记住，无论行动是否顺利,15 点 30 分之前务必返回——请各部门做好行动准备!"

云悠悠感觉到战舰上的气氛发生了显著的变化,一种突如其来的紧迫感悬在头顶,像一根钢索,绷紧了每个人的头皮。

分组的时候,林瑶很好心地插了一句:"云小姐没有经验,就让小飞带带她吧。"

韩詹尼不在意地点点头。

覃飞沿不情不愿:"哦。"

"再次重申,这次行动非常危险。"韩詹尼推了推眼镜,"重点在于潜伏、隐秘,尽量在不惊动虫群的前提下清理目标区域完成护送任务!"

"明白!"十名特战队员整齐靠足。

战舰嗡嗡旋转,炮口置入早就准备好的诱虫剂,像发射烟花一样将这些大药包投向绿林大学两公里外的废弃城区——投放点如果太近的话,整个大学校区都会被虫群淹没,所以只能稍微投远一些,尽量引走大部分虫群。剩下的虫子还是要交给特战队员,必须悄无声息地把它们干掉。

"咻——咻——"诱虫剂渐次在城区炸出一蓬蓬紫色烟雾,像一朵朵盛开在衰败城市中的死亡之花。走向机甲舱的途中,云悠悠从侧翼舷窗望下去,艰难地辨认着那些曾经熟悉的街区。在诱虫剂的作用下,附近的虫群像海啸一样翻腾起来,潮水一般涌向那些紫色区域。它们很快就结成了一个个顶天立地的大球,远观亦让人胆战心惊。

随着虫群向紫云聚集,绿林大学附近渐渐被清空,只剩下少数嗅觉不够敏锐的虫族仍在爬来爬去。街道和建筑物就像退潮之后的礁石一样,一处一处显露了出来。被虫群占据、侵蚀过后,整个区域变得十分残破,地表布满了黏液,不过大致还能看出原貌。云悠悠很快就找到了那条巷道,心脏在胸腔中轻轻一突,她吸了口气,视线继续往前,落入绿林大学外的广场,以及校区内部。

等等,她看到了什么! 云悠悠发出低低的惊呼声,情不自禁地扑到了舷窗上！只见目标实验楼外的空地上，赫然用红漆喷涂了三个巨大的字母——SOS！

她听到自己的心跳声响彻耳膜。

"怦怦！怦怦！"

因为长期被虫族的黏液覆盖，红漆已有些发黑，看上去就像是用污血涂抹出来的求救信号，在硕大的"SOS"下方，箭头标志清晰地指向地面之下。

"地下实验室里有人！"云悠悠听到身旁的特战队员倒吸了一口凉气。

覃飞沿细长的眼睛瞪得浑圆："嘶，三年了，有人也得饿成干尸。"

"不一定，"另一名小个子队员凑上前，"我听说生物科学实验室里的培养液可以养藻，说不定还真能留下幸存者！"

云悠悠脑子嗡嗡直响，手指颤得几乎不听使唤，她把双手攥在身前，捏得骨头生疼。一定是哥哥！一定是他！

"喂，你行不行啊！还没上机就怕成这样，可别给你们第五军区丢人了！"有人在身后冷嘲热讽。

云悠悠回头，认真地告诉他："我不是怕，是激动。"

"呵，呵呵，真好笑。是吧，飞神？"这人偏过头朝着覃飞沿笑。

覃飞沿木着脸："说什么废话，落位！"

云悠悠走到一台冷酷无比的大机甲面前，扬起头，脖子都抬酸了才看见它的脑袋。她退了两步，悄悄观察身边的覃飞沿，想看他怎么放下登机的舰桥。覃少爷伸了一个巨大的懒腰，慢吞吞地抬起手，一下又一下，像老年人用光脑那样缓缓点击舱壁上的控制面板，每一个步骤都清晰可见。云悠悠有样学样，成功放下了金属桥。

她可真是个平平无奇的小天才！

进入驾驶舱倒是早已轻车熟路，她按捺着激动，将自己固定在操作位。一切加载完毕之后，内部通信器传来了覃飞沿的声音："左边的通信频道看见没有？1是全频道通信，2是与主舰通信，3是队内通信，4是你和小爷

我的小组通信，都记住了。一会儿跟好我，别瞎激动，更别乱跑！"

"嗯嗯！"云悠悠飞快点头，"我会紧紧跟着你的！"

虽然覃飞沿机甲技术很菜，但是他上过真正的战场，对付过真实的虫族，比她有经验多了。云悠悠是一个非常虚心的人，不会因为击败过覃飞沿就看不起他。只不过，她忘记了自己正在开机甲，也忘记了调节通信频道。于是……先是脑袋"轰"一下撞在舱壁上，再是通信器里传出各式各样的嘘声。

云悠悠："抱歉。"

<h2 style="text-align:center">✦ 04 ✦</h2>

十台钢铁巨人从半空跃下。

虽然虚拟舱的模拟效果非常逼真，但是真正驾驶着机甲在空中飞掠时，感受是全然不同的。云悠悠觉得自己好像真的会飞了，透过感应装置，她能够清晰地感知到空气在身边流淌产生的反作用力；一缕缕薄云在身前被冲开时，她甚至能够感觉到清凉的云气拂过脸颊，大地也向着她迎面扑来。

云悠悠忽然想起了一个严重的问题，她把通信频道调到4，虚心向覃飞沿请教："请问我们的机甲装载的是最新版的激光剑吗？"

覃飞沿对她的"请问"已经有了应激反应，一听就下意识打了个哆嗦："废话！这是最先进的作战机甲！"

"哦……"云悠悠又问，"请问杀多少虫子会空能？"

覃飞沿无语："右下角有能源条，自己看着！"这女人，到底有没有点机甲常识啊！

很快，十台机甲陆续抵达指定地点。云悠悠和覃飞沿的落地处非常安静，真实视野中一只虫族也没看到，合金巨足踩过地面的黏液，行动并不会受影响，只是生理上略感不适。

左边是一幢被撞塌了一半的教学楼，从楼道口到通往右边操场的道路上，随处可见碎掉的残肢。它们曾经属于人类，可现在看上去就像是被拍碎在地面或墙壁上的蚊蝇残体。痕迹太密集，云悠悠可以想象出当时的场景——绿林防线破得突然，学校还没有彻底停课。虫群涌进来的时候，学生们下意识想逃离四面透风的教学楼，然而附近根本没有安全的地方，几分钟之内，这里就沦为人间炼狱。

云悠悠祭出激光剑，紧张地跟在覃飞沿身后，虽然心急如焚，但她知道自己必须认真完成任务，不能给团队拖后腿——只有帮助舰长和韩詹尼他们顺利进入地下实验室，才能把里面的人救出来。

转过教学楼，她一眼就看见两幢楼中间的夹角处堆积了尖耸成小山的腐败残肢，看起来像是某只虫族吃太多了，吐在这里。云悠悠的心脏像是被一只大手狠狠攥紧，拧出了酸汁。她短暂地失了一会儿神，心中下意识闪过一个念头：三年前，殿下在做什么呢？他那么好，一定不会放任绿林沦陷……她猛然回神，禁止自己继续乱想。

覃飞沿显然也看到了这一幕，他的机甲弓了弓背，一副恶寒的样子。

"等等！"

云悠悠停下脚步，打起了十二万分精神。

"三级成虫。"覃飞沿的声音略有一丝发紧，机甲缓缓后退一步。云悠悠顺着他的机甲朝向望过去，只见前方毁得干干净净的花坛上，半趴着一只体型硕大的虫族。

覃飞沿紧张地科普："看见它腹部的三条黑线了吗，虫族在某些条件下会养蛊，相互厮杀、吞噬，然后进化。每进化一次，腹部就会多出一道黑线，这是经过三次进化的成虫，非常厉害！"

云悠悠想了想，忍不住多问了一句："那如果腹部全黑呢？"

覃飞沿的机甲回过头，冲她甩了个活灵活现的白眼："呵呵，大白天少做些噩梦。"

可她平时训练的时候，那些虫子就是黑肚皮的啊。

"要用最大火力攻击它的致命部位，脑部、颈椎或者心脏。"覃飞沿声线紧绷，"务必一击击杀，杀了这个，能记三等功！"

云悠悠懵懂点头："哦。"

"还有 1000 星币奖金。"覃飞沿没忘记上次的事情——他大手一挥替她买下那件价值 248 星币的训练服之后，她坚持给他转账，哪怕心疼得五官都皱成了一团。

一听这个，云悠悠顿时立刻来了精神："嗯嗯！"

覃飞沿觉得自己的战前动员很成功，老神在在地点点头："那我上了，你注意补刀！"

他祭出量子能源炮，全力掠向花坛！云悠悠紧张地深吸一口气，拎着激光剑，迅速从侧翼包抄，眼睛死死盯住那只虫子，精神高度集中，眼前的场景仿佛变成了慢镜头——

她看见覃飞沿起跳、瞄准、射击。这只腹部有三条黑线的虫族仿佛突然感应到危机，猛地拧过脑袋，一双幽黑的无机质复眼冷冰冰地盯住覃飞沿，翅膀一动，向后闪避。

就是现在！云悠悠迅速领会了"补刀"二字的精髓，在虫族倒退的时候，压着剑从它身边闪过，切割！

"滋噜——"虫头落地。

云悠悠首战告捷，有点激动也有点不好意思："我这个补刀还行吗？"

僵在半空的覃飞沿："呵……行行行。"

累了，麻了，随便吧。

覃飞沿木着脸，继续向前巡逻。没走几步，队内通信频道忽然传出两声低呼，旋即，一个绷得死紧的声音僵涩地说："警告，警告，4 号区域地面倾陷，地下有虫群，我们已被包围，虫族数目过百，现决定原地关闭能源……报告完毕。"

每一位士兵上战场的时候，都已做好牺牲的准备。这次行动的关键是隐秘，他们沦陷在地下，关闭能源悄无声息地死去的话，就不会惊动更多的虫族。

云悠悠怔忡："在黑暗中等死吗？"

"是啊。"覃飞沿冷漠地说，"没办法了，短时间之内不可能无声无息消灭那么多虫族，一旦展开战斗只会引来更多。放心，机甲被虫族撕碎之后他们会死得很快。"

"让我试试，我用剑，动静很小的！"云悠悠的心脏怦怦直跳，"我想试试！"

覃飞沿只犹豫了半秒："走！"

赶过去的路上，小少爷非常认真地说："我不会跟你下去，你要是摆不平的话，别指望我会救你。你就老实关了能源，在下面陪他们一起死。"

"嗯嗯！"

很快，塌陷区出现在眼前。这是操场边上的地下仓库，出事之前用来存放各类体能课器械，现在变成了虫群的一个窝巢。两台机甲踩塌了地面，掉进虫子堆，这些半梦半醒的虫子正扬着利钳，试探地撕扯机甲外壳，一声声刮擦金属的刺耳噪音响彻整个仓库，可想而知，此刻身陷虫群的两个人心里有多绝望。

云悠悠抿住唇，她受过那样的折磨，知道那是什么滋味，所以更不希望这个世界上还有人要体验那种糟糕的感受。

"喂，想清楚，他们可能刚说过你的坏话。"覃少沿的声音听起来情绪有些复杂。

云悠悠没说话，祭出光剑，一跃而下。

战斗结束得飞快！这些腹部一条黑线都没有的虫子好杀得要命，云悠悠刚动手时心里还有那么一点大无畏的悲壮感，一通砍瓜切菜之后，脑袋里只剩下一行一行的问号——

就这？就这？就这些傻乎乎的、软得像烂菜叶一样的虫子？

很快，地陷区域只剩下一堆没了脑袋的虫躯。云悠悠拎着光剑，茫然到了极点，她看向那两台关闭了能源的木头机甲，忍不住用机甲自带的声音装置，发出了自己的灵魂疑问——

"这难道不比虚拟训练简单一百倍吗？"

两名获救的特战队员心情复杂，他们默默重启了能源，跟在这台无比猖狂的机甲身后，离开了塌陷区域。

覃飞沿用小组频道告诉云悠悠："喏，左边那个是你们第五军团的人，不过估计你也不认识人家；右边这个，我们第三军团的，家里有矿。"

云悠悠恍然点头："哦……"

十个人分五组，各军区正好自成一组。云悠悠本来应该和第五军区的那名特战队员组队，结果林瑶横插一手，让隶属第三军团的覃飞沿"带"她，于是两个军团各剩下了一名队员，也就是眼前这两位。

在云悠悠心目中，覃飞沿和他们第三军团就是"腐败"的代名词——她记得很清楚，在她还没有通过机甲考核的时候，覃飞沿就说过可以帮她走后门，免试进入第三军团做特战队副队长。这样的军团能不弱吗？里面都是些什么歪瓜裂枣。

她不禁同情地看了看第五军团的那位同僚，不用说，一定是被家里有矿的"三团菜菜"连累了。云悠悠心里正暗自嘀咕，通信频道 3 的标志亮起来，队内通信传出声音。

"谢……谢谢……我以为再也看不到家人了。谢谢您救了我们！"

"谢谢飞神，谢谢飞神！"

毕竟刚在生死线上走过一遭，即便是上过战场的士兵，此时也有一点神思不属。

覃飞沿听得眼角乱抽，正要开口解释出手的人不是自己，就看见云悠悠离开了小组频道，跳进频道 3，覃少爷迅速做好了替人尴尬的准备。

下一秒，通信器中传出云悠悠严肃认真的声音："第三军团那一位，请先回去参加机甲考核，不要出来连累别人，好吗？"

寂静片刻之后，被点名的队员急眼了："你算个什么东西！"打击报复，这绝对是打击报复！他不就是说她是拖油瓶说得特别大声吗？看看她这副小人得志、落井下石的嘴脸！

早已看透一切的覃飞沿木着嗓子："她是救你命的东西。"

队员惊呆："啊？刚才救我们的人不是飞神你吗？"

覃飞沿："呵呵。重考驾照的时候顺便看看眼科。"

全体队员：虽然不明白4、5区域究竟发生了什么，但是感觉内情很复杂的样子。

◆ 05 ◆

15：00，隐形战舰顺利降落在实验楼前方的空地上，十台作战机甲分列各个方位，替它守护好后背。全频道通信中传出舰长的声音："准备护送两位专家进入实验楼，各单位全神戒备！"

"收到！"

一听到这个消息，云悠悠的心脏立刻剧烈跳动起来，手中的激光剑嗡嗡作响。她浑身的皮肤血肉都在冲动地叫嚣，骨头也痒得要命，渴望跳出机甲，跟着他们进入地下。

哥哥……如果哥哥还活着……如果他就在那幢楼下面……念头刚一闪过，云悠悠的心脏忽然猛地一坠，下一秒，后背已经浸满了寒意！

——林瑶会希望哥哥活着吗？今时不同往日，她已经公然把哥哥的东西据为己有，如果哥哥还活着，将会对她构成巨大的威胁！现在地下实验室里情况不明，林瑶会不会让韩詹尼帮她下黑手？

他们已经进去了！云悠悠顾不上多想，立刻切换到全频道通信："地下实验室中可能有一位杰出的生物科学专家！他的外貌特殊，如果看到了他，请千万千万不要误伤！"

无论是"长相和太子殿下一模一样"，还是"一张严重烧伤过的脸"，都可以称之为外貌特殊。思忖半秒之后，云悠悠又补充了一句："希望有过'蓄意密谋伤害他人'前科的某些人约束自己和同伴的行为！我已经提醒过这一点，如果还发生什么恶性事件，那就不是意外，而是谋杀！"

这样一来，就能彻底断掉林瑶和韩詹尼"失手误伤"的可能。云悠悠的胸口一阵抽痛，因为过度紧张，身体不自觉地微微发颤。

舰长的声音从通信器中传出来："收到……林博士，你怎么了？"

两秒之后，林瑶的声音透过舰长的通信装置，不远不近地飘出来："没事，只是不小心绊了下……可能休眠舱设置出了问题，腿脚有些发软。"

云悠悠心中仍旧不安，切成组内通信："我去前方接应，有状况叫我！"

覃飞沿一头雾水："喂，你是不是知道什么了不得的内幕啊，回头千万跟小爷分享分享。"

云悠悠没理他，径直掠向实验楼，她必须离开机甲，跟着他们进入地下！她知道自己这具孱弱的身体离开机甲后也许什么都做不了，但是她没有选择。在明知哥哥很可能面临危险的情况下，让她在一旁眼睁睁看着、等着，她做不到。她赌不起，也不敢赌。他如果倒在距离她一步之遥的地方……她不敢想象自己会疯成什么样。

云悠悠飞快地掠过两片曾经的绿草坪，越过停在实验楼前的隐形战舰，奔向大楼入口。就在这时，通信器中忽然传出一声慌乱的惊呼："虫巢！这有虫巢！它截断了电梯向下的路！"

"有一只三级成虫——它发现我们了！快撤！快关闭电梯门！"这一嗓子喊破了音，显得异常凄厉。紧接着，通信器里传出拍打电梯按钮的声音。

舰长镇定下令："全力掩护专家撤回战舰，各单位回援。请注意，目标是三级成虫，重复一遍，目标是三级成虫！"

"叮！"电梯抵达地面。旋即，恐怖刺耳的声音传来，金属像硬纸一样被撕裂、扭曲，发出"嚓啦咯吱"的声音。

"它追上来了——啊！"几秒钟之后，一声惨叫直直刺入众人的脑海，久久回旋。

云悠悠打消了离开机甲的念头，为了哥哥她可以抛弃理智，但为了别人，不可能。她抿住唇，移动机械巨足悄悄后退半步，侧身贴在大门旁边，紧了紧手中的激光剑剑柄。

"啊——"又是一声惨叫。这个声音先后从通信器和机甲提供的真实听觉中传出来，交叠在一起显得更加骇人。脚步声也近了，众人身后显然追着一个大家伙，"轰隆隆"的声音越来越接近地面。万幸的是它的体型太大，老旧的实验楼虽然无法阻止它的脚步，但还是对它的速度造成了一定影响，否则这支步行小分队早已全军覆没。

"快，快，掩护专家登舰！后卫队分散射击，尽量拖住成虫，不要让它接近战舰！"舰长沉声下令。一队舰兵护送着韩詹尼和林瑶，冲出了实验楼大门。

云悠悠居高临下望去，只见林瑶脸色惨白，被韩詹尼钳住胳膊半拖着奔逃。至于那位韩姓斯文败类，他看起来仍是游刃有余的样子，不仅动作非常迅捷，而且脚步完全不乱，甚至没有大喘气。

在他们撤离大楼、奔向战舰之后，掩护他们的后卫队才停止射击，飞快地撤离实验楼，舰长则被留在了最后。

听着声音，那只虫族已经追到了大厅。"咣当——"它撞碎了竖在大厅正中的屏风，在舰长刚刚踏出大门的那一瞬间，它嗡地振翅而起，一掠即至！带着复眼和锯状钢牙的虫头撞碎了大门上方的玻璃壁，自上往下，张开血盆大口，罩向舰长。舰长自知生还无望，回过身，举起枪，微颤着手连续射击，尽力为其他人争取最后的逃亡时间。

"启动战舰引擎！各单位请在 20 秒之内返回战舰！"他下达了最后一道命令。

云悠悠动了，手起，剑落！眼前只剩一个孤零零嵌在墙壁里的虫头，真是比卡了 BUG 的虚拟虫族还要好杀。拖着黏液的虫头缓缓坠到一边，顺着台阶咚咚地滚了下去。

舰长愣了一下，重重吞下口水，向着战舰方向拔足狂奔——再过十几秒战舰就要升空了！舱门缓缓闭合，引擎闪烁着幽蓝微紫的动力光芒。云悠悠跟在一旁掩护舰长，着急得要命，恨不得在他的屁股后面扇风，让他再跑快一点儿。她无比嫌弃舰长的奔跑速度，只恨自己无法代替他跑完这

段路程，只能跟在他身边干着急。

幸运的是，这位中年长官全程没有摔跤，在舱门闭合之前，一人一机恰好成功登舰。看着合金重门"咣"一下彻底紧闭，舰长终于松了口气，侧过头，夸奖云悠悠："能够提前预判落位，战斗意识不错！"

云悠悠赶紧摇头——这完全是个意外。

舰长大喘了一口气，话锋一转，垮着脸抱怨："但是，下次遇到这种情况，请记得用你的机械手带着别人一起跑！刚才老人家的腿差点儿跑断了！"

"啊……抱歉。"庞大的合金巨人显出几分手足无措。

战舰外，一阵阵令人牙酸的怪音此起彼伏。实验楼地底涌上来更多的虫族，倒在门口的无头虫躯挡住了它们前进的方向，虫群开始乱冲。只见实验楼的四面玻璃墙被疯狂撞击，一团团白色的裂纹四面开花，墙壁中的合金纤维就像一道道被崩开的叶脉，摇摇欲坠地撑着四壁。

机甲已经全部返回，引擎也开始全功率运行，战舰腾空而起。几乎同一时间，实验楼轰然倒塌，扬起的玻璃碎尘腾上半空，就像战舰喷出的巨大尾气。在被引去城区的虫群回涌之前，战舰掠过灰暗的云层，及时潜向了近地轨道。

云悠悠离开机甲，和其余9名特战队员一道小跑着前往舰上的环形议事厅，听舰长报告这起事故，情况是这样的——

实验楼下，负二层和负三层是防空设施，负四层是储藏间，地下实验室建在储藏间下方，也就是地下五层。然而，一条来自地下的虫巢甬道正好穿透了防空设施和储藏间，把这片宽阔的地下空间改造成了巢室的一部分，阻断了直通向下的电梯通道。刚才电梯下行，正好把专家和舰队成员送到了虫巢内部。

这一趟行动，牺牲了六名战士。但是舰长也带回了一个好消息：生命状态检测波反馈的信息显示，地下五层疑似生活着两名幸存者！云悠悠的心脏再一次被抛上了半空，她手指发麻，后背涌动着一阵阵热流。幸存者！

真的有幸存者！

舰长顿了顿，微笑着望向云悠悠："这位机甲师似乎很了解地下实验室中的人员情况？"

云悠悠一怔，转了转眼珠，想起自己情急之下吼的那几嗓子。为了防止林瑶和韩詹尼下黑手，她当时说了什么来着？她下意识地望向林瑶，只见林瑶身上披着韩詹尼的外套，正缩在那个男人怀里瑟瑟发抖，面色惨白。显然，刚才的事情把她吓得不轻，还没彻底回过神来。

"哦，"云悠悠慢吞吞地说，"我在教学楼那边看到了一条求救留言，于是就照着念给大家听。"

她和林瑶对上了视线，从对方的眼神可以看出，这个女人根本不自己的鬼话。当然了，云悠悠对林瑶也绝不会有半点信任。

舰长点点头："明白了。眼下情况就是这样，地下虫巢非常危险，我的建议是，等正规军团抵达后，再计划营救的事……"

"不行！"云悠悠和林瑶异口同声。云悠悠根本不可能放任疑似哥哥的人继续在地底受折磨；林瑶更是不愿意林思明这个人曝光在高层面前——万一地下的人真是林思明呢？

舰长耸了耸肩："这只是一艘执行秘密任务的隐形侦查舰，没有太强的作战能力。地下虫巢一般会连通母巢，刚才我们就已经遇上了一只三级成虫，底下说不定还会有四级，乃至更恐怖的五级成虫！"

韩詹尼点点头，持保留意见："24小时之内虫群将免疫诱虫剂效果，我们可以利用这段时间仔细商议。我与林博士先谈一谈，之后再与你们沟通。"

"可以。"舰长颔首，"战舰将保持最高警戒，时刻监控地表虫群变化！"

✦ 06 ✦

解散之后，云悠悠转了一圈没找到覃飞沿，给他发消息也没有回应。她怎么也想不到，此刻覃小少爷竟然躲在林瑶的休眠舱里。

地下实验室的事使覃飞沿意识到，云悠悠似乎掌握了一些他不知道的秘密，问她也不说。这让覃小少爷非常生气！每次和云悠悠交锋，他都好像弱她一头似的，令人非常不爽。他才不想求着她吐露什么秘密，他要亲身上阵，搞个大的。刚才韩詹尼不是说要和林瑶密谈吗？覃小少爷打算亲自掌握一手消息，到时候看那个讨嫌的云悠悠会不会哭着喊着求他告诉她！

万一被发现，覃飞沿连借口都想好了——林瑶不是说她的休眠舱设置有问题吗？他是积极主动来帮姐姐修理休眠舱的！就这样，小少爷提前藏在了林瑶的休眠舱里，听着韩詹尼送林瑶回来，锁好门。

"宝贝，事已至此，你得把我当作真正的自己人，让我知道全部内情才行啊。"韩詹尼压低了声线，语气真诚，令人安心，"来，告诉我，进入电梯之前你让我帮你'误杀'的那个容貌可怖的人，究竟是谁？为什么云悠悠会知道你打算做什么？那个人真的是杰出的生物科学专家吗？他和你有什么关系？"

林瑶的声音带着一丝惊惶："我……"

"相信我，"韩詹尼循循善诱，"只有我能帮你。还是说你希望这个人被太子殿下救走？那样的后果，你可以承受吗？"

"不，不会的。地下的人不一定是他，不一定！"林瑶声线颤抖，"地下实验室里没有大型计算机，他要把数据包发给我，必须使用量子级计算机。对，他不会在地下实验室！底下的人一定不是他！"

"啧。宝贝，不要掩耳盗铃。"韩詹尼语露不满，"万一他设置定时发送之后，就躲到地下了呢？"

林瑶不得不承认有这种可能性，她支吾了一会儿，艰难地开口："他叫林思明，是个很有空的闲人，因为喜欢我，所以帮我核算过很多数据。他……他总是骚扰我，还污蔑我和他有那种关系。我，我对他又厌恶又害怕。"

"不止是核算数据这么简单吧？"韩詹尼笑，"如果我没有猜错，那些论文和成果，绝大部分来自他，就是我帮你破解的那些，对吧？一个丑陋的科学怪人……噢，宝贝，别紧张，我没有要吓你的意思，更不会因此看轻你。我只是想告诉你，我会永远站在你这边，帮你解决这件事情的。"

事已至此，林瑶只能承认："是，你说的没错，林思明确实是个非常可怕的天才，只是他性子古怪，浪费了那样出众的天赋——你打算怎么帮我除掉他？对了，我知道那个云悠悠是谁了！她就是林思明以前的女朋友，她简直是个疯子！难怪她总是针对我！"

"哦——"韩詹尼的声线拉得非常长，尾音挑起，听起来似乎颇有兴致，"是吗？这么说来，太子殿下捡了二手货啊？有意思，真有意思，也不知道殿下是被蒙在鼓里，还是虽然知情但甘之如饴。"

"殿下肯定不知道！"林瑶咬牙切齿，"要不是刚才她自己暴露的话，连我都没想起来！先别说这个了，快想想办法，如何在正规军赶来之前解决掉这个麻烦？"

韩詹尼低低地笑，成熟男人迷人的声音回荡在这间小舱室中："解决他，不过是信手拈来，我甚至可以帮你把林思明与云悠悠一锅端掉。不过在此之前……"

韩詹尼一步步迈向舱中，他的声音距离覃飞沿越来越近，越来越近……

"得先按下休眠键才行啊。"韩詹尼笑道。

覃飞沿双眼陡然睁大！

韩詹尼戴上手套，启动休眠舱，然后将它的外观调成透明模式。林瑶惊恐地看见，覃飞沿睁大了双眼躺在舱中，正在抬手推舱盖。然而已经太迟，无色无味的休眠气体瞬间充斥舱内，覃飞沿徒劳地挣扎了两下，头一歪，陷入深层睡眠。

"他……他怎么会……你知道他躲在这里？"林瑶的牙齿咯咯打战，声音发抖。

韩詹尼耸肩微笑："大概是来帮你修理休眠舱的。雄性生物对于入侵自己地盘的同类，总是特别敏感。"

林瑶："怎么办……现在怎么办，他全都听到了！"

韩詹尼淡笑着，修长的手指缓缓移向一个闪烁着骷髅标志的黑色按键，他的动作很慢，慢得像是一种示范。"别慌，别乱，只不过是一点小事而已，"

他的动作堪称优雅，"这是一种强效麻痹药剂，使用之后，身体再也不会感受到任何疼痛，就像在深海沉睡，只有安静和安宁。当战舰迷失在深空，或者面临必死的结局时，使用它，可以帮助人们毫无痛苦地回归天国。"

林瑶瞳仁颤抖，视线紧随他的手指。此刻的韩詹尼就像讲台上挥洒自如的导师，那根手指，就是最气定神闲的讲师棒，正抚在那个骷髅按键上面，他微笑着看向自己的学生："看，没有任何阻力，也不要有什么压力，轻轻按下去，秘密就守住了。"

林瑶脸色苍白，一步步倒退："不，不行，你不能杀他，他是覃上将的儿子啊！"

韩詹尼的声音非常平静："听到那些话之后，他不会再喜欢你了，只会成为你的敌人——你愿意为他身败名裂？"

林瑶痛苦地摇头。

"放轻松。"韩詹尼告诉她，"我来做，你不必有任何负担。按下这个按键的，是你面前的男人，不是你。你看，很简单的，非常简单，比你想象中简单一万倍。"

撒旦的声音诱哄着羔羊踏入地狱。话音犹在，他用一根戴着手套的手指轻轻触击了黑色的骷髅按键，三下——启动这个危险的程序，需要经过两次确认。

深蓝液体直接无创注入覃飞沿的皮层，休眠舱中，他的身体像濒死的鱼类一样，直挺挺地挣动了几下，睁开眼睛。

"意志比我想象中顽强，"韩詹尼惊讶地挑了挑眉，"居然还没睡着吗。"

林瑶满脸都是汗，捂着胸口，大口大口地喘气。

"宝贝，没有回头路了。"韩詹尼望向她，"放心，他再也说不出话来，也动不了一下，只能绝望地等待肌体衰竭而死。现在，振作起来，拿出你平日里撒谎的演技，告诉大家，你的好弟弟在帮你修理休眠舱的时候手滑误触了黑骷髅按键——按下按键的是男人，不是你，告诉你的心，让它确定这一点。你看，这件事中，你完全没有责任。"

他一边说，一边打开休眠舱，拿起覃飞沿的手指在舱内的黑骷髅按键上留下两个半指印，然后从他身边捡走了一个正处于录制状态的光脑。

"啧啧，看到没有，这就是你的好弟弟！"韩詹尼无法操控覃飞沿的光脑，只能把它扔给林瑶，"亲爱的宝贝，别怪我心狠——你为什么要特意告诉他你的房间密码呢？否则他也不会出事。"

"不，不是。"林瑶辩解，"我只是习惯把所有密码设置成一样的，没有刻意告诉他。"

"好的，我相信。"韩詹尼微笑，"现在你已经冷静下来了是不是？来，把注意力交给我，听我说另一件重要的事情。覃小少爷的'意外'将带来很大的混乱，在混乱之中，如果有人误触发射按键，把一支诱虫剂发射到实验楼下面，也是很正常的，对不对？"

林瑶反复深呼吸，让自己平静下来，听进了韩詹尼的话，她慢慢眯起眼睛："你是说，等云悠悠进入地下之后，往里面扔诱虫剂，让她和林思明一起被虫潮撕成碎片？不错，云悠悠不会关心小飞的事情，那个疯子，一定会主动请命下去救人。"

韩詹尼点头："不过这件事情得由你来做，因为我要负责帮你转移所有人的注意力。能做到吗？轻轻按一下按键，很简单的。"

他关切地看着她，就像导师亲自示范了一遍实验过程之后，鼓励地看着自己的学生。

林瑶咬咬牙，点头："能！"

韩詹尼上前轻吻她的额头："我会把林思明和云悠悠的关系通过一个可靠的人告诉太子殿下，来奖励你的勇敢。"

林瑶垂下头，眼睛里闪过凶狠与窃喜的光芒。

第十章
CHAPTER 10
别爱我，没结果

Falling into stars

✦ 01 ✦

云悠悠听到覃飞沿出事的消息时，整个脑袋都是蒙的——这个傻子爬进林瑶的休眠舱，并且误触了致命的按键？她急忙赶往医疗舱，刚到门口就听到了林瑶肝肠寸断的哭声，在不停地责怪自己，后悔不该同意小飞帮她修理休眠舱。

医师遗憾地表示："幽暗深海无药可解，他太不小心了！"

幽暗深海四个字，就像一道惊雷劈在了云悠悠头顶，她急忙拨开挡在面前的人，挤到了最里面。覃飞沿醒着，他可以缓缓眨动眼睛，只是那双平时神采飞扬、傲意凛然的眼睛，此刻盛满了悲伤和绝望。看见云悠悠，他很努力地睁了睁眼，仿佛有什么很重要的话急着对她说，遗憾的是，他一丝一毫也动弹不了。

视线相对的那一瞬间，云悠悠完完全全能够理解覃飞沿的感受，她没有急着说话，而是伸出一只手，放在他的额头和眼皮上，轻轻拍了拍，又抚了抚。

她记得很清楚，中了"幽暗深海"之后，最难受的地方就是额心和眼窝，会感到非常非常寒冷，就像是被冰针不停地扎。当时曾有一滴温热的血溅在她的额头上，她竟然一点也不觉得恶心，而是拼命汲取它的温度。手贴上去之后，她果然感觉到覃飞沿放松了一些，瞳仁微微扩大。

安抚了病友之后，云悠悠抬起头，斩钉截铁地告诉周围的人："幽暗深海可以解！"

"不可能。"医师难过地说，"这种麻痹剂自问世以来，就是作为绝境中的安乐死方式来使用的。一旦服下，肌体和器官会无可逆转地开始衰竭。"

"可以，我见过成功案例！"云悠悠说完，感觉到两个人的目光"咻"的一下落到她身上。

她下意识地转头，只见林瑶睁大眼睛盯着她，见她回望，立刻悻悻移开视线。另外一道目光则来自韩詹尼的方向，当云悠悠看过去时，他的表情恰到好处，不信居多，隐隐带着一丝期待。

云悠悠脑海里瞬间闪过两个念头：第一个是，这件事似乎与韩詹尼没有关系；第二个是，如果他是装的，那么这个人实在是太可怕了！

她深吸一口气，没去解释更多，只是对医师说："既然你们认为覃飞沿死定了，那为什么不把死马当成活马医，让我试试呢？我需要的三种药剂都只是普通的药物——马丁兰抗病毒溶液、星蟾胆连素、黄花蜜与珀冻合成液。"

她抿抿唇，回忆着哥哥当初说过的话。他救她的时候，没添上最后那个黄花蜜与珀冻合成液，后来他无数次表示后悔，说要是在解毒液里加上那个的话，她的身体状况不会变得那么糟糕，并且它会好喝很多——他还重新配制了一份解毒液，让她看那晶莹明亮的色泽。

不过云悠悠那时并不觉得遗憾，要不是因为她的身体实在太差，哥哥也不一定会长期收留她。

"嗯？"韩詹尼挑了挑眉，不经意地提起，"这三种药物，似乎都是林德公司的发明。哦，如今已经更名为圣玛琳公司了。"

云悠悠并不觉得这有什么问题，她目光灼灼，望着医师："请您把药物给我！"

医师望向舰长，舰长叹息着点了点头："给她吧，我来负责。"

云悠悠拿到了三份药液，并借来一只大玻璃瓶，学着哥哥当初的样子，把它们一点一点倒进去，配成适宜的颜色和浓度。哥哥一直坚信一个原则——科学的尽头是美学。就连配制药液也是一样的，她的双手轻轻摇晃，渐渐感受到了哥哥口中的那种美。直觉就像精灵的指引，带着她，一点一滴重现过往。当一份略带金色的剔透溶液出现在玻璃瓶中时，云悠悠无须确认就知道，自己成功了。

"让他喝下。"

云悠悠忽然想起哥哥扶她坐起来，喂她喝下解药的情景，她倚靠着他的身躯，直到现在仍能记起那时的温度。她忽然惊奇地发现，自己对哥哥并没有任何低俗的欲望，最最过分的念头，也不过是获救的那一瞬间，想要抚触一下、轻吻一下他的脸颊。再后来，她并不会渴望与他有任何肢体接触，只是单纯地喜欢待在他的身边。

在云悠悠愣怔时，覃飞沿已服完了药，直直躺回治疗舱，闭上了眼睛，面容安详。

医师吓得一个激灵："毒……毒死了？这也太灵了吧。"

还好监测仪显示，覃飞沿的身体开始解冻。时间一点一滴流逝，就在所有人都认为小少爷会这么一直睡下去的时候，只见治疗舱猛地一震，覃飞沿像具僵尸一样直挺挺地弹起了上半截身躯。

他怒目圆睁，大吼一声："云悠悠你死定了！你才没通过机甲考核，你全家都没！"视线一转，他凶狠且绵软地薅住云悠悠的制服领子，把她攥到身前。小少爷手臂乱挥，身边的仪器嘭嘭咣咣掉了一地。

"哎——放开她，快放开她！"现场一片混乱，人仰马翻。

云悠悠晕头转向，正蒙着，忽然听到小少爷用蚊子一样的声音在她耳朵旁边说："富贵险中求，我要把光脑搞回来！"

云悠悠扶额，说实话，她根本信不过覃飞沿装失忆的演技，只能忧心忡忡地望向眼前这位演技浮夸的"失忆患者"。覃飞沿这是把韩詹尼和林瑶当傻子吗？不，傻子也不会相信啊！

她叹了口气，刚想要劝他别折腾了，目光落到覃飞沿身上，却是一怔——她发现他攥着自己制服领子的双手正微微发颤，而他此刻的眼神，她完全可以读懂。看着他，就仿佛回到了多年前，看见了曾经的自己。

在她愣神时，覃小少爷继续卖力地演戏，把她往自己身边拽："我今天绝不会放过你！"

他用肢体语言向她示意，让她配合他。云悠悠忽然明悟，这场拙劣至极、漏洞百出的戏，并不是演给韩詹尼和林瑶看的——是演给她看的。

覃飞沿只是想要掩饰心里庞大而强烈的恐惧，以及……亲近眼前这个带他离开黑暗地狱的"神祇"。这种感受，她全然了解：覃飞沿真是个死要面子的家伙，他不愿意让别人知道他此刻很害怕，也不愿意让云悠悠发现他想要离她近一点，于是用"装失忆骗林瑶"为借口，来揪她的领子。

原来姓覃的没把别人当傻子，而是把她当傻子。

心好累。

不过覃飞沿也向她明确了一个信息——他出事不是意外，证据就在他的光脑里。只是现在空口无凭，指控别人是凶手毫无意义，只会陷入无尽的扯皮。而且，这艘战舰上地位最高的人是韩詹尼，没有其他能为覃飞沿"做主"的人在，除非证据确凿。

所以覃飞沿演技再拙劣也没关系，现在的情况就是双方共同撑起了一片巨大的虚假泡沫，然后在泡沫之中交锋对抗。

云悠悠想了想，抬起手来，安抚地拍了拍覃飞沿的脑袋，把自己的手掌护在他的耳朵上方——她很清楚这位病友现在需要什么样的安慰。虽然那个时候哥哥把她当成一名囚犯，但他的风度教养，让他待她很是温柔。

在她的帮助下，覃飞沿迅速放松下来，懒洋洋地眯起眼睛，舒适得不想动弹。

"刚救活，傻一点正常。"她一本正经地说，"睡几觉就好了。"

覃飞沿：……

身后传来的一声轻笑让云悠悠脊背微微发寒，绷着脸回过头，只见韩詹尼正注视着她，目光欣赏。

"我就知道，云小姐是位能人。"他慢条斯理地抚了抚自己的手背。

这句话，在他们第一次见面的时候他就对她说过。云悠悠盯住他的眼睛，不知道是不是因为隔着镜片，韩詹尼的眼神没有一丝心虚，继续笑道："覃飞沿小朋友，以后不能再这么粗心大意了，要不是我向段少校申请，让云小姐随行的话，你可就要出大问题了。回头，覃上将可得好好感谢我和云小姐才行。"

这一番话下来，哪怕云悠悠带着先入为主的有色眼镜去观察韩詹尼，也无法从他身上找到任何破绽。覃飞沿更是被他的无耻惊呆了，张着嘴巴好几秒说不出话来——这是何等的有恃无恐！看来他的光脑已经惨遭灭口了。

这个念头刚一动，韩詹尼就像是懂得读心术一样，偏头看向神色复杂的林瑶："林瑶博士，你不是帮覃飞沿小朋友收着他的光脑吗？快给他，让他向家人报个平安。"

一听这话，覃飞沿差点儿露出了嘲讽的表情。哈！惺惺作态！谁能猜不到他的光脑已经被林瑶不小心弄丢到外太空去了！看透一切的覃小少爷挑起一边眉毛，望向林瑶。没想到，林瑶竟然毫不犹豫地掏出了一台光脑，虽然她的表情有些紧张，不像韩詹尼那么自然，但动作却还算流畅，就像在心里悄悄排练过一样。

覃飞沿心中惊疑，接过光脑，不禁又是一怔："我的？"居然没有什么幺蛾子？怎么回事，怎么回事？

韩詹尼笑得好看极了："看来云小姐说得没错，覃小朋友刚吃了药，是有点傻。"

覃飞沿瞳仁微缩，低头去看，林瑶递过来的确实是他的光脑。光脑只有本人可以操作，此刻，它仍在兢兢业业地执行录制任务，录到了自己那张无比蠢萌的大脸，张着嘴巴，两只眼睛里写满了迷茫，一副怀疑人生的鬼样子。

他抽搐着眼角，点击停止录制。这怎么可能，到底怎么回事，他们怎么会把证据送回他的手上？这不科学！完全不科学！覃小少爷心里大声叫嚣着，手上的动作却毫不含糊——果断先点击保存！正要点中时，一个弹窗精准无比地跳出来，覃飞沿甚至来不及看清提示字样，只知道指尖指向的地方是个确认框。

【是／否】

本该是"保存"的地方，恰好是"是"，他根本收不住手，就那么点了下去，点击了确认之后，才后知后觉反应过来那行字写了什么——

【您的"特别关注"向您发来了远程协助申请，是否接受？】

他的特别关注只有一个人——林瑶！

这一刻，覃飞沿简直要在心里为韩詹尼拍案叫绝！这演技、这应变……脑袋"轰"地一炸，他眼睁睁看着自己把光脑的控制权拱手交给了林瑶。下一瞬间，只见屏幕上光标一闪，点击删除！

覃飞沿觉得自己就是个大傻子——"特别关注"是他自己设置的，协助授权也是他自己同意的。此刻断开协助已经太迟，删除进程一旦开启就无法中止。大约是因为录制时间太长，文件并没有被秒删，而是出现了一节缓缓跳动的进度条。他呆滞地看着删除进度条，绝望地想：是本少爷输了！

云悠悠一直留意着每个人的动静，只是她没有特别关注的好友，所以并不知道还有这种操作，等她看清那行字样，并过了过脑子之后，光脑已经在执行删除命令了。

"发给我！"她冲着覃飞沿的耳朵大叫，把他的魂魄喊回来。

覃飞沿下意识照做，他把删除中的视频拖到了胖星星头像上。很快，光屏正中连续跳出三条提示。

【133910091903.avi 已成功删除、tailor 运行完毕已自动删除、缺损文件发送成功。】

云悠悠飞快地掏出自己的光脑，点击覃飞沿发来的【缺损文件.avi】，光屏正中跳出提示：

【文件受损无法播放，是否自动修复？】

云悠悠犹豫了一下，没有贸然去点。她抬起头，望向韩詹尼，只见对方依旧勾着微笑唇，镜片后的桃花眼波光潋滟，一边若无其事地摆弄自己的光脑，一边接着几秒钟前的话题说了下去："给家里报个平安，然后赶快休息，年轻人玩光脑要适度。"仿佛这一场交锋与他完全无关。

云悠悠眨了眨眼睛，转头望向林瑶。她不像韩詹尼这么镇定，身体一直在颤，眸光闪烁，一眼也不敢看覃飞沿。这对"姐弟"，彻底掰了。

覃飞沿把闲杂人等全部赶走，趾高气扬地命令云悠悠留下来照顾他。韩詹尼对此全无异议，甚至主动帮忙清场，把医师也赶出了医疗舱。

云悠悠和覃飞沿大眼瞪细长眼，沉默了一会儿，覃飞沿率先开口："刚才，林瑶没碰光脑，她就站在我旁边，我看着的。"

"嗯。"云悠悠点头，"是韩詹尼干的，他用自己的光脑远程协助林瑶的光脑，又用林瑶的光脑远程协助你的光脑。"

覃飞沿面露颓丧："气死我了！全程被他牵着鼻子走！我跟你说，对我动手的就是韩詹尼，心太脏了这个狗，本来林瑶根本不敢对我下黑手！"和那个游刃有余的斯文败类相比，覃小少爷活脱脱就像个三岁小娃娃。

云悠悠慢吞吞地点了下头："幸好救回来一部分证据残骸。你把它发给你爸爸，顺便告诉他，如果你出了什么事的话，一定是韩詹尼干的。"

覃飞沿的表情更加忧郁："我早就知道韩詹尼不是好东西，可是谁也不信我！除非这个视频能修好，要不然我老爸又说我污蔑姓韩的！"

云悠悠："所以你以前经常在背后说韩詹尼的坏话？"

覃飞沿把细长眼瞪成了圆眼："什么叫说坏话，那是我洞若观火，早就识破了他的真面目好吗！"

云悠悠心很累，不想说话。

覃飞沿抿抿唇，把残缺文件再打包一份，发给另一个人："我表姐，牛人，计算机方面的专家，不比韩詹尼差。她肯定能修复视频！"

云悠悠礼貌微笑，耐心地等待他向对面交代完毕，然后好奇地问："你到底听到了什么，为什么他要杀你灭口？"

说到这个覃飞沿就精神了。

"林瑶的学术成果，都是别人做的……"他忽然顿住了话茬，见鬼一样盯住云悠悠，"不对，你早就知道了！"

云悠悠认真点头："嗯嗯，继续说。"

覃飞沿眼角一顿乱抽，满脸八卦："那个科学怪人，叫林什么明的……林瑶说他是你的老情人，真的假的？"他记得那两个人提到"可怕""丑陋"这样的字眼。

"林思明。"云悠悠说，"是真的，哥哥答应过，让我做他的女朋友。嗯，我是哥哥很正式的女朋友。"

覃飞沿怔怔点头："所以你喜欢心灵美。"

云悠悠也不知道该怎么说，索性跳过了这个话题，她问："别的呢？他们还说了什么？"

"林瑶的成果来自林思明给她的数据包，他把自己的成果全给她了。"覃飞沿忽然意识到眼前的女孩好像头顶湖绿湖绿的，不禁有些同病相怜，"话说，你也别太死心眼。森林里多的是玉树临风的树，没必要在一棵歪脖子树上吊死，好男人那么多，是吧？"

云悠悠立刻警惕起来，她很清楚覃飞沿现在的状态，赶紧给他打个预防针："别爱我，没结果。"

覃少爷先是目光呆滞，然后暴跳如雷："少自作多情了！我会喜欢你？

做什么青天白日梦呢！虽然你救了我，但是一码归一码，要我帮你做什么事，我给你两肋插刀；但是休想馋我这个人，想都别想！"

云悠悠盯着他仔细观察了一会儿，觉得他说的是真话，原来刚才只是拿她当工具人。

"行了行了，"覃少爷摆手，"说正事，韩詹尼和林瑶觉得你一定会去地下实验室救人，所以他们的计划是，在你下去之后照你脸上投放诱虫剂，让你和科学怪人一起被虫子撕成碎片。我跟你说，韩詹尼太阴险了，你要是真下去了，我一个人拖着病躯，可没本事防住他！你不如听小爷一句劝，别冲动，等正规军来救人。"

云悠悠抿住唇，若有所思，原来他们的计划是这样的吗，总觉得哪里怪怪的，而且好像忽略了什么……

✦ 03 ✦

"叮"，是覃飞沿的光脑来了消息。他拿眼一瞥，得意地冲云悠悠吹了声军营里面学来的标准口哨："我表姐！肯定是好消息。我跟你说，要是她都修不好这视频，那世界上也没人能修好了。"

点开语音，是一个略带惊愕的甜美女声："飞沿，林瑶学术造假？"

覃飞沿和云悠悠激动得整整齐齐："视频修复了！"

如果没有修复的话，覃飞沿的表姐怎么会知道林瑶学术造假呢？

那个有蓝色晴天和金灿灿向日葵的头像再一次闪烁起来，覃飞沿迅速点开，表姐的声音镇定了很多："但是飞沿，这样的证据还不够，因为口供有可能是受了胁迫，或是药物的作用，并不能单独成证。只有找到苦主那一边的证据，才可以给林瑶定罪，明白吗？"

覃飞沿额角迸着青筋，兴奋得咬牙切齿："那韩詹尼老狗害我的事情是不是可以直接定罪了？我，苦主在这里啊！我就是证据！"

对面回得很快："啊？抱歉，我暂时只修复了林瑶造假的部分，很多区域已经无法复原了……还有韩詹尼的事吗？稍等，我很快就能全部处理完。"

"没事没事,"覃飞沿故作大方,"表姐你慢慢来,我不着急。"

云悠悠倒是很急:"快快快!先让你表姐把修复好的部分传给你爸!别出什么岔子!"

这种事情她在肥皂剧里面可见得太多了——紧要关头,重要的证据突然被毁掉、知情人被灭口什么的。

覃飞沿嗤地一笑:"少看那些狗血玩意!我表姐什么身份,韩詹尼想动她?呵。"

云悠悠木着脸盯他:"你什么身份,人家不是随随便便就动你了。"

那位表姐办事非常效率,很快就把复原好的那部分视频发给了覃飞沿和他爸爸覃上将,事情顺利得让云悠悠感觉有点云里雾里。覃飞沿点开了视频,准确地说,它应该被称为音频,因为当时覃飞沿身处休眠舱中,只能拍到雪白的舱壁。

——"他叫林思明……帮我核算过很多数据。"这是林瑶的声音。

——"如果我没有猜错,你那些论文和成果,绝大部分来源于他吧,就是我帮助你破解的那些,对吧?"这是韩詹尼的声音。

——"是,是这样,林思明确实是个非常可怕的天才,只是他性子古怪,浪费了那样出众的天赋。"林瑶承认了。

云悠悠和覃飞沿对视一眼:"就这些?"

覃飞沿挠了挠头:"差不多吧,好像就缺失了韩詹尼劝林瑶告诉他实话的部分。幸好重要的地方都在!"

云悠悠抿了抿唇,没发表意见。这段音频给人的感觉,就好像韩詹尼是今天才猜到林瑶学术造假的事情,此前毫不知情。而且他的语气……怎么说呢,甚至有点像一个被人利用的无辜受害者,也不知道是不是她多心了。

很快,第二段视频修复完毕。这一次,录制视频的光脑被揣在了林瑶的衣兜里面,她"惊慌失措"地跑到外面喊人,大哭着说小飞帮她修理休眠舱时出事了,她也不知道具体是什么情况。

"这也太假了吧！"覃飞沿简直要笑出声，"要是真这样，她拿我光脑干吗？哦——她没想到小爷福大命大，没死成！她完了！"

云悠悠的心脏慢慢往下沉："没了吗？"

覃飞沿的表姐发来了确定信息："其他部分已永久缺失。"

云悠悠抬起眼睛，一眨不眨地盯住覃飞沿，盯得他浑身不自在："干吗这样看我？"

"tailor 是什么？"云悠悠没头没尾地问。

"哈？"覃飞沿愣了一会儿，打开光脑搜索之后告诉她，"裁缝。问这个干吗？"

"裁、缝。"云悠悠点了点头，她记得，当时覃飞沿的光脑一共弹出了三条提示。

【133910091903.avi 已成功删除、tailor 运行完毕已自动删除、缺损文件发送成功。】

那个时候，覃飞沿的光脑在同时执行两个任务，一是删除视频，二是把正在被删除的文件强行发给云悠悠。那么，多余的"tailor 运行完毕已自动删除"又是个什么东西呢？

此刻谜底揭晓，裁缝。这份缺损文件，被裁缝动了手脚。

这一瞬间，她仿佛看到了那双藏在镜片后面带笑的桃花眼，云淡风轻，游刃有余。云悠悠瞄了覃飞沿一眼，觉得对方的智力水平应该无法理解这件事情，于是叹息着说："真正对你动手的韩詹尼已经逃出法网啦！"

覃飞沿愣了好一会儿，忽然重重一拍大腿："是哦！"

在修复后的视频里，只有韩詹尼揭穿林瑶学术造假，以及林瑶揣着覃飞沿的光脑装模作样叫人的事情，韩詹尼撇得干干净净。

云悠悠抿住唇，眼睛里一点一点亮起了灼灼星光，猛地攥住了双手："我明白了！这就是我救哥哥最好的时机！"

覃飞沿："啊？你说什么？"这是从哪里跳到哪里了？她到底明白了什

么？这和救人又有什么关系？

云悠悠本来就没指望他能明白，她摆了摆手："来不及解释了，我需要你以权谋私，帮我一个忙。反正你们第三军团本来也没有纪律可言。"

覃飞沿感到很无力，很生气。这种生气，就像是满腔灰火药受了潮，滋滋滋半天点不着的那种憋屈。

"我要偷走你的身份卡，用它打开后舱门，悄悄溜下去救人！我是新兵，自己的身份卡权限不够。"云悠悠用一双乌黑的眼睛盯着覃飞沿，认认真真地对他说。

"你……"他实在忍不住，"你明知道他们要弄死你还敢去？我先说好啊，我现在虚弱成这样，没办法帮你防人啊！你实在要去，也等到下午 3 点后，虫群不再免疫诱虫剂了……欸？"

受过诱虫剂影响的虫群，将在 24 小时之内免疫诱虫剂效果，舰长、专家和特战队员们正是在利用这段时间休息和商议下一步计划。所以现在动手的话，韩詹尼和林瑶往云悠悠脸上扔诱虫剂的计划就报废了，因为虫群还处于免疫状态。

"问题是，现在底下全是虫。你搞得定？"覃飞沿皱眉。

"我会小心。实在不行，我也不会把虫带回来。你只要让别人不要管我，不要下来救我就行。"她思忖了一会儿，又交代了一句，"如果韩詹尼有什么动作，你不用管，有疑问也不要问，就像你平时那样傻乎乎的就行。"

覃飞沿的小暴脾气差点压不住。

云悠悠认真地看着他："记住了吗？这很重要，说不定会有意料之外的收获！"

覃飞沿掏出身份卡，扔给她："……嗯嗯嗯。随便吧随便吧，你爱死不死。"

"谢谢！"云悠悠认真地向他行了个军礼，"保重。"

"放心放心。"覃飞沿不耐烦地挥挥手，"滚吧。"

云悠悠按捺住强烈的心跳，飞快穿过舰桥，前往机甲舱！

✦ 04 ✦

先锋舰队在深空穿行，这是一支纯黑的舰队，偶尔反射一星流光，就像深渊下的刃尖。

主舰上，闻泽静静立在王座前，透过星空窗，凝视着前方纹理越来越清晰的暗星。刚才，他收到了一份最新情报，它与战事无关，甚至可以说是无关紧要。那是一份数年前的群聊记录，是见过林思明的漂亮小女友之后，旧同窗们和林瑶一起吐槽的记录。

经过整理，意外发现林思明的小女友正好和云悠悠同年出生，并且长得和林瑶很像。其中有一条最不起眼的信息，像一根刺，扎进了闻泽心底——那个小女友管林思明叫，哥哥。

哥哥。

"殿下，"侍卫长杨诚疾步走进指挥殿，"舰队已抵达绿林轨道。"

他忽然发现，殿下的笑容比任何时刻都要温柔。

云悠悠操纵机甲穿过厚重的灰色云层："我来了！"

她曾在危险的地下矿道里面生存了十多年，那是她的大脑飞速发育的年龄段，每一次神经元进化，都只和生存有关。避开危险，找到安全路径，是刻进她基因里的本能。她发射了一枚能源炮弹，短暂地把虫群的注意力吸引到操场下方的塌陷区域，然后飞快降落在教学楼夹角附近，挥着激光剑无声腾挪，把视野中的虫族全部清理干净。

击杀腹部带有黑色条纹的虫子之后，她也没忘记使用机甲的"打卡"功能对着它"滴"一下，收集它的信息，换取功勋和星币——希望哥哥回来的时候，她身上的巨债能够稍微松动一点，从 85 万星币变成 84 万这样子。

打完卡之后，她估算了一下虫群围过来的速度，抿住唇，调出威力最强也最难用的波动射线，用它切割地面。

"轰——咔咔咔！"动静很大。虽然波动射线切割地板就像用锋利的刀子切奶油一样容易，但是那些破碎的"硬奶油"断裂坠落时发出的巨大声响，直接将周围的虫子全部激活！有一瞬间，云悠悠以为大地活了过来，就像海啸发生时的景象一样，四面八方都有波峰隆起，逐渐汇成铺天盖地的滚滚洪流，向着发出巨大动静的起点涌来。

压力和腥风先一步抵达，这种感觉是虚拟训练无法模拟的。云悠悠感觉自己身上每一个细胞都被激活，它们发出无声的尖叫，让她逃；但身体又像陷进了沼泽，变得极度迟缓。她必须忤逆流淌在血液之中本能的恐惧，才能让自己站在原地，继续手上的动作。

虫啸越来越近……翼翅扇动的声音汇成了风暴，密密麻麻交叠的虫躯让人寒毛直立，后背涌动着冷热交织的电流。她紧紧抿着唇，压住机械臂上的波动射线枪，拼命对地底进行切割。漩涡向着中心汇聚，小小的孤岛即将被吞噬，成为虫族的汪洋大海。

云悠悠知道，一旦被这种规模的虫潮彻底合围，没有人能够从中逃脱。她的心脏剧烈地跳动，感官变得极其敏锐，波动射线探到的地方，就像覆上了她自身的五感。直觉牵引着她，向下、向前、移动、移动……

"噗。"微妙的轻松感传回，她似乎打通了什么地方。云悠悠手臂旋转，完成切割。

身后，飞得最近的一股虫浪已经轰砸了下来！在山峦般的虫啸淹没这座最后的孤岛之前，她堪堪擦着漩涡的边缘飞掠起来，一只只利钳交错成密茧，几乎是贴着她在舞动，她急速向上，掠过陡峭至极的虫啸巨壁！

难以言喻的压力和阻力，令整台机甲高频颤动，她回手，向着切割点发射出一枚巨大的蓝色能源炮。四面合围的虫潮刚撞了个晕头转向，就被这枚从天而降的炮弹轰了个正着！气浪爆开，断裂的虫肢就像鞭炮粉碎时炸开的纸屑一样，噼里啪啦摔向四周。冲击波的二次席卷，更是炸得遍地开花。

借着巨大的混乱气浪，云悠悠飞速腾挪，冲向被地底虫群撕成残破骨架的实验大楼。遍地黏液中糊满了玻璃碎片，废墟下方，一条幽黑的椭圆孔洞斜插地底，里面不断涌出被惊动的虫族。云悠悠紧抿双唇，握住激光剑，

一掠而下！

"她冲进去了！"观测到地表动静后，隐形战舰主控室里发出一阵惊呼。

病美男覃飞沿软绵绵地歪在一把控制椅里，虚弱地摆摆手："她说不用救她。"

看着监控器里翻涌的虫潮，舰长感到一阵无力："就这情形，去多少人都是送命——根本没法救！"

"倒也未必。"韩詹尼推了推金丝眼镜，微笑，"不觉得她的行动很有章法吗？看，她在教学楼下制造的动静很成功，那里现在还在坍塌，连锁反应明显，并没有太多虫子注意到她进入了实验室的地下通道。她很冷静，调虎离山之计用得非常棒！"

舰长问："那我们准备支援？"

韩詹尼沉吟一瞬，扬起双手拍了拍："到指挥室开个会，制订详细接应策略，集思广益，所有人都来。"

覃飞沿下意识坐直了一点，刚想开口说些什么，忽然记起云悠悠曾交代过，不要干扰韩詹尼的任何行动。于是小少爷吊儿郎当、慢腾腾地起身，甩着胳膊跟在最后。

进入指挥室之后，覃飞沿发现连接主控室的墙壁是一面单向屏，从这里看主控室，完全没有任何障碍。

韩詹尼低沉严肃的声音通过扩音装置徐徐回荡在指挥室中："如果云悠悠顺利从地下实验室救出两名疑似幸存者的话，在她原路返回的同时，我们着手接应。第一……"

覃飞沿把自己的目光化成了两束火焰，牢牢盯着这个伪君子，想要知道他打算如何公然谋害云悠悠。遗憾的是，盯了半天却发现韩詹尼的计划非常有条理，完全具备可行性。只要云悠悠能把人救出来，成功接回她们的可能性是非常大的，至少得有七八成！

这不科学啊！太不科学了！思来想去，覃小少爷只发现了一个不算破绽的破绽——韩詹尼从头到尾没有提一句现在是诱虫剂的免疫期。不过他并不是经常上战场的士兵，忽略了这件事情也很正常。小少爷有心提点他一句，但想到云悠悠的交代，又重新闭紧了嘴巴。

韩詹尼很快结束了发言："……这只是我初步的想法，请各位畅所欲言。我有种直觉，地下很快就会传来好消息。"

覃飞沿满心疑惑，为什么这个衣冠禽兽看起来那么真诚啊！

舰长认真思考了一会儿，缓缓点头："我没有需要补充的，你们呢？"

"韩组长的计划已经很完备了，成功的可能性非常高。"一名年纪比较大，看起来很有经验的舰队长官表示认可。

覃飞沿满头雾水，看看这个，看看那个。他现在感觉自己是进了狼窝，不仅如此这些狼还个个都披着羊皮，一点破绽也看不出来。

就在这时，一道窈窕的身影飞快地钻进了隔壁主控室，她警惕地环视四周，发现主控室中一个人也没有之后，迅速从衣兜取出手套戴上，疾步走上中控台。透过单向屏幕墙，指挥室中每个人都把她的行动看得清清楚楚。韩詹尼怔怔张开嘴巴，像是一时忘记说话；覃飞沿下意识滚了滚喉结，仿佛想到了什么，但是大脑却处于空白状态。

在无数道错愕目光的注视下，只见林瑶无比果断地抬起手，锁定实验楼废墟中的地下通道，点击发射诱虫剂！她眯起眼睛，脸上露出一抹堪称恶毒的微笑。

众人整整齐齐倒抽了一口凉气。在反应最快的舰队成员冲向门口之前，林瑶已经迈着轻盈迅捷的步子，飞一样离开了隔壁主控室。

作战指挥室加了一道锁，等到指挥室中的各路人马冲进主控室时，监控画面上已经腾起了巨大的紫色蘑菇云。

舰长震惊地望向韩詹尼："林博……林瑶她在杀人！"

韩詹尼的表情比舰长更加震惊："她为什么要这么做……"

覃飞沿觉得自己的脑袋一下被劈成了两半。一半被电光照得无比雪亮，另一半却仍处于混沌状态。林瑶为什么要这么做，这不就是昨天韩詹尼手把手教她的吗？噢，等等，那些内容已经"永久消失"了！不是，韩詹尼要对付的人，到底是云悠悠还是林瑶？又或者……一箭双雕？

就在众人心神恍惚，对着监控器狂流冷汗的时候，调整好心态的说谎专家林瑶款款走了进来，微笑着向众人打招呼："大家好！听到你们在制定计划，我赶紧过来看看能不能帮上忙。"

覃飞沿一寸一寸转过视线，目光复杂地看着这个自己曾经真心喜欢过的女人。

"怎么都看着我，我脸上有东西？"林瑶装模作样地抚了抚面庞，"怎么回事啊？"

韩詹尼怔怔开口："林，诱虫剂……"

林瑶的视线落到监控画面上，她低低惊呼一声，用手掩住了口："啊！怎么会这样！有人操作失误了吗？"

众人：……

如果她当初选择进入娱乐圈的话，应该不用像现在这么辛苦吧？

"我们刚才，都在隔壁。"韩詹尼艰难地说。

"是吗？"林瑶怔了下，然后不好意思地鞠躬，"抱歉抱歉，我不是有意指责哪一位操作失误……如果这里没人的话，或许是系统故障？"

韩詹尼是计算机与网络方面的专家，她知道他可以很轻松地黑进监控系统，删掉她作案的证据。

两个人对上视线，林瑶在他的眼睛里清晰地看到了几个字——"你搞砸了，蠢货！"

舰长望向韩詹尼，他发出一声长长的叹息："林，我们目击了你的作案经过。我们，每一个人。"

林瑶倒抽凉气，吸出了尖利的锐鸣。

"先把疑犯收监吧，"韩詹尼目光微闪，用眼神暗暗警告林瑶，让她闭嘴，"着眼当下，尽力补救，其他的事情押后再说。"

✦ 05 ✦

紫色的诱虫弹爆开时，藏在废墟角落的云悠悠借着烟雾飞快地向教学楼潜行。虫群并没有往上凑，反倒下意识地散开，飞离烟雾区域。地面上的虫群免疫诱虫剂效果，但是蛰伏在地下虫巢的那部分虫群却仍然"清清白白"——昨天它们藏在巢穴中，并没有被两公里外的诱虫剂影响。此刻，一支诱虫剂炸在它们家门口，巢穴中的虫群立刻炸了窝，疯狂向外涌出来。

云悠悠知道，这是林瑶干的。如果林瑶没动手的话，她就会在 14 点之前通知覃飞沿，让他来做这件事。看着呈蘑菇状氤氲开的紫雾，她的心情有些激动，也有些复杂。云悠悠猜中了韩詹尼的心思，虽然不知道他和林瑶之间究竟是出了什么问题，但很显然，他要弃掉林瑶了。

云悠悠从来也不是一个贪心的人。韩詹尼老谋深算，眼下根本拿不到他的错处，倒不如顺水推舟，借他这股妖风先解决了林瑶，顺便趁他料理林瑶事件而无暇分神，赶紧把哥哥救回去，这才是最要紧的事情。

云悠悠祭出激光剑，冲向被自己切割、轰炸过的地带。她并没有发现，距离自己不远不近的地方，站着一个人。

一个人，黑发黑眸，嘴唇薄而红，帝国军的黑制服让他看起来冷淡肃穆。一个人，就这样站在虫族的殖民地，本来应该是非常违和的画面，但是他的气质让这一切显得理所当然——他踏过的地方，就是他的国土。

在他身边，五台顶级的机甲无声守护，它们很随意地解决掉所有进入"视界"的虫族，明明位于风暴之中，却没有引起任何注意。他抬眸，平静淡漠地凝视着前方那台正在挥舞激光剑的机甲，轻盈、狡黠、灵动。紫云之间，激光剑留下一道道炫丽的光影，定格成一幕幕绮艳幻象。她的身影也一样，明明在杀戮，却美得像艺术——烟云被搅动，氤氲在她身后，缓缓迤出她的残影，那是最绚烂、最美丽的光之舞蹈。

她精准无比地掠过虫群，把自己杀成了一道光，所经之处，虫群身首分离，溅起的绿色血液仿佛在为她欢呼，伴她起舞。

她在为谁而战？他静静地站着，看那道最熟悉也最陌生的身影。

"殿下，"机甲中的侍卫长小心翼翼地启动通信器，"不用帮云小姐吗？"

通信器对面寂静无声，笔直的黑色身影分明只有机甲的脚踝那么高，却让杨诚有种凝视深渊的感觉。侍卫长吸了吸气，绞尽脑汁地安慰自家上司："云小姐比我想象中厉害得多啊，哈哈！那什么，还挺惊艳的！其实属下觉得，即使云小姐有过前男友，也没什么大不了的，她不是叫那个林思明哥哥吗，说不定都不是男女朋友的关系……"

通信器中传出殿下温柔的浅笑，杨诚毛骨悚然，紧紧闭死了嘴巴。很久很久，侍卫长终于听见了太子殿下的声音："哥……哥。"温柔、微哑，让人听得头皮发麻。

闻泽动了，他无视周围被击落的虫群、无视脚下的黏液，一步一步，走向地下通道。精致的唇角缓缓勾起一抹轻嘲，她把喜欢的人都叫作哥哥吗？他是绅士，当然不会和她计较前任这种东西，过去的事情已经过去了，她是他的，她现在的"哥哥"是他。

当然，以后他不许她再这样叫他。他要让她在所有失控的时候，脱口而出的，是他的名字——只能叫他的名字。

一步，一步，宽肩不晃，身影挺拔而孤傲。

云悠悠顺着自己打开的通道，顺利潜入地下虫巢。虽然大部分虫子已经被诱虫剂引到了实验楼废墟中，但还是会时不时遭遇从巢穴更深处爬出来的虫族，这一路上，战斗一刻也不曾停止。

她瞄了一眼光屏右下方的能源条，发现已经消耗过半了。能源紧张，时间也紧张。她必须在一个小时之内把人救出去，否则等到诱虫剂失效，那些被暂时引到地面的巢穴虫群就会疯狂回涌，堵住她的逃生通道。

地下没有光线，在机甲提供的真实视野中，虫族的巢穴呈现出诡异的红紫色。通道壁被它们用特殊的腐蚀性黏液加固过，看起来像糊了一层还未彻底凝固的琥珀。每一处较宽的巢穴都连接着无数略小一些的通道，有纵有横，四通八达的网络，就像地下矿道一样。

云悠悠刚从覃飞沿那里学到的热知识——这样的巢穴最终都会连接到母虫的巢室，那里才是真正的养蛊场，里面不知道隐藏着多少高阶虫族。锁定母虫位置之后，军方会用无人机携带威力巨大的"黑弹"潜入巢穴，进行无差别轰炸。

如果能够杀掉母虫，星球上的虫群就会停止繁衍。但是被"黑弹"的恐怖辐射所影响的区域也会变成一片死域，数百年之内生物无法立足。云悠悠当时忍不住问了一句杀死母虫会奖励多少星币，换来覃小少爷一顿疯狂白眼。

此刻真正深入虫族巢穴，她才意识到那个想法有多不切实际——弹药和能源不足以支持机甲杀到母虫身边去。幸好她现在的目标只是地下五层。

云悠悠利落地斩杀周围通道里撞出来的虫族，遇到有条纹的也没忘记打个卡。她很快就发现一个奇妙的现象——不知道为什么，身后并没有新的虫族出现。这让她节省了许多能源，非常顺利地找到了被截断的电梯通道。她定了定神，确认周围没有活着的虫子之后，调出波动射线，开始切割脚下半琥珀状的通道壁。很快，连着黏稠透明粘连带的通道壁"嘎吱嘎吱"向下坠落，破开了一个足够机甲通过的缺口。

通过机甲的真实视野，她仔细观察了下方的情况。很幸运！地下实验室完好无损！电梯通道下方的合金大门虽然陈旧，但是干干净净，没有半点被腐蚀过的迹象。根据帝国的安全标准，所有实验室都必须与生活区完全隔离，并且用合金彻底封闭。

云悠悠猜测，地下的虫群一心只想筑巢，而不是处于攻击状态，所以没有费力去对付这个合金大屋子，而是绕过它，只占用了上方的储藏室和防空层。她的心脏在胸腔中荡了个巨大的秋千，然后猛烈地跳动，几乎冲出喉咙。

云悠悠飞快地挥着剑，把四层巢室中的虫子清理得一干二净，然后再一次用真实视野检查了地下五层，没有任何虫族入侵的痕迹。实验大门上方，完好的监控摄像头亮着蓝色的微光，显然正处于工作状态！里面有人！

云悠悠激动得有些眩晕，她找了个合适的位置，停下机甲，放出金属架桥，直直穿过电梯通道，落在实验室门前。开启机舱时，她的手指抖得几乎无法点击确定。舱门打开，浓烈的酸臭扑面而来，连呼吸器也无法阻挡，差点儿把她熏了个倒仰。但她的心情是雀跃的，紧张又雀跃。

她踏过金属架桥，飞快地跑向那扇合金大门。她穿过虫的巢穴，穿过废弃锈蚀的电梯间，抵达三年无人踏足的实验室门前——就像穿梭在过去与现实之间。眼前的大门完好无损，周围氤氲着毫无生机的空气——没有虫族的气味，这里是干净的。

云悠悠深吸了一口气，抬起手来，轻轻叩门，像朝圣一般虔诚。她隐约感觉到自己仿佛在被什么东西注视着后背。黑暗、危险、诱人又甜蜜，就像死亡的味道。但她没有在意，此刻她的脑海里只有一个念头——敲开这扇门，把哥哥带回去。

细软的手指继续叩击冰冷的合金大门，头顶上方，监视器一闪一闪。

"哥哥，你在里面吗？我是悠悠，我来了！开门啊！我来接你了！"她的呼吸有些急促，嗓音颤抖得厉害，"哥哥，哥哥！"

从上方望去，这一幕堪称荒诞诡异。

紫红色的琥珀状虫巢之中，一台机甲半蹲着封住了唯一的缺口，虫穴和机械的下方，女孩穿着帝国军的黑色作战服，仍能看出身材娇小柔软。这里危机四伏，无人驾驶的机甲就像滑稽的背景板，把她衬得就像天穹之下一只最小的蚂蚁。女孩轻轻喘着气，仰起白得像雪的小脸，对着金属门上方的摄像头，一声声呼唤。

"哥哥！林思明！哥哥！"

"悠悠来找你了！"

"哥哥……"

嗓音清甜，明明像蜜，却将血液冻结成冰，寒冰彻骨，刺破一切虚妄泡沫。

✦ 06 ✦

隐形战舰停泊在近地轨道。

韩詹尼出现在禁闭室外，独自探望被关押的林瑶。一看到他，林瑶立刻扑到栅栏上，伸手去抓他的衬衣："你为什么要害我！"

韩詹尼退了一步，让她的指尖堪堪擦着他的铂金衣扣滑过去："冷静一点，宝贝。"

林瑶几乎将眼珠瞪出眼眶："冷静？你让我冷静？我告诉你韩詹尼，我死也会拉着你！你杀覃飞沿的事……"

"够了……"韩詹尼露出心力交瘁的表情，"你自己把事情搞砸了，我在尽力为你善后，在这种时候，我们之间就不要搞这种无谓的消耗了好吗？"

"你什么意思！明明是你……"

韩詹尼上前，握住她抓在栅栏上的双手，看着她的眼睛，疲惫地说："你忘了我们为什么要停下来'休息'吗？昨天我不是说过，虫群将在 24 小时内免疫诱虫剂的效果——时限明明没有到，你为什么要急着行动呢？你在想什么？"

林瑶呆呆地看着他，嘴巴缓缓张大："什么……"

"急功近利。"韩詹尼叹息着对她下了评价，"你总是这样，论文拿到一半就发，成品还没做完就要公开，甚至与太子的事，也是这样搞砸的……"

"不，不是，"林瑶下意识为自己辩解，"这不是一回事！我又没有接触过诱虫剂，哪里会记得什么时效？"

这一天接连发生了太多的事情，实验室大楼的惊魂游、云悠悠、林思明还有覃飞沿……那么多事情砸在她头上，她怎么可能还会记得什么时限不时限的。

韩詹尼一副心累的样子："那么重要的事情，你竟然'不记得'，你的脑子里面到底在想什么啊？算了，我不是来责备你的，我也在想办法帮你。"

林瑶意识到自己错怪韩詹尼了。是啊，他昨天确实说过免疫的事情，是她自己忘记了。在免疫时限内，他又怎么能想到她会急着出手呢？是她太急了，把事情搞砸……不，这不能怪她。总之，都是他的责任，是他教唆她这么干的，她只是从犯而已！

韩詹尼一直在留意林瑶的神色。见她眸光闪烁，表情在软弱、恐惧和凶狠之间不断变换，不动声色地笑了笑，安抚她："宝贝，别太担心，这件事并非没有转圜的余地。"

韩詹尼拿出自己的光脑，点开一份秘密情报："你看，这是那位白银孟兰家的嫡长女、太子妃第一候选人孟兰晴正在进行的调查研究。她已经找到了很多实例，来证明一场前所未有的风暴正在席卷帝国——其中最典型的例子就是，手滑。现在暂时还没找到原因，但是你看这个曲线，它是不是有愈演愈烈之势？"

林瑶是做了很多年科研的人，对数据报告十分敏感。虽然此刻心慌意乱，但是瞪着眼睛匆匆扫上几页之后，她就知道韩詹尼所言非虚。

"宝贝你听我说，"他把声音放得更加柔和低沉，令人心安，"你刚才做这件事时，目击者太多，根本不可能推脱。就算把我拉下水，也不过是做一对亡命鸳鸯，并且共同密谋的主观恶意更大，定罪只会加重。这一点，我想你应该非常清楚。"

林瑶的眼神动摇了。

"所以，你千万千万不能认罪，知道吗？"韩詹尼循循善诱，"你看，高层正在调查'手滑事故'，也许很快就会有结果。你只要一口咬定自己什么也不知道，只是像做梦一样，手滑了一下……没有密谋，并非本心，就会没事的。明白吗？"

林瑶迟疑地抿住唇，溢出气音："这有用吗？"

"你是科研女神啊！帝国不会愿意舍弃你这样的人才！"韩詹尼给她打气，"只要你坚称没有任何动机，只是'手滑'而已，上面就会重视。他们会先观望孟兰晴那边的调查情况，延迟给你定罪——只要她的调查有了结果，你就可以甩锅，明白吗？到那个时候，你就只是一名受害者，今日所承受的委屈，只会让所有人对你更加同情。"

"可是覃飞沿他什么都知道！"林瑶咬牙。

韩詹尼轻笑："证据不是已经被我们联手摧毁了吗？没有任何证据，谁也不会相信一个纨绔小少爷。再说了，谁都知道他对你求而不得，因爱生恨往你身上泼脏水，很正常。"

林瑶明显被说服，缓缓点了下头："那我现在应该怎么做？"

金丝眼镜后的桃花眼深情款款："一口咬定不知情，绝不承认你和我有任何非正当的关系，别提林思明，更别提什么见鬼的覃飞沿……其他的事情全部交给我来办。宝贝，难道到了今天，你还会怀疑我对你的真心吗？这个世界上，只有我能帮你了，只有我。"

"知道了。"林瑶垂下了头，她其实根本没有第二个选择。正如韩詹尼所说，承认她与他合谋的话，罪行只会更重。

"感谢你对我的信任，亲爱的。"韩詹尼推了下镜片，从衣兜中取出林瑶的光脑，递到她的面前，"来，再给我授权一次，未来这段日子，我需要用你的光脑为你制造有利证据。"

林瑶依旧没有选择，她被收监关押，根本碰不到光脑，只能无条件信任韩詹尼。

【您的"特别关注"向您发来了远程协助申请，是否接受？】

【是／否】

林瑶点击了"是"，将自己的命运拱手交付到韩詹尼掌心。

"安心等我的好消息。"他凑上前，隔着栅栏，赠给她告别的亲吻。

第十一章
CHAPTER 11
喜欢他什么？

Falling into stars

❖ 01 ❖

地下实验室门口。

云悠悠心急如焚，这一刻，她真切体会到了度日如年是什么滋味。怎么还不开门，怎么还不开门……体感上已经过去了半个小时，事实上，她最后一声"哥哥"话音才刚刚落下。

头顶的监视器忽然"咔"地一转，云悠悠急忙站直了身躯，心脏在胸腔中疯狂擂击。一个沙哑的男声通过门旁的通信装备传出来："林思明不在这里，你走吧。"

云悠悠雀跃的心情猛地一滞，她怔怔眨了下眼睛："你是……"

里面沉默了片刻，然后喘着气回答："林思明回家去了，你去他家找他。"

云悠悠觉得非常不对劲，被困在地下整整三年之后，得知有人来救自己，怎么可能是这样的反应。她抿了抿唇，轻轻"哦"了一声，然后随口问道："你一个人在这里吗？"

"对。"通信器里传出的声音有些不耐烦，气息很乱，"我已经习惯了这样的生活，不需要你救，请不要打扰我！"

"好吧，那祝你生活愉快。"云悠悠毫不犹豫地转身走向金属桥。

她记得清清楚楚，舰长说过，地下实验室里有两个人。这个人，不对劲！她要返回机甲，用波动射线切开这道门！就在这时，门旁的通信装置忽然发出奇怪的"嚓啦"声、低低的闷哼声以及手掌拍击什么按键的清脆响声，两秒钟之后，合金大门"嘎吱"一声，艰涩凝滞地开启。

"救我！"一个女声同时从通信器和门缝中传出，"他骗人！救我——啊！"

云悠悠回头望去，只见一个瘦女人把自己的身体艰难地挤出了门缝，另一个瘦男人拽着她的头发把她往实验室里面拖。她嘶哑地尖叫着，手指牢牢抠住门边，绷得发白："救命！救救我！他强迫我！我要离开这里！"

云悠悠和这个女人对上了视线，这个被困在地下整整三年的女人虽然十分憔悴，但依然留存着少许往日的风采，她很漂亮，是很性感的那种漂亮。此刻，她的眼睛里闪烁着顽强的、绝处逢生的光，她死死盯着云悠悠，用眼神道尽了哀求。云悠悠心头一寒，望向那个正在拽她头发的男人，这个男人从外形到气质都没有任何亮点，阴鸷的神色更是让他魅力全无，浑身透着猥琐劲。

"滚！"他瞪了云悠悠一眼，一边用力把女人往实验室里面拖，一边抬手去拍关门的按钮，"这是我们夫妻两个的事情，你别多管闲事！"

"不！"女人绝望地大喊，"他不是我丈夫！我是被迫的！我根本不愿意和他在一起——我这里有林思明特地留下来的东西，还有他临走前交代的话！救我走，求你救救我！"

云悠悠的心脏再一次疯狂跳动，她按捺住心中沸腾的情绪，冷冷地对那个男人说："只有最卑劣的懦夫才会强迫女人！我是特战队的军人，我命令你放开她，举起双手，后退！"

男人目光愤恨，僵持几秒之后，放开了女人的头发："哦，好吧。女人真不是东西，当初利用我活命，现在安全了，转头就想甩掉我！去吧，滚吧，滚出我的视线！"

女人跌跌撞撞冲出大门，双腿颤抖得厉害，几乎站立不稳。她生怕云

悠悠会丢下她，手忙脚乱地去扯衣服内袋的拉链，取出一张薄薄的储存卡：
"这是林思明留下的，他说如果有人来这里找他……"

就在云悠悠分神去看她的瞬间，阴鸷瘦男人忽然从口袋里掏出一把枪，
对准云悠悠，毫不犹豫地扣动扳机！

"砰！"

这一瞬间，云悠悠眼前的一切变成了慢动作，她看见枪口闪烁的火花，
她听到子弹撕裂空气的声音。在她本能地躲开时，她听到了血肉被高温烧
灼穿透的声音。

"啊——"

子弹偏了，偏到另一侧的合金大门上，溅起了一串长长的火花。枪掉
到了地上，男人抱着断手哀号，摔在地上来回打滚，一团模糊的血花在他
身上渗开。有人击中了这个行凶男人的手！

云悠悠站稳后惊愕地回头望向上方，只看到一道黑色的颀长影子消失
在机甲旁边。

"在这里等！"她匆匆交代瘦女人一句，然后飞奔回到操作舱，启动机甲，
打开真实视野。宽敞的四层虫巢中没有任何人影，只多了一堆虫族尸首。

有那么一瞬间，她以为自己会看见哥哥。短暂的迷茫之后，云悠悠晃
晃脑袋，决定先把这个女人救出去再说。她探出机械手托起瘦女人，然后
用没有音调起伏的机甲电子音叮嘱对方："拿好那张储存卡，千万别弄丢。"

热泪盈眶的瘦女人疯狂点头，把它塞回了衣服内侧的口袋，拉上拉链。
云悠悠归心似箭，祭出激光剑，飞快地顺着原路返回。

至于那个瘦男人？他不是说过不要管他，让他自己在这里生活吗？

❖ 02 ❖

逃离绿林大学的过程比想象中顺利百倍。云悠悠吃惊地发现，教学楼
周围的虫群非常稀疏，仿佛被人用筛子筛过一遍。是那个……开枪击中瘦
男人手腕的"黑影"吗？不知道为什么，他给了云悠悠一种非常绅士克制

且熟悉的感觉。

是哥哥，还是……

周围传来阵阵低沉的震爆声，半空的灰色云层里隐约可以看到几台飞掠的特战队机甲，它们把诱虫剂和爆炸物无规律地投放到校区各处制造混乱，掩护云悠悠撤退。云悠悠冲上半空，遇到了前来接应的飞行器。

"停下——停下——你这个笨蛋！"飞行器的扩音喇叭里面，传出覃小少爷丧心病狂的怒吼，"你要杀了人质吗？"

云悠悠这才意识到，被她抓在手里的瘦女人不可能就这样穿过大气层抵达近地轨道。当她把瘦女人放进覃飞沿驾驶的飞行器之后，这位悬了半天心脏的可怜受害者立刻吐了出来，连一秒钟延迟都没有。云悠悠感到非常抱歉，她并不知道被机甲抓在手上升天是什么感觉。

她抿抿唇，打开通信器，选择频道 4，悄悄问覃飞沿："上面情况怎么样？我偷跑出来是被发现了吗？问题严不严重？回到战舰之后向谁真诚认错比较容易逃脱制裁？舰长还是段少校？"

短暂寂静之后，通信器中传出一个陌生的嗓音："统战部已接管全频道通信，违纪行为由战时监察处处理。"

自！投！罗！网！

掠入近地轨道，云悠悠发现附近多了一支漆黑的舰队。恒星的光芒也无法将它们彻底照亮，只用眼睛看着，便能感觉到一股渗入魂魄的铁血肃杀味道，叫人不寒而栗——这是一支萦绕着死亡气息的杀军！其中一艘巨舰停泊在隐形战舰的旁边，通过舰桥相连。

云悠悠一边惊叹，一边飞快地掠回隐形战舰。其余的机甲仍在返程途中，机甲舱里空空荡荡。她左右看看，钻出机甲，打算前往运输舱与覃飞沿、瘦女人会合。靠近舰桥时，忽然听到前方传来整齐而沉重的脚步声。她小心地贴着合金墙壁向外望，看到几位神色严肃的军人正押着一个女人走向连接桥，就像一群老鹰捉住了一只小鸡。

是林瑶！

只见林瑶脸色灰败，恐惧地咬住嘴唇，全然没了往日"科研女神"的风采。云悠悠正在幸灾乐祸，忽然听到领头的军官说："张平、洪云杰，到机甲舱捉拿第五军团逃兵云悠悠，一并带回监察处。"

云悠悠："？！"

她不是逃兵，她还可以狡辩！不，等等，在被抓住之前，她必须先见一见瘦女人，云悠悠转身飞奔。

身后传来一声暴喝："站住！"

云悠悠头皮一麻，埋头往前冲！只见合金通道尽头，运输舱刚旋开半扇圆门，身体仍然娇弱的覃小少爷正苦哈哈地扶着瘦女人往外走。覃飞沿一抬头，看见云悠悠夺路而逃，身后追着两名彪形大汉，隔着半扇圆门，小少爷目瞪口呆。幸好瘦女人反应快，在云悠悠扑进圆门的同时，眼疾手快地拍下关门按钮，把两名监察处的长官暂时挡在了门外！

"咳……谢……"云悠悠上气不接下气，扶着腿蹲了下去。

"是我该谢你！"瘦女人拍完按钮，立刻浑身脱力，跌坐到云悠悠旁边。

"他们三分钟之内就能拿到开门权限！"覃小少爷叉着腰怒吼，"你们要害我因为妨碍公务被记过吗！"

云悠悠没理他，只眼巴巴地望着瘦女人。时间紧迫，瘦女人抓住云悠悠的手，虚弱地告诉她："林思明并不知道那个畜生会那样对我……刚开始几个月，那畜生还装模作样……是林思明帮我们封锁了向下的电梯，要不然那些虫子肯定会下来的。林思明是个好人！"

"嗯嗯！"云悠悠疯狂点头。

瘦女人掏出那张储存卡，交给云悠悠："这是林思明留下的东西。他说是一种模拟生物神经元的网络通连方式，将生物科学应用到计算机领域，可以让网络更加高效地运行。他还说，如果哪一天星网运行发生迟滞危机的话，这种新型算法足以让一个人原地封神。"

云悠悠迷茫地眨了眨眼睛："那他人呢？"

"他说要回家等人。"瘦女人露出回忆的神色,"这是他留下的最后一句话,他当时的样子很温柔。"

"哥哥真的在家里?"云悠悠有些恍惚。

"喂!"覃小少爷很破坏气氛地插了一句嘴,"我劝你先别忙着自作多情,你可不要忘了,林瑶就是冲着这个'封神'来绿林的!跟你有半毛钱关系吗?人家回家等的说不定也是林瑶,不是你!"

云悠悠、瘦女人:……

"不过林瑶已经彻底完了。光造假和谋杀就够她吃一辈子牢饭。"覃飞沿嘿嘿一笑,"她肯定会把韩詹尼拖下水,正好一狼一狈一锅烩!以后要见林瑶可不容易了。"

云悠悠忧郁地叹了口气:"我觉得容易。"

捉拿她的监察长官还在敲门来着,也许她和林瑶能做邻居。云悠悠定定神,看向覃飞沿:"储存卡你先保管吧。"

"要不然让我表姐看看?"覃飞沿得意地说,"她可是计算机网络领域的专家!你放心,我表姐绝对不会像林瑶那样把别人的东西据为己有,她是有身份的、骄傲的人物,不屑做那种事情。她只会署上林思明的名字。"

云悠悠心头微动,哥哥明明那么耀眼,可就是不愿意站上舞台……

"滴——"金属圆门开启,监察长官的声音像炸雷一样响起:"云悠悠,再敢拒捕,我们要开枪了!"

云悠悠正要把储存卡交给覃飞沿,忽然想到了什么,鬼使神差地多问了一句:"你表姐是谁?"覃家这样的地位,肯定只会和大贵族联姻。

覃飞沿高高扬起了下巴:"孟兰晴啊!"

云悠悠收回了手,把储存卡攥在掌心:"长官,我投降!"

✦ 03 ✦

云悠悠投降的姿势过于标准,把两名气势汹汹的监察长官弄得有点不好意思。

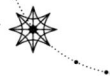

"那个，我们需要给你上生物枷。"马脸的长官虽然表情依旧严肃，但眼神已经柔和了许多。毕竟眼前的女孩子看起来实在是讨人喜欢，清纯、漂亮、柔弱，眼睛黑白分明，非常干净。

"嗯嗯！"她点头，"我会配合调查的！"

两名长官对视一眼，她看起来好乖，好可爱啊。不过该上的生物枷还是得上，一枚材质有点像果冻的透明手环扣住云悠悠的细手腕，立刻就让她感觉到了奇异的桎梏。冰凉的感觉蔓延到全身，限制她做出任何激烈的动作，哪怕只是把脚步迈得大了一些，都会立刻被冻得打个哆嗦。

"慢点，小心适应。"圆脸长官就像一名跟在身边的推销人员，耐心地对云悠悠说，"第一次用这个肯定不习惯，你得慢慢来。试着摸索到不会触发桎梏的那个感觉，就是那个游走推拉的感觉。"生怕她不明白，这位长官还抬起一只手，比了个波浪手势。

云悠悠："……谢谢，我会小心使用。"她慢吞吞地把储存卡收进了衣兜。

虽然长官们十分照顾她，但穿过两艘战舰，抵达战时监察处的审讯室时，云悠悠还是有点脱力了。她乖巧地坐在方方正正的金属椅子上，把两只手放到面前灰白的审讯桌上，静静等待审查官的到来。生物枷降低了她的体温，让她的皮肤看起来更白，就像落到地上的白色透明花瓣。她半伏在桌面，慢慢调整呼吸，想让自己状态更好一点，并不知道眼前的单向墙后方，一双幽黑的眼睛自始至终将视线死死钉在她的身上。

就在云悠悠快要睡着的时候，一道冷漠的电子音忽然回荡在了整个审讯室："第五军团，特战队第三分队队员云悠悠，于1339年10月10日13点，擅自驾驶机甲离队，严重违纪——你可认罪？"

云悠悠知道没得抵赖，老实地点点头，点了头，发现审讯官并不在这间屋子，赶紧张口补充了一句："我认。"坦白从宽，抗拒从严。从前在星河花园时常常和审查官们打交道，她很了解他们的作风。

"为什么要明知故犯？"虽然是没有情感的电子音，但是对方一字一顿地说话，听起来感觉非常威严。

云悠悠认真地说："因为我怀疑战舰上有人要伤害地下实验室中的科学家——事实证明，确实有人扔下诱虫剂，想要置下面的人于死地。我这样做，是为了救人。"

见对方迟迟没有回复，云悠悠抿出一个可怜巴巴的微笑："长官，您看可不可以从轻处罚？"她听到了气流声，就像某个人被气笑了一样。

"据我所知，"这个无情的电子音慢条斯理地说，"你的救人行动，似乎有私人原因。你叫那个人，哥哥，但你们以前其实是，恋爱关系。"

"啊，是的是的。"云悠悠老实地点点头，"哥哥他是一位非常非常优秀的生物科学专家！林瑶的那些成果，就是从他那里……"

她顿了顿，"来源于他。"虽然她对林瑶厌恶至极，但也不愿意罔顾事实——如果哥哥同意林瑶发表他的成果，那么林瑶的行为就不能算偷，只是冒名顶替而已。

云悠悠补充了一下："关于这一点，第三军团特战队员覃飞沿手上有一段视频证据，在那段视频中，林瑶亲口承认她使用了林思明的成果。您看，他就是这样一位重要的人才啊！比林瑶重要得多！"

对面再次沉默了一会儿。云悠悠觉得这位审查官可能是新手，新到什么程度呢，甚至不敢来面对面审讯她，生怕露怯，还用电子音。这样想着，她不禁放松了许多。

忽然，对面不疾不徐地抛出一个炸雷："林思明曾在绿林为你作证。"

云悠悠的心脏陡然惊跳，她没想到对方是要骗她稍微放松，然后施展撒手锏，这个问题确实让她有点慌张。哥哥极可能还活着，他活着，那件事就更需要保密了！

她缓了缓，很老实地说："哥哥和我在一起之后，并没有提过曾经做过什么好事。他是一位非常低调的君子，不在乎虚名。"

心跳在逐渐加快，云悠悠想起上次审查长白侠曾拿着"林思明"的照片来问她，她当时说不认识这个人，可是现在瞒不住了。她很怕对方问她

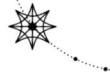

上次为什么要说谎,那样的话她真不知道该怎么编,因为照片上的"林思明",本来也不是哥哥嘛。

"喜欢他什么?"对面忽然这样问,似乎这位审查官自己也觉得问题有些突兀,于是冷漠地补充了一句,"无意冒犯,但林思明自身情况委实特殊。"

对这个问题其实云悠悠也很困惑,她觉得自己不是以貌取人的人,但是……她眼中的哥哥似乎和别人眼中不一样。抿着唇犹豫了片刻,她决定实话实说:"哥哥在我眼中,就像太子殿下一样优秀。"

对面仿佛被她的答案噎到心梗,过了很久,久到云悠悠已经开始提心吊胆时,电子音终于再一次回荡在审讯室,"因为私人原因罔顾军纪,擅离职守。云悠悠,准备上军事法庭吧。"

云悠悠着急地站了起来:"不是的长官!我只是在说明地下实验室中的科学家非常重要,这与我和他的关系无关!"

对面再也没有声音。

❖ 04 ❖

一墙之隔,侍卫长试图尽量抹去自己的存在感,殿下却点了他的名:"杨诚,你怎么看。"

侍卫长头皮发麻:"殿……殿下如果打算公报私仇的话,属下现在就去提点一下法官……只不过,云小姐虽然犯了错,但似乎怎么也够不上判刑……除非给她定个临阵脱逃,这样就可以……"他抬起手,在喉咙上比画了一下。

闻泽:"……我是那种人?"

侍卫长虚伪微笑:"殿下当然不是,不过属下可以是。"

闻泽:……

真是不想再看见这个脑子不清楚的心腹。

他打开光脑,布置绿林战略,偶尔抬眼瞥一下监视器。白得透明的女孩已被收监,换上了宽大的蓝白相间的收容服之后,更是只有小小一只。

她看起来很冷，侧着身体蜷在监室的小铁床上，把薄薄的被单拉到了下巴，身体时不时不安地动一动。他忽然很想知道，事到如今，她该如何在他面前装模作样。

云悠悠看见闻泽的第一眼，还以为自己在做梦，生物枷让她感觉寒冷，缩在被子里睡一会儿醒一会儿，脑袋有些迷糊。她揉了揉眼睛，重新睁开，闻泽还在，穿着笔挺的黑制服，站在小小的囚室里，给人以巨大的压迫感。

"殿下！"她弯起眼睛，露出惊喜的笑容。爬起来向他行礼的时候，动作幅度大了一点，触发了生物枷，冻得缩起肩膀，不小心溢出软软的声音。

闻泽面无表情地看着她，心中微嗤：她难道认为这种时候美人计和苦肉计还能奏效吗？可笑。

云悠悠早已习惯了殿下喜怒不形于色的样子，见到闻泽，她打从心底里欢喜。不得不说，在这种情况下能够见到殿下，当真是碰到了救星。她相信像殿下这样的好人，一定会理解她迫切救人的心情，也会意识到林思明的重要性，赶快把他从危险的绿林接出来。

"殿下，我……"

闻泽冷冷打断了她："我看了你的审讯报告。云悠悠，你该不会把我当成了某个人的替身吧。"

云悠悠怔怔地看着他。

他静静看着眼前人，如果她开口骗他，如果她心虚狡辩，如果她选择继续与他虚与委蛇……他会纵容她吗？闻泽自己也不确定答案。

在他平静得诡异的目光的注视下，云悠悠感觉有一丝丝不自在，她抿了抿唇，手指下意识地揪着衣角，带着一点点迟疑，很小心地回答他："殿下，我们签的，不就是替身合同吗？"

云悠悠见闻泽迟迟不说话，不禁有些局促，手指轻轻地绕着衣角，把宽大的收容服边缘卷起来，放下去；卷起来，又放下去。她知道自己是一位非常优秀的契约情人，殿下不希望她离职，可她最终拒绝了他的挽留，

还……还拉黑了他。这件事情是她做得不够地道，毕竟殿下对她那么好，那么照顾她。这么想着，云悠悠有一点点心虚，不，很多点。

闻泽终于挑了挑眉，淡声开口："哈，替身情人。"一字一顿，说得极慢，听不出情绪。

"殿下，"她很小心地提醒他，"我们的合同已经结束了，您签过字的。"

他看着她，狭长的黑眼睛像一块完美的黑曜石，漂亮冰冷的无机质感，看上去什么感情也没有，却又像正在酝酿雷电风暴的深渊，让人不敢久视。

"我知道。"他微微勾起唇角，笑容礼貌而精致，"只是听说你在这里，顺道过来看看。"

"嗯嗯！"见闻泽笑开，云悠悠悬起的心脏不禁落回了原位，她就知道，殿下是一位最有风度的君子。生物枷让她寒冷，不过闻泽出现之后，周围的空气很快染上了他的气息和体温，她感觉好多了。

"我记得你曾经说过，林瑶窃取了'你哥'的研究成果。"闻泽脸上的微笑无懈可击，"就是这个林思明吗？"

"嗯嗯！"云悠悠连忙点头，"是的殿下！"

"参军是为了他？"闻泽语气平淡，和往日一模一样。

"是的！"云悠悠讨好地补充了一句，"多亏殿下给了我最好的训练条件，我才能够来到绿林，我真的非常非常感激您！"

闻泽的指尖动了动，露出更加温和的笑容："既然如此，离开星河花园那天晚上，为什么要使用情感阻断剂？"

云悠悠忽然有种奇怪的感觉，空气里好像密布着一根根透明无形的丝线，随时可能崩断，弹到自己身上，把她切成十八段。不过殿下的笑容依旧像春风一样和煦，看着他就有了安全感——有殿下镇在这里，不可能发生任何不好的事情。

她简单地回忆了一下，带着几丝得意告诉他："我把情感阻断剂喂给了一个歹徒，让他放弃了行凶的想法，他还老实地供出了幕后之人。因为我提供的线索，覃上将顺利破获了巴顿案！"

闻泽喉结滚了滚……摸过药瓶的手脏了。

奇怪的静默之后，他淡淡嗯了一声。配合上惯常的微笑，这张脸好看得就像一个精致的瓷器，每一寸都完美，完美得像一张假面具："很好。"

趁着殿下心情不错，云悠悠壮了壮胆，向他提出自己的请求："殿下，林思明哥哥很可能还活着，请您让我去救他，事后怎么罚我都行！"

闻泽的笑容更加温柔，他的表现给了云悠悠莫大的勇气和希望，她激动地靠近了一步，期待地仰头看着他："行吗，殿下？"

他的喉结又动了一下，半晌，轻笑着开口："你是戴罪之身。我虽是帝国皇太子，却也要依律行事。"

"哦……"她失望地垂下头，墨云一般的乌发下面，露出一截雪白的、纤长的颈，弧度优美柔和，像雪缎，像天鹅。生物枷降低了她的体温，让她看起来特别白皙，像一碰就碎的冰花，清甜的花果气息敛回了她的身体中，必须凑得很近才能闻见。

闻泽眯了眯狭长的黑眸，心中一动，似笑非笑地说："或者，你愿意为此付出什么代价？"

这句话他曾问过她——想做太子妃，可以，你愿意为此付出什么代价。

何其讽刺！

◆ 05 ◆

云悠悠怔怔抬起头，才发现不知道什么时候闻泽逼近了一步，高大挺拔的身躯压迫感十足。他的气场和气息笼罩着她，仿佛往周围的空气里藏了细碎的火花，一动就会触到细密的静电。

她看着他的眼睛，心跳忽地漏了一拍，鬼使神差地，她想歪了，揪紧了衣角，小心翼翼地开口："殿下……这是，权色交易吗？"

闻泽：……

短短几个小时之内，她竟然令他语塞数次，看着这双清澈至极的眼睛，他甚至不知道自己该是什么心情。脑海中忽然晃过表演赛之后的那一幕，

她满脸绿色油彩，眼睛里燃着耀眼的光，装模作样地呵斥林瑶——"你想进行权色交易？住口！殿下不是那样的人！"

一切就像是昨日的事情，但事实上，他已经好些日子没有见过她了。

"如果我是这样的人呢？"他勾起唇角，语气微哂。

云悠悠垂下头，认真地考虑起来。哥哥身上不知道藏着什么秘密，而韩詹尼那个家伙显然有所图谋，让别人去找哥哥的话，不确定的因素太多了！她和殿下的事情……认真算起来，她还欠着一部分应尽的义务……

看着她乌黑柔亮的头发，以及头顶后方那个可爱的小发旋，闻泽又想起了另外一幕——她站在危机四伏的地下实验室前，呵斥那个猥琐的男人。

她说，只有最卑劣的懦夫才会强迫女人。呵，堂堂帝国皇太子，需要强迫她？

"别想好事。"他傲慢地扬起下颌。

"我同意。"她抬头，轻轻软软地说。

两个人的声音交织在一起。

一怔之后，云悠悠低低地"哦"了一声，可怜兮兮地垂下脑袋："那殿下，您能不能稍微分出一点点宝贵的时间，监督一下营救林思明哥哥的事情？他真的是一位非常非常厉害的天才，失去他对帝国来说是重大的损失，我担心有人会对他不利！他的地址是……"

忍无可忍的殿下拂袖而去，再留一秒，他的衣兜就要压不住那双手套了。这是他人生中第一次用这种姿态"狼狈"退场，当然，他的人生已有太多"第一次"栽在了她的身上。

云悠悠茫然地看着"哐当"一下关紧的合金监牢门，殿下是赶着去救人吗？他真好啊。

闻泽回到指挥室之后做的第一件事就是关掉了画面中有她的监视器。引动虫潮、第一轮判定母虫方位的行动即将开始，作战指挥官无暇为这点小事分神。

深空中没有昼夜，等到闻泽将手头所有事务暂时告一段落，已是地面时间凌晨1点半。身体习惯让他感觉到了些许寒冷和困倦，关闭光屏之前，鬼使神差地点开了监视器，瞥去一眼——

她把被子叠成了原本一半大小，盖双层。但是这样一来，被子就不足以把她的身体整个都裹起来。她只能尽量把自己缩成一团，却也无法兼顾到每一处，总有那么些角落透着风，不是膝盖受凉，就是后背留出缝隙。她睡得很不安稳，嘴唇发白，眉心蹙着。

"呵。"闻泽无情地关掉画面，起身，毫不犹豫地返回自己的卧室。她冷不冷，跟他有什么关系。

同一时间，隐形战舰上的会议已至尾声。覃飞沿单脚踏在圆桌边缘，讲得唾沫横飞："大伙想想，想想！5只四级成虫，18只三级成虫，二级和一级都数不清！这要是正常程序、正常行动的话，从指挥官到僚机，都能分多少功劳啊！你们不馋？不馋？真的不馋？"

他伸出手指，颤颤巍巍点过一圈。说实话，没人能不馋。谁也没想到，查看云悠悠用过的机甲时，竟然在打卡器里发现了那——么——厚的功勋！

覃小少爷力拍大腿："只要把云悠悠的个人行动添加在接应计划前边儿，这就是一次完美的拯救行动嘛！哎，你们说，放着下面那么多虫肆虐，却把杀虫小能手关起来吃牢饭，这合适吗？大伙想想，把云悠悠救出来，接下来的行动咱能跟着她蹭多少军功？"

被煽动的空气在会议里氤氲，几秒钟之后，两名特战队员弱弱举起了手。覃小少爷拿眼一扫，第三军团一位、第五军团一位——正是被云悠悠从塌陷坑洞里救出来的那两位。

"同意飞神的看法。"

"我也同意。嗯，支持。"

片刻之后，一脸严肃正经的舰长缓缓点头："如果大家同意这样做的话，我愿意为此承担责任。"

这四位都是被云悠悠救过的人,私心里想要维护她,于是很快拧成了一股绳,望向圆桌周围的其他人。

云悠悠的行动并没有损害任何人的利益,并且还成功救回了一个人,本该享受英雄的待遇。更重要的是,如果把这次行动定性为"预定计划"的话,所有参与者都可以得到功勋。有百利而无一害的事。

众人默默点头,没有人出声反对。就差一个韩詹尼没有表态了!

覃小少爷有些焦急——林瑶怎么还没把他供出来?怎么还没有监察处的军官上门抓人?赶紧把姓韩的抓走,不要让他耽误正事啊!遗憾的是,监察处那边没有任何动静。为什么林瑶要维护韩詹尼?覃小少爷想破脑袋都想不明白。

磨蹭了一会儿之后,覃飞沿默默深吸一口气,在心里给自己鼓了鼓劲,然后祭出洞若观火的眼神,准备与韩詹尼针尖对麦芒地交锋厮杀。视线交汇,火花……没有火花。韩詹尼镜片后的桃花眼温柔似水,薄唇勾起,嗓音轻柔:"我举双手同意。出报告吧,快把云小姐接回来,她身体虚弱,生物枷会让她受累的。"

覃飞沿瞳仁剧烈颤动,不是,这只黑心狐狸又想玩什么花招?咦……唔……他不会是想勾搭云悠悠,用她做林瑶的替身吧?!覃小少爷忽然感觉五雷轰顶。云悠悠真是太可怜了!林思明拿她当替身,太子殿下拿她当替身,就连韩詹尼也想拿她当替身!噢,天呐,这个世界上,是不是只有自己一个正常人了!覃飞沿内心万马奔腾,崩溃地看着韩狐狸正了正领带,起身,开始主持大局。

"鉴于云小姐已被监察处带走数个小时,想必该交代的都已交代干净了。"韩詹尼顿了一下,抬起左手轻轻夹了夹金丝镜边,带着一点为难的苦笑说道,"这样一来,我们提交的这份报告,便需要绕过她的证供。也就是说,这是一份瞒住她本人的'绝密计划',目的就是彻底骗过潜伏在战舰上的敌对分子,即林瑶。"

覃小少爷又一次目瞪口呆。

韩詹尼笑："噢，老话说得好，一个谎言，需要一百个谎言去圆。不过没有关系，这是一份皆大欢喜的报告，上面会采纳的。来，大家听听我的建议……"

一份圆满而虚假的报告，在十几分钟后呈送战时监察处。

✦ 06 ✦

"殿下，"侍卫长呈上报告，"如此一来，云小姐的行动在程序上就没什么问题了。韩詹尼的报告做得很漂亮，把所有关于隐瞒的问题都推到了林瑶那里。事实上，林瑶也确实投下诱虫剂，意图谋杀——整个队伍都愿意为云小姐作证，称她只是按照计划行事。"

闻泽揉了下酸胀的眉心，轻轻咬着牙笑："人缘挺好。"

侍卫长诚实地说："应该不是人缘的问题，而是他们想要蹭军功。"

闻泽：……

"殿下，那我们是放人，还是把所有人抓过来问责？"杨诚小心翼翼地问。

片刻沉默之后，闻泽脸上露出了令侍卫长毛骨悚然的温柔微笑："当然是……放人。"

云悠悠到监察处领取制服时，发现自己丢了东西，她的心脏怦怦直跳："请问我放在口袋里面的东西呢？"

保管物品的监察员推了推眼镜，调出光屏查看。"哦……太子殿下亲自拿走了。"他抬起头来看了云悠悠一眼，额头浮起三道清晰的抬头纹，"这里有殿下的签名。"他把光屏拨过来给她看，漂亮潇洒的字迹，系统确认为真，勾上了淡金的光边——是闻泽本人没错。

云悠悠怔忡了一会儿。殿下带走了那张储存卡，这……应该算是好事吧。除了哥哥之外，她能够完全信任的人，只有殿下一个。地下实验室中的情况肯定已经被监察官们调查得明明白白，殿下也知道了那张储存卡的事情。只是，殿下为什么把她的私人物品也给顺走了……

"还有什么可以帮助您吗？"监察官很友好地问道。

"没事了，谢谢您。"行过礼之后，云悠悠到小房间换上制服，然后在长官的帮助下卸掉生物枷，离开了监察处。

前往郊区小别墅营救林思明的提议在战舰上获得全票通过——专家组在出发之前已经得到过皇帝陛下的特批，所以即便太子殿下的先锋舰队已经抵达战场，这艘隐形战舰依然可以独立行动。

同时，另外三名专家也跟随第五军团来到了近地轨道，与组长会合。和蔼的年长女性是综合考察专家，半谢顶的中年男专家研究地质，林瑶入狱之后，邓姓闺蜜就成了四人专家队伍中唯一的生物科学专家。这让云悠悠不得不怀疑，韩詹尼特地带上两名生物科学专家，是不是因为他早就算准了这一趟林瑶有来无回？这个人，属实可怕。当然，与他立场相同的人，一定会很庆幸自己拥有这样强大的同伴——在翻脸之前。

韩詹尼推了推眼镜，开始阐述行动细节："19点，第五军团将开始第一轮引动虫潮、粗略判定母虫方位的'火炬行动'，行动开始之后，地表虫群会被引动，带向近地战场——这就是我们最好的行动时机。

"我们必须在'火炬行动'结束之前及时撤离，舰长会留在近地轨道与第五军团军情处保持联络，随时向我们播报虫群位置和状况。

"这一趟，除了完成我们四人各自的考察工作之外，还有一个重要的任务目标，就是找到林思明——一位疑似生物科学领域的顶尖人才。其余的细节，根据地面实际情况随时调整。"

会议室中的空气里仿佛装满了火星，很紧张，很有硝烟味，同时也让人热血沸腾。云悠悠比别人更加激动和忐忑。地下实验室中的幸存者让她看到了巨大的希望，但她实在想不明白，既然有安全的地方，哥哥为什么执意要回家？那幢小别墅……是防不住虫族的啊。难道是地下室？可是那里没有合金墙壁，也没有能供人长期生活的物资储备……

"云小姐，"韩詹尼友好地打断了她的思绪，镜片后的桃花眼中微闪着温和的光芒，"你似乎一直对我有些误解，不知是否愿意与我私下聊一聊？"

云悠悠一怔，这才发现行动计划已讲解完毕，身边的覃飞沿疯狂拽她的衣角，把她笔挺的制服拽出一条条细波浪。她安抚地看了覃菜菜一眼，然后和韩詹尼一起走进隔壁的单向屏指挥室。

第十二章

CHAPTER 1·2

说出你的秘密

Falling into stars

＊ 01 ＊

　　韩詹尼举止优雅，像一位真正的绅士。他替云悠悠摆好座椅，请她坐下，然后阖上门，站在离她最远的地方，不会给她带来任何压力。看她略微放松之后，他侧眸微笑："我们就是在这里目击了林瑶蓄意谋杀的事件。"

　　云悠悠点头："哦，明白。"

　　"进入实验楼那天，林瑶用私人通信，请我帮她'误杀'一个相貌可怖的男人。"韩詹尼毫不犹豫地出卖了林瑶，"而云小姐你，提前猜中了林瑶的举动，吓得她平地摔了一跤，呵呵。"

　　云悠悠安静地凝视着他。

　　"我知道你提防着我。"韩詹尼推了下眼镜，"没有关系，我只是想要告诉你，我是一名政客。政客没有真正的朋友，也没有真正的敌人，有的只是利益。林瑶野心太大，人又过于愚蠢，我不想再和她捆绑，受她拖累了，所以顺手推她一把，送她去该去的地方。"

　　云悠悠依然不说话。

297 ＊

韩詹尼微笑着继续他的陈述："云小姐，你我之间没有利益冲突，我们可以成为伙伴。这一次营救林思明的行动，便是我向你展示诚意的试金石，你大可不必如此防备我，你可以要求我做什么，或是不做什么。我会用事实证明，我是真心实意想要帮助那位天才走上属于他的神坛。

"至于原因，我想你应该能猜到——像林思明这样的天才、怪才，若能拢到麾下，将为我和我的家族带来巨大的利益。没有人会拒绝这样的瑰宝，真正的科学家能够为世界带来质的飞跃，也能够让搭上顺风车的资本家赚得盆满钵溢。

"这是很清晰的共赢局面。请你站在我的立场上想一想，我有任何伤害他的理由吗？没有，我只想笼络他。"

云悠悠点了点头，认真地说："如果你对哥哥做了什么不好的事情，我会用激光剑把你砍成碎片——不管你身边有没有无辜的人。这不是开玩笑。"

韩詹尼被她直球式的语言风格噎得差点打嗝。"很棒，死亡威胁总是最管用的手段。"他缓缓露出微笑，"我事业有成，位于人生巅峰，当然不想死。"

她用乌黑的眼珠看着他，眼神纯粹、干净。

韩詹尼虚虚向她摆了个碰杯的手势："预祝行动成功。出发！"

"等等……"云悠悠迟疑着，问了他一个本想直接问林瑶的问题，"在林瑶眼中，林思明是个什么样的人？"

云悠悠凝视着韩詹尼。林瑶希望韩詹尼替她"误杀"林思明，当然得向他描述林思明是什么样子。

韩詹尼推了推眼镜："她说那是一个暗恋她多年的老同学，在绿林沦陷的时候，帮她把留在绿林的实验数据传到她的光脑中。为了保密，他设下了非常复杂的密码，只有借用超级量子云服务器才能够破译其中的内容，这三年里我间歇性地在帮她做这件事。"

云悠悠安静地听着，这与覃飞沿提供的情报能对上号。

"我渐渐有所怀疑，怀疑她的论文和成果都来源于那个数据包。"韩詹尼很诚恳地说，"只不过，呃，实不相瞒，那些生物科学方面的研究我一个符号都看不懂，林瑶对我很防备，不会给我拍录的机会，所以我也只是怀疑而已，并无任何实证。直到前天，她让我帮她杀人，说实话这让我大跌眼镜，同时也让我意识到，她要杀的人也许正是那些成果的主人。"

"嗯，"云悠悠，"你猜对了。"

他耸肩："后来在我的质问之下，林瑶承认了这件事。我当时情绪很不好，毕竟我欣赏林瑶很多年了，于是决定回自己的房间静一静——我离开之后，覃飞沿就在那里出了事。此事是否与林瑶有关我不敢保证，不过我们都知道，林瑶为了保住自己'科研女神'的名声，已经不顾一切了。"

这和"tailor"加工之后的视频内容完全对得上。云悠悠相信，这样一份口供，配合那段残缺视频以及林瑶后来被众人目击的谋杀行为，足以给她定下两桩蓄意谋杀的罪名，同时没人会相信覃小少爷对韩詹尼的指控。

她没接这个话头，只是冷漠无情地指出："您把话题扯太远了，我只是想知道林瑶如何看待林思明。"

"啊，抱歉。"韩詹尼毫不尴尬地捏了下鼻梁，"忘了云小姐感兴趣的只是林思明，而不是我。进入地下电梯之前，林瑶的确描述过林思明在她心目中的形象。"

云悠悠不自觉地揪住了裤边。

韩詹尼微笑着说："身材高瘦，面部曾被严重烧伤，留下面积超过 90% 的粉红伤疤，左眼只能睁一半，让她感觉……厌恶、反感。"

云悠悠的心脏在胸腔里猛地打了几个滚，这下彻底确定了，问题出在她自己的身上。是她不对劲，而不是别人不对劲。她轻轻吸了吸气，暗暗在心中告诉自己，如果找到"哥哥"的时候他是这样一副模样，她可千万千万不要表现出异色。

"嗯，知道了，出发。"

✦ 02 ✦

百人机甲队伍在前方清理道路，准备护送隐形战舰上的四名专家接近绿林矿星。

第五军团负责的"火炬行动"已经开始了，火炬小分队在机甲上装载了强力的红色发光源，从地表引动虫潮，在高速移动中引导它们前行，将它们聚拢成整整齐齐的恐怖长条，然后带进预设的布袋状伏击圈，以最小的损失歼灭最多的虫族。

一支支"火炬"早已出动，从近地轨道望去，只见一道道舞动的长龙腾空而起，像黑色的龙卷风，遮天蔽日！远远望去都觉得惊心动魄。这个任务极度危险，云悠悠亲眼看见一支又一支"火炬"因为微小的失误深陷虫潮，在半空被撕成碎片。

负责绿林大学及周边区域的"火炬"机甲正在升空——它把地表虫群引开之后，就是专家组降落的最好时机。

"是戴队长！我们下方的火炬手是戴队长！"队内通信里传出第五军团特战队员马可的声音，"戴队长真是的！出发之前刚答应了嫂子不冒险，怎么上来就接高危任务！"

另一名队员叹了口气："嫂子产后抑郁，工作还丢了。两口子刚花了全部积蓄在首都星郊区买了一套公寓，现在还欠着高额贷款，戴队长也是着急想多挣点星币，让嫂子不要有太大压力。"

有人安慰道："放心吧，戴队的技术要是不行，那特战队也没人能行了！"

云悠悠想起了白英和她怀中的婴儿，不禁默默给戴队长捏了一把汗。她能感觉到戴队长的状态不是很好，飞行过程已经开始出现一些小失误了。这种情况下，他的压力肯定非常大——身上承载的不仅是火炬，还有妻儿的幸福或者破碎的未来。

"虫群已腾离地表，预备下潜！"隐形战舰传来了行动命令。

云悠悠忍不住扭头多看了一眼，只见那支"火炬"左支右绌地避开了一次虫群的合围，堪堪逃离。此刻它距离布置在近地轨道的陷阱仍有 2/3 的距离，可是它的动作已经彻底乱了，变成暴风雨中一叶摇摇欲坠的小舟。她已经预见了必然的结局。

　　第五军团的特战队员们不再说话，大家非常默契地转走了视线，不再看那支"火炬"——这种情况下，谁都没有能力帮忙。

　　除了云悠悠。

　　她想要跟着大家一起，趁虫群离开的时候急速前往地表，可是不知道为什么，余光中那片闪烁的红光，却让她如同身陷泥沼，行动异常艰难。

　　"哥哥……"她的身体微微颤抖，眼前浮现了哥哥温柔的笑容。他说她是世界上最善良的女孩，善良得让他觉得不可思议；他说，希望她永远遵从自己的内心，任何时候都不要权衡利弊——那样不美；他说终有一日，她会知道，美才是世间最宝贵也最重要的东西。

　　她忍不住又望了身陷危机的戴队长一眼。哥哥会希望她怎么做？她不用过脑子也能知道答案。

　　"申请救援火炬手。"云悠悠的声音很小，却无比坚定。

　　"批准，注意安全。"

　　向着那团耀眼的红色光源飞掠的时候，云悠悠有一种扑向太阳的错觉。

　　"来得及。而且，我相信……太子殿下！"她飞快地在心中规划好线路图，同时向隐形战舰发送通信——

　　"韩组长，请记好我们的约定。"

　　韩詹尼摁了摁眉心："不敢或忘。"

　　云悠悠冲进红色光圈，虫群已经呈现出半包围的状态，氤氲的红光中，处处都可以看见黑色飞影，就像一大群被困在灯罩里的扑火飞蛾。云悠悠赶到戴队长面前的时候，他正在准备自爆机甲。

　　"火炬给我！"她挥舞着激光剑，把挡在路上的虫子一一击落。

　　戴队长已经打光了弹药，看见云悠悠过来，张口就是大骂："小兔崽子你找死啊！快给我滚开！能滚多远滚多远！"

　　"快点把火炬给我。"云悠悠落到他的身边，"先说好，任务获得的星币我七你三！"

她的语气过于理所当然，打断了戴队长脑海里的走马灯，让他感觉到迷茫。

"不行？"她争分夺秒讲条件，"我六你四，不能再多了！"

在戴队长发愣时，云悠悠毫不见外地动手摘掉了他卡在背上的"火炬"。

"从我过来的路线走，我清过。"云悠悠简单地交代一句，然后把闪闪发光的红色光源顶到了机甲脑袋上，机身一晃，转头直直撞进虫群！

"嘶——"戴队长没想到她的计划竟然是直接送死，一时五内俱焚，悔恨交加。

他想扑进虫群里面，却又不忍心让她白白牺牲。这一瞬间的感受，非亲身经历者永远无法理解，粗犷男人悲痛的低泣响彻队伍频道，狼狈的机甲一边抽噎，一边向着安全区域退走。

"她救了白英和孩子，又救了我……我们家何德何能，何德何能！"

目击这一切的士兵们感慨万千，叹息不已。

"是云悠悠，新来的那个！"

"战友好走，永垂不朽！"

"弟兄们一定会替你照顾家……哎，不对啊！她还没死呢！"

只见那团蜂巢一般的虫群之中，闪烁的红光并没有熄灭，它无比顽强地穿梭在其间，就像海藻丛中偶尔闪逝的一尾小银鱼。红光一晃一晃，吸引着虫群，渐渐卷成了一只巨大的毛线团，那支"火炬"就像这团毛线的线头，一点一点向着虫群边缘挪移。

每个人都不自觉地屏住了呼吸，将全部心神放在那个小红点上。它仿佛随时会熄灭，却又总能在人们心脏跌落谷底的时候重新发出微光。终于，它从虫团边缘晃出来，照亮了永寂深空！

"出来啦——"一阵蓦然爆开的欢呼声响彻整个频道。

"先定下一个小目标，无伤抵达终点。"云悠悠抿唇微笑，向着设置好陷阱的方向一掠而去。

"各单位注意！各单位注意！虫群即将抵达！虫群即将抵达！"森寒的

战舰幽幽前行，高压能源网已然就绪，只待虫潮入瓮。红色光源一闪一闪，在她刻意的牵引下，庞大虫群迤成了一道粗细均匀的黑色长龙，火炬引导着它们，一头栽进了包围圈！

"漂亮！太漂亮了！"

云悠悠没有停下来欣赏自己的战果，她摘下火炬，将它抛向陷阱最深处，然后头也不回地向地表俯冲。真空中，火炬匀速前进，就像一颗红色的行星。

❖ 03 ❖

戴队长把这片区域的地表虫群引得非常干净，云悠悠一路俯冲，几乎没有遇见零散的虫族。她退出第五军团特战队频道，悬着心脏，跳回隐形战舰的通信频道，手抖得厉害，连点了三下才点中，通信器中传出断断续续的声音——

"确认身份……"

"林思明……"

云悠悠听到脑海里传出"轰"的一声烟火炸开般的巨响，心脏猛烈跳动，眼睛里涌出了大滴大滴的热泪——哥哥说得没有错，好人总是会有好报的！

此刻，她已经穿过灰色的云层，正在向地面飞速逼近。她看见了坐落在郊区的小别墅，已全然不是熟悉的模样。顶部被虫族掀得没了影子，二层楼阁变成了露天的平台，糊满凝固的黏液。别墅前方的小花园光秃秃的，只剩个轮廓，士兵保护着四位专家站在被刨开的花园里，每个人的脸都朝向一楼的房间。

云悠悠降落在花园外，身体颤抖得厉害，解掉的金属感应服扔到一边，掀开操作舱，半踉跄着离开机甲，飞奔几步，跳过倒塌的篱笆墙，冲进花园。

"林思明哥哥在哪里？"她盯住人群中的韩詹尼，目光警惕又凶狠。

韩詹尼眼角微抽，尴尬地掐着眉心："噢，云小姐，请放心，我绝不可能做任何坏事——太子殿下先一步接管了这里。"

云悠悠大口喘着气，她太激动了，刚才跑得太快，穿过篱笆墙的动作也太大了一些，让她的身体吃不消，此刻全凭着疯狂分泌的神经激素在支撑自己。

"林思明哥哥，他在哪？"她的视线盯住那道被腐蚀过的白色木门，"在里面吗？和太子殿下在一起吗？他很好，是不是？他是不是好好的？"

她的眼角不知不觉渗出了泪水，肩膀抖得厉害，视线中的残破小别墅一晃，一晃。

韩詹尼掐了掐眉心，很自觉地退到那两名上了年纪的专家身后，急急撇清干系。面容和蔼的女专家走上前，一双褐色的眼睛安抚地看着云悠悠："姑娘，你先不要着急，冷静听我说。"

这样的语气给了云悠悠很糟糕的预感，她望向对方的脸，被这位女士脸上同情的表情烫了一下。她后知后觉地闻到了新翻泥土的特殊气味——那股说不上来是干燥还是潮湿的霉味，感觉两腮爬满了电流，心跳几乎停滞。本能催促着她，一格一格转动视线，望向泥土气息飘来的方向，看见了一个长方形的坑，位于小花园正中央。

她记得，哥哥从前在那里种了一蓬瑶竹，如今早已经没了竹子，虫族黏液污染过的泥层也被挖开了，一具普通的棺木放在一旁，敞开着，里面有一具人形骨骼。不算白，骨骼上交织着被腐蚀过的黑、黄、灰三种颜色。

她想起了自己中途听到的声音——

"确认身份……"

"林思明……"

这一瞬间，云悠悠的情绪冷静得让她自己都感觉不可思议。她仿佛脱离了这具身躯，浮到稍微高一点点的地方，俯视着这个久违的地方。虽然它在虫族肆虐之后已经不复原本的模样，但还是将她带回到从前，一幕幕记忆涌入脑海，仿佛只是昨天发生的事情。

她的视角回到了自己居住的房间，从上面望下来，小花园每一个角落都清晰地印在她的脑子里，这些在荒芜中走来走去的人，好像跟她什么关系都没有。包括她自己这具身躯。

她看着自己缓缓走到棺木旁边，抬起眼睛，天真地问那位手中拿着检测仪器的长官："请问，这具骸骨，确认属于林思明，对吗？"

陌生的军官被吓了小小一跳，略带些茫然地回答："啊……对，是的，已经对比过基因库，确实属于林思明没有错。"

"能让我看看他的资料吗？"云悠悠像牵线木偶一样，喃喃地问。

"哦，当然可以。"长官调出资料，将光屏拨向云悠悠。

她看到了曾经在白侠审查长的光脑上见过的两张照片，车祸前后的对比。照片右边是林思明的个人履历：1310 年出生，在 1328 年遭遇车祸，失去父母；1329 年考上了绿林大学，选修生物科学；1333 年作为巷道凶案的证人在绿林警署留档；1336 年获得前往首都星的船票，却没有登船……云悠悠感到眩晕，身体一阵阵发冷，似乎棺木里面这些年积累的寒气都涌到了她身上。

"哥哥……你不是说，好人会有好报吗？我，我刚刚还救了人……那是新组建的一家三口，很小很小的一个婴儿……"

她迷茫地转动视线，落到棺木旁边的简易青石碑上。那是很普通的一块墓碑，上面刻着"林思明之墓"五个字，是用能源枪一笔一划铭刻上去的。

"棺木里本来有一本日记，"韩詹尼走到云悠悠身边，用不刺激她的音量告诉她，"被太子殿下带走了。"

云悠悠怔怔抬头，望向那扇阖上的白色木门。

◆◆ 04 ◆◆

云悠悠发病了，她的视野被大片的黑色占据，每一寸肌肤都仿佛被扣上了生物枷。绿林矿星失去地磁之后，大气层渐渐变得稀薄，不充足的氧气对她而言是雪上加霜，她的呼吸越来越困难，几乎挪不动身体。

身边的人抬手搀住她，握着拳，很绅士的动作。

"云小姐，你还好吗？"韩詹尼的声音满是关切。云悠悠感觉像有蛇贴住了自己的皮肤，状态变得更加糟糕，她匆忙推开了韩詹尼的手，踉跄着走出两步，双手抓住棺木边缘，把大半个身体都挂了进去。她顾不上棺中残留的奇怪气味，也顾不上薄薄的棺木边缘硌疼了她的胃部，颤抖着手，探出指尖，去触碰那具骸骨。

身后传来了低低的惊呼："她摔进去了！快把她拉出来，小心病菌！"

指尖触到了骸骨，冰冷脆粉的感觉渗进了她的骨缝里，冻得牙齿"咯咯"打战。云悠悠心底隐隐能够感觉到这一切不大对劲，但是不知道为什么，每次想要深想和哥哥有关的事情时，念头总会轻飘飘地滑走。

有人上来抓住她的胳膊，把她从棺材边上拖开，胸口传来一阵痉挛般的疼痛，这一次发病又急又凶，恐怕撑不过三分钟，她就会丧失理智。云悠悠挣开了搀扶她的人，跟跄走到一边，把颤抖的手伸进衣袋——空的。对了，太子殿下带走储存卡的时候，也把她放在衣兜的情感阻断剂收走了。

"殿下在里面吗？那本日记也是？"她看向那道开始旋转的木门。

"是的，"身边有人回答，"殿下在和白侠中将议事。不要靠近别墅的门，否则会被击毙。"

她强撑着点了点头，手指攥紧制服的裤边，帮助沉重的双腿从地面拔起来，一步一步向那扇熟悉的白色木门走去。小花园的泥土混着虫族的黏液，仿佛化成了沼泽，飞速消耗着她所剩不多的力气。

踏进距离木门五米左右的某一条警戒线时，她感觉到后心一凛，心脏随时会被洞穿的恐怖感觉侵袭全身，将她钉在了原地。

"殿下……"她用上全部力气，让自己的声音尽量传向五米外的别墅，"第五军团特战队员云悠悠求见！"

透过糊上黏液的落地窗，隐约能够看见一道坐在木椅里的挺拔身影，他们之间的物理距离并不遥远，却仿佛隔着天堑——他听不见她的声音。

"殿下，云悠悠求见……"她的视野已经黑了大半，按照以往的惯例，恐怕两分钟之内就会彻底发病。

锁在她身后的杀机昭然若揭，再敢上前，等待她的就是一死。"入侵者被击毙"这样的小事恐怕都不需要呈报给殿下。她抿紧了唇，继续向前迈步，她没有选择。

白侠中将侧头看了一眼。隔着一团污糟的玻璃，女孩摇摇晃晃的身影就像陷在泥沼里一样。任谁都看得出来，她非常非常虚弱，只需要一根手指头就能把她彻底击倒。

白中将叹道："殿下如果没有指示的话，云小姐将被击毙。"

她会像一片破碎的花瓣，凋零在泥泞里。时间仿佛变成了拔丝，被一截截拉长，透过模糊的窗，可以看见她的脚正在接近地面，落地那一瞬间，她的心脏会被无情击穿。

白侠中将没有把自己的视线放在殿下的脸上——因为职业原因，他的眼神永远像鹰隼一般犀利，不适合直视上位者。老者垂着眼皮，声音平静："林思明案疑点重重，云小姐是重要的知情人。"

闻泽温润地笑了笑："监察总长想起离家出走的女儿了？"

白侠额角微跳，非常痛快地承认："属下不希望云小姐出事，的确有私心作祟。"

"砰。"手中忽地一沉，白侠下意识地接住了殿下抛给他的东西——林思明的日记。

"到别处去谈。"闻泽淡淡地笑道，"给我结论报告即可。"言下之意就是不想看见云悠悠，也不想听到关于她的事情。

"是。"白侠中将把日记本夹在身侧，行礼告退。

✦ 05 ✦

"嘎吱——"白侠中将踏出别墅木门，竖起了左手手掌。云悠悠感觉到锁定在身后的杀机悄无声息地散去，就像退潮一样。她艰难地抬起头，看到曾经带着林思明照片询问过她的审查长大步走来。

"云小姐是否愿意谈一谈关于林思明的事情？"鹰隼般的老者凝视着她，轻轻拍了拍手中的绿皮硬纸书，"这是林思明留下的日记本。"

云悠悠下意识伸出手去，指尖触到日记本时，突然意识到自己的动作似乎很不礼貌，而且也不合规矩。奇怪的是这位严厉的老者竟然没有任何异议，反倒很配合地把绿皮日记本塞到了她的手里。

她惊奇地抬起眼睛看他，只见对方很努力地露出一个堪称"和蔼"的笑容，只不过他的长相和职业病，让他看起来就像老虎在微笑。奇怪，离开星河花园那天，这位审查长并未表现出这么友善的态度啊。不过此刻她没有精力深究其中的缘由，握紧手中的日记本，向白侠中将提出了自己的请求："长官，我想见一见殿下。"

虽然她迫切想要翻开日记本看一看，但病情已经刻不容缓，再有二三十秒，她就会变成一个失去理智的杀戮疯子。她的眼神让老者眸色微沉，唇畔的法令纹变得更加深邃，思忖两秒之后，他还是抬起了通信器："殿下，云小姐求见。"

云悠悠像是溺水者抓住了稻草一样，眼睛一错不错地盯着通信器，她需要闻泽或者情感阻断剂。她不想伤害无辜的人，也不想这样糟糕地死去；她想看哥哥的日记，想弄清楚这究竟是怎么一回事。

时间一秒一秒流逝，她的意识就快要彻底沦陷。

"殿下……"不知道是不是错觉，白侠中将似乎把通信器挪得离她更近了一点，她发出虚弱的声音，"殿下，让我见见您。"

几秒钟之后，对面传来闻泽淡漠的回复："你要的日记已经给你了。"

"我想见您一面。"她坚持说，声音又轻又软，顺着通信器，传到那个她曾生活过的客厅中。

漫长的沉默之后，闻泽终于再次开口："进来吧。"

中将默默把身体侧开，让出通道。云悠悠深吸一口气，用尽全部力气奔向别墅。

闻泽能够看到她的身影，他知道她几乎一眼都没看林思明的日记，而是迫不及待地要找自己。就因为发现林思明死了吗？真是凉薄现实得令他刮目相看。

"利己者吗？"他轻轻一哂，"谁还能比君主更加深谙利己主义那一套。"

他当然会拒绝她的回心转意，只不过……在女孩软软地跌过来时，出于风度和习惯，他还是伸出手去，搀住了她。云悠悠的额头栽在了闻泽胸口，熟悉的气息瞬间包裹了她，他的大手抓住她的肩臂，隔着制服也能够感觉到熟悉的温度和力量。

"这么着急……"闻泽的教养让他抿上薄唇，收回了"投怀送抱"四个字。云悠悠的身体迅速转暖，但听力尚未彻底恢复，就像隔着一层水膜，闻泽的声音听起来异常温和，淡淡的嘲讽意味被彻底抹除。

她感激地抬起眼睛："谢谢您，殿下。"

闻泽居高临下地瞥着她，视线一触到那张苍白凋零、此刻正在一点点恢复血色的小脸，还有那双乌黑明亮的湿漉漉的眸子，心底就涌起一阵无力。

"想说什么。"他淡声道，"我很忙。"

"嗯嗯，我明白。"她喘着气，虚弱地问，"殿下，我的情感阻断剂在您这里吗？能否把它们还给我？那样我就不需要打扰殿下了。"

他看着她的眼睛，忽然意识到，自己和情感阻断剂，在她心里似乎有着同样的地位。这个念头古怪并且不可思议，但闻泽觉得自己触到了真相。

"东西不在这里。"他漫不经心地说着，略带一点迟疑地抬起手，环住她瘦弱柔软的背，将她的身躯揽进怀里。怀中人轻微地颤了一下，很顺从地伏在他身前，脸颊紧贴着他结实的胸膛，像吸入药物一样，一口一口，小心翼翼地汲取他身上的气息。他清晰地感觉到，自己确实正在被当作某种工具来使用。

✦ 06 ✦

在工具人闻泽的帮助下，云悠悠的身体恢复得非常迅速，四肢回暖，视野中的黑色褪去，眼前的景象也不再晃来晃去。她倚着闻泽，翻开了手中的日记本，随口问他："殿下看过了吗？"

他淡声提醒："做好心理准备，他喜欢的人，似乎并不是你。"语气微哂，像在笑她，也像在笑自己。

云悠悠怔了下，视线落向第一个日期——

1326 年。

林思明 16 岁时，喜欢上了一个比他低一级的学妹——林瑶。这本日记就是情窦初开的少年专门为她写的，字里行间处处透露着他的自卑。他觉得自己配不上耀眼的她，只能在背后默默守护她。他瞒着父母把自己的营养早餐偷偷送到她的座位上，攒下零用钱给她买昂贵的带钻发箍，特意重学一遍低年级的课程，然后把所有知识点整理成笔记悄悄送给她……

云悠悠飞快地翻页。日记是一个人最真实的情绪流露，可是这些文字反馈给她的，却是一个全然陌生的"林思明"。

日记持续到 1328 年，最后一篇是这样写的——

"如果明天入学试故意考砸的话，就可以复读一年陪她一起考大学，运气好的话，还可以和她一个班级，说不定还能做她的同桌！这真是一个激动人心的想法啊！

"可是这样一来，爸爸妈妈肯定会非常生气，说不定还要抽我一顿——嗯，为了爱情，这一切都是值得的！爸爸妈妈，将来你们就会知道，一次考试失利，能给你们换回来一个多么优秀的儿媳妇！

"哦，其实有个更好的办法。如果我今晚悄悄把星空车的能源耗空，明天就会因为迟到被取消考试资格，这样他们就不会怪我了！对，这样的话，他们不仅不会怪我，还会对我非常内疚！那么我说想要去林瑶那个班级复读的话，他们也一定会想尽办法全力支持我！对，就这么干！"

然而就在写下这篇日记的第二天，他的父母死于车祸，他自己重伤毁容。是因为……他对星空车做的手脚吗？

往后翻，都是空白页。

云悠悠茫然地抬头看了看闻泽，视线仿佛透过他，在探询地看向另外一个人，没察觉到他的眸色暗沉了许多。她低下头，继续一页一页往后翻。

"喜欢他？喜欢他什么？"闻泽的声音从头顶落下，他的语气，带着不加掩饰的不解和自嘲。

云悠悠很机械地翻动着手中的书页，一页、两页……都是空白。

"喜欢他什么？"两根修长如竹的手指压住了纸张。云悠悠翻了一下，没翻动，这才后知后觉地发现，殿下重复了一遍他刚才的问话，语气带着明显的隐忍和克制。很显然，如果不回答他的问题，他就不让她继续往后翻了。她盯着空白的书页，感觉到自己的情绪已经彻底平复下来。

"殿下，这个人，不像哥哥。"她说，"哥哥不是这样的。哥哥非常自信，非常强大，就像殿下一样。"

闻泽的胸腔闷闷一震，伴随着好听的低笑声，一道温热的气流落在她的发顶。云悠悠的指尖轻轻在纸张上蹭来蹭去，试图将它从他的手指下移开。他微微用力，无声与她对峙。

"不要自欺欺人了。"闻泽冷酷地勾起唇角，"林思明已死。想想你自己的将来吧，你打算找谁来替代他，又打算叫谁哥哥。随便找一个男人吗，还是，回到我的身边？"

说到最后一句的时候，他脸上的假笑消失殆尽，眸光暗得像深渊，一字一顿，声线低沉。

她手指一动，翻页成功。

"我不会和别的什么人在一起的，殿下。"她低着头，声音很轻，"于我而言，只有您是不一样的。"她无法解释自己身上的异常，更无法解释为什么自己眼中的哥哥竟和闻泽殿下长得一模一样。她没有抬头看闻泽，并不知道自己这句大实话在他的黑眸中激起了怎样的巨浪，只是一页一页继续往后翻。

闻泽没有再出手阻止她翻页，而是放空了视线，定定看着她那只纤细的手——半天翻不到尽头的空白页，就像这份早该了断却一直在毫无意义持续的情愫。

"唰……唰……唰。"

云悠悠没注意到闻泽什么时候松开了她，一点一点和她拉开了距离。

军靴一步一步踏着半腐蚀的地板，走向那扇透进少许阳光的木门。他要径自离开，不会再受她蛊惑。如果她想要破镜重圆，就必须拿出足够持久的、足以打动他的诚意，而且，他未必就会接受。

"啊！"她小小的低呼声打断了他的步调，接近末尾的某一页，有字。

闻泽回身，微微眯了下眸。不久之前，他曾翻了几下空白页，然后便草草翻掠过后半部分空白纸张，直接查看末页，却并没有发现这行隐藏的字迹——只有像她这样，一页一页耐心地把这本日记全部翻完，才有可能找到它。

很隽秀的字迹，从之前那些略显稚嫩的笔迹中脱胎而成，又带着自己独特的风骨。他这样写——"你不是苔藓，而是最美丽的小星星。回到最初，哥哥把奇迹送给你做礼物。"

没头没尾的一行字，却让闻泽的心脏莫名一沉。他瞳仁收缩，望向她，只见女孩睁大了眼睛，一瞬不错地盯住那行字，眼眶迅速发红，蕴起两汪晶亮的珠泉，她喃喃自语："哥哥……这才是哥哥……"

闻泽唇角微动，正要开口说话，光脑叮的一响，弹出新消息。

——林思明死亡报告。

闻泽神色复杂地看了她一眼，然后打开了这份新出炉的文件。简单扫过一眼，他立刻眯起了眼睛，放缓声线，一字一顿地说："林思明死于药物。那是谁帮他入殓？"

云悠悠心头一震，抬起头，隔着朦胧的泪雾望向闻泽的脸。是啊，那个时候绿林已经沦陷于虫潮之中，是谁埋藏了林思明，又是谁为他书写了墓碑？她终于清晰地意识到，当她的大脑独立思索关于哥哥的事情时，念头总是会自己溜走，无法深想那些明显不对劲的地方。

这种感觉，就好像人在做梦时，偶尔会产生"这不合逻辑——我是不是在做梦"的疑惑，但在下一秒，思绪总是轻易被梦境牵走。而闻泽提起这些事情时，她就可以很正常地顺着他的思路继续往下想。她知道，哥哥曾帮助地下实验室的那两个人封锁了电梯，然后返回别墅。当时绿林已经遍地是虫族了，一个人死后，怎么可能被正常下葬？

念头刚一动，就听到闻泽沉稳好听的声音继续响起："死亡时间，1328年冬。"

云悠悠怔怔掰着手指计算了一会儿。她出事的时候是15岁，1333年，林思明死于1328年，一个死了五年的人，怎么可能出现在巷道里，救下她？幽……幽灵？不对，"林思明"一直活着，有太多太多的人可以证明这一点。

这个死去的林思明，不是哥哥！她的脑袋里炸起了一个又一个惊雷，整个人晕晕乎乎，感觉站立不稳。那……哥哥又是谁？！

"啪嗒。"手腕一阵冰寒，云悠悠迷茫地低头看去，只见闻泽手中握着一只银白的镣铐，扣住了她的细手腕。她望向闻泽，只见他面无表情地把另一边镣铐抓在手中，微微用力，将她拽到他的身边，居高临下地看着她，神色严肃，就像一位最公正的审判官。

"林思明死亡之后，有人顶替他的身份，在绿林生活了整整八年，直到绿林沦陷。这个人，便是杀害林思明的最大嫌疑人——需要如此处心积虑地隐藏身份，必是亡命之徒。"闻泽唇角微勾。

"云悠悠，你是他的同谋吗？"

❖ 07 ❖

闻泽牵起她的另一只手，动作温柔，就像他用最绅士的动作扶她走下星空车，带着她进入金顶餐厅时那样。她尚未回过神，只怔怔地看着他把她的两边手腕放到了一起，准备铐上。

他的面容清冷俊美，周身散发出高冷气质，就在那只镣铐圈住她的另一边手腕，即将把她的双手铐在一处时，太子殿下的呼吸忽然乱了一拍，沉炙的气流重重拂过她的耳畔。她受惊，抬头看过去时，他已及时垂眸，鸦长的眼睫掩去了晦暗眸色："……接受调查，可有异议？"

她发现他的嗓音哑了很多，飞快地摇摇头："没有异议，殿下，我也想要知道哥哥究竟发生了什么事情。"

她向来非常识时务，此刻意识到哥哥很可能尚在人世，立刻就调整好了心态。闻泽手指一顿，没有铐住她两只手，而是将另一边镣铐扣在了他自己的手腕上。云悠悠错愕地看着他。

"你是重要的人证，"他微眯着眼，神色不经意间流露出一丝慵懒，"我亲自押你回去。"

云悠悠："……殿下。"

闻泽轻笑着，大步向外走去，她不得不小跑着跟在他的身后。出门的时候，他脚步微顿，偏过头来看她，皱着眉。灰色的云层恰好分开了一瞬，一缕恒星的光芒正正洒在他的侧脸上，为他镶上了一道金边。云悠悠背着光看向他，被这幅半剪影状态的盛世美颜晃得眼晕。

"谁说你是苔藓。"太子殿下语气不满，"你也不是星星。"

她眨了眨眼睛，"哦……"

这一刻的殿下，竟然有那么几分孩子气，就像，他当初说要送她花园的时候一样。

"哪里是你的最初，你想要什么奇迹。"他淡声问。

云悠悠神色一滞，她还没来得及去思考哥哥留下的这句话究竟有什么深意，闻泽却已经敏锐地察觉到了什么。

"你不是苔藓，而是最美丽的小星星。回到最初，哥哥把奇迹送给你做礼物。"

这是……哥哥的线索啊。云悠悠不禁屏住了呼吸，最初的奇迹。她在情绪最崩溃的时候，曾经告诉过哥哥她的过去——在矿道里盼望爸爸妈妈回来，就是她最初渴望的奇迹。

哥哥这是什么意思？这件事情要不要告诉殿下呢？

在她踌躇时，一架星空车驶到了别墅门口。流线的车身，银白的色泽，是闻泽平时使用的那架星空车。云悠悠有些迷茫——这里不是危机四伏、被虫族侵占三年的绿林吗，殿下怎么是开着星空车来的？

闻泽随手把这个傻乎乎的家伙拎起来，塞进他的个人舱。两个人的手腕铐在一起，行动略有一点不便，他几乎是擦着她，从她柔软的身体上碾过去的。

"说出你的秘密。"他摘下自己手腕上的半只镣铐，顺手往车顶上方的扶环上一扣，开始进行一对一审讯。她的身躯被迫倾向他，星空车里并不宽敞，最适宜的姿势就是他将一只手臂搭在她身后半搂着她。

此刻她的右手挂在车顶，整个人几乎窝在了他的怀里。他气势沉沉，压迫力十足，笔挺的黑色制服，冷酷的眼神，微绷的唇线显得异常坚毅。

狭窄的空间里，气氛变得非常奇怪，森冷又暧昧。闻泽居高临下望向她时，像绝对掌控，又像在和她调情。

"那条巷道里，究竟发生了什么？"

【坠入星野·逐光完】

完结篇即将上市，敬请期待！

图书在版编目（CIP）数据

坠入星野 / 青花燃 著
—武汉：长江出版社，2022.4
ISBN 978-7-5492-8213-5

Ⅰ.①坠… Ⅱ.①青… Ⅲ.①幻想小说—中国—当代
Ⅳ.①I247.5

中国版本图书馆CIP数据核字(2022)第037395号

坠入星野 / 青花燃 著

出　　版　长江出版社
　　　　　　（武汉市解放大道1863号　邮政编码：430010）
选题策划　漫娱图书　马　飞
市场发行　长江出版社发行部
网　　址　http://www.cjpress.com.cn
责任编辑　李　恒
特约编辑　李子若
总 策 划　两脚猫工作室
装帧设计　刘江南　李梦君
封面插图　逐光版封面 白琴
　　　　　　萤火版封面 gua老师
印　　刷　恒美印务（广州）有限公司
版　　次　2022年4月第1版
印　　次　2022年4月第1次印刷

开　本　889mm×1230mm　1/32
印　张　9.75
字　数　310千字
书　号　ISBN 978-7-5492-8213-5
定　价　46.80元

ETERNAL LOVE SHINING

✦

LIKE A STAR

上架建议: 青春/畅销/小说

ISBN 978-7-5492-8213-5

定价: 46.80元